J r.B

W0244564

LE JARDIN DES PENDUS

DU MÊME AUTEUR
AUX ÉDITIONS DU ROCHER

Les enquêtes de l'inspecteur Rebus

L'Ombre du tueur, 2002.

Ainsi saigne-t-il, 2000 ; Folio Policier n° 276.

Causes mortelles, 1999 ; Folio Policier n° 260.

Le Carnet noir, 1998 ; Folio Policier n° 155.

IAN RANKIN

LE JARDIN DES PENDUS

Une enquête de l'inspecteur Rebus

Traduit de l'anglais (Écosse)
par Édith Ochs

Thriller

ÉDITIONS DU
ROCHER
Jean-Paul Bertrand

Conseillers d'édition
Claude Mesplède et Jean-Pierre Deloux

Les chansons citées en exergue de chaque partie sont tirées de *The Hanging Garden*, par The Cure, et reproduites avec l'aimable autorisation de Robert Smith et de Fiction Songs.

L'extrait de *Burnt Norton*, tiré des *Quatre Quatuors* de T. S. Eliot, est reproduit avec l'aimable autorisation de The Estate of T. S. Eliot et de Faber and Faber Ltd.

Titre original : *The Hanging Garden*, Orion Books Ltd, 1997.

Tous droits de traduction, de reproduction et d'adaptation réservés pour tous pays.

© Ian Rankin, 1997.

© Éditions du Rocher, 2003, pour la traduction française.

ISBN 2 268 04435 1

Pour Miranda

Si le temps existe par-delà le temps,
Le temps ne se rachète pas.
T. S. Eliot, *Burnt Norton*

Je suis allé en Écosse et je n'y ai rien trouvé
qui ressemble à l'Écosse.
Arthur Freed, producteur de *Brigadoon*

Première partie

Dans un jardin suspendu,
Change le passé.

Ils sont en pleine scène de ménage dans la salle à manger.

– Écoute, si ton foutu job compte à ce point pour toi...

– Arrête, qu'est-ce que tu me veux ?

– Tu le sais parfaitement, bon sang !

– Je me tue au boulot pour nous trois !

– Pitié, épargne-moi ce genre de conneries.

C'est alors qu'ils remarquent sa présence. Elle tient Pa Broon, son nounours, par une de ses oreilles toutes mâchouillées. Plantée sur le seuil, elle les observe, le pouce dans la bouche. Ils se tournent vers elle.

– Qu'y a-t-il, ma chérie ?

– J'ai fait un cauchemar.

– Viens me voir.

La mère s'accroupit en ouvrant les bras. Mais la fillette court se jeter dans les jambes de son père.

– Allez, ma puce. Je vais te remettre au lit.

Il la borde et commence à lui lire une histoire.

– Papa, dit-elle, et si je m'endors et que je ne me réveille plus jamais, jamais. Tu sais, comme Blanche-Neige ou la Belle au bois dormant ?

– Personne ne dort pour toujours, Sammy. Il suffit d'un bisou pour qu'on se réveille. Les méchantes fées et les vilaines sorcières n'y peuvent rien.

Et il lui donne un baiser sur le front.

– Les morts ne se réveillent jamais, murmure-t-elle en serrant Pa Broon contre elle. Même quand tu leur fais un bisou.

1

John Rebus embrassa sa fille.

– Tu ne veux vraiment pas que je te dépose ?

Samantha refusa d'un geste.

– Non, j'ai besoin de marcher pour éliminer cette pizza.

Rebus plongea les mains dans ses poches et sentit des billets froissés sous son mouchoir. Il faillit lui proposer de l'argent – un geste normal pour un paternel, non ? – mais il savait qu'elle lui rirait au nez. À vingt-quatre ans, elle menait sa barque. Elle n'avait pas besoin de son aide et, à coup sûr, elle la refuserait. Elle avait même essayé de payer la pizza sous prétexte qu'elle en avait mangé la moitié alors qu'il n'en avait avalé qu'une part. Le reste se trouvait dans une boîte en carton, coincée sous son bras.

– *Ciao*, papa.

Elle lui planta une bise sur la joue.

– On remet ça la semaine prochaine ?

– Je t'appelle. Peut-être tous les trois, alors… ?

Elle faisait allusion à son copain, Ned Farlowe. Elle reculait en continuant à parler. Un dernier geste de la main et elle virevolta, se haussant du col pour mieux voir les voitures à cette heure de sortie des bureaux tandis qu'elle traversait la rue sans un regard en arrière. Mais parvenue sur le trottoir d'en face, elle se tourna à demi, le vit qui la suivait des yeux et agita la main, histoire de lui montrer qu'elle l'avait aperçu. Un jeune homme faillit la percuter. Il avait les yeux scotchés sur le macadam, avec le fin cordon noir d'une paire d'écouteurs qui lui dégoulinait dans le cou. Retourne-toi et regarde-la, vermisseau, lui ordonna Rebus dans sa tête. N'est-elle pas fabuleuse ? Mais le jeune homme poursuivit sa route en traînant sa carcasse, sans savoir ce qu'il ratait.

Puis, quand elle obliqua au coin de la rue, elle disparut à ses yeux. Maintenant, Rebus ne pouvait que l'imaginer. La pizza bien calée sous le bras gauche, elle marchait, le regard fermement planté devant elle, frottant doucement le pouce derrière le lobe de son oreille droite qu'elle venait de faire percer pour la troisième fois. Il savait qu'elle fronçait le nez quand elle pensait à quelque chose de drôle. Il savait que pour se concentrer, elle se fourrait le coin du revers de sa veste dans la bouche pour le suçoter. Il savait qu'elle portait un bracelet de cuir tressé, trois anneaux en argent, une montre avec bracelet de plastique noir et cadran indigo. Il savait aussi qu'elle se rendait à une soirée à l'occasion de la Guy Fawkes Night [1] mais qu'elle n'avait pas l'intention d'y moisir longtemps.

Bref, il ne savait rien d'elle et c'était pourquoi il avait voulu qu'ils dînent ensemble. L'organisation avait été compliquée, avec moult reports et annulations de dernière minute. Tantôt c'était sa faute à elle, le plus souvent celle de son père. Même ce soir-là, on l'attendait ailleurs. Il passa les mains sur le devant de son blouson et tâta la bosse dans sa poche poitrine. C'était sa petite bombe à retardement personnelle, sa bombinette à lui. Regardant sa montre, il vit qu'il était presque 21 heures. Il pouvait continuer à pied ou prendre la voiture. Il n'allait pas très loin.

Il irait en voiture.

Édimbourg un soir de feux d'artifice, les feuilles mortes poussées par le vent s'amassant en vagues épaisses sur le trottoir… Un de ces matins, il allait devoir gratter le givre sur son pare-brise tandis que le froid lui enverrait des coups d'épingle dans les reins. La partie sud de la ville semblait subir les premières gelées plus tôt que le nord. Rebus, comme de juste, habitait et travaillait au sud. Après un séjour au poste de Craigmillar, il avait réintégré l'antenne de St Leonard. Il

---

1. Le 5 novembre, la Grande-Bretagne célèbre avec feux d'artifice et feux de joie l'exécution de Guy Fawkes, dont on brûle l'effigie. Cette fête marque l'échec de la Conspiration des Poudres, au cours de laquelle les catholiques tentèrent d'assassiner Jacques VI d'Écosse, fils de Mary Stuart, devenu Jacques Ier d'Angleterre *(Toutes les notes sont de la traductrice)*.

aurait pu s'y rendre maintenant – après tout, il n'avait pas fini son service – mais il avait d'autres projets en tête. Il dépassa trois pubs avant de regagner son auto. Tchatcher au bar, les clopes et la rigolade, une bouffée d'humanité et d'alcool, il connaissait ces choses-là mieux qu'il ne connaissait sa propre fille. Aujourd'hui, deux bars sur les trois se glorifiaient de posséder des « portiers ». Apparemment, ces costauds aux cheveux ras et aux idées encore plus courtes, on ne les appelait plus « videurs », mais « portiers » ou, mieux, « gérants de l'espace réservé au public ». L'un d'eux était en kilt. Le visage renfrogné et complètement couturé, le crâne rasé jusqu'au cuir. Il devait s'appeler Wattie ou Wallie et il appartenait à Telford. C'était peut-être le cas pour tous. Des graffiti sur le mur un peu plus loin : *Quelqu'un peut m'aider ?* Trois mots qui se répercutaient à travers la ville...

Rebus se gara au coin de Flint Street et poursuivit à pied. Mis à part un café et une arcade de jeux vidéo, la rue était plongée dans le noir. L'unique réverbère du secteur était en panne. La police avait demandé à la municipalité de prendre son temps pour remplacer l'ampoule, car les types en planque avaient besoin du maximum d'aide. Des lampes brillaient çà et là aux étages des immeubles. Trois voitures étaient stationnées au bord du trottoir, dont l'une était occupée. Rebus ouvrit la portière arrière et s'assit.

Un homme était installé à la place du chauffeur, une femme à côté de lui. L'air transi, ils semblaient crever d'ennui. La femme était l'inspectrice Siobhan Clarke, qui travaillait pour Rebus à St Leonard jusqu'à son affectation récente à la Brigade criminelle écossaise. Quant au sergent Claverhouse, c'était un fonctionnaire attitré de la Criminelle. Tous deux faisaient partie d'une équipe chargée de surveiller Tommy Telford vingt-quatre heures sur vingt-quatre. Engoncés dans leurs manteaux, le visage blême, ils respiraient non seulement l'ennui mais aussi l'absolue conviction que leur présence ne servait à rien.

Elle ne servirait à rien parce qu'ils étaient grillés. Telford avait la rue dans sa poche et personne ne se garait ici sans qu'il sache qui ni pourquoi. Les deux autres véhicules garés dans les parages étaient des Range Rover qui appartenaient à la bande à Telford. Tout ce qui n'était pas une Range Rover faisait tache, déparait dans le paysage. La

Brigade criminelle possédait une estafette spécialement aménagée pour la filature, mais en l'occurrence, un sous-marin n'aurait rien changé. Une fourgonnette arrêtée ici plus de cinq minutes attirait sur elle l'attention soutenue et rapprochée des hommes de Telford qui savaient se montrer à la fois courtois et menaçants.

– Vache de planque, marmonna Claverhouse. Sauf qu'on n'est pas planqués et qu'il n'y a rien à voir.

Il déchira avec les dents l'emballage d'un Snickers et offrit à Siobhan Clarke de croquer dedans la première. Elle refusa.

– Dommage pour ces appartements, dit-elle en lorgnant par le pare-brise. Ils sont parfaits, on aurait été aux premières loges.

– À part qu'ils appartiennent à Telford, rétorqua Claverhouse, la bouche pleine de chocolat.

– Ils sont tous occupés ? interrogea Rebus.

Il n'était pas assis depuis une minute que déjà, il avait les orteils gelés.

– Quelques-uns sont vides, admit Clarke. Ils servent d'entrepôt à Telford.

– Mais chaque connard qui entre et sort par la porte d'entrée est repéré, ajouta Claverhouse. On a eu des employés du gaz et des plombiers qui ont vainement essayé de s'introduire.

– Qui faisait le plombier ? s'enquit Rebus.

– Ormiston. Pourquoi ?

– Un robinet qui fuit dans ma salle de bains, fit Rebus en haussant les épaules.

Claverhouse sourit. C'était un grand escogriffe avec d'énormes valoches sous les yeux, les cheveux blondasses et clairsemés. Comme il bougeait et parlait au ralenti, les gens avaient tendance à le sous-estimer. Ceux-là découvraient parfois que son sobriquet de « Claverhouse le Chien » n'était pas usurpé.

– Une heure et demie jusqu'à la relève, nota Clarke en regardant sa montre.

– Le chauffage ne serait pas un luxe, insinua Rebus.

Claverhouse se retourna vers lui.

– C'est ce que je me tue à lui dire, mais elle refuse.

– Pourquoi ?

Rebus croisa le regard de la jeune femme dans le rétroviseur. Elle souriait.

– Parce que ça obligerait à laisser tourner le moteur et un moteur qui tourne quand on ne va nulle part, c'est du gaspi, récita Claverhouse. Le réchauffement de la planète, ou un truc dans le genre.

– C'est vrai, insista Clarke.

Rebus lui adressa un clin d'œil dans le rétroviseur. À croire qu'elle s'était fait accepter par Claverhouse, ce qui voulait dire qu'elle avait été adoptée par l'équipe de Fettes au grand complet. Rebus, l'éternel outsider, lui envia cette faculté d'adaptation.

– Vachement utile, quoi qu'il en soit, reprit Claverhouse. Cet enfoiré sait qu'on est là. La fourgonnette s'est fait chouffer en vingt minutes, le coup du plombier n'a même pas permis à Ormiston de franchir le seuil et maintenant on est là à poireauter, deux pauvres cons dans une rue déserte. On ne se ferait pas plus remarquer si on jouait des claquettes.

– Présence policière avec effet dissuasif, déclara Rebus.

– Sûr, encore quelques nuits comme ça et je parie que Tommy reprendra le droit chemin. (Claverhouse changea de position sur son siège pour s'installer plus commodément.) Des nouvelles de Candice ?

La même question que Sammy avait posée à son père. Non, il n'avait pas de nouvelles.

– Vous croyez toujours que Tarawicz lui a remis le grappin dessus ? Aucune chance qu'elle ait joué les filles de l'air ?

Rebus émit un grognement.

– Que ça vous plaise ou non, ils n'y sont pour rien si ça se trouve. Croyez-moi, laissez-nous faire. Oubliez-la. Vous avez le copain d'Adolf pour vous occuper.

– Ne m'en parlez pas.

– Vous avez réussi à localiser Colquhoun ?

– Congé maladie. Son bureau a été prévenu.

– Moi, j'ai bien peur qu'on l'ait liquidé.

Rebus se rendit compte qu'une de ses mains tripotait sa poche poitrine.

– Alors, Telford est au bistrot ou quoi ?

– Ça fait une heure qu'il est fourré là-dedans, déclara Clarke. Il y a une pièce à l'arrière, ça lui sert de bureau. Il a l'air de bien aimer l'arcade aussi, avec ces jeux vidéo où on s'assoit sur une moto pour simuler un circuit.

– Il nous faut quelqu'un à l'intérieur, grogna Claverhouse. C'est ça ou coller des micros.

– On n'est même pas arrivé à faire entrer un plombier ! s'esclaffa Rebus. Si vous croyez qu'un type avec des micros plein les pognes s'en tirerait mieux !

– Il ne ferait pas pire, en tout cas, grogna Claverhouse en allumant la radio pour mettre de la musique.

– Par pitié, supplia Clarke, pas de country.

Rebus considéra le troquet. Il était bien éclairé avec un brise-bise couvrant la moitié inférieure de la vitre. Sur la partie supérieure, il était écrit : « Grosses portions pour petits prix ». Un menu dactylographié était accroché derrière le carreau et un panneau publicitaire posé sur le trottoir indiquait les heures d'ouverture, de 6 h 30 à 20 h 30. L'endroit aurait dû être fermé depuis une heure.

– Qu'est-ce qu'il a comme licence ?

– En tout cas, il a des avocats, répliqua Clarke.

– C'est par là qu'on a commencé, vous pensez bien, précisa Claverhouse. Il a demandé une autorisation pour ouvrir le soir. Et je ne peux pas dire que les voisins se plaignent.

– Enfin, malgré tout le plaisir que j'ai à bavarder avec vous…

– Fin de liaison ? demanda Clarke.

Même si elle conservait son sens de l'humour, on voyait qu'elle était crevée. Les urgences en pleine nuit, le froid envahissant, plus l'ennui d'une planque qui ne mène nulle part… Sans compter que faire équipe avec Claverhouse, ce n'était pas de la rigolade. Zéro pour les blagues et les histoires drôles, juste le rappel constant que les choses devaient être faites « correctement », autrement dit selon les règles.

– Rendez-nous un service, demanda Claverhouse.

– Quoi ?

– Il y a une friterie en face de l'Odéon.

– Qu'est-ce que vous voulez ?

– Juste une portion de frites.

– Et vous, Siobhan ?

– Une Irn-Bru.

– Eh, John ? ajouta Claverhouse comme Rebus descendait de voiture. Demandez-leur une bouillotte tant que vous y êtes.

Au même instant, une voiture entra dans la rue sur les chapeaux de roues et pila devant le café dans un crissement de pneus. La portière arrière du côté du trottoir s'ouvrit mais personne ne descendit. La bagnole repartit en trombe, porte battante, et il y avait à présent une masse sombre sur le trottoir, une masse qui rampait en essayant de se redresser.

– Suivez-les ! gueula Rebus.

Déjà, Claverhouse avait mis le contact et écrasait le champignon. Clarke appelait le central par radio quand la voiture démarra. Se retenant d'une main à la vitrine du café, l'autre posée sur sa tête, l'homme se mit debout. Comme Rebus s'approchait, le blessé parut percevoir sa présence et il se dirigea vers lui en vacillant, à l'aveuglette.

– Mon Dieu, au secours ! hurla-t-il. À l'aide !

Il retomba à genoux, se tenant le crâne à deux mains. Son visage était inondé de sang. Rebus s'agenouilla devant lui.

– On va vous chercher une ambulance, dit-il.

Une foule s'était rassemblée devant la vitrine du café. Quelqu'un avait ouvert la porte et deux jeunes gens observaient la scène, tels des spectateurs devant un numéro de bateleur. Rebus reconnut Kenny Houston et Beau-Gosse.

– Ne restez pas là ! hurla-t-il. Faites quelque chose.

Houston considéra Beau-Gosse, mais celui-ci ne broncha pas. Rebus sortit son mobile, appela les urgences sans quitter Beau-Gosse des yeux. Cheveux noirs ondulés, eye-liner, veste en cuir noire, polo noir, jeans noir. *Paint it Black*, des Stones. Le visage aussi blanc qu'un cachet d'aspirine, comme poudré. Rebus s'approcha de la porte. Derrière lui, l'homme s'était mis à gémir, un rugissement de douleur qui se répercutait dans le ciel nocturne.

– On ne le connaît pas, affirma Beau-Gosse.

– Je ne vous ai pas demandé si vous le connaissiez, je vous ai demandé de l'aide.

– Alors, on ne dit pas « s'il vous plaît », le petit mot magique ? susurra Beau-Gosse sans ciller.

Rebus vint se poster sous son nez. Beau-Gosse sourit et fit un signe de tête à Houston, qui s'exécuta sur-le-champ et alla chercher des serviettes.

La plupart des badauds étaient retournés s'attabler à l'intérieur. L'un d'eux scrutait l'empreinte sanglante de la main sur la vitre. Rebus aperçut un autre groupe qui observait la scène depuis le seuil d'une salle au fond du troquet. Au milieu de sa bande se tenait Tommy Telford. Grand, épaules carrées, jambes écartées, il avait un air presque martial.

– Moi qui croyais que vous preniez soin de vos gars, Tommy ! l'apostropha Rebus.

Telford le regarda sans le voir avant de pivoter sur ses talons pour retourner dans l'arrière-salle. La porte se referma. D'autres hurlements provenant de dehors, Rebus arracha les torchons des mains de Houston et courut. Le malheureux était de nouveau debout et titubait comme un boxeur à bout de force.

– Enlevez vos mains une seconde.

L'homme détacha les mains de ses cheveux gluants et Rebus vit un morceau de cuir chevelu se soulever comme s'il était fixé au crâne par des charnières. Un fin jet de sang éclaboussa Rebus en pleine figure. Il se détourna et le sentit gicler sur son oreille, dans son cou. Il colla à l'aveuglette la serviette sur la tête du type.

– Tenez ça.

Rebus lui empoigna les mains, les posa de force sur la serviette. Des phares, ceux d'une voiture de police banalisée. Claverhouse avait baissé sa vitre.

– On les a perdus sur Causewayside. Une voiture volée, je parie. Ils vont l'abandonner, sans doute.

– Il faut le conduire aux urgences.

Il ouvrit la portière arrière. Clarke avait déniché une boîte de mouchoirs en papier et en extirpait une poignée.

– Les Kleenex ne lui serviront pas à grand-chose, bougonna Rebus comme elle les lui tendait.

– Ce n'est pas pour lui, c'est pour vous, répliqua-t-elle.

2

Il y avait trois minutes en voiture jusqu'à l'Hôpital royal. Le service des urgences se préparait à accueillir les victimes d'un incendie. Aux toilettes, Rebus se déshabilla et se rinça de son mieux. Sa chemise était humide et froide au toucher. Un filet de sang avait séché sur sa poitrine. Il se tourna pour regarder dans la glace et remarqua qu'il avait aussi du sang dans le dos. Il avait mouillé un tampon de serviettes en papier bleu. Ses vêtements de rechange étaient dans sa voiture, laquelle était restée aux abords de Flint Street. La porte des toilettes s'ouvrit et Claverhouse entra.

– Voilà, j'ai fait de mon mieux, déclara-t-il en lui tendant un tee-shirt noir. (Il y avait un motif gueulard imprimé sur le devant, un zombie aux yeux démoniaques brandissant une faux.) Ça appartient à un des internes, il m'a fait promettre qu'il le récupérerait.

Rebus prit une autre poignée de serviettes pour s'essuyer. Il demanda à Claverhouse s'il était présentable.

– Vous en avez encore un peu sur le front.

Claverhouse termina le travail.

– Comment il va ? s'enquit Rebus.

– Ils pensent qu'il peut s'en tirer s'il ne fait pas d'infection cérébrale.

– Quel est votre point de vue ?

– Un message pour Tommy de la part du Gros Gerry.

– C'est l'un des hommes de Tommy ?

– Il nie tout en bloc.

– Alors, quelle est sa version ?

– Il est tombé dans l'escalier et s'est fendu le crâne à l'atterrissage.

– Et le largage ?

– Il dit qu'il ne se souvient plus. (Claverhouse s'interrompit.) Écoutez, John…

– Quoi ?

– Hum, une des infirmières voulait que je vous pose une question…

Le ton de la voix suffit pour que Rebus comprenne.

– Le test du sida ?

– Ils se sont posé la question, c'est tout.

Rebus réfléchit. Du sang dans les yeux, les oreilles et qui lui dégoulinait dans le cou. Il se regarda : pas d'égratignures ni de coupures.

– On verra bien, marmonna-t-il.

– On devrait peut-être annuler la filature, dit Claverhouse. Qu'ils s'entretuent s'ils en ont envie.

– Et nous, on poste une escouade d'ambulances à proximité pour ramasser les cadavres ?

Claverhouse émit un grognement sourd.

– Est-ce que ce genre de truc, c'est le style du Gros Gerry ?

– Tout à fait, approuva Rebus en attrapant son blouson.

– Mais pas les coups de couteau au night-club ?

– Non.

Claverhouse se mit à rigoler, mais c'était un rire sans joie. Il se frotta les yeux.

– Mes frites sont passées à l'as, hein ? Bon Dieu, je prendrais bien un verre.

Rebus plongea la main dans son blouson pour en sortir le quart de Bell's. Claverhouse n'eut pas l'air surpris quand il en brisa le sceau. Il en avala une gorgée, en lampa une autre pour faire bonne mesure et lui rendit le flacon.

– C'est bon pour ce que j'ai, comme dirait mon toubib.

Rebus revissa le bouchon.

– Vous n'en prenez pas ?

– Je suis au régime sec.

Il frotta l'étiquette avec son pouce.

– Depuis quand ?

– Cet été.

– Alors pourquoi vous trimbaler avec une bouteille ?

Rebus la considéra.

– Parce que ce n'est pas exactement ça.

– Alors c'est quoi ? demanda Claverhouse, déconcerté.

– Une bombinette. (Il la fourra dans sa poche.) Ma petite bombe suicide.

Là-dessus, ils retournèrent aux urgences. Clarke les attendait devant une porte close.

– On a dû le mettre sous sédatif, annonça-t-elle. Il s'était relevé et errait partout en titubant.

Elle indiqua les traces par terre : du sang qui avait giclé était maculé de pas.

– On connaît son nom ?

– Il n'en a pas donné. Rien dans ses poches pour l'identifier, aucun papier. Plus de deux cents billets en cash, donc on peut déjà éliminer l'agression pour motifs crapuleux. À votre avis, quelle sorte d'arme ça peut être ? Un marteau ?

Rebus haussa les épaules.

– Un marteau aurait défoncé la boîte crânienne. La découpe a l'air trop nette. Je dirais qu'ils l'ont attaqué au hachoir.

– Ou à la machette, intervint Claverhouse. Un engin de ce genre.

Clarke le regarda fixement.

– Ça empeste le whisky.

Claverhouse porta un doigt à ses lèvres.

– Autre chose ? demanda Rebus.

Ce fut au tour de Clarke de hausser les épaules.

– Oui, juste une remarque.

– Qu'est-ce qu'il y a ?

– J'adore ce tee-shirt.

Claverhouse glissa des pièces dans l'appareil et fit couler trois cafés. Il avait appelé son bureau pour faire savoir que la surveillance était suspendue. Les ordres étaient désormais d'attendre à l'hôpital pour voir si la victime parlerait. On voulait au minimum une identité. Claverhouse tendit une tasse à Rebus.

– Au lait, sans sucre.

Rebus prit le café d'une main. Dans l'autre, il tenait un sac à linge sale en plastique, à l'intérieur duquel se trouvait sa chemise. Il essaierait de la donner à nettoyer, c'était une bonne chemise.

– Vous savez, John, dit Claverhouse, vous n'êtes pas obligé de rester.

Rebus le savait. Il n'habitait pas très loin, de l'autre côté des Meadows, et pouvait regagner à pied son grand appart. Grand et vide. Il y avait des étudiants de l'autre côté du mur. Ils écoutaient sans arrêt de la musique, des morceaux qu'il ne reconnaissait pas.

– Vous qui connaissez la bande à Telford, répondit-il, la tronche de ce gusse ne vous dit rien ?

Claverhouse haussa les épaules.

– Je lui ai trouvé un air de ressemblance avec Danny Simpson.

– Mais vous n'en êtes pas sûr ?

– Si c'est lui, on pourra difficilement en tirer autre chose que son nom. Telford trie ses gars sur le volet.

Clarke se joignit à eux dans le couloir. Elle prit le gobelet que lui tendait Claverhouse.

– C'est bien Danny Simpson, confirma-t-elle. Je viens de rejeter un œil, maintenant qu'on a lavé le sang. (Elle avala une gorgée de café et fit la grimace.) Où est le sucre ?

– Quand on est aussi douce que vous, on n'a pas besoin de sucre, susurra Claverhouse.

– Pourquoi s'en sont-ils pris à Simpson, d'après vous ? demanda Rebus.

– Au mauvais endroit au mauvais moment ? suggéra Claverhouse.

– Sans compter qu'il est assez bas dans la hiérarchie pour que ça passe pour une allusion discrète, ajouta Clarke.

Rebus la regarda. Cheveux noirs coupés court, un air malin et des yeux pétillants. Elle se débrouillait bien avec les suspects, savait ne pas les exciter lors des auditions et avait une bonne écoute. C'était un bon élément dans la rue aussi, rapide sur ses jambes et vive dans sa tête.

– Comme je vous l'ai dit, John, vous mettez les bouts quand vous voulez, répéta Claverhouse en éclusant le fond de son gobelet.

Rebus observa le couloir sur toute sa longueur.

– Est-ce que je serais de trop, par hasard ?

– Non, ce n'est pas ça. Mais votre boulot, c'est agent de liaison, point barre. Je sais comment vous bossez. Vous vous investissez personnellement dans vos enquêtes, trop peut-être. Regardez pour Candice. Ce que je veux dire…

– Ce que vous voulez dire, c'est que je n'ai pas à me mêler de vos oignons ?

Il sentait le rouge lui monter aux joues : *Regardez pour Candice.*

– C'est notre enquête, pas la vôtre, c'est tout.

– Je ne comprends pas, vous pouvez me faire un dessin ? grogna Rebus, les yeux réduits à deux fentes.

Clarke s'avança.

– John, il veut seulement dire que…

– Oh là ! Ça va, Siobhan. Laissez-le causer.

Claverhouse soupira, écrasa son gobelet vide et chercha une poubelle du regard.

– John, enquêter sur Telford ça veut dire aussi avoir à l'œil le Gros Ger Cafferty et sa bande.

– Et alors ?

Claverhouse le fixa.

– D'accord, vous voulez que je vous mette les points sur les i ? Vous êtes allé à Barlinnie pas plus tard qu'hier… les nouvelles circulent vite dans le milieu. Vous avez vu Cafferty. Vous avez taillé une bavette, tous les deux.

– Il m'a demandé de me tirer, mentit Rebus.

Claverhouse leva les mains comme pour l'arrêter.

– Justement, comme vous venez de le dire, il vous a demandé de vous tirer et vous vous êtes exécuté, confirma Claverhouse en haussant les épaules.

– Vous insinuez que je suis à sa solde ? demanda Rebus en haussant dangereusement le ton.

– Allez, allez, les gars, intervint Clarke.

Les portes venaient de s'ouvrir à l'extrémité du couloir. Un jeune homme en costume sombre, serviette à la main, se dirigeait d'un pas alerte vers le distributeur de boissons. Il chantonnait doucement. Il s'arrêta de fredonner en s'approchant d'eux, posa son porte-documents et chercha de la monnaie dans ses poches. Il leur adressa un sourire.

– Bonsoir.

La trentaine, les cheveux noirs lissés en arrière, front dégagé. Un accroche-cœur tombait entre les sourcils.

– Quelqu'un aurait la monnaie d'une livre ?

Ils fouillèrent dans leurs poches sans arriver à rassembler suffisamment de ferraille.

– Tant pis.

Bien que l'appareil clignotât L'APPAREIL NE REND PAS LA MONNAIE, il enfonça sa pièce d'une livre et choisit un thé, nature, sans sucre. Il se pencha pour retirer la tasse mais sans hâte, prenant visiblement son temps.

– Vous êtes de la police, constata-t-il avec le sourire. (Il parlait d'une voix traînante légèrement nasillarde, typique de la bonne société écossaise.) Je ne crois pas avoir eu affaire à vous professionnellement parlant, mais sait-on jamais.

– Et vous, vous êtes avocat, supputa Rebus. (L'homme confirma d'un signe de tête.) Vous êtes ici pour défendre les intérêts d'un certain M. Thomas Telford.

– Je suis le conseiller juridique de Daniel Simpson.

– Ce qui revient au même.

– Daniel vient juste d'arriver, fit-il en soufflant sur son thé avant d'en avaler une gorgée.

– Qui vous a prévenu ?

– Encore une fois, je crois que ce ne sont pas vos oignons, inspecteur... ?

– Inspecteur principal Rebus.

L'homme transféra la tasse dans sa main gauche pour pouvoir tendre la droite.

– Charles Groal. (Il jeta un œil sur le tee-shirt de Rebus.) Est-ce là ce que vous appelez s'habiller en civil, inspecteur ?

Claverhouse et Clarke se présentèrent à leur tour. Groal fit son numéro en distribuant à tout le monde sa carte de visite.

– Je suppose que vous traînez dans les parages dans l'espoir de pouvoir interroger mon client ?

– Tout juste, confirma Claverhouse.

– Puis-je vous demander pour quel motif, sergent Claverhouse ? Ou dois-je adresser cette question à votre supérieur ?

– Ce n'est pas mon...

Claverhouse croisa le regard de Rebus.

– Ah, ce n'est pas votre supérieur ? enchaîna Groal, ravi, haussant un sourcil. Et pourtant, il l'est manifestement, puisqu'il est inspecteur principal et vous sergent. (Il considéra le plafond en tapotant l'index contre son gobelet.) J'y suis, vous n'êtes pas collègues au sens strict du terme, ajouta-t-il enfin avant de ramener son attention sur Claverhouse.

– Le sergent Claverhouse et moi sommes attachés à la Brigade criminelle écossaise, intervint Clarke.

– Alors que l'inspecteur Rebus ne l'est pas, poursuivit Groal. Palpitant.

– Je suis à St Leonard.

– C'est donc bien votre secteur ici. Mais pour ce qui est de la Criminelle…

– Nous voulons juste savoir ce qui s'est passé, expliqua Rebus.

– Une chute quelconque, non ? À propos, comment va-t-il ?

– Vous êtes trop bon de vous en inquiéter, marmonna Claverhouse.

– Il est inconscient, répondit Clarke.

– Et ne va probablement pas tarder à passer sur le billard. À moins qu'on ne l'envoie à la radio d'abord ? Je ne suis pas un expert en la matière.

– Vous pourriez même aller jusqu'à poser la question à une infirmière, susurra Claverhouse.

– Sergent Claverhouse, je perçois comme un soupçon d'ironie dans votre voix.

– C'est son ton habituel, assura Rebus. Écoutez, vous êtes là pour que Danny Simpson la boucle. Nous sommes ici pour entendre le paquet de conneries que vous deux allez concocter pour notre plus grande délectation. Je crois que c'est assez bien résumé, non ?

Groal inclina la tête légèrement, les yeux posés sur celui qui venait de rompre la trêve.

– J'ai entendu parler de vous, inspecteur. Il arrive qu'au bout du compte, les ragots qui circulent soient exagérés. Mais je dois reconnaître qu'en l'occurrence, ils ne le sont pas.

– Il est entré dans la légende, répliqua Clarke.

Rebus grogna et repartit en direction des urgences.

Un agent en tenue était assis sur une chaise, son képi sur les genoux et un livre de poche posé sur le képi. Rebus l'avait aperçu une demi-heure auparavant. Le policier montait la garde devant une chambre dont la porte était soigneusement fermée. Des voix calmes leur parvenaient de l'intérieur de la pièce. L'agent s'appelait Redpath et il était attaché à St Leonard. Cela faisait un peu moins d'un an qu'il était dans la police. C'était une recrue diplômée qu'on surnommait le « Professeur ». Il était grand, boutonneux et timide. Il referma le livre quand Rebus s'approcha, mais laissa un doigt pour retenir sa page.

– De la science-fiction, expliqua-t-il. Je crois toujours que ça me passera avec l'âge.

– Il y a beaucoup de choses qui ne passent pas avec l'âge, fils. Ça parle de quoi ?

– Oh, comme d'habitude, des menaces pour la stabilité du continuum spatio-temporel, les univers parallèles. (Redpath leva les yeux.) Que pensez-vous des univers parallèles, monsieur ?

Rebus fit un signe de tête vers la porte.

– Qui est là-dedans ?

– Un accident de la route. Le chauffard a pris la fuite.

– C'est grave ? (Le Professeur haussa les épaules.) Où ça s'est passé ?

– En haut de Minto Street.

– Vous avez arrêté le chauffard ?

– Non, fit Redpath en secouant la tête. J'attends pour voir si elle peut nous fournir des renseignements. Et pour vous, monsieur ?

– Même genre d'histoire, fiston. Un univers parallèle, comme qui dirait.

Siobhan apparut, sirotant une nouvelle tasse de café. Elle salua d'un signe de tête Redpath, qui se leva. Un geste de politesse qui lui valut un sourire de connivence.

– Telford veut que Danny la boucle, dit-elle à Rebus.

– Visiblement.

– Et entre-temps, il va chercher à régler ses comptes.

– Évidemment.

Elle croisa le regard de Rebus.

– Je l'ai trouvé un peu à côté de la plaque.

Elle parlait de Claverhouse mais évitait de donner des noms en présence d'un uniforme.

– Merci, fit Rebus en hochant la tête.

Ce qui voulait dire : vous avez eu raison de vous taire sur le coup. Claverhouse et Clarke faisaient équipe maintenant. Ça ne lui simplifierait pas la vie de se mettre à dos son nouveau partenaire.

La porte s'ouvrit et une femme docteur apparut. Elle était jeune et semblait exténuée. Derrière elle, dans la pièce, Rebus aperçut un lit, un visage sur le lit, le personnel qui s'activait autour de divers appareils. Puis la porte se referma doucement.

– Nous allons faire un scanner cérébral, expliqua le docteur à Redpath. Vous avez contacté la famille ?

– Je n'ai pas de nom.

– Ses effets sont à l'intérieur.

La praticienne rouvrit la porte et rentra. Les vêtements étaient sur une chaise, pliés, un sac posé dessus. Quand elle souleva le sac, Rebus vit quelque chose : une boîte plate en carton blanc.

Une boîte à pizza en carton blanc. Les vêtements : jean noir, soutien-gorge noir, chemise en satin rouge. Duffle-coat noir.

– John ?

Avec des chaussures noires à talons de cinq centimètres, bouts carrés, l'air neuves mais éraflées comme si on les avait traînées sur le bitume.

Rebus était dans la chambre maintenant. Une partie de son visage disparaissait derrière le masque à oxygène. Elle avait le front écorché et meurtri, les cheveux rejetés en arrière. Ses doigts étaient couverts de cloques, paumes à vif. Elle n'était pas couchée sur un lit à proprement parler mais sur une large civière métallique.

– Excusez-moi, monsieur, vous ne devriez pas être là.

– Qu'est-ce qui ne va pas ?

– C'est ce monsieur…

– John ? John, qu'y a-t-il ?

On lui avait enlevé ses boucles d'oreilles. Trois clous minuscules, dont l'un plus rouge que ses voisins. Le visage au-dessus du drap, les yeux cernés de noir et gonflés, le nez cassé, les deux joues écorchées. La lèvre éclatée, le menton tailladé, les paupières qui ne palpitaient même pas. Il voyait la victime d'un chauffard, un fou furieux. Et derrière tout cela, ce qu'il voyait, c'était sa fille.

Alors, il hurla.

Clarke et Redpath durent le traîner dehors, aidés par Claverhouse, alerté par le vacarme.

– Laissez la porte ouverte ! Je vous tue si vous fermez cette porte !

Ils tentèrent de le faire asseoir. Redpath sauva son roman *in extremis*. Rebus le lui arracha et le balança dans le couloir.

– Comment vous avez osé lire ce truc débile ? aboya-t-il. C'est Sammy qui est là-dedans ! Et vous, vous êtes là à bouquiner !

Le café de Clarke avait valsé, rendant le sol glissant, et Redpath dégringola quand Rebus le bouscula.

– Vous pouvez caler cette porte pour qu'elle reste ouverte ? demandait Claverhouse au docteur. Et si on lui administrait un sédatif ?

Rebus se labourait le crâne de ses mains, beuglait, les yeux secs, la voix rauque, hébété. Quand il se regarda, il vit le tee-shirt grotesque et il sut que c'était ce qu'il retiendrait de cette nuit-là : l'image d'un tee-shirt des Iron Maiden avec un démon grimaçant, les yeux étincelants. Il arracha son blouson et se mit à réduire le tee-shirt en charpie.

Elle était derrière cette porte, pensait-il, et j'étais là à bavasser, peinard. Elle était à l'intérieur durant tout ce temps. Deux choses firent tilt : un chauffard et la voiture avaient débouché de Flint Street. Il empoigna Redpath.

– En haut de Minto Street. T'es sûr ?

– De quoi ?

– Sammy… en haut de Minto Street ?

Redpath confirma d'un geste. Clarke sut immédiatement ce que Rebus avait en tête.

– Je ne crois pas, John. Ils allaient en sens inverse.

– Ils ont pu faire demi-tour.

Claverhouse avait intercepté une partie du dialogue.

– Je viens de raccrocher. Les mecs qui ont fait son affaire à Danny Simpson, on a retrouvé la bagnole. Une Escort blanche abandonnée sur Argyle Place.

Rebus regarda Redpath.

– Une Escort blanche ?

– Non, fit Redpath en secouant la tête. Les témoins parlent d'une couleur sombre.

Rebus se tourna vers le mur et resta là, les deux paumes plaquées dessus. Les yeux rivés à la peinture, c'était comme s'il voyait *à l'intérieur* de la matière, le grain et la texture. Claverhouse lui posa une main sur l'épaule.

– John, je suis sûr qu'elle va s'en tirer. Le docteur est allé te chercher des comprimés, mais en attendant, si tu prenais ça ?

Claverhouse, le blouson de Rebus plié dans le creux de son bras, le flacon dans la main.

Sa petite bombe suicide, sa bombinette.

Il s'empara de la bouteille. Il dévissa le bouchon, les yeux sur la porte ouverte, et porta la bouteille à ses lèvres.

Et il but.

Deuxième partie

Dans le Jardin suspendu
Personne ne dort

Des vacances à la mer. Terrain de camping, longues balades et châteaux de sable... Il est allongé dans un transat et essaie de lire. Un vent aigre souffle malgré le soleil. Rhona enduit Sammy de crème solaire en expliquant qu'on n'est jamais trop prudent. Elle lui demande de la surveiller pendant qu'elle retourne à la caravane pour chercher son livre. Sammy enterre les pieds de son père dans le sable.

Il essaie de lire, mais il a l'esprit au boulot. Chaque jour de vacances, il se faufile dans une cabine pour appeler le commissariat. Ils n'arrêtent pas de lui dire d'en profiter, d'oublier le reste, relax Max. Il est à la moitié d'un bouquin d'espionnage, dont il a déjà perdu le fil.

Rhona fait de son mieux. Elle rêvait d'aller à l'étranger, d'avoir un peu de la chaleur et de l'insouciance qui vont avec le soleil. Mais les finances lui ont donné raison à lui. De sorte qu'ils ont atterri là, sur la côte du Fife, lieu de leur première rencontre. Qu'espère-t-il ? Ranimer la flamme du souvenir ? Il venait sur cette plage avec ses propres parents, jouait avec son frère Mickey, rencontrait d'autres gosses, qu'il perdait de vue après la fin des vacances.

De nouveau, il essaie de revenir à son roman d'espionnage, mais son enquête lui revient en tête. Et soudain, une ombre tombe sur lui.

– Où elle est ?

– Hein ?

Il regarde par terre. Ses pieds sont ensevelis dans le sable, mais Sammy n'est plus là. Depuis combien de temps est-elle partie ? Il se lève, son regard fait le tour de la plage. Quelques baigneurs timides qui s'enfoncent dans l'eau jusqu'aux genoux.

– Bon sang, John, où elle est ?

Il se retourne, regarde les dunes dans le lointain.

– Les dunes ?

Ils l'ont mise en garde. Il y a des trous dans les dunes où le sable s'érode. De petites cavernes se forment, qui attirent les gosses comme des aimants. Sauf qu'elles ont tendance à s'effondrer sans prévenir. Plus tôt dans la saison, un gamin a été sauvé de justesse par ses parents affolés. Il était déjà à moitié étouffé par le sable...

À présent, ils courent. Les dunes, l'herbe, aucune trace de la fillette.

– Sammy !

– Peut-être est-elle allée dans l'eau ?

– Tu devais la surveiller !

– Je m'excuse, je...

– Sammy !

Une petite silhouette dans l'un des trous, qui décampe à quatre pattes en les voyant. Rhona l'attrape, la tire vers elle, la serre dans ses bras.

– Ma chérie, on t'avait dit de ne pas venir ici.

– J'étais un lapin.

Rebus observe le fragile édifice, du sable dans un lacis de racines et d'herbes folles. Il y flanque son poing, le toit s'écroule. Rhona le regarde.

Fin des vacances.

3

John Rebus embrassa sa fille.

– À tout à l'heure, dit-il en la regardant quitter le café.

Un express et un sablé au caramel, elle n'avait pas trop de temps. Mais ils avaient pris rendez-vous pour le dîner. Rien de compliqué, juste une pizza.

C'était le 30 octobre. À la mi-novembre, si la nature se sentait d'humeur vacharde, ce serait l'hiver. Rebus avait appris à l'école qu'il y avait quatre saisons distinctes, il en avait peint des images dans des couleurs éclatantes ou sombres, mais son pays d'origine semblait ne rien en savoir. Les hivers étaient interminables, abusant de votre hospitalité. La chaleur débarquait subitement et les gens se mettaient en tee-shirt alors que les premiers bourgeons commençaient à sortir, de sorte que le printemps et l'été semblaient se confondre en une seule et même saison. Et à peine les feuilles commençaient-elles à brunir que déjà, les premières gelées revenaient.

Sammy lui fit signe par la vitre du café, puis elle disparut. Elle semblait avoir grandi correctement. Il avait toujours été à l'affût de la moindre preuve d'instabilité, guettant les signes d'un traumatisme de l'enfance ou d'une prédisposition génétique à l'autodestruction. Peut-être devrait-il appeler Rhona un jour pour la féliciter, la remercier d'avoir élevé seule Samantha. Cela n'avait pas dû être rose tous les jours, il s'en doutait. Il aurait aimé se sentir une quelconque part de responsabilité dans la réussite de l'entreprise, mais il n'était pas faux-jeton à ce point. La vérité, c'est que pendant qu'elle grandissait, il était ailleurs. C'était pareil pour son mariage. Il pouvait se trouver dans la même pièce que sa femme, sortir au cinéma ou dîner chez des amis… il avait toujours la tête ailleurs, obnubilé par telle ou telle enquête, taraudé par tel ou tel problème qui ne le laissait pas en repos tant qu'il n'avait pas trouvé la réponse.

Rebus attrapa son blouson sur le dossier de sa chaise. Il ne lui restait qu'à retourner au bureau, comme Sammy, qui avait pris le chemin du sien. Elle travaillait avec des anciens détenus. Elle avait refusé qu'il la dépose. Maintenant qu'ils s'étaient mis en ménage, elle avait voulu lui parler de son compagnon, Ned Farlowe. Rebus s'était efforcé de prendre l'air intéressé, mais son esprit était à moitié occupé par Joseph Lintz. En d'autres termes, rien n'avait changé. Quand on lui avait confié l'affaire Lintz, on lui avait dit qu'elle était faite pour lui, en raison d'une part de son passage dans l'armée, et d'autre part de son intérêt apparent pour les cas historiques. Par là, Watson le Péquenot, le superintendant de Rebus, entendait son enquête sur Bible John [1].

– Sauf votre respect, monsieur, ça m'a l'air d'être un joli tas de conneries, avait rétorqué Rebus. Deux raisons pour qu'on me colle ça à moi. Primo, aucun autre couillon n'y toucherait même pas avec des pincettes et deuxio, ça me tiendra hors circuit quelque temps.

– Vos attributions consistent à passer en revue les éléments en notre possession pour voir si on dispose d'une preuve tangible, avait poursuivi le Péquenot qui n'était pas d'humeur à se mettre en boule. Vous pouvez interroger M. Lintz si besoin est. Faites ce qui vous paraît nécessaire et voyez si on a de quoi motiver une inculpation…

– Allons donc, vous savez bien que c'est peine perdue. (Rebus soupira.) Monsieur, nous avons déjà discuté de ça. C'est pour cette raison qu'on a fermé la section des crimes de guerre. Cette affaire qu'on a eue, il y a quelques années… tout ce raffut pour rien, que dalle. (Il secoua la tête.) Qui a envie de remettre ça sur le tapis, à part la presse ?

– Je vous retire l'affaire Taystee. Laissez Bill Pryde s'en dépatouiller.

C'était donc réglé. Lintz appartenait à Rebus.

---

1. Voir *L'Ombre du tueur*.

Tout avait commencé par un article, avec des documents qui avaient été communiqués à un journal du dimanche. Ces documents émanaient du Bureau des enquêtes sur l'Holocauste situé à Tel Aviv. Ce service avait transmis à l'hebdomadaire le nom de Joseph Lintz, qui, d'après ces papiers, filait des jours paisibles en Écosse sous un faux nom depuis la fin de la guerre. Or, à les en croire, ce Lintz n'était autre que Josef Linzstek, un Alsacien d'origine. En juin 1944, à la tête de la 3e compagnie d'un régiment blindé de la 2e division SS « Das Reich », le lieutenant Linzstek était entré dans la petite ville de Villefranche d'Albarède, située au creux du département de la Corrèze. La 3e compagnie avait rassemblé toute la population du bourg, hommes, femmes, enfants. On avait pris les malades dans leurs lits, tiré les vieux de leurs fauteuils et arraché les bébés des berceaux.

Une jeune adolescente, réfugiée de Lorraine, savait déjà de quoi les Allemands étaient capables. Ayant grimpé dans le grenier de la maison, elle s'y était cachée, observant la scène par une lucarne. On avait conduit tout le monde sur la place du village. La gamine vit ses camarades rejoindre leurs parents. Elle avait manqué l'école ce jour-là à cause d'une angine. Elle se demanda si quelqu'un allait la dénoncer aux Allemands…

Il y eut un brouhaha quand le maire et d'autres notables émirent des protestations à l'adresse de l'officier qui assurait le commandement. Avec les mitrailleuses pointées sur la foule, ces hommes – parmi lesquels figuraient le curé, le notaire et le médecin – furent matraqués à coups de crosses. Puis des cordes surgirent, qu'on accrocha à une demi-douzaine d'arbres qui cernaient la place. On releva les hommes pour passer leurs têtes dans les nœuds coulants. Un ordre claqua, une main se leva puis s'abattit, et les soldats tirèrent sur les cordes jusqu'à ce que les six hommes fussent pendus aux arbres. Les corps qui se tordent, les pieds qui battent l'air et les gestes qui se ralentissent peu à peu…

Dans le souvenir de l'adolescente, ils mirent une éternité à mourir. Un silence abasourdi sur la place, comme si tout le village savait à présent… savait que ce ne serait pas un simple contrôle d'identité. D'autres ordres furent aboyés. Les hommes, séparés des leurs, furent emmenés à la grange Prudhomme, tandis qu'on parquait femmes et enfants dans l'église. La place se vida, hormis une douzaine de soldats, le fusil à la bretelle. On les voyait bavarder, donner des coups de pied dans la poussière et les cailloux, blaguer en fumant une cigarette. L'un d'eux entra dans le bar et alluma la radio. Une musique de jazz s'éleva, se mêlant au bruissement des feuilles tandis que la brise agitait les cadavres dans les arbres.

– C'est curieux, dira la jeune fille plus tard. Ils ont cessé pour moi d'être des morts. C'était comme s'ils s'étaient transformés, comme s'ils étaient devenus partie intégrante des arbres.

Puis l'explosion, la fumée et la poussière qui jaillirent en tourbillons du toit de l'église. Un silence, comme si un vide s'était créé dans le monde, puis des cris immédiatement suivis de tirs de mitrailleuse. Et quand tout s'arrêta enfin, elle continua de les entendre. Parce que ce n'était pas seulement à l'intérieur de l'église, c'était aussi dans le lointain.

À la grange Prudhomme.

Quand on la retrouva enfin – des habitants des villages environnants – elle était nue sous un châle qu'elle avait trouvé dans une malle. Le châle avait appartenu à sa grand-mère, morte l'année précédente. Mais elle n'était pas la seule à avoir échappé au massacre. Quand les soldats avaient ouvert le feu dans la grange Prudhomme, ils avaient visé bas. Les hommes de la première rangée qui étaient tombés avaient été blessés aux membres inférieurs et les corps qui étaient tombés sur eux les avaient protégés des autres balles. Quand la paille fut répandue sur le tas et qu'on y mit le feu, ils avaient tenu le plus longtemps possible avant de s'extirper de dessous, s'attendant à tout moment à se faire descendre. Quatre réussirent à s'en sortir, dont deux avec les cheveux et les vêtements en feu. L'un des rescapés succomba plus tard à ses blessures.

Trois hommes, une adolescente. Ils furent les seuls survivants.

Le bilan des victimes ne fut jamais établi de façon définitive. Nul ne savait exactement combien de personnes étaient de passage à Villefranche ce jour-là, combien il fallait ajouter de réfugiés au décompte. On dressa une liste de plus de sept cents noms, ceux qui avaient probablement péri lors du massacre.

Rebus s'assit à son bureau et se frotta les yeux avec les poings. La jeune fille était toujours en vie, c'était une retraitée maintenant. Les hommes qui avaient survécu étaient tous morts. Mais ils vivaient encore à l'époque du procès de Bordeaux, en 1953. Il avait les comptes rendus de leurs témoignages. Ils étaient en français. Une bonne partie des documents qui se trouvaient sur son bureau était en français et Rebus ne parlait pas le français. C'est pourquoi il s'était rendu au département des Langues modernes de l'université et avait déniché quelqu'un. Elle s'appelait Kirstin Mede et elle enseignait le français, mais elle avait également une bonne connaissance de l'allemand, ce qui était commode, car les documents qui n'étaient pas en français étaient en allemand. Il avait un résumé d'une page en anglais sur les comptes rendus d'audiences, transmis par les chasseurs de nazis. Le procès s'était ouvert en janvier 1953 et avait duré tout juste un mois. Sur les soixante-cinq hommes identifiés comme ayant fait partie des troupes SS à Villefranche, seuls quinze se trouvaient dans le box des accusés : six Allemands et neuf Alsaciens. Pas un n'était officier. Un Allemand fut condamné à mort, les autres à des peines de prison allant de quatre à douze ans, mais ils furent tous libérés dès la fin du procès. L'Alsace n'avait pas apprécié de voir ses fils comparaître devant des tribunaux français et, dans un souci d'union nationale, le gouvernement avait voté l'amnistie. Dans la foulée, on estima que les Allemands avaient déjà purgé leur peine.

Les rescapés de Villefranche étaient atterrés.

Plus effarant encore aux yeux de Rebus, les Anglais avaient appréhendé deux officiers allemands impliqués dans le massacre. Pourtant, ils avaient refusé de les livrer aux autorités françaises, préférant les restituer à l'Allemagne, où ils menaient depuis une vie tranquille et prospère. Si on avait mis la main sur Linzstek à l'époque, on n'en serait pas là.

La politique. Tout était affaire de politique. Rebus leva les yeux et vit que Kirstin Mede se tenait devant lui. Elle était grande, bien bâtie et vêtue de façon impeccable. Elle était maquillée comme seuls le sont les mannequins sur les publicités de mode. Aujourd'hui elle portait un deux pièces à carreaux, la jupe au ras des genoux, et de longues boucles d'oreilles dorées. Elle avait déjà ouvert sa serviette dont elle sortait une liasse de feuilles.

– Mes dernières traductions, annonça-t-elle.

– Merci.

Le regard de Rebus se posa sur une note qu'il s'était faite : un voyage en Corrèze sera-t-il nécessaire ? Bon, le Péquenot avait dit qu'il aurait ce qu'il voudrait. Il leva les yeux sur Kirstin Mede et se demanda si le budget pourrait lui permettre la présence d'une guide-interprète. Assise en face de lui, elle chaussait des demi-lunes de lecture.

– Puis-je vous apporter un café ? proposa-t-il.

– Je suis un peu à la bourre aujourd'hui. Je veux juste vous montrer ça.

Elle posa deux feuilles sur son bureau en les tournant vers lui. L'une était la photocopie d'un rapport dactylographié en allemand et l'autre sa traduction. Rebus considéra le texte allemand.

« *Der Beginn der Vergeltungsmassnahmen hat ein merkbares Aufatmen hervorgerufen und die Stimmung sehr günstig beeinflusst.* »

– « Le début des représailles a entraîné une nette amélioration du moral des troupes, et les soldats sont manifestement plus détendus maintenant », lut-il.

– C'est censé être de Linzstek à son commandant, précisa-t-elle.

– Mais pas de signature ?

– Juste le nom tapé à la machine et souligné.

– Ça ne peut donc pas nous servir à identifier Linzstek.

– Non, mais rappelez-vous notre discussion. Ça nous fournit un mobile pour le massacre.

– Dans le genre « repos du guerrier », en somme ?

Son regard le figea sur place.

– Navré, dit-il en levant les mains. Franchement glauque. Vous avez raison, on dirait presque que le lieutenant essaie de justifier leurs actes par écrit.

– Pour la postérité ?

– Qui sait ? Après tout, ils venaient juste de passer du côté des perdants. (Il passa en revue les papiers.) Quoi d'autre ?

– D'autres rapports, rien de très excitant. Et une partie des dépositions des témoins. (Elle le considéra de ses pâles yeux gris.) Ça vous mine au bout d'un certain temps, non ?

Il leva les yeux et hocha la tête.

La survivante du massacre habitait Juillac et la police locale l'avait récemment interrogée à propos de l'officier qui commandait l'unité « Der Führer ». Son récit n'avait pas divergé de celui qu'elle avait fait au procès : elle n'avait vu son visage que l'espace de quelques secondes – et encore, du haut de la lucarne d'une maison de trois étages. On lui avait montré une photographie récente de Joseph Lintz et elle avait haussé les épaules.

– Peut-être, avait-elle dit. C'est possible.

Ce qui, bien entendu, fut démoli par le procureur, qui savait parfaitement ce qu'un avocat de la défense – aussi débile fût-il – tirerait de ça.

– Comment progresse l'enquête ? s'enquit la jeune femme, qui avait peut-être lu la lassitude sur son visage.

– Lentement. Le problème, c'est cette paperasse. (Il montra d'un geste son bureau encombré.) D'un côté j'ai tout ce bazar et de l'autre, j'ai un petit vieux du quartier de New Town. Les deux n'ont pas l'air de coller ensemble.

– Vous l'avez rencontré ?

– Une ou deux fois.

– Il ressemble à quoi ?

À quoi ressemblait Joseph Lintz ? C'était un homme cultivé, un linguiste. Il avait même été professeur à l'université au début des années soixante-dix. Guère plus d'un an ou deux. Selon ses propres termes : « Je comblais un vide en attendant qu'ils trouvent quelqu'un qui ait plus d'envergure que moi. » Il avait enseigné l'allemand. Il vivait en Écosse depuis 1945 ou 1946 – il laissait les dates dans un flou artistique, prétextant de sa mauvaise mémoire. Les premières années de sa vie demeuraient aussi dans le vague. Il affirmait que ses papiers avaient été détruits, de sorte que les Alliés avaient dû lui en fournir un duplicata. À part la parole de Lintz, rien ne prouvait que ses nouveaux papiers n'étaient pas un tissu de mensonges qu'on avait gobés et entérinés.

L'histoire de Lintz était la suivante. Naissance en Alsace, parents et toute la famille décédés, incorporé de force dans les SS. Rebus aimait la petite note perso concernant son engagement sous les drapeaux. C'était le genre d'aveu qui faisait craquer les autorités : puisqu'il avait fait preuve de franchise sur cet épisode en ne cherchant pas à le passer sous silence, il était sans doute honnête sur le reste. On n'avait aucune trace d'un Joseph Lintz ayant servi dans un régiment de SS, mais il fallait bien admettre que les SS avaient détruit bon nombre de leurs archives quand ils avaient senti le vent tourner. Les états de service de Lintz étaient aussi flous que le reste. Il avait expliqué ses trous de mémoire par un choc traumatique. Mais il soutenait avec véhémence qu'il ne s'était jamais appelé Linzstek et ne s'était pas battu en Corrèze.

– J'étais stationné dans l'est, soutenait-il. C'est là que les Alliés m'ont trouvé, dans l'est.

Le problème, c'est qu'on n'avait pas d'explication satisfaisante sur la manière dont Lintz s'était retrouvé en Grande-Bretagne. Il avait demandé l'autorisation de s'y rendre, disait-il, pour commencer une vie nouvelle. Il refusait de retourner vivre en Alsace, car il désirait être aussi loin que possible des Allemands. Il voulait la mer entre eux et lui. Là encore, il n'existait aucun document pour confirmer ses dires et entre-temps, les enquêteurs de l'Holocauste avaient apporté leurs propres « preuves », soulignant les rapports entre Lintz et la « Ratline ».

– Vous avez déjà entendu parler de la Ratline ? lui avait demandé Rebus lors de leur première rencontre.

– Bien sûr, avait répondu Joseph Lintz. Mais je n'ai rien à voir avec ça.

Lintz... Dans le salon de sa maison sur Heriot Row. Une élégante bâtisse du XVIIIe sur quatre étages, une maison énorme pour un homme qui ne s'était jamais marié. Rebus en avait fait la remarque. Lintz s'était contenté de hausser les épaules, il en avait le droit. Mais d'où venait l'argent ?

– J'ai travaillé dur, inspecteur.

Sans doute, mais Lintz était censé avoir fait l'acquisition de cette superbe demeure à la fin des années cinquante avec un salaire d'enseignant. Un collègue de l'époque avait confié à Rebus que tout le monde dans le département le soupçonnait d'avoir des ressources cachées. Lintz démentit.

– L'immobilier était moins cher à l'époque, inspecteur. C'étaient les propriétés à la campagne et les villas qui avaient la cote.

Joseph Lintz... À peine un mètre cinquante, des lunettes. Les mains parcheminées avec des taches de vieillesse. Un poignet arborait une montre Ingersoll d'avant-guerre. Bibliothèques vitrées sur tous les murs du salon. Costume gris anthracite. De l'élégance dans les manières, une élégance presque féminine : sa façon de porter sa tasse à ses lèvres, de chasser un grain de poussière sur son pantalon.

– Je ne reproche rien aux juifs, ajouta-t-il. Ils mettraient en cause tout le monde s'ils le pouvaient. Ils veulent que le monde entier se sente coupable. Peut-être ont-ils raison.

– Comment ça, monsieur ?

– Nous avons tous nos petits secrets, des choses cachées dont nous avons honte, vous ne croyez pas ? demanda-t-il avec un sourire. Vous jouez leur jeu et vous n'en savez rien.

Rebus n'avait pas cédé pour autant.

– Les deux noms se ressemblent beaucoup, non ? Lintz, Linzstek ?

– Naturellement, sinon leurs accusations n'auraient aucun sens. Réfléchissez, inspecteur : n'aurais-je pas changé carrément de nom ? M'accordez-vous un minimum d'intelligence ?

– Certes, et plus qu'un minimum.

Des diplômes sous cadre accrochés aux murs, des titres honorifiques, des photographies en compagnie de présidents d'universités, de personnalités politiques. Quand le Péquenot en avait appris un peu plus sur le compte de Joseph Lintz, il avait conseillé à Rebus d'y aller « mollo » ; il marchait sur des œufs. Lintz faisait du mécénat – opéra, musées, galeries – et il ne lésinait pas sur les dons aux œuvres caritatives. Cet homme avait, comme on dit, des *amis*. Mais c'était aussi un solitaire, quelqu'un qui trouvait son bonheur à entretenir les tombes du cimetière militaire de Warriston. Des cernes profonds sous les yeux, qui traversaient ses pommettes anguleuses. Ne souffrirait-il pas d'insomnies, par hasard ?

– Je dors comme un agneau, inspecteur. (Un autre sourire.) Dans le genre agneau pascal, ou bouc émissaire si vous préférez. Oh, vous savez, je ne vous en veux pas, vous ne faites que votre travail.

– Vous semblez être d'une miséricorde infinie, monsieur Lintz.

Un haussement d'épaules circonspect.

– Vous connaissez les vers de William Blake, inspecteur ? « Et de toute éternité / Je te pardonne, tu me pardonnes. » Pour ma part, je ne suis pas tellement sûr de pardonner à la presse.

Ce dernier mot fut prononcé avec un dégoût qui s'accompagna d'un rictus déplaisant.

– C'est pour cette raison que vous avez lâché votre avocat contre eux ?

– Le mot « lâcher » me fait passer pour un chasseur, inspecteur. Il s'agit d'un *journal*, disposant d'une équipe d'avocats onéreux qui lui obéissent au doigt et à l'œil. Un individu a-t-il la moindre chance de gagner dans de telles conditions ?

– Alors pourquoi essayer ?

Lintz abattit les deux poings sur les accoudoirs de son fauteuil.

– Pour le principe, mon vieux !

De tels éclats étaient rares et éphémères, mais Rebus les avait vus se renouveler suffisamment souvent pour savoir que le personnage avait du tempérament…

– Hou ! Hou ! fit Kirstin Mede, en penchant la tête pour accrocher son regard.

– Quoi ?

– Vous étiez à des kilomètres de là, répondit-elle avec un sourire.

– Juste à l'autre bout de la ville.

Elle indiqua les papiers.

– Je vous les laisse, d'accord ? Si vous avez des questions…

– Super, merci.

Il se leva.

– Ça va, je connais le chemin.

Mais il ne voulut pas en démordre et la raccompagna.

– Écoutez, je suis désolé. Je suis un peu…

Ses mains voletèrent autour de sa tête.

– C'est ce que je disais. Ça finit par vous miner.

Comme ils traversaient la salle de brigade, Rebus sentit un regard dans son dos. Bill Pryde s'approcha en plastronnant, désireux d'être présenté. Il avait les cheveux clairs, bouclés, et de longs cils blonds, le nez large et couvert de taches de son, la bouche petite surmontée d'une moustache rousse – un accessoire dont il aurait pu se dispenser.

– Enchanté, dit-il en prenant la main de Kirstin Mede. (Puis, s'adressant à Rebus :) Ça me donne envie de faire un échange.

Pryde travaillait sur l'affaire Taystee : un vendeur de glaces retrouvé raide mort dans sa fourgonnette. Le moteur en marche dans un box fermé ; à première vue, l'apparence d'un suicide.

Rebus lui fit contourner Pryde sans s'arrêter. Il voulait l'inviter à dîner. Il savait qu'elle n'était pas mariée, mais pensait qu'il y avait peut-être un petit ami dans le circuit. Il se tâtait. Qu'est-ce qui pourrait lui plaire, français ou italien ? Elle parlait les deux langues. Peut-être rester sur un terrain neutre, indien ou chinois ? À moins qu'elle ne fût végétarienne ? Ou peut-être qu'elle détestait les restaurants ? Un verre alors ? Mais Rebus était au régime sec, ces temps-ci.

– ... Alors qu'est-ce que vous en pensez ?

Rebus sursauta. Kirstin Mede lui avait posé une question.

– Pardon ?

Elle éclata de rire en comprenant qu'il ne l'avait pas écoutée. Il commença par s'excuser, mais elle l'arrêta.

– Je sais, dit-elle, vous êtes un peu…

De nouveau, elle agita les mains autour de sa tête. Il sourit. Ils s'étaient arrêtés de marcher et se trouvaient face à face. Elle tenait son porte-documents serré sous le bras. C'était le moment de lui proposer un rendez-vous, un verre, n'importe quoi – à elle de choisir.

– Qu'est-ce que c'est ? demanda-t-elle brusquement.

C'était un cri perçant ; Rebus l'avait entendu, lui aussi. Il venait de derrière une porte située à proximité, celle des toilettes des femmes. Ils l'entendirent de nouveau. Cette fois, il fut suivi de quelques mots qu'ils comprirent.

– À l'aide, quelqu'un !

Rebus poussa la porte et se précipita à l'intérieur. Une femme agent était arc-boutée contre la porte d'un habitacle qu'elle essayait de forcer avec l'épaule. Derrière la cloison, d'après les bruits qui leur parvenaient, quelqu'un était en train de s'étrangler.

– Qu'est-ce qu'il y a ? demanda-t-il.

– On l'a ramassée il y a vingt minutes, elle a dit qu'elle avait besoin d'aller aux cabinets.

La femme policier avait les joues rouges de colère et de confusion.

Rebus attrapa le haut de la porte et se hissa pour regarder par-dessus. Il vit en contrebas une silhouette posée sur la cuvette des W.-C. C'était une toute jeune femme, abondamment maquillée. Le dos au réservoir de la chasse, elle leva les yeux vers lui – un regard vitreux. Et ses mains étaient prises d'une activité fébrile. Elles s'activaient à dérouler un serpentin de papier toilette qu'elle se fourrait dans la bouche.

– Elle s'étouffe, déclara Rebus en se laissant glisser à terre. Reculez.

Il cogna la porte avec l'épaule, recommença. Puis il recula et frappa le verrou avec le talon de sa chaussure. La porte s'ouvrit d'un coup sec et alla valdinguer contre les genoux de la femme. Il se précipita à l'intérieur. Elle avait déjà le visage violet.

– Tenez-lui les mains, ordonna-t-il à la fonctionnaire tandis qu'il retirait de la bouche de l'inconnue le ruban de papier blanc avec l'impression d'être un prestidigitateur exécutant un tour minable.

Elle semblait avoir avalé un demi-rouleau et, quand le regard de Rebus croisa celui de la femme policier, ils partirent tous les deux d'un fou rire irrépressible. La jeune femme avait cessé de se débattre. Elle avait des cheveux ternes, raides et gras. Elle portait une doudoune noire et une jupe noire moulante. Ses jambes nues étaient marbrées de rose, avec un bleu qui commençait à marquer là où la porte l'avait cognée. Son rouge à lèvres vif partait sur les doigts de Rebus. Elle avait pleuré et pleurait encore. Rebus, qui se sentait coupable d'avoir rigolé, s'accroupit pour la regarder dans les yeux, des yeux barbouillés de mascara. Ses paupières papillonnèrent puis elle soutint son regard et toussa quand il retira le dernier morceau de papier.

– Elle est étrangère, expliqua la femme policier. Elle n'a pas l'air de parler un mot d'anglais.

– Alors comment elle s'y est prise pour vous dire qu'elle voulait aller aux chiottes ?

– Il y a des moyens pour ça, non ?

– Où vous l'avez ramassée ?

– Sur Pleasance, elle racolait ouvertement.

– C'est nouveau comme secteur pour moi.

– Pour moi aussi.

– Personne avec elle ?

– Pas que je sache.

Rebus prit les mains de la femme. Il était toujours accroupi devant elle et sentait ses genoux qui lui effleuraient la poitrine.

– Ça va aller ? (Elle cligna des yeux. Il prit une expression d'inquiétude polie.) OK maintenant ?

Elle hocha un peu la tête.

– OK, dit-elle d'une voix éraillée.

Rebus sentait ses doigts, ils étaient gelés. Il se demanda : une junkie ? Beaucoup de filles qui faisaient le trottoir étaient camées. Mais il n'en avait encore jamais rencontré qui ne parle pas anglais. Il retourna ses mains, regarda les poignets. Une cicatrice en zigzag encore fraîche. Elle ne lui opposa pas de résistance quand il releva une manche de sa veste. Le bras était un tissu de balafres similaires.

– De l'automutilation.

La femme s'était mise à parler, elle tenait des propos incompréhensibles. Kirstin Mede, qui était restée en retrait jusque-là, s'avança. Rebus se tourna vers elle.

– Ce n'est pas une langue que je comprends… pas vraiment… Europe de l'Est.

– Essayez quand même.

Mede lui posa donc une question en français, qu'elle répéta dans trois au quatre autres langues. La femme parut comprendre ce qu'ils essayaient de faire.

– Il y a sûrement quelqu'un à la fac qui pourrait nous aider, proposa Mede.

Comme il se relevait, la jeune femme s'accrocha à ses genoux et le tira vers elle au point qu'il faillit perdre l'équilibre. Elle le tenait serré et pressait le visage contre ses jambes. Elle pleurait toujours en babillant.

– Je pense que vous avez une touche, monsieur, remarqua la femme policier.

Ils lui arrachèrent les mains et il se dégagea, mais elle le rattrapa aussitôt, se jeta en avant, telle une mendiante, haussant le ton. Ils avaient un public maintenant devant la porte, une demi-douzaine de policiers. Chaque fois que Rebus reculait, elle se précipitait à quatre pattes. Il leva les yeux vers la sortie, qui était bouchée par les spectateurs. Le prestidigitateur avait cédé la place à l'auguste d'un numéro de clowns. La femme flic empoigna la jeune étrangère et la tira pour la remettre debout, un bras tordu dans le dos.

– Allez, articula-t-elle, les dents serrées. Direction, la cellule. Rideau, les gars, le spectacle est fini.

Il y eut quelques applaudissements tandis qu'elle emmenait la prisonnière. Celle-ci se retourna une fois, chercha Rebus des yeux, le regard suppliant. Pourquoi, il n'en savait rien. Il s'adressa à Kirstin Mede.

– Ça vous dirait un curry, un de ces jours ?

Elle le regarda comme s'il était fou.

– Deux choses. Premièrement, c'est une musulmane de Bosnie. Deuxièmement, elle veut vous revoir.

Rebus fixa l'homme du département des Études slaves, venu le voir à la demande de Kirstin Mede. Ils discutaient dans le couloir de St Leonard.

– Une Bosniaque ?

Le professeur Colquhoun confirma. C'était un petit bonhomme rondouillard, presque sphérique, avec de longs cheveux noirs qui encadraient le dôme chauve de son crâne. Un visage boursouflé, criblé par la variole, un costume marron fatigué et taché. Il portait aux pieds des Hush Puppies en daim de la même couleur que le costume. C'était exactement l'allure qu'un recteur se devait d'avoir, pensa Rebus malgré lui. Colquhoun était un paquet de tics et son regard n'avait pas encore croisé celui de Rebus.

– Je ne suis pas un spécialiste de la Bosnie, reprit-il, mais elle dit qu'elle vient de Sarajevo.

– Elle a dit comment elle s'est retrouvée à Édimbourg ?

– Je ne lui ai pas posé la question.

– Cela ne vous ennuierait pas de la lui poser maintenant ?

Rebus l'invita à prendre le couloir. Les deux hommes marchèrent de concert, Colquhoun fixant le plancher.

– Sarajevo a été durement touchée pendant la guerre, poursuivit-il. À propos, elle a vingt-deux ans, elle me l'a dit.

Elle avait l'air plus âgée. C'était peut-être vrai, ou peut-être mentait-elle. Mais quand la porte de la salle d'audition s'ouvrit et qu'il la revit, il fut frappé par son visage enfantin et révisa son âge à la baisse. Elle se leva brusquement quand il entra, l'air de vouloir se jeter sur lui, mais il leva une main en guise d'avertissement et pointa un doigt vers la chaise. Elle se rassit, docile, les mains autour d'une chope de thé noir sucré. Elle ne le quittait pas des yeux.

– C'est votre fan-club, remarqua la femme policier.

C'était la même que celle des toilettes et elle s'appelait Ellen Sharpe. Elle occupait l'autre chaise. La salle d'audition était plutôt exiguë : une table et deux chaises suffisaient à occuper l'espace. Sur la table se trouvait un magnétophone jumelé avec un magnétoscope. Une caméra vidéo était fixée au mur. Rebus fit signe à Sharpe de laisser sa place à Colquhoun.

– Elle vous a donné un nom ? demanda-t-il à l'universitaire.

– Elle dit s'appeler Candice, répondit Colquhoun.

– Vous ne la croyez pas ?

– Ce n'est pas franchement exotique, inspecteur. (La jeune femme baragouina quelques mots.) Elle vous appelle son protecteur.

– Et je la protège de quoi ?

Le dialogue entre Colquhoun et Candice était bourru, guttural.

– Elle dit que vous l'avez d'abord protégée contre elle-même. Et maintenant vous devez continuer.

– Continuer à la protéger ?

– Elle dit que maintenant, elle vous appartient.

Rebus considéra le professeur, dont les yeux étaient braqués sur les bras de Candice. Elle avait retiré sa veste de ski. En dessous elle portait un tee-shirt moulant à manches courtes, sous lequel ses petits seins pointaient. Elle avait croisé ses bras nus, mais les écorchures et les estafilades sautaient aux yeux.

– Demandez-lui si c'est elle qui s'est fait ça.

Colquhoun n'était pas à la fête, il avait du mal à venir à bout de la traduction.

– Vous savez, inspecteur, je ne suis pas dans mon élément. J'ai plus l'habitude de la littérature et du cinéma que de ce… hum…

– Qu'est-ce qu'elle dit ?

– En tout cas, c'est elle qui se l'est fait.

Rebus la considéra, attendant une confirmation de sa part, et elle hocha lentement la tête d'un air un peu fautif.

– Qui l'a mise sur le trottoir ?

– Vous voulez dire… ?

– Pour qui elle turbine ? Qui est son proxénète ?

Un autre bref dialogue.

– Elle dit qu'elle ne comprend pas.

– Elle nie qu'elle se prostitue ?

– Elle dit qu'elle ne comprend pas.

Rebus se tourna vers l'agent Sharpe.

– Alors ?

– Deux ou trois voitures se sont arrêtées. Elle s'est penchée à la vitre pour parler au chauffeur. Tous sont repartis. Ils n'ont pas dû aimer la marchandise, j'imagine.

– Si elle ne parle pas anglais, comment elle a fait pour « parler » aux chauffeurs ?

– Il y a d'autres moyens, non ?

Rebus considéra Candice, puis il se mit à parler très doucement.

– Quinze livres la passe, vingt pour une pipe. Sans préservatif, cinq de plus. (Il s'interrompit.) Combien c'est pour t'enculer, Candice ?

Le rouge envahit les joues de la jeune femme. Rebus sourit.

– Peut-être pas un savoir très universitaire, professeur Colquhoun, mais quelqu'un lui a enseigné les rudiments. Juste de quoi faire le tapin. Demandez-lui de nouveau comment elle est arrivée ici.

Colquhoun s'essuya le front avant de poursuivre. Candice parla, tête baissée.

– Elle dit qu'elle a quitté Sarajevo en tant que réfugiée. Elle est allée à Amsterdam, puis est arrivée en Grande-Bretagne. La première chose dont elle se souvienne, c'est un endroit avec beaucoup de ponts.

– Des ponts ?

– Elle y est restée un certain temps.

Colquhoun paraissait secoué par son histoire. Il lui tendit son mouchoir pour qu'elle puisse s'essuyer les yeux. Elle le récompensa d'un sourire, puis elle regarda Rebus.

– Hamburger-frites, OK ? demanda-t-elle.

– Tu as faim ? (Rebus se frotta l'estomac d'un geste explicite. Elle fit oui et sourit. Il se tourna vers Sharpe.) Allez voir ce que la cantine peut nous proposer, d'accord ?

Sharpe lui adressa un regard dur, peu disposée à partir.

– Et vous, vous voulez quelque chose, professeur Colquhoun ?

Il refusa. Rebus demanda un autre café. Tandis que la femme flic s'éloignait, Rebus s'accroupit à côté de la table et regarda Candice dans les yeux.

– Redemandez-lui comment elle est arrivée à Édimbourg.

Colquhoun traduisit la question, puis écouta ce qui parut être un long récit. Il griffonna quelques notes sur une feuille pliée en quatre.

– La ville avec des ponts, elle dit qu'elle ne l'a pas beaucoup vue. On l'a gardée enfermée à l'intérieur. Quelquefois on la conduisait à un rendez-vous… Il faut m'excuser, inspecteur. J'ai beau être un linguiste, je ne suis pas un spécialiste de la langue verte.

– Ne vous en faites pas, vous vous en tirez très bien, monsieur.

– Bref, on l'a obligée à se prostituer, je peux au moins en déduire ça. Et un jour, on l'a remise à l'arrière d'une voiture et elle a cru qu'on la conduisait dans un autre hôtel ou un bureau.

– Un bureau ?

– D'après ce qu'elle décrit, je dirais qu'une partie de son… activité… se passait dans des bureaux. Également dans des appartements et des maisons ; mais principalement dans des chambres d'hôtel.

– Où l'a-t-on gardée ?

– Dans une maison. Elle avait une chambre, elle était enfermée à clé. (Colquhoun se pétrit l'arête du nez.) Un jour ils l'ont mise dans une voiture et, quand elle s'est réveillée, elle était à Édimbourg.

– Combien de temps a duré le trajet ?

– Elle n'en sait rien, elle a dormi une partie du voyage.

– Dites-lui que tout va s'arranger. (Rebus s'interrompit.) Et demandez-lui maintenant pour qui elle travaille.

La peur revint sur le visage de Candice. Elle bégaya en hochant la tête. Sa voix avait un son plus guttural que jamais. Coquhoun avait l'air de peiner. Visiblement, la traduction lui donnait du fil à retordre.

– Elle ne peut pas vous le dire.

– Dites-lui qu'elle est en sécurité. (Colquhoun s'exécuta.) Répétez-le-lui, répéta Rebus.

Il voulait qu'elle le regarde dans les yeux pendant que Colquhoun parlait. L'air déterminé, il avait une tête qui inspirait confiance. Elle lui tendit la main, il la prit, la pressa.

– Redemandez-lui pour qui elle travaille.

– Elle ne peut pas vous le dire, inspecteur. Ils la tueraient. On lui a répété des histoires.

Rebus décida d'essayer le nom qui lui trottait dans la tête, celui de l'homme qui faisait turbiner la moitié des filles de la ville.

– Cafferty ? lança-t-il, guettant sa réaction.

Aucune, il en fut pour ses frais.

– Le Gros Gerry, le Gros Gerry Cafferty ? insista-t-il.

Son visage resta impassible. Rebus lui pressa de nouveau la main. Il y avait un autre nom… un qu'il avait entendu circuler récemment.

– Alors Telford, articula-t-il. Tommy Telford ?

Là, Candice retira sa main et piqua une crise de nerfs, au moment même où l'agent Sharpe ouvrait la porte.

Rebus raccompagna le professeur Colquhoun sur le trottoir et se souvint que c'était précisément en accomplissant le même rituel qu'il s'était trouvé embarqué dans l'histoire de la prostituée bosniaque.

– Encore merci, monsieur. Si j'ai besoin de vous, cela ne vous dérangera pas trop que je vous rappelle ?

– Si vous y tenez vraiment, ronchonna le professeur.

– C'est que les spécialistes en langues slaves, ça ne court pas les rues par ici, s'excusa Rebus. (Il avait la carte de visite de Colquhoun dans la main, son numéro direct griffonné au dos.) Allons, conclut Rebus en tendant l'autre main. Merci encore.

Comme ils allaient se séparer, une idée lui vint à l'esprit.

– Dites-moi, professeur, étiez-vous déjà à l'université quand Joseph Lintz enseignait l'allemand ?

La question surprit visiblement Colquhoun.

– C'est exact, finit-il par lâcher.

– Vous le connaissiez ?

– Nos départements n'étaient pas très proches. Je l'ai juste rencontré pour des manifestations, des conférences.

– Que pensiez-vous de lui ?

Colquhoun clignait des yeux, son regard fuyant toujours celui de Rebus.

– On raconte que c'est un ancien nazi.

– Oui, mais à l'époque… ?

– Comme je vous l'ai dit, nous ne nous fréquentions pas. Vous enquêtez sur lui ?

– Simple curiosité, monsieur. Merci de nous avoir consacré du temps.

De retour au poste, Rebus trouva Ellen Sharpe devant la porte de la salle d'audition.

– Alors qu'est-ce qu'on en fait ? demanda-t-elle.

– Gardez-la ici.

– Autrement dit, je l'inculpe ?

– Appelons ça de la prévention.

– Est-ce qu'elle le sait, *elle* ?

– À qui va-t-elle aller se plaindre ? Il y a un seul couillon dans toute la ville qui peut comprendre ce qu'elle baragouine et je viens juste de le renvoyer dans ses pénates.

– Et si son mac vient la récupérer ?

– Vous y croyez vraiment, vous ?

Elle réfléchit un instant.

– J'en doute.

– Moi aussi, parce qu'en ce qui le concerne, il n'a qu'à rester peinard et on finira par la relâcher. Entre-temps, comme elle ne parle pas un mot d'anglais, qu'est-ce qu'il risque ? C'est l'omerta garantie. Et comme elle est sans doute entrée illégalement, si elle cause, tout ce que nous pouvons faire, c'est la renvoyer chez elle. Prostituer des immigrées clandestines, c'est vraiment le top.

– Combien de temps on la garde ?

Il haussa les épaules.

– Et qu'est-ce que je dis à mon chef ?

– Faites suivre toutes les demandes de renseignements à l'inspecteur principal Rebus, dit-il et il posa la main sur la poignée de la porte.

– Quand même, monsieur, j'ai trouvé ça exemplaire.

– Quoi ? demanda-t-il, stoppé net.

– Votre connaissance du tarif des prostituées.

– Je ne fais que mon boulot, répondit-il en souriant.

– Une dernière question, monsieur ?

– Oui, Sharpe ?

– À quoi bon ? Quelle importance ?

Rebus réfléchit un instant et fronça le nez.

– Bonne question, finit-il par conclure avant d'ouvrir la porte pour entrer dans la pièce.

Et là, il sut. Il sut instantanément. La jeune femme dans la pièce ressemblait à Sammy comme deux gouttes d'eau. Qu'on la débarbouille pour faire disparaître le maquillage et les larmes, qu'on lui mette des vêtements corrects et c'était Sammy tout craché.

Et elle était terrifiée.

Et peut-être qu'il pouvait l'aider…

– Comment je peux t'appeler, Candice ? Quel est ton vrai nom ?

Elle lui prit la main, y posa son visage. Il pointa un doigt vers lui-même.

– John, dit-il.

– Don.

– Non, John.

– Shaun.

– John. (Il souriait, elle aussi.) John.

– John.

Il approuva du chef.
– C’est ça, et toi ? (Il pointa le doigt sur elle.) Qui es-tu ?
Elle releva la tête.
– Candice, dit-elle, et la petite lueur s’éteignit dans ses prunelles.

4

Rebus ne connaissait pas Tommy Telford de vue, mais il savait où le trouver.

Flint Street était une ruelle reliant Clerk Street à Buccleuch Street, aux alentours de l'université. Alors que la plupart des magasins du voisinage avaient mis la clé sous la porte, l'arcade était prospère. Depuis Flint Street, Telford louait des consoles de jeux aux pubs et aux clubs de toute la ville. Flint Street était le centre de son empire à l'est.

Récemment encore, la franchise avait appartenu à un dénommé Davie Donaldson, mais celui-ci s'était brusquement retiré des affaires pour « raisons de santé ». En cela, il avait peut-être vu juste. Car si Tommy Telford avait des visées sur vous et que vous faisiez la sourde oreille, votre horoscope risquait d'annoncer une dégradation brutale de votre état de santé. À présent, Donaldson était planqué Dieu sait où, et ce n'était pas de Telford qu'il se planquait, mais du Gros Gerry Cafferty, lequel lui avait confié la fameuse franchise « en fidéicommis », le temps de purger sa peine à Barlinnie. Certains prétendaient que Cafferty dirigeait son empire aussi bien du dedans que du dehors. Mais la vérité, c'est que le milieu, comme la nature, a horreur du vide. Donc « le Kid » Tommy Telford avait débarqué en ville.

Telford était un pur produit de Ferguslie Park, à Paisley [1]. À onze ans, il avait rejoint le gang local. À douze, il avait reçu la visite de

1. Petite ville située à une vingtaine de kilomètres de Glasgow.

deux agents en tenue venus l'interroger au sujet d'une brusque recrudescence du nombre de pneus crevés. Ils l'avaient trouvé entouré des autres membres de la bande, presque tous plus vieux que lui. Mais il était au centre, c'était incontestable.

Son gang avait grandi avec lui. Il avait mis la main sur un morceau non négligeable de Paisley, où il dealait et faisait travailler des prostituées en pratiquant un peu de racket. Ces temps-ci, il possédait des parts dans des casinos et des magasins vidéo, des restaurants et une entreprise de transport routier, plus un portefeuille immobilier qui faisait de lui le propriétaire de plusieurs centaines de gens. Il avait tenté de faire son trou à Glasgow, mais s'était heurté à un mur, de sorte qu'il était allé tâter le terrain ailleurs. Le bruit courait qu'il avait fait copain-copain avec un gros truand de Newcastle. De mémoire de policiers, on n'avait pas vu chose pareille depuis l'époque où les Kray de Londres étaient allés louer leurs gars au Gros Arthur de Glasgow.

Débarqué à Édimbourg un an plus tôt, il avait avancé prudemment ses pions au début, achetant un casino et un hôtel. Puis, brusquement, il s'était imposé là, incontournable, telle l'ombre d'un nuage. En envoyant Davie Donaldson se mettre au vert, il avait donné un coup bas à Cafferty. Celui-ci pouvait se battre ou raccrocher, au choix. Tout le monde s'attendait à ce que les choses se gâtent...

L'arcade était baptisée Fascination Street. Les machines clignotaient sans relâche, offrant un contraste saisissant avec le visage sans vie des joueurs. Il y avait aussi des films violents sur d'énormes écrans vidéo où s'inscrivaient des jurons à affichage numérique.

– Tu te crois à la hauteur, papa ? l'apostropha l'un d'eux quand Rebus lui passa devant.

Ils portaient des noms du genre Harbinger et NecroCop, ce dernier lui filant un coup de vieux. Il considéra les visages autour de lui, en repéra quelques-uns qu'il reconnut, des gosses qu'on avait traînés à St Leonard. Ils gravitaient autour de la bande à Telford et attendaient leur tour, tels des enfants adoptifs, espérant que la Famille les prenne. La plupart venaient de familles qui n'en étaient pas, des gamins livrés à eux-mêmes, qui avaient vieilli avant l'âge.

Un des membres de la clique surgit, venant du café.

– Qui a commandé un casse-dalle au poulet ?

Rebus sourit quand les visages se tournèrent vers lui. « Poulet » voulait dire « flic » voulait dire « lui ». Juste le temps de le dévisager avant de retourner à leurs moutons. Des problèmes plus urgents réclamaient leur attention. Tout au fond de l'arcade se trouvaient les grosses machines, des motos en modèles réduits sur lesquelles on s'asseyait à califourchon pour négocier le circuit qui défilait sur l'écran sous vos yeux. Un petit cénacle d'admirateurs se pressait autour d'une bécane que chevauchait un jeune homme en blouson de cuir. Pas une fripe dénichée aux Puces, non, une fringue vraiment spéciale. Un article de qualité. Boots pointues étincelantes, jean noir moulant et polo blanc. Entouré de sa cour de lèche-bottes. *Kid Charlemagne*, par Steely Dan. Rebus se fraya une place parmi les spectateurs qui le fusillèrent du regard.

– Alors, pas d'amateurs pour ce casse-croûte au poulet ? demanda-t-il.

– Qui vous êtes ? l'interpella l'homme sur la machine.

– L'inspecteur principal Rebus.

– L'homme de Cafferty.

C'était une affirmation.

– Quoi ?

– J'ai entendu dire que vous et lui, ça fait un bail.

– C'est moi qui l'ai mis à l'ombre.

– Mais tous les flics ont pas un droit de visite.

Rebus s'aperçut que même si Telford gardait le regard rivé sur l'écran, il observait son reflet. Il l'observait, lui parlait, et parvenait à garder le contrôle de l'engin malgré les virages en tête d'épingle.

– Alors, y a un problème, monsieur l'inspecteur ?

– Exact. On a ramassé une de vos filles.

– Une de mes *quoi* ?

– Elle dit s'appeler Candice. C'est à peu près tout ce qu'on sait. Mais des gamines importées de l'étranger, c'est du nouveau pour moi. Et il se trouve que, justement, vous êtes nouveau dans le secteur, vous aussi.

– Je ne comprends pas où vous voulez en venir, inspecteur. Moi, je suis prestataire de services dans le domaine du divertissement. Est-ce que vous m'accuseriez de proxénétisme ?

Rebus leva le pied et donna une poussée à la moto. Sur l'écran, elle patina et heurta une glissière de sécurité. Quelques instants plus tard, l'écran changea. Retour au point de départ.

– Vous voyez, inspecteur, fit Telford campé droit sur son engin, toujours sans baisser les yeux. Ce qui est génial quand on joue, c'est qu'on peut recommencer après un accident. Dans la vie, c'est pas toujours aussi facile.

– Et si je coupais le contact ? Fin de partie.

Lentement, Telford pivota sur ses hanches. Maintenant, il regardait Rebus. De près, il faisait vraiment jeune. La plupart des voyous que Rebus avait connus paraissaient usés avant l'âge, sous-alimentés mais bouffis, gavés. Telford avait l'allure d'une nouvelle souche de bactéries, qu'on n'avait pas encore analysée ni comprise.

– Alors c'est quoi le topo, Rebus ? Un message de Cafferty ?

– Candice, répondit Rebus posément malgré un léger tremblement dans la voix qui trahissait sa colère. (S'il avait eu quelques verres derrière la cravate, Telford serait déjà étendu par terre à l'heure qu'il est.) À partir de maintenant, elle ne fait plus partie de ton réseau.

– Je ne connais pas de Candice.

– Pigé ?

– Minute, voyons un peu si j'ai bien saisi. Vous voulez que je sois d'accord pour qu'une meuf que j'ai jamais vue arrête de tapiner ?

Sourires de la part des spectateurs. Telford se retourna vers l'écran.

– Et d'où elle sort, cette gonzesse ? demanda-t-il sur un ton presque détaché.

– On n'en est pas sûr, mentit Rebus.

Telford n'avait pas besoin d'en savoir plus.

– Vous avez dû avoir plein de choses à vous dire, tous les deux.

– Elle pète de trouille.

– Moi aussi, Rebus, je pète de trouille rien qu'à l'idée que vous allez me faire crever d'ennui. Cette Candice, elle vous a fait goûter à la marchandise, au moins ? Je parie que toutes les putes ne vous mettent pas dans cet état-là.

Rigolade généralisée. C'était Rebus qui en faisait les frais.

– Elle ne fera plus le trottoir, Telford. Et n'essayez pas d'y toucher.

– Même avec des pincettes, mec. Moi, je suis un type convenable. Je dis mes prières le soir avant d'aller au dodo.

– Et vous embrassez votre ours en peluche ?

Telford le toisa de nouveau.

– Ne croyez pas tout ce qu'on raconte, inspecteur. Tenez, prenez donc un casse-croûte au poulet en sortant, je pense qu'il y en a un de rab. (Rebus resta sur place un moment avant de tourner les talons.) Et dites aux andouilles qui font le pied-de-grue là-bas dehors que je leur envoie le bonjour.

Rebus retraversa le local et sortit dans la nuit en direction de Nicolson Street. Il se demandait ce qu'il allait faire de Candice. Réponse simple : la relâcher en espérant qu'elle aurait le bon sens de partir le plus loin possible. Comme il allait dépasser une voiture stationnée près du trottoir, la vitre s'abaissa.

– Montez, tant qu'à faire, putain ! commanda celui qui occupait le siège du passager. Vacherie…

Rebus s'arrêta et dévisagea celui qui avait parlé avant de le reconnaître dans l'ombre.

– Ormiston, remarqua-t-il en ouvrant la portière arrière de l'Orion. Maintenant je comprends ce qu'il a voulu dire.

– Qui ?

– Tommy Telford. Il m'a dit de vous passer le bonjour.

Le chauffeur se tourna vers Ormiston.

– Et voilà, encore grillés, grogna-t-il, sans avoir l'air surpris.

Rebus reconnut la voix.

– Salut, Claverhouse.

Le sergent Claverhouse, l'inspecteur Ormiston… Des membres de la fameuse Brigade criminelle écossaise, les meilleurs éléments de Fettes, étaient en surveillance… Claverhouse, « sec comme un coup de trique », aurait dit son père. Ormiston, le visage criblé de taches de rousseur et coiffé à la Mick McManus, les cheveux lisses d'un noir inimitable et une coupe au bol.

– Vous étiez grillés avant que j'entre là-dedans, si ça peut vous consoler.

– Qu'est-ce que vous y foutiez, nom d'un chien ?

– Je présentais mes respects. Et vous ?

– On perd notre temps, râla Ormiston.

Alors, la Criminelle voulait la peau de Telford… C'était une bonne nouvelle pour Rebus.

– J'ai quelqu'un, dit-il. Elle bosse pour Telford et elle a la trouille. Vous pourriez l'aider.

– Ceux qui ont la trouille la bouclent, c'est l'omerta. On ne peut rien en tirer.

– Peut-être que si, avec elle.

Claverhouse l'observa.

– Et tout ce qu'on a à faire, c'est ?

– La sortir d'ici, l'installer quelque part.

– Comme témoin protégé ?

– Si vous voulez.

– Qu'est-ce qu'elle sait ?

– Je n'en suis pas sûr. Son anglais n'est pas génial.

Claverhouse savait flairer la bonne affaire.

– Allez-y, accouchez, dit-il.

Rebus leur déballa son histoire. Ils s'efforcèrent de garder un air dégagé.

– Ça va, on va lui causer, déclara Claverhouse.

Rebus approuva du chef.

– Et vous faites ça depuis combien de temps ?

– Depuis que Telford et Cafferty se cherchent des poux.

– Et de quel côté on est ?

– Nous, on est l'ONU, toujours pareil, rétorqua Claverhouse. (Il parlait lentement, pesant et détachant chaque mot, chaque phrase. La prudence même, le sergent Claverhouse.) Et vous, pendant ce temps, vous foncez tête baissée comme une vacherie de mercenaire.

– La diplomatie n'a jamais été mon fort. En plus, je voulais voir de près cet enfoiré.

– Et alors ?

– On dirait un môme.

– Et innocent comme l'agneau qui vient de naître, non ? ajouta Claverhouse. Il a une douzaine de lieutenants prêts à tomber à sa place.

Au mot « lieutenant », le nom de Joseph Lintz lui revint à l'esprit. Des hommes donnaient des ordres, d'autres les exécutaient. Quel groupe était le plus coupable ?

– Dites-moi une chose, demanda-t-il. L'histoire de l'ours en peluche… elle est vraie ?

– Tout à fait, confirma Claverhouse. À la place du passager dans sa Range Rover. Une putain de saloperie jaune énorme, le genre qu'on gagne à la tombola le dimanche midi au pub.

– Alors c'est quoi, l'histoire ?

Ormiston se tourna sur son siège.

– Vous avez entendu parler de Teddy [1] Willocks ? Un tueur à gages de Glasgow, clous de charpentier et pied-de-biche ?

– Ouais… si vous ne respectiez pas le contrat, Willocks débarquait chez vous avec sa sacoche de charpentier.

– Mais Teddy a eu le malheur d'indisposer un salopard originaire du Tyneside, enchaîna Claverhouse. Telford était jeune, il voulait se faire un nom, et il crevait d'envie de se faire connaître de ce tocard. Il a donc réglé son compte à Teddy.

– Et voilà pourquoi il se trimbale toujours avec un ours en peluche à côté de lui, conclut Ormiston. Pour qu'on n'oublie pas.

Rebus réfléchissait. Le Tyneside, cela voulait dire quelqu'un de Newcastle [2]. Newcastle, avec ses ponts sur la Tyne…

– Newcastle, prononça-t-il tout bas en se penchant en avant sur la banquette.

– Et alors ?

– Peut-être que Candice y a séjourné. Cette ville avec des ponts dont elle a parlé… Elle pourrait établir le lien entre Telford et ce malfrat du Tyneside.

Ormiston et Claverhouse se regardèrent.

– Il va falloir la mettre en lieu sûr, les prévint Rebus. Du pognon et un endroit pour se planquer après.

– Une place en première classe pour rentrer chez elle si elle nous aide à ferrer Telford.

– Je ne suis pas sûr qu'elle ait envie de rentrer chez elle.

– On verra les détails plus tard, trancha Claverhouse. Pour le moment, il faut qu'on lui parle.

– Vous allez avoir besoin d'un interprète.

Claverhouse le regarda fixement.

– Et, bien sûr, vous connaissez l'homme idoine… ?

---

1. Diminutif d'Edward, mais *teddy* désigne aussi l'ours en peluche.

2. Plus exactement, Newcastle-upon-Tyne, ville située à l'embouchure de la Tyne.

Elle dormait dans sa cellule, blottie sous la couverture, les cheveux seuls visibles. *Lonely Little Girl*[1], des Mothers of Invention. La cellule se trouvait dans le quartier des femmes. Peinte en rose et bleu, avec une banquette de béton pour dormir, des graffiti gravés sur les murs.

– Candice, dit Rebus doucement en lui pressant l'épaule. (Elle se réveilla en sursaut comme s'il lui avait envoyé une décharge électrique.) Tout va bien, c'est moi, John.

Elle porta autour d'elle un regard vide, fixa lentement son attention sur lui.

– John, répéta-t-elle, et elle sourit.

Claverhouse était allé passer quelques coups de fil pour négocier un arrangement. Ormiston, posté dans l'entrée, jaugeait la jeune fille. Non qu'Ormiston eût la réputation de faire le difficile. Rebus avait essayé de joindre Colquhoun à son domicile, mais n'avait trouvé personne. Aussi essayait-il maintenant de lui expliquer par gestes qu'ils voulaient l'emmener ailleurs.

– Un hôtel, dit-il.

Le mot ne lui plut pas. Son regard passa de lui à Ormiston et revint vers lui.

– C'est OK, tout va bien, la rassura Rebus. Juste un endroit pour dormir, c'est tout, un endroit sûr. Sans Telford, non, non, promis.

Elle parut se détendre, descendit du lit et se plaça devant lui. Ses yeux semblaient dire : « Je te fais confiance, mais si tu me laisses tomber, j'ai l'habitude. »

Claverhouse revint en se frottant les mains.

– Ça y est, c'est arrangé, annonça-t-il, avant de passer Candice en revue. Elle ne parle pas du tout l'anglais ?

– Pas celui qu'on parle dans la bonne société.

– Dans ce cas, intervint Ormiston, elle ne sera pas dépaysée avec nous.

Trois hommes et une jeune femme dans une Ford Orion bleu foncé se dirigeant vers la sortie sud de la ville. Il était tard, minuit passé, il y avait des taxis noirs en maraude. Les étudiants sortaient des pubs.

---

1. « Petite fille seule ».

– Ils les recrutent plus jeunes chaque année, remarqua Claverhouse, jamais à court d'un cliché.

– Et ils sont de plus en plus nombreux à s'engager dans la police, renchérit Rebus.

Claverhouse sourit.

– Je parlais des filles, pas des étudiants. On en a alpagué une, la semaine dernière, elle prétendait avoir quinze ans. En fin de compte, elle en avait douze, une fugueuse. Et sacrément dégourdie avec ça.

Rebus tenta de se rappeler Sammy à douze ans. Il la vit terrifiée entre les griffes d'un dément qui en voulait à Rebus. Après ça, elle n'avait pas arrêté de faire des cauchemars, jusqu'à ce que sa mère l'emmène à Londres. Rhona avait appelé Rebus quelques années plus tard. Elle tenait seulement à ce qu'il sache qu'il avait dépouillé Sammy de son enfance.

– J'ai passé un coup de fil pour prévenir, expliqua Claverhouse. Ne vous en faites pas, on a déjà créché ici. C'est au poil.

– Il va lui falloir des vêtements, remarqua Rebus.

– Siobhan peut lui en apporter demain matin.

– Comment ça va, Siobhan ?

– Ça m'a l'air d'aller. Elle pige pas encore la moitié de nos blagues et de notre façon de parler, mais ça viendra.

– Bah, elle sait rigoler, intervint Ormiston. Et elle sait lever le coude aussi.

Pour Rebus, c'était une nouvelle. Il se demanda à quel point Siobhan Clarke était capable de changer de peau pour s'intégrer à son nouveau milieu.

– C'est juste après la bretelle, expliqua Claverhouse à propos de leur destination. Ce n'est plus très loin maintenant.

La ville s'arrêtait brusquement. La ceinture verte, puis les Pentland Hills. Ça roulait bien sur la bretelle et Ormiston frisa les cent soixante à l'heure entre les sorties. Ils quittèrent l'autoroute à Colinton et mirent leur clignotant pour l'hôtel. C'était un établissement pour VRP appartenant à une chaîne nationale : prix uniques, chambres identiques. Les voitures qui encombraient le parking étaient les marques préférées des représentants de commerce, et des paquets de cigarettes jonchaient le siège du passager. À une heure pareille, ils devaient dormir ou somnoler, la télécommande à la main.

Candice ne descendit de voiture qu'à contrecœur, et encore, pas avant d'avoir vu que Rebus venait aussi.

– Vous êtes le soleil de sa vie, lui balança Ormiston.

À la réception, ils l'inscrivirent en la faisant passer pour une femme mariée, Mme Angus Campbell. Les deux flics de la Criminelle connaissaient la routine. Rebus observa l'employé de l'hôtel, mais un clin d'œil de Claverhouse lui dit que le type était réglo.

– Mettez-la au premier étage, Malcolm, indiqua Ormiston. On ne tient pas à ce que quelqu'un vienne lorgner par les fenêtres.

Chambre numéro 20.

– Il y aura quelqu'un avec elle ? s'enquit Rebus dans l'escalier.

– Dans la piaule, affirma Claverhouse. Le palier, c'est trop voyant, et on se gèlerait les fesses dans la voiture. Vous m'avez filé le numéro de Colquhoun ?

– Ormiston l'a.

– Qui monte la garde le premier ? demanda celui-ci en ouvrant la porte.

Claverhouse haussa les épaules. Candice observait Rebus, l'air de deviner ce qui se tramait. Elle lui saisit le bras et se mit à baragouiner dans sa langue, posant les yeux d'abord sur Claverhouse puis sur Ormiston, sans arrêter de lui secouer le bras.

– OK, ça va aller, Candice, je t'assure. Ils vont s'occuper de toi.

Elle n'arrêtait pas de secouer la tête en le tenant d'une main tandis que de l'autre, elle pointait un doigt sur lui qu'elle pressait ensuite contre sa poitrine pour se faire bien comprendre.

– Qu'est-ce que vous en dites, John ? interrogea Claverhouse. Un témoin content est un témoin arrangeant.

– À quelle heure Siobhan doit venir ?

– Je vais lui dire de se grouiller.

Rebus la considéra de nouveau, puis il soupira, vaincu.

– Entendu, dit-il, mais juste un petit moment, d'accord ?

Candice parut satisfaite et entra dans la chambre. Ormiston remit la clé à Rebus.

– Cela dit, je ne tiens pas à ce que mes deux tourtereaux réveillent les voisins à l'heure qu'il est…

Rebus lui claqua la porte au nez.

La chambre était quelconque, exactement comme on pouvait s'y attendre. Rebus remplit la bouilloire et la brancha, déposa un sachet de thé dans une tasse. Candice indiqua la salle de bains en faisant tourner ses mains.

– Un bain ? (Il fit un geste.) Vas-y.

Le rideau de la fenêtre était tiré. Il l'écarta pour regarder dehors. Une pente herbeuse, quelques lumières provenant de la bretelle. Il s'assura que les rideaux étaient bien refermés, puis essaya de régler le chauffage. On suffoquait dans la chambre. Comme il ne semblait pas y avoir de thermostat, il retourna à la fenêtre et l'entrouvrit d'un poil. L'air froid de la nuit et le chuintement de la circulation proche… Il ouvrit le paquet de biscuits fourrés, en sortit deux petits. Brusquement, il se sentait une faim de loup. Il avait aperçu un distributeur au rez-de-chaussée. De la monnaie plein les poches… Il fit le thé, ajouta du lait, s'assit sur le sofa. Faute de distractions, il alluma la télé. Le thé était correct. Le thé était tout à fait correct, rien à redire. Il prit le téléphone et appela Jack Morton.

– Tu roupillais ?

– Pas vraiment. Comment ça va ?

– J'ai eu envie d'un verre aujourd'hui.

– C'est nouveau, ça ? Quoi de neuf, à part ça ?

Rebus entendait son ami s'installer confortablement. Jack avait aidé Rebus à décrocher de l'alcool. Il était entendu qu'il pouvait l'appeler à n'importe quelle heure.

– Je devais voir cette petite ordure, Tommy Telford.

– Je le connais de nom.

Rebus alluma une sèche.

– Un verre m'aurait bien aidé. J'ai failli craquer.

– Avant ou après ?

– Les deux, reconnut Rebus avec un sourire. Devine où je suis maintenant ?

Comme Jack ne risquait pas de trouver, Rebus lui raconta son histoire.

– Quelle est ton analyse ?

– Je ne sais pas, fit Rebus en réfléchissant. Elle a l'air d'avoir besoin de moi. Ça fait un bail que ça ne m'est pas arrivé.

En prononçant ces mots, il se demanda s'ils reflétaient ce qu'il pensait. Il se souvint d'une autre dispute avec Rhona, qui criait qu'il exploitait tous ceux qui l'entouraient.

– Ce verre, ça te dit toujours ? s'enquit Jack.

– Je suis à cent lieues de pouvoir le prendre, soupira Rebus en écrasant son mégot. Fais de beaux rêves, Jack.

Il en était à sa deuxième tasse de thé quand elle ressortit, portant les mêmes vêtements, les mèches de ses cheveux mouillés lui pendouillant dans le cou.

– OK, ça va mieux ? demanda-t-il en levant les pouces. (Elle hocha la tête en souriant.) Tu veux du thé ?

Il lui indiqua la bouilloire. De nouveau, elle fit oui et il lui en prépara une tasse. Puis il proposa une petite balade jusqu'au distributeur automatique. Elle aussi devait crever de faim. Leur butin se résuma à des chips, des cacahuètes, du chocolat et deux canettes de Coca. Une autre tasse de thé eut raison des minuscules berlingots de lait. Déchaussé, allongé sur la banquette, Rebus regardait la télévision sans le son. Étendue sur le lit, habillée, Candice sortait de temps à autre une chips du paquet en zapant d'une chaîne à l'autre. Elle semblait avoir oublié sa présence, ce qu'il prit pour un compliment.

Il avait dû s'endormir. La caresse de ses doigts sur son genou le tira du sommeil. Elle se tenait debout devant lui, avec son tee-shirt pour tout vêtement. Elle le fixait, la main toujours posée sur sa jambe. Il lui sourit, secoua la tête et la reconduisit à son lit. Il la fit se coucher. Elle s'allongea sur le dos, bras écartés. De nouveau, il lui fit signe que non et ramena la couette sur elle.

– C'est terminé, tout ça, lui dit-il. Bonne nuit, Candice.

Il battit en retraite vers la banquette, s'étendit de nouveau en priant le ciel qu'elle arrête de dire son nom.

The Doors, *Wishful Sinful* [1]...

Un tapotement à la porte le réveilla. Dehors, il faisait encore nuit. Il avait oublié de fermer la fenêtre et la chambre était glacée. La télévision marchait toujours, mais Candice dormait, la couette rejetée, des emballages de chocolat éparpillés autour de ses jambes et de ses cuisses nues. Rebus la recouvrit puis s'approcha de la porte sur la pointe des pieds et regarda par l'œilleton avant d'ouvrir.

– Merci d'être venue à mon secours, chuchota-t-il à Siobhan Clarke.

Elle portait un sac en Nylon bourré à craquer.

1. « Envie de pécher ».

– Remerciez plutôt le ciel pour les boutiques qui restent ouvertes vingt-quatre heures sur vingt-quatre, rétorqua-t-elle.

Ils entrèrent. Clarke considéra la silhouette endormie, puis alla jusqu'à la banquette, où elle commença à déballer son sac.

– Pour vous, deux sandwichs, chuchota-t-elle.

– Que Dieu bénisse cette enfant.

– Et pour la belle au bois dormant, quelques-unes de mes fringues. Ça ira en attendant l'ouverture des magasins.

Rebus mordait déjà dans le premier sandwich. La salade au fromage sur pain de mie ne lui avait jamais paru aussi délectable.

– Comment je vais rentrer chez moi ? s'enquit-il.

– Je vous ai fait demander un taxi, dit-elle en regardant sa montre. Il sera là dans deux minutes.

– Que deviendrais-je sans vous ?

– Vous crèveriez de froid ou de faim, au choix, lui balança-t-elle en refermant la fenêtre. Bon maintenant, allez-y, filez.

Il regarda Candice une dernière fois, presque tenté de la réveiller pour lui dire qu'il ne la quittait pas pour de bon. Mais elle dormait à poings fermés et Siobhan s'en tirerait très bien.

Il fourra donc le deuxième sandwich dans sa poche, lança la clé de la chambre sur la banquette et décampa.

4 h 30 : il battait la semelle… Le taxi tardait à venir. Rebus avait l'impression d'avoir la gueule de bois. Il passa en revue tous les endroits où il pourrait s'envoyer un verre à cette heure de la nuit. Il ne savait pas depuis combien de jours il n'avait pas touché une goutte. Il ne les comptait pas.

Il donna son adresse au taxi et se laissa aller contre le dossier en repensant à Candice, si profondément endormie et en sûreté pour le moment. Et à Sammy, trop grande maintenant pour avoir besoin de son père. Elle devait dormir, elle aussi, lovée contre Ned Farlowe. Le sommeil, c'est l'innocence. Même la ville paraissait innocente dans le sommeil. Il regardait parfois la ville et lui trouvait une beauté que même son cynisme ne pouvait entamer. Quelqu'un dans un bar – récemment ? il y avait des lustres ? – l'avait mis au défi de définir ce qu'était une idylle. Il avait trop vu le revers de la médaille, des gens tués par amour ou par manque d'amour. De sorte qu'à présent, apercevant de la Beauté, il ne pouvait s'empêcher de réagir en se disant qu'elle allait se faner ou être brutalisée. Il voyait des amants dans les jardins de Princes Street et les imaginait plus loin sur la route, au carrefour où la trahison rencontrait la discorde. Il voyait des cartes de la Saint-Valentin dans les vitrines et imaginait des plaies ouvertes, de vrais cœurs ensanglantés.

Mais il s'était bien gardé d'exprimer tout cela à son philosophe de comptoir.

« La définition d'une idylle » ? C'était un défi, ça. Et comment Rebus avait réagi ? Il avait empoigné une nouvelle pinte de bière et collé un baiser – smack – sur le verre.

Il dormit jusqu'à 9 heures, se doucha et se prépara un café. Puis il appela l'hôtel et Siobhan le rassura. Tout allait bien.

– Elle a été un peu surprise de ne pas vous voir en se réveillant. Elle répétait votre nom sans arrêt. Je lui ai dit qu'elle vous reverrait.

– Alors, quel est le programme ?

– Du shopping, une virée express au Gyle. Après quoi, direction Fettes. Le professeur Colquhoun vient à midi pendant une heure. Nous verrons ce que ça donnera.

Rebus était à la fenêtre, contemplant le pavé humide d'Arden Street.

– Faites attention à elle, Siobhan.

– Ne vous tracassez pas.

Il savait qu'il n'y aurait pas de problème, pas avec Siobhan. C'était sa première vraie mission avec la Brigade criminelle et elle se défoncerait pour que ça marche. Il était dans la cuisine quand le téléphone retentit.

– C'est l'inspecteur Rebus ?

– Qui est à l'appareil ?

La voix ne lui disait rien.

– Monsieur l'inspecteur, je m'appelle David Levy. Nous ne nous sommes jamais vus. Je vous prie d'excuser cette intrusion. Je tiens votre numéro de Matthew Vanderhyde.

Ce vieux Vanderhyde. Cela faisait un bail que Rebus ne l'avait pas revu [1].

– Et alors ?

---

1. Voir *Causes mortelles.*

– Je dois dire que j'ai été étonné d'apprendre qu'il vous connaissait. (La voix était celle d'un pince-sans-rire.) Pourtant, je ne devrais plus m'étonner de rien de sa part. Je me suis adressé à lui parce qu'il connaît tout le monde à Édimbourg.

– Et alors ?

Un éclat de rire à l'autre bout de la ligne.

– Excusez-moi, inspecteur. Je ne puis vous reprocher de vous montrer méfiant alors que j'ai proprement gâché les présentations. Je suis historien de profession. J'ai été contacté par Solomon Mayerlink pour voir si je pouvais vous être utile.

Mayerlink... Rebus connaissait ce nom. Il le resitua : Mayerlink dirigeait le Bureau des recherches sur l'Holocauste.

– Et en quoi exactement M. Mayerlink pensait-il que vous pourriez m'être utile ?

– Peut-être pourrions-nous en discuter face à face, inspecteur ? Je suis descendu dans un hôtel sur Charlotte Square.

– Le Roxburghe ?

– C'est cela... Pourrions-nous nous y retrouver ? Ce matin, ce serait parfait.

Rebus jeta un œil à sa montre.

– Dans une heure ? proposa-t-il.

– Impeccable. Au revoir, inspecteur.

Rebus appela son bureau pour prévenir.

5

Ils étaient assis dans le salon du Roxburghe et Levy servait le café. Un couple assez âgé à l'autre extrémité, près de la fenêtre, était absorbé dans la lecture des journaux. David Levy n'était pas de la première jeunesse non plus. Il portait des lunettes cerclées de noir et une petite barbiche blanche, et ses cheveux formaient un halo argenté autour du crâne tanné comme le cuir. Il avait les yeux larmoyants, comme s'il venait de respirer un oignon. Il arborait un costume de couleur taupe avec saharienne sur une chemise et une cravate bleues. Sa canne était appuyée contre son dossier. Professeur à la retraite, il avait officié à Oxford, New York, Tel-Aviv même, et en plusieurs autres points du globe.

– Toutefois, je n'ai jamais eu de contact avec Joseph Lintz. Je n'avais aucune raison d'en avoir, nous avions des centres d'intérêt différents.

– Alors pourquoi M. Mayerlink croit-il que vous pouvez m'être utile ?

Levy reposa la cafetière sur le plateau.

– Du lait ? Du sucre ?

Rebus refusa l'un et l'autre, et reformula sa question.

– Eh bien, inspecteur, répondit Levy en versant deux cuillerées de sucre en poudre dans sa propre tasse, il s'agirait plutôt d'un soutien d'ordre moral.

– Un soutien moral ?

– Vous comprenez, beaucoup de gens avant vous se sont trouvés dans cette même situation. Je parle de personnes objectives, des professionnels qui n'avaient aucun compte à régler ni d'intérêt personnel dans cette enquête.

Rebus prit la mouche.

– Si vous insinuez que je ne fais pas mon boulot…

Le visage de Levy prit un air peiné.

– Je vous en prie, inspecteur, je m'y prends décidément très mal, n'est-ce pas ? Ce que je veux dire, c'est qu'il y aura des moments où vous douterez de la valeur de votre action, de son bien-fondé. Vous vous demanderez si cela vaut encore la peine. (Ses yeux brillèrent.) Peut-être que vous avez déjà eu des doutes ?

Rebus ne répondit rien. Il avait des doutes à la pelle, à la brouette même. Surtout maintenant qu'il avait sur les bras une vraie affaire, une affaire en chair et en os, Candice. Candice, qui pouvait le mener à Tommy Telford.

– Disons que je suis en quelque sorte votre conscience, inspecteur, reprit Levy qui, de nouveau, fit la grimace. Non, ce n'est pas ce que je voulais dire non plus. Vous avez déjà une conscience, ce n'est pas l'objet du débat. (Il soupira.) La question à laquelle vous avez dû réfléchir est sûrement la même que je me suis posée à diverses reprises : le temps peut-il effacer la responsabilité ? Pour moi, la réponse doit être « non ». Voici comment la chose se présente, inspecteur. (Levy se pencha en avant.) Vous ne faites pas une enquête sur les crimes d'un vieil homme, mais sur ceux d'un jeune homme qui est devenu vieux. Ne perdez jamais cela de vue. Il y a eu d'autres enquêtes avant celle-ci, des tentatives timides, avortées. Les gouvernements préfèrent attendre que ces gens-là meurent de leur belle mort plutôt que de les voir comparaître devant un tribunal. Mais chaque enquête est un acte de mémoire, et préserver la mémoire n'est jamais vain. La mémoire est pour nous la seule façon d'apprendre.

– Comme pour la Bosnie ?

– Vous avez raison, inspecteur. Nous avons toujours mis du temps à tirer la leçon des événements. Et parfois, il faut enfoncer le clou.

– Et vous voulez faire de moi votre charpentier ? Il y avait des juifs à Villefranche ?

Rebus ne se souvenait pas que les documents en faisaient état.

– Est-ce important ?

– Je me demandais en quoi vous étiez concerné ?

– À vrai dire, inspecteur, il y a une arrière-pensée à cela. (Levy avala une gorgée de café en pesant ses mots.) Il s'agit de la Ratline. Nous aimerions démontrer qu'elle a bien existé et qu'elle a permis à des nazis d'échapper au bras de la justice. (Il s'interrompit.) Et qu'elle a bénéficié de l'approbation tacite – pour ne pas dire plus – de plusieurs gouvernements occidentaux, y compris celle du Vatican. C'est un problème de complicité générale.

– À votre avis, tout le monde doit se sentir coupable ?

– Non, nous voulons seulement que ces agissements soient reconnus, inspecteur. Nous voulons la vérité. N'est-ce pas ce que vous recherchez, vous aussi ? Matthew Vanderhyde m'a donné à croire que c'était votre principe directeur, votre moteur.

– Il ne me connaît pas très bien.

– Je n'en jurerais pas. Par ailleurs, il y a un certain nombre de personnes qui ne tiennent pas du tout à ce qu'on révèle la vérité.

– La vérité étant… ?

– Que des criminels de guerre confirmés ont été acheminés et introduits en Grande-Bretagne – et ailleurs – et se sont vu offrir un nouveau départ, une nouvelle identité.

– En échange de quoi ?

– C'était le début de la Guerre froide, inspecteur. Vous connaissez le vieil adage : l'ennemi de mon ennemi est mon ami. Ces assassins ont bénéficié de la protection des services secrets. Le Renseignement militaire leur a proposé d'apporter leur contribution. Vous pensez bien qu'aujourd'hui, beaucoup de gens ont intérêt à ce que cela n'éclate pas au grand jour.

– Et alors ?

– Alors un procès, un procès public les démasquerait.

– Vous croyez peut-être m'apprendre l'existence des barbouzes ?

Levy joignit les mains, esquissant presque un geste de prière.

– Écoutez, je ne suis pas sûr que cette rencontre ait été tout à fait satisfaisante et je m'en excuse. Je reste quelques jours dans les parages, plus longtemps au besoin. Pourrions-nous faire une autre tentative ?

– Je n'en sais rien.

– Eh bien, réfléchissez-y, voulez-vous ? (Rebus serra la main qu'on lui tendait.) Je serai ici, inspecteur. Merci d'être venu.

– Portez-vous bien, monsieur Levy.

– *Chalom*, inspecteur.

De retour à son bureau, Rebus sentait encore la poigne énergique de Levy. Cerné par les dossiers de Villefranche, il se sentait comme le conservateur d'un musée visité seulement par des spécialistes et des fanatiques. Le Mal avait été commis à Villefranche, mais Joseph Lintz en était-il responsable ? Et s'il l'était, peut-être s'était-il racheté durant ce demi-siècle ? Rebus informa le bureau du procureur de ses faibles progrès. On le remercia d'avoir appelé. Puis il alla voir le Péquenot.

– Entrez, John, que puis-je pour vous ?

– Monsieur, vous saviez que la Brigade criminelle effectuait une surveillance dans notre secteur ?

– Vous voulez parler de Flint Street ?

– Alors vous étiez au courant ?

– On me tient informé.

– Qui assure la liaison ?

– Je vous l'ai dit, John, répéta le Péquenot en fronçant les sourcils, on me tient informé.

– Alors il n'y a pas d'agent de liaison sur le terrain ? (Le Péquenot garda le silence.) En toute justice, il devrait y en avoir un, monsieur !

– Où vous voulez en venir ?

– Je veux le boulot.

Le Péquenot garda les yeux rivés sur sa table.

– Vous avez déjà Villefranche sur les bras.

– Je veux le boulot, monsieur.

– John, être agent de liaison, ça veut dire se montrer diplomate. Ça n'a jamais été votre fort.

Alors Rebus lui expliqua ce qui se passait avec Candice et comment il était déjà lié à l'affaire.

– Vous voyez, monsieur, puisque que je suis déjà dans le coup, conclut-il, autant que je sois l'agent de liaison.

– Et pour Villefranche ?

– Ça reste une priorité, monsieur.

Le Péquenot le regarda droit dans les yeux. Rebus ne cligna pas.

– Très bien, décréta-t-il enfin.

– Vous allez prévenir Fettes ?

– Je vais le faire.

– Merci, monsieur, dit Rebus, s'apprêtant à partir.

– John ? (Le Péquenot était debout derrière son bureau.) Vous savez ce que je vais dire ?

– Vous allez me dire de ne pas écraser trop de cors au pied, de ne pas partir en croisade, de rester en contact régulier avec vous et de ne pas trahir votre confiance. Est-ce que ça résume correctement votre pensée, monsieur ?

Le Péquenot leva les mains avant de les reposer à plat sur son bureau avec un demi-sourire.

– Fichez-moi le camp, ordonna-t-il en se penchant en avant.

Et Rebus s'exécuta derechef.

Quand il entra dans la pièce, Candice se leva si vite que sa chaise tomba à la renverse. Elle se précipita vers lui et le serra dans ses bras, tandis que Rebus dévisageait l'assistance : Ormiston, Claverhouse, le professeur Colquhoun et une femme policier.

Ils étaient dans la salle d'audition de Fettes, au QG de la police de Lothian & Borders. Colquhoun portait le même costume que la veille et avait le même air coincé. Ormiston ramassa la chaise de Candice. Il se tenait debout, adossé au mur. Claverhouse était assis à la table près de Colquhoun, un bloc de papier devant lui, le stylo posé dessus.

– Elle dit qu'elle est heureuse de vous voir, traduisit le professeur.

– Je n'aurais jamais deviné.

Candice portait de nouveaux habits : un jean trop long pour elle, retroussé de dix centimètres aux chevilles, un pull noir avec col en V. Sa doudoune était accrochée au dossier de sa chaise.

– Dites-lui de se rasseoir, voulez-vous ? demanda Claverhouse. On est à la bourre.

Comme il n'y avait pas de chaise pour Rebus, il se mit debout à côté d'Ormiston et de la femme flic. Candice reprit l'histoire qu'elle racontait, mais sans cesser de lui lancer des coups d'œil. Il remarqua qu'à côté des feuilles de Claverhouse se trouvait un dossier brun et une enveloppe de format A4. Sur l'enveloppe était posée une photo de Tommy Telford prise par l'équipe de surveillance.

– Cet homme, interrogea Claverhouse en tapotant le cliché, elle le connaît ?

Colquhoun posa la question et écouta la réponse.

– Elle… (Il s'éclaircit la voix.) Elle n'a pas eu directement affaire à lui.

Ses deux minutes de commentaire réduits à ça… Claverhouse plongea la main dans l'enveloppe et étala d'autres clichés devant elle. Candice posa le doigt sur l'un d'eux.

– Beau-Gosse, commenta Claverhouse. (Il reprit la photo de Telford.) Mais elle a eu affaire à celui-là aussi ?

– Elle… (Colquhoun s'épongea le front.) Elle dit quelque chose à propos de Japonais, des hommes d'affaires… des hommes d'affaires orientaux.

Le regard de Rebus croisa celui d'Ormiston, qui haussa les épaules.

– C'était où ? poursuivit Claverhouse.

– Dans une voiture… plusieurs voitures. Vous savez, une sorte de convoi.

– Elle était dans une des voitures ?

– Oui.

– Ils sont allés où ?

– Ils sont sortis de la ville en s'arrêtant une ou deux fois.

– Juniper Green, annonça Candice très distinctement.

– Juniper Green, répéta Colquhoun.

– Ils s'y sont arrêtés ?

– Non, ils se sont arrêtés avant.

– Pour quoi faire ?

Colquhoun parla de nouveau avec Candice.

– Elle n'en sait rien. Elle croit qu'un des chauffeurs est allé acheter des cigarettes dans un magasin. Tous les autres avaient l'air d'observer un bâtiment, comme s'ils s'y intéressaient, mais sans rien dire.

– Quel bâtiment ?

– Elle ne sait pas.

Claverhouse eut l'air exaspéré. Elle ne lui apportait pas grand-chose et Rebus savait que si elle n'avait pas de biscuit à donner, la Brigade criminelle la renverrait illico sur le bitume. Colquhoun ne convenait pas du tout pour ce job, il n'était pas dans son élément.

– Où sont-ils allés après Juniper Green ?

– Ils ont juste roulé dans la campagne. Pendant deux ou trois heures, d'après elle. Ils s'arrêtaient quelquefois et descendaient de voiture, mais juste pour admirer le paysage. Beaucoup de collines et… (Colquhoun vérifia quelque chose.) Des collines et des drapeaux.

– Des drapeaux ? Accrochés sur les bâtiments ?
– Non, fichés dans le sol.
Claverhouse considéra Ormiston d'un air désespéré.
– Des parcours de golf, intervint Rebus. Essayez de lui décrire un parcours de golf, professeur Colquhoun.
Colquhoun s'exécuta et elle approuva vigoureusement en souriant à Rebus. Claverhouse l'observait aussi.
– C'était juste une idée, fit Rebus en haussant les épaules. Les hommes d'affaires japonais, c'est ce qu'ils adorent en Écosse.
Claverhouse revint à Candice.
– Demandez-lui si elle… si elle a dû offrir ses services à l'un de ces hommes.
Colquhoun s'éclaircit de nouveau la voix, en rougissant pendant qu'il parlait. Candice avait les yeux baissés sur la table, fit oui de la tête et se lança dans des explications.
– Elle dit que c'est pour ça qu'on l'avait emmenée. Elle s'était fait des illusions au départ. Elle croyait qu'ils voulaient juste une jolie femme pour les accompagner. Ils ont fait un bon repas… une belle promenade… Mais après ils sont revenus en ville, ont déposé les Japonais dans un hôtel et on l'a conduite dans une des chambres. Tous les trois… elle a dû, hum… comme vous venez de le dire, sergent Claverhouse, elle a dû « offrir ses services » aux trois.
– Se souvient-elle du nom de l'hôtel ?
Non, elle n'en savait rien.
– Où ont-ils déjeuné ?
– Un restaurant proche des drapeaux et… (Colquhoun se reprit.) À proximité du parcours de golf.
– C'était il y a combien de temps ?
– Approximativement deux ou trois semaines.
– Et ils étaient combien ?
Colquhoun attendit la réponse.
– Les trois Japonais et peut-être quatre autres hommes.
– Demandez-lui depuis combien de temps elle se trouve à Édimbourg, intervint Rebus.
Colquhoun répercuta sa question.
– Elle croit que ça doit faire un mois.
– Un mois à faire le trottoir… c'est drôle qu'on ne l'ait pas ramassée avant.

– On l'a mise là pour la punir.

– Pourquoi ? demanda Claverhouse.

Rebus connaissait déjà la réponse.

– Pour avoir esquinté la marchandise. (Il se tourna vers Candice.) Demandez-lui pourquoi elle se coupe.

Candice le regarda et haussa les épaules.

– Où voulez-vous en venir ? s'enquit Ormiston.

– Elle croit que les balafres vont faire reculer les clients. Autrement dit, elle déteste la vie qu'elle mène.

– Et nous aider est son seul espoir de s'en sortir ?

– *Grosso modo.*

Colquhoun lui reposa donc la question.

– Ils n'aiment pas qu'elle le fasse, rapporta-t-il. C'est pourquoi elle le fait.

– Dites-lui que si elle nous aide, elle n'aura plus besoin de faire ça.

Colquhoun traduisit et regarda sa montre.

– Est-ce que le nom de Newcastle lui dit quelque chose ? demanda Claverhouse.

Colquhoun fit une tentative.

– Je lui ai expliqué que c'était une ville en Angleterre, bâtie sur un fleuve.

– N'oubliez pas les ponts, précisa Rebus.

Colquhoun ajouta quelques mots, mais Candice se contenta de hausser les épaules. Elle avait l'air contrariée de les décevoir. Rebus lui adressa un sourire encourageant.

– Et l'homme pour qui elle travaillait là-bas ? interrogea Claverhouse. Celui d'avant son arrivée à Édimbourg.

Elle semblait avoir une floppée de choses à dire sur lui et n'arrêtait pas de se toucher le visage avec les doigts pendant qu'elle parlait. Colquhoun hochait la tête, l'arrêtait de temps à autre pour pouvoir traduire.

– Un grand type… gros. C'est le boss. Quelque chose à propos de sa peau… une tache de vin, peut-être, certainement un signe distinctif. Et des lunettes, comme des lunettes de soleil mais pas tout à fait.

Rebus vit Claverhouse et Ormiston échanger un regard. C'était trop vague pour être vraiment utile. Colquhoun jeta de nouveau un œil à sa montre.

– Et des voitures, un tas de voitures. Cet homme les écrase.

– Il porte peut-être une balafre, avança Ormiston.

– Des lunettes et une balafre ne vont pas nous mener très loin, soupira Claverhouse.

– Messieurs, interrompit Colquhoun, tandis que Candice regardait Rebus, je crains d'être obligé de vous laisser.

– Pourriez-vous envisager de refaire un saut plus tard, monsieur ? demanda Claverhouse.

– Vous voulez dire aujourd'hui ?

– Ce soir, peut-être... ?

– Navré, mais j'ai d'autres engagements.

– Nous nous en rendons compte, monsieur. Entre-temps, l'inspecteur Ormiston va vous raccompagner en ville.

– Avec plaisir, confirma Ormiston, charmant.

Ils avaient besoin de lui, après tout. Ils devaient rester dans ses petits papiers.

– Écoutez, reprit Colquhoun. Il y a une famille de réfugiés dans le Fife, originaires de Sarajevo. Ils accepteraient sûrement de l'héberger. Je pourrais leur en parler.

– Merci, monsieur, répondit Claverhouse. Plus tard, peut-être, d'accord ?

Colquhoun parut déçu quand Ormiston l'emmena. Rebus s'approcha de Claverhouse, qui rassemblait ses clichés.

– Il est un peu foldingue, commenta Claverhouse.

– Il est déconnecté du monde réel.

– Il n'est pas d'un grand secours non plus.

Rebus considéra Candice.

– Ça vous embête si je la sors ?

– Quoi ?

– Juste une heure. (Claverhouse le dévisagea, sidéré.) Elle est restée entre quatre murs un bon moment. Je la redépose ici dans une heure, une heure et demie.

– Ramenez-la en un seul morceau et, si possible, avec le sourire.

Rebus fit signe à Candice de le suivre.

– Des Japonais et des terrains de golf, marmonna Claverhouse. Qu'est-ce que vous en pensez ?

– Telford fait du bizness, ça, on le sait. Les hommes d'affaires font des affaires avec d'autres hommes d'affaires.

– Il a des videurs et des machines à sous. Quel rapport avec les Japonais ?

– Je laisse les questions difficiles aux types de votre acabit, lança Rebus avant d'ouvrir la porte.

– John ? l'avertit Claverhouse en faisant un signe de tête en direction de Candice. Elle est propriété de la Brigade criminelle, d'accord ? Et rappelez-vous, c'est vous qui êtes venu nous trouver.

– Vous bilez pas, Claverhouse. Ah oui, à propos, je suis votre agent de liaison à la Division B.

– Quoi ? Depuis quand ?

– Avec effet immédiat. Si vous ne me croyez pas, demandez à votre patron. C'est peut-être votre enquête, mais Telford opère sur *mon* territoire.

Là-dessus, il prit Candice par le bras et la fit sortir de la pièce.

Il arrêta la voiture au coin de Flint Street.

– OK, ça va, Candice, dit-il en voyant sa nervosité. On reste dans l'auto. Tout va bien.

Elle jetait des coups d'œil de tous côtés, cherchant des visages qu'elle ne voulait pas voir. Il redémarra.

– Regarde, reprit-il, on part. (Il savait qu'elle ne pouvait pas comprendre.) J'imagine que c'est de là que vous avez décollé ce jour-là. (Il la regarda.) Le jour où vous êtes allés à Juniper Green. Les Japonais étaient descendus dans un hôtel du centre ville, un endroit chérot. Vous êtes allés les prendre, puis vous avez roulé vers l'est. Sur Dalry Road, peut-être ? (Il parlait pour lui-même.) Bon Dieu, j'en sais rien… Bon, écoute, Candice, si tu vois quelque chose de familier, n'importe quoi, tu me le dis, OK ?

– OK.

Avait-elle compris ? Non, elle souriait. Tout ce qu'elle avait saisi, c'était le dernier mot. Tout ce qu'elle voyait, c'est qu'ils s'éloignaient de Flint Street. Il la conduisit d'abord sur Princes Street.

– C'était un hôtel dans les parages, Candice ? Les Japonais ? C'était ici ?

Elle considérait la rue d'un œil vide. Il remonta Lothian Road.

– Usher Hall, annonça-t-il. Le Sheraton… Ça te dit quelque chose ?

Rien de rien, que dalle. Il enfila Western Approach Road et Slateford Road, puis passa sur Lanark Road. La plupart des feux étaient rouges, lui donnant tout le temps d'observer les immeubles. Rebus lui signalait chacun des kiosques à journaux sur le trajet, au cas où le groupe s'y serait arrêté pour acheter des cigarettes. Bientôt, ils quittèrent la ville et arrivèrent à Juniper Green.

– Juniper Green ! s'exclama-t-elle en indiquant le panneau, ravie d'avoir quelque chose à lui montrer.

Rebus s'efforça de sourire. Les terrains de golf proliféraient à la sortie de la ville. Il n'aurait pu rêver de les lui montrer tous, pas en une semaine et moins encore en une heure. Il s'arrêta quelques instants à côté d'un champ. Candice descendit, il la suivit donc, alluma une cigarette. Il y avait deux montants en pierre près de la route, mais aucune trace de portail ni de chemin partant de là. Peut-être y avait-il eu jadis une allée avec une maison au bout. En haut d'un des piliers trônait une représentation très érodée d'un taureau. Candice pointa le doigt vers le sol derrière l'autre pilier, où se trouvait un autre bloc de pierre sculpté, à demi enfoui dans les herbes.

– On croirait un serpent, remarqua Rebus. Peut-être un dragon. (Il l'observa.) Ça a sans doute une signification pour quelqu'un.

Elle le regarda sans comprendre. De nouveau, il vit les traits de Sammy et se souvint qu'il voulait l'aider. Il avait failli l'oublier, quasiment obnubilé par le fait qu'elle pouvait les aider à épingler Telford.

De retour dans la voiture, il bifurqua sur Livingston avec l'intention d'aller sur Ratho et, de là, de rentrer en ville. Puis il s'aperçut qu'elle s'était retournée pour regarder par la vitre arrière.

– Qu'est-ce que c'est ?

Elle débita un flot de paroles, le ton hésitant. Rebus fit toutefois demi-tour et reprit lentement le chemin qu'ils venaient de parcourir. Il s'arrêta sur le côté de la route en face d'un muret de pierre sèche au-delà duquel se succédaient les ondulations d'un parcours de golf.

– Tu le reconnais ? (Elle baragouina d'autres mots. Rebus pointa l'index.) Ici ? Oui ?

Elle se tourna vers lui et dit quelque chose sur un ton d'excuse.

– Ça va, dit-il. Allons voir de plus près quand même.

Il roula jusqu'à un large portail en fer dont les deux battants étaient ouverts. Un panneau sur le côté annonçait : GOLF ET COUNTRY-CLUB

DE POYNTINGHAME. En dessous, « Bar avec menu et service à la carte – Pour adhérents et visiteurs ». Comme Rebus franchissait le portail, Candice se remit à hocher vigoureusement la tête et, quand une vaste demeure XVIIIe apparut devant eux, elle parut trépigner sur son siège, se frappant les cuisses de ses mains.

– Je crois que je pige, fit Rebus.

Il se gara devant l'entrée, se faufilant entre un break Volvo et une Toyota surbaissée. Sur le parcours, trois hommes finissaient leur partie. Après le dernier putt, les portefeuilles apparurent et l'argent changea de mains.

Rebus savait deux choses sur le golf : primo, pour certains, c'était une religion. Deuxio, pour beaucoup, parier était une passion. On pariait sur le dernier score, sur chaque trou, sur chaque coup même, si on pouvait.

Et les Japonais n'avaient-ils pas la passion du jeu ?

Il prit le bras de Candice pour franchir la porte d'entrée. Des notes de piano s'échappaient du bar. Fumée de panatela et lambris de chêne, portraits gigantesques d'illustres inconnus. Quelques antiques putters en bois, placés sous verre… Une affiche annonçant un dîner dansant d'Halloween pour le soir même. Rebus s'approcha de la réception, se présenta et expliqua ce qu'il voulait. Le réceptionniste passa un coup de fil, puis les conduisit dans le bureau du directeur.

Chauve et mince, la quarantaine bien sonnée, Hugh Malahide était accablé d'un léger bégaiement qui s'accentua quand Rebus posa sa première question. Il parut vouloir gagner du temps en répétant la question.

– Avons-nous eu des visiteurs japonais récemment ? Ma foi, il nous arrive en effet de recevoir quelques golfeurs originaires de ce pays.

– Ces hommes sont venus déjeuner. Il y a une quinzaine de jours, trois semaines peut-être. Ils étaient trois plus trois ou quatre Écossais, peut-être en Range Rover. Il se peut que la table ait été réservée au nom de Telford.

– Telford ?

– Oui, Thomas Telford.

– Ah oui, c'est cela…

Malahide ne semblait pas être à la fête.

– Vous connaissez M. Telford ?

– C'est une façon de parler.

Rebus se pencha en avant sur sa chaise.

– Poursuivez.

– Eh bien, c'est que… écoutez, si je suis aussi réticent, c'est que je ne veux pas que ce soit étalé sur la place publique.

– Comptez sur moi, monsieur.

– M. Telford agit en tant qu'intermédiaire.

– Un intermédiaire ?

– Dans les négociations.

Rebus comprit ce que Malahide voulait dire.

– Les Japonais envisagent d'acquérir Poyntinghame ?

– Vous comprenez, monsieur, je ne suis qu'un gestionnaire. J'assure seulement la bonne marche de l'entreprise au jour le jour.

– Pourtant, vous êtes le directeur.

– Je ne possède pas d'actions dans le club. Au début, les propriétaires actuels étaient opposés à la vente. Mais on leur a présenté une offre et je crois qu'elle est très intéressante. Les acheteurs potentiels… eh bien, ils sont tenaces.

– Il y a eu des menaces, monsieur Malahide ?

– De quoi parlez-vous ? s'exclama-t-il, horrifié.

– Bon, je n'ai rien dit.

– Les négociations n'ont pas été *hostiles*, si c'est ce que vous voulez dire.

– Donc ces Japonais, ceux qui ont déjeuné ici ?

– Ils représentaient le consortium.

– Le consortium étant… ?

– Je n'en sais rien. Les Japonais sont toujours excessivement discrets. Une grosse entreprise ou une société, j'imagine.

– Vous savez pourquoi ils s'intéressent à Poyntinghame ?

– Je me suis posé la question, en effet.

– Et alors ?

– Tout le monde sait que les Japonais adorent le golf. C'est peut-être une question de prestige. Ou ça pourrait être parce qu'on va ouvrir une usine quelconque à Livingston.

– Et Poyntingham deviendrait alors le club attitré de l'usine ?

Malahide frémit à cette seule idée. Rebus se releva.

– Vous m'avez été d'un grand secours, monsieur. Vous avez autre chose à me dire ?

– Écoutez, tout cela doit rester entre nous, inspecteur.

– Aucun problème. Vous n'auriez pas des noms à me donner, par hasard ?

– Des noms ?

– Pour les clients de ce jour-là ?

Malahide secoua la tête.

– Je regrette, pas même un numéro de carte de crédit. M. Telford a réglé en liquide, comme toujours.

– Il a laissé un gros pourboire ?

– Inspecteur, repartit l'autre avec un sourire crispé, certains secrets sont sacro-saints.

– Tout comme cette conversation, n'est-ce pas, monsieur ?

Malahide considéra Candice.

– C'est une putain, n'est-ce pas ? Je l'ai tout de suite compris le jour où ils sont venus. (Il y avait du dégoût dans sa voix.) Elle fait vraiment vulgaire, hein ?

Candice le fixa, puis regarda Rebus d'un air suppliant et débita quelques mots que personne ne comprit.

– Qu'est-ce qu'elle dit ? s'enquit Malahide.

– Elle dit qu'une fois, elle a eu un micheton exactement comme vous. Il portait des culottes de golf et lui a demandé de lui flanquer une fessée avec un *mashie-niblick*[1].

Malahide leur montra la sortie.

---

1. Au golf, terme archaïque désignant le fer 11, ancêtre du sand-wedge modifié.

6

Rebus appela Claverhouse de la chambre de Candice.

– C'est peut-être intéressant et peut-être pas, commenta Claverhouse.

Mais Rebus sentait qu'il était accroché, et ça arrangeait ses affaires. Plus il serait intéressé, plus il tiendrait à garder Candice sous le coude. Ormiston était en route pour reprendre ses fonctions de baby-sitter.

– Ce que j'aimerais savoir, bordel, c'est comment Telford a réussi à monter un coup pareil ?

– Bonne question, approuva Claverhouse.

– C'est à des années-lumière de sa sphère habituelle, non ?

– Pour autant qu'on sache.

– Chauffeur de taxi pour des entreprises japonaises…

– Peut-être que le contrat l'intéresse dans la mesure où il fournit les jeux électroniques.

Rebus secoua la tête.

– Il y a quelque chose qui m'échappe.

– C'est pas votre problème, John, ne l'oubliez pas.

– Sans doute. (On frappa à la porte.) On dirait qu'Ormiston est arrivé.

– J'en doute. Il vient juste de partir.

Rebus regarda fixement la porte.

– Claverhouse, ne quittez pas.

Il posa le récepteur sur la table de chevet. On frappa de nouveau. Rebus fit signe à Candice, qui feuilletait une revue sur la banquette, d'aller dans la salle de bains. Puis il s'approcha de la porte à pas de loup et regarda par l'œilleton. C'était la réceptionniste. Il lui ouvrit.

– Oui ?

– Une lettre pour votre femme.

Il considéra la petite enveloppe blanche qu'elle lui tendait.

– Une lettre, répéta-t-elle.

Ni nom, ni adresse, ni timbre sur l'enveloppe. Il la prit et la leva dans la lumière. Une seule feuille à l'intérieur avec une forme plate et carrée, comme une photographie.

– Un homme l'a déposée à la réception.

– Il y a combien de temps ?

– Deux ou trois minutes.

– Comment était-il ?

– Oh, fit-elle en haussant les épaules. Un monsieur plutôt grand, cheveux châtains. Il portait un costume et il a sorti la lettre d'une serviette.

– Comment vous savez à qui elle est destinée ?

– Il a dit que c'était pour la femme étrangère. Il l'a décrite à la perfection.

– Entendu, merci, marmonna-t-il en fixant l'enveloppe.

Il referma la porte et revint au téléphone.

– Qu'est-ce que c'est ? s'enquit Claverhouse.

– Quelqu'un vient de déposer une lettre pour Candice.

Rebus déchira l'enveloppe en coinçant le récepteur entre l'épaule et le menton. Elle contenait un Polaroïd et une feuille de papier avec des mots écrits à la main en petites lettres majuscules. En langue étrangère.

– Ça dit quoi ? s'enquit Claverhouse.

– Je n'en sais rien.

Rebus essaya de déchiffrer le message à haute voix. Candice était revenue dans la chambre. Elle lui arracha la feuille des mains, la lut à toute vitesse, puis se précipita dans la salle de bains.

– En tout cas, pour Candice, c'est clair, constata Rebus. Il y a aussi une photo. (Il la regarda.) Elle est à genoux en train de besogner un gros lard.

– Signalement ?

– L'appareil ne s'est pas vraiment intéressé à la tronche du gars. Claverhouse, il faut qu'on la sorte d'ici fissa.

– Attendez qu'Ormiston arrive. Ils espèrent peut-être que vous allez paniquer. S'ils veulent l'enlever, un flic en bagnole, ça ne pose pas trop de problèmes. Deux flics, un peu plus quand même.

– Comment ont-ils su ?

– On y réfléchira plus tard.

Les yeux fixés sur la porte de la salle de bains, il songeait aux cabinets cadenassés de St Leonard.

– Il faut que j'y aille.

– Soyez prudent.

Rebus raccrocha.

– Candice ? (Il secoua la poignée, mais la porte était verrouillée.) Candice ?

Il recula et donna un coup de pied. La porte n'était pas aussi solide que celle de St Leonard et elle faillit quitter les charnières. Assise sur la cuvette, un rasoir jetable à la main, elle s'infligeait des coups sur les bras. Elle avait du sang sur son tee-shirt et du sang éclaboussait le sol carrelé de blanc. Elle se mit à hurler en le voyant, les mots se réduisant à des monosyllabes. Il s'empara du rasoir en s'entaillant le pouce au passage. Il l'empoigna pour qu'elle se lève, tira la chasse d'eau sur le rasoir et lui emmaillota les bras dans des serviettes. Le message gisait au fond de la baignoire. Il l'agita sous son nez.

– Ils veulent te foutre la frousse, c'est tout, lui soutint-il.

Lui-même n'y croyait qu'à moitié. Si Telford pouvait la retrouver aussi vite, s'il avait le moyen de lui écrire dans sa propre langue, il était beaucoup plus fort et plus malin qu'il ne l'avait cru.

– OK, ça va aller, lui assura-t-il. Je te le promets, tout va s'arranger. On va s'occuper de toi. Je vais te tirer d'ici, t'emmener quelque part où il ne te retrouvera pas. Je te le promets, Candice. Écoute, c'est moi qui te parle.

Mais elle braillait, les larmes dégoulinant sur ses joues, secouant la tête d'un côté et de l'autre. Un moment, elle avait cru au chevalier sur son blanc destrier. Maintenant, elle avait pris la mesure de son erreur…

Rien à l'horizon. La côte semblait dégagée.

Rebus l'embarqua dans sa voiture, Ormiston fourré à l'arrière. Ils n'avaient pas le choix des armes. C'était un compromis : faire une sortie en trombe ou attendre sur place la charge de la cavalerie. Et vu les saignements de Candice, il n'y avait pas de temps à perdre. Le trajet pour l'hôpital fut éprouvant, puis il fallut attendre pendant qu'on examinait ses blessures et qu'on en recousait certaines. Rebus et Ormiston patientèrent aux urgences en sirotant du café dans des gobelets. Ils se posaient des questions auxquelles ni l'un ni l'autre ne pouvait répondre.

– Comment a-t-il su ?

– Comment a-t-il pu écrire le message ?

– Pourquoi nous donner un avertissement ? Pourquoi ne pas l'enlever simplement ?

– Et que dit le message ?

Rebus se rendit compte brusquement que le quartier de l'université se situait dans les parages. Il sortit la carte du professeur Colquhoun de sa poche et appela son bureau. Colquhoun était là. Rebus déchiffra le message en épelant certains des mots.

– On dirait des adresses, commenta Colquhoun. C'est intraduisible.

– Des adresses ? Il y a des noms de ville ?

– Je ne crois pas.

– Monsieur, nous allons la conduire à Fettes si elle est suffisamment remise… Pouvez-vous nous y rejoindre ? C'est important.

– Avec vous, mon vieux, tout est important.

– Sans doute, monsieur, mais c'est vraiment important. La vie de Candice est peut-être en jeu.

Colquhoun prit son temps pour répondre.

– Dans ce cas, j'imagine…

– Je vais vous envoyer une voiture.

Au bout d'une heure, elle eut suffisamment récupéré pour quitter l'hôpital.

– Les coupures sont assez superficielles, affirma le médecin. Aucun danger vital.

– Elles étaient censées l'être, convint Rebus qui se tourna vers Ormiston. Elle croit qu'on va la rendre à Telford, c'est pour ça qu'elle l'a fait. Elle *sait* qu'elle va retourner avec lui.

Candice avait l'air vidée de tout son sang. Son visage paraissait décharné et ses yeux plus sombres. Rebus tenta de se rappeler son sourire. Il ne l'avait pas revue sourire depuis longtemps. Elle gardait les bras croisés devant elle et fuyait son regard. Il avait vu des suspects agir ainsi en garde à vue. Des gens pour qui le monde n'était plus qu'un traquenard.

À Fettes, Claverhouse et Colquhoun les attendaient déjà. Rebus lui tendit le message et la photo.

– Comme je vous le disais, inspecteur, déclara Colquhoun, des adresses.

– Demandez-lui ce que ça signifie, intervint Claverhouse.

Ils se trouvaient dans la même pièce qu'auparavant. Candice connaissait sa place et elle était déjà assise, les bras croisés, exhibant des pansements couleur écru avec des bandes de sparadrap rose. Colquhoun lui posa la question, mais on aurait cru qu'il avait cessé d'exister. Le regard immobile, fixé sur le mur, elle se balançait légèrement d'avant en arrière.

– Recommencez, ordonna Claverhouse, mais Rebus l'arrêta d'un geste.

– Demandez-lui plutôt si des gens qu'elle connaît habitent là, des gens importants pour elle.

Tandis que Colquhoun formulait la question, le balancement s'accentua. De nouvelles larmes remplirent ses yeux.

– Sa mère et son père ? Ses frères et sœurs ?

Colquhoun traduisit. Candice essayait de maîtriser le tremblement de sa bouche.

– Peut-être qu'elle a laissé un enfant là-bas…

Comme Colquhoun l'interrogeait, Candice bondit de sa chaise en hurlant. Ormiston voulut la retenir, mais elle se débattit. Quand elle fut calmée, elle s'affaissa dans un coin, les bras par-dessus la tête.

– Elle ne nous dira rien, expliqua Colquhoun. Elle a eu la bêtise de nous croire. Maintenant elle veut s'en aller. Elle ne peut pas nous aider.

Rebus et Claverhouse se regardèrent.

– On ne peut pas la retenir contre son gré, John, si elle veut partir. C'était déjà assez louche de l'empêcher de voir un avocat. Dès lors qu'elle demande à partir…

Ça y est, il rendait les armes.

– Allons quoi, mon vieux, siffla Rebus entre ses dents, elle a une trouille noire et elle sait pourquoi. Et maintenant que vous lui avez tiré les vers du nez, vous voulez la rendre à Telford ?

– Écoutez, ce n'est pas une question…

– Il va la tuer, vous le savez aussi bien que moi.

– S'il voulait la tuer, elle serait déjà morte, affirma Claverhouse avant de s'interrompre. Il est plus malin que ça. Il sait très bien qu'il suffit qu'elle ait les chocottes pour qu'elle la boucle. Il la connaît. Ça me reste en travers de la gorge, mais qu'est-ce qu'on peut y faire ?

– La garder quelques jours, voir si on ne peut pas...

– Si on ne peut pas quoi ? Vous voulez la livrer aux services de l'immigration ?

– C'est une idée. Qu'elle se barre d'ici, bordel !

Claverhouse réfléchit une minute, puis se tourna vers Colquhoun.

– Demandez-lui si elle veut retourner à Sarajevo.

Colquhoun s'exécuta. Aussitôt, elle bafouilla une réponse en ravalant ses larmes.

– Elle dit que si elle rentre, ils tueront tout le monde.

Silence dans la pièce. Tous les yeux étaient fixés sur elle. Quatre hommes, des types ayant un boulot, une famille, une vie à eux... En temps normal, ils avaient rarement l'occasion d'apprécier leur veine. Et là, brusquement, ils comprenaient à quel point ils étaient démunis.

– Dites-lui qu'elle est libre de partir si c'est ce qu'elle veut vraiment, déclara Claverhouse calmement. Mais si elle reste, nous ferons tout notre possible pour l'aider.

Colquhoun lui parla donc et elle l'écouta. Quand il eut fini, elle se remit debout et les regarda. Puis elle s'essuya le nez sur ses bandages, repoussa les cheveux qui lui tombaient dans les yeux et se dirigea hardiment vers la porte.

– Non, Candice, ne pars pas, dit Rebus.

Elle se tourna à demi vers lui.

– OK, dit-elle.

Puis elle ouvrit la porte et disparut. Rebus saisit le bras de Claverhouse.

– Il faut mettre le grappin sur Telford, l'avertir de ne pas la toucher.

– Vous croyez qu'il a besoin qu'on le lui dise ?

– Vous croyez qu'il écouterait ? ajouta Ormiston.

– Je n'arrive pas à y croire. Elle crève de trouille et nous, qu'est-ce qu'on fait, on la laisse partir ? Ça me dépasse.

– Elle aurait pu aller dans le Fife, rappela Colquhoun.

Candice partie, il paraissait un peu ragaillardi.

– C'est un peu tard pour ça, rétorqua Ormiston.

– Il a gagné une manche, c'est tout, assura Claverhouse, les yeux fixés sur Rebus. Mais on le coincera la prochaine fois, ne vous inquiétez pas. (Il grimaça un sourire sans joie.) N'allez pas croire qu'on baisse les bras, John, ce n'est pas le genre de la boutique. Mais comme on dit, patience et longueur de temps, mon vieux. Patience...

Elle l'attendait sur le parking, adossée à la portière du passager de sa vieille Saab 900 déglinguée.

– OK ? demanda-t-elle.

– OK, acquiesça-t-il et il sourit, soulagé, en ouvrant la voiture.

Il ne pouvait penser qu'à un seul endroit pour elle. Tandis qu'il traversait les Meadows, elle approuva d'un signe en reconnaissant les terrains de sport bordés d'arbres.

– Tu es déjà venue dans le coin ?

Elle baragouina quelques mots et hocha de nouveau la tête quand Rebus tourna dans Arden Street. Il se gara et se tourna vers elle.

– Tu es déjà venue *ici* ?

Elle montra le ciel et replia les doigts en forme de jumelles.

– Avec Telford ?

– Telford, répéta-t-elle.

Elle fit mine d'écrire quelque chose et Rebus lui tendit son bloc-notes et son stylo. Elle dessina un ours en peluche.

– Tu es venue dans la voiture de Telford ? interpréta-t-il. Et il a observé un des appartements du coin ?

Il indiqua son propre appartement.

– Oui, oui.

– C'était quand ? (Elle ne comprit pas la question.) Il faut que je me procure un manuel de conversation, marmonna-t-il.

Il ouvrit la porte, descendit et regarda alentour. Les voitures autour de lui étaient vides, pas de Range Rover. Il fit signe à Candice de le suivre.

Sa salle de séjour parut lui plaire et elle fonça directement sur sa collection de disques, sans toutefois reconnaître aucun des titres. Rebus alla dans la cuisine pour préparer du café et cogiter. Impossible de la garder chez lui si Telford connaissait l'endroit. Telford... Pourquoi avait-il observé l'appartement de Rebus ? La réponse sautait aux yeux : il savait que le détective était lié à Cafferty et pouvait, de ce fait, représenter un danger. Pour lui, Rebus était à la solde du Gros Gerry. Connais ton ennemi, c'était une autre règle que Telford avait apprise.

Rebus appela un contact qu'il avait dans les pages économiques du *Scotland on Sunday*.

– Des sociétés japonaises, expliqua Rebus. Des bruits courent à ce sujet.

– Vous pouvez m'aiguiller un peu ?

– De nouveaux sites autour d'Édimbourg, peut-être Livingston.

Rebus entendait le reporter farfouiller dans sa documentation.

– D'après une rumeur qui circule, il est question d'une usine de microprocesseurs.

– À Livingston ?

– C'est une éventualité.

– Rien d'autre ?

– Non. Pourquoi, ça vous intéresse ?

– Merci, Tony. Bye.

Il raccrocha et considéra Candice. Il ne savait pas où la conduire. Les hôtels n'étaient pas sûrs. Un endroit lui vint à l'esprit, mais c'était risqué… Enfin, pas tant que ça. Il composa son numéro.

– Sammy ? Tu ne pourrais pas me rendre un service… ?

Sammy vivait dans un appartement du quartier des « colonies [1] » à Shandon. Quasiment impossible de se garer dans l'étroite venelle. Rebus s'en rapprocha autant que possible.

Elle les accueillit dans l'entrée exiguë et les fit entrer dans le séjour surencombré. Il y avait une guitare sur un fauteuil en osier. Candice la prit, s'assit dans le fauteuil et gratta doucement les cordes.

– Sammy, je te présente Candice, déclara Rebus.

– Tiens, salut ! répondit Sammy. Joyeux Halloween. (Candice plaqua quelques accords.) Eh, mais c'est Oasis, ça.

– Oasis, répéta Candice en souriant.

---

1. Les « colonies » sont des maisons construites entre 1861 et 1945 par une coopérative d'artisans au chômage. Bénéficiant d'un financement particulier, elles étaient réservées en priorité aux petits revenus, le remboursement du prêt ne devant pas dépasser le montant d'un loyer moyen.

– J'ai le CD quelque part… (Sammy passa en revue une pile de CD à côté de la hi-fi.) Le voilà. Je le mets ?

– Oui, oui.

Sammy alluma la chaîne, annonça qu'elle allait préparer du café et fit signe à son père de la suivre dans la cuisine.

– Alors, c'est qui ?

Étant donné les dimensions de la cuisine, Rebus resta sur le seuil.

– C'est une prostituée. Contre son gré. Je ne veux pas que son mac la reprenne.

– D'où elle vient, déjà ?

– De Sarajevo.

– Et elle ne parle pas anglais ?

– Comment tu te débrouilles en serbo-croate ?

– Pas fameux.

Rebus regarda autour de lui.

– Où est ton copain ?

– Il bosse.

– Sur son bouquin ?

Rebus n'aimait pas Ned Farlowe. En partie à cause de son nom. Pour lui, les *Neds* [1] étaient ce que le *Sunday Post* appelait poliment des hooligans ou des casseurs. Ils dépouillaient les vieilles dames de leur livret de caisse d'épargne et de leur déambulateur. C'était ça, les *Neds* de ce monde. Quant à Farlowe, pour lui, c'était *Chris* Farlowe, *Out of Time,* un tube qui aurait dû appartenir aux Stones. Farlowe planchait sur une histoire du crime organisé en Écosse.

– C'est la loi du genre, constata Sammy. Il a besoin de trouver du fric pour prendre le temps d'écrire ce machin.

– Qu'est-ce qu'il fait alors ?

– Des piges. Combien de temps je dois faire du baby-sitting ?

– Deux jours au plus. Juste le temps que je lui dégote un endroit.

– Qu'est-ce qu'il fera s'il la retrouve ?

– Je préfère ne pas y penser.

Sammy finit de rincer les tasses.

– Elle me ressemble, hein ?

– Oui, c'est vrai.

---

1. En Écosse, le mot *ned* veut dire voyou.

– J'ai quelques jours de congé à rattraper. Peut-être que je vais appeler, comme ça je pourrai rester avec elle. C'est quoi, son vrai nom ?

– Elle ne me l'a pas dit.

– Elle a des fringues ?

– À l'hôtel. J'enverrai une voiture de patrouille les chercher.

– Elle est vraiment en danger ?

– Possible.

Sammy le regarda bien en face.

– Mais moi, je ne crains rien ?

– Non, assura son père, personne n'est au courant.

– Et qu'est-ce que je dis à Ned ?

– Le moins possible, dis-lui juste que tu rends service à ton papa.

– Cool. Tu crois qu'un journaliste va se contenter de ça ?

– Oui, s'il t'aime.

La bouilloire chanta et on entendit le déclic. Sammy versa de l'eau dans les trois chopes. À l'autre bout du séjour, Candice était plongée dans une pile de bandes dessinées américaines.

Rebus avala son café, puis les laissa à leur musique et leurs BD. Au lieu de rentrer chez lui, il passa par Young Street et l'Ox, où il commanda une tasse d'instantané. Cinquante pence. Plutôt une affaire, en y réfléchissant. Cinquante pence pour… quoi, une demi-pinte ? Une livre la pinte ? Pour le double, ce serait encore bon marché. Enfin, plus exactement, à un virgule sept fois le prix, ça mettrait le jus au niveau de la cervoise… *grosso modo*.

Encore que Rebus ne fût pas du genre radin.

L'arrière-salle était tranquille, il y avait juste quelqu'un qui griffonnait à la table la plus proche du feu. C'était un habitué, un journaliste quelconque. Rebus songea à Ned Farlowe, qui voudrait savoir pour Candice. Mais si quelqu'un pouvait le tenir à distance, c'était Sammy. Rebus sortit son portable pour appeler le bureau de Colquhoun.

– Je regrette de vous déranger, fit-il en guise de préambule.

– Qu'est-ce qu'il y a encore ? grogna le professeur d'un ton exaspéré.

– Ces réfugiés dont vous avez parlé pour Candice ? Vous pensez pouvoir les contacter ?

– Ma foi, répondit-il en se grattant la gorge. Oui, je suppose que je pourrais leur en parler. Cela veut-il dire… ?

– Oui, Candice est en sûreté.

– Je n'ai pas leur numéro ici, marmonna-t-il, l'air de nouveau désemparé. Ça peut attendre que je sois rentré chez moi ?

– Rappelez-moi quand vous les aurez joints… Et merci.

Rebus raccrocha, vida sa tasse et appela Siobhan Clarke chez elle.

– J'ai besoin d'un service, répéta-t-il une fois de plus avec l'impression d'être un disque rayé.

– Avec vous, ça craint en général, non ?

– Quasiment pas.

– Vous pouvez me mettre ça par écrit ?

– Vous me prenez pour un crétin maintenant ? répliqua-t-il en souriant. Je veux voir les dossiers sur Telford.

– Pourquoi ne pas vous adresser à Claverhouse ?

– Je préfère passer par vous.

– Il y en a un sacré paquet. Il vous faut des photocops ?

– Comme vous voudrez.

– Je vais voir ce que je peux faire. (Des éclats de voix s'élevèrent près du comptoir.) Vous êtes à l'Ox, non ?

– Il se trouve que oui.

– Vous picolez ?

– Un caoua.

Elle ricana, incrédule, et lui dit d'en profiter. Rebus mit fin à la conversation et considéra sa tasse… En fin de compte, c'était des gens comme ça qui vous poussaient à boire.

7

Il était 7 heures du matin quand l'interphone grésilla, lui signalant qu'il y avait quelqu'un devant l'entrée de son immeuble. Il tituba dans le couloir jusqu'à l'appareil et demanda qui c'était, bordel.

– Le livreur de croissants, claironna une voix à l'accent cockney.

– Le quoi ?

– Allez, ducon, debout là-dedans. Les neurones sont un peu ramollos ces temps-ci, on dirait !

Un nom surgit brusquement dans son cerveau embrumé.

– Abernethy ?

– Allez, ouvre vite, on se les gèle ici.

Rebus appuya sur le bouton pour laisser entrer son visiteur, puis piqua un sprint jusqu'à sa chambre pour enfiler quelque chose. Il avait l'esprit hagard. Abernethy était inspecteur principal de la Brigade spéciale à Londres. La dernière fois qu'il était venu à Édimbourg, c'était pour coincer des terroristes [1]. Rebus se demanda ce qu'il venait foutre dans les parages.

Quand la sonnette du palier retentit, Rebus fourra sa chemise dans son pantalon et enfila le couloir. Conformément à ce qu'il avait annoncé, Abernethy apportait un sac de croissants. Il n'avait guère changé : le même vieux jean délavé et un blouson d'aviateur en cuir noir, les cheveux châtains coupés très courts et hérissés de gel. Il avait un visage fort, vérolé, et des yeux d'un bleu glacial – un regard de malade.

1. Voir *Causes mortelles.*

– Comment ça va, vieux ? s'exclama Abernethy en lui administrant une claque dans le dos avant de le précéder dans la cuisine. Bon, je mets la bouilloire en route.

Comme s'ils faisaient ça tous les jours de la semaine. Comme s'ils n'habitaient pas à six cent cinquante kilomètres l'un de l'autre.

– Abernethy, qu'est-ce que tu fabriques par ici ?

– Tiens, je t'apporte à bouffer, exactement ce que les Anglais ont toujours fait pour les Scottish, non ? Tu as du beurre quelque part ?

– Regarde dans le beurrier.

– Des tasses, des assiettes ?

Rebus indiqua le placard.

– Je parie que tu bois du Nescafé, j'ai raison ?

– Abernethy…

– D'abord on s'installe, après on cause. Ça te va ?

– La bouilloire marche plus vite si tu la branches.

– Cool.

– Et je crois que j'ai de la confiture.

– T'aurais pas un petit pot de miel ?

– Et quoi encore, j'ai l'air du chaperon rouge, peut-être ?

Abernethy eut un petit sourire narquois.

– À propos, le vieux Georgie Flight t'envoie ses amitiés. À ce qu'il paraît, il ne va pas tarder à partir à la retraite.

Georgie Flight, un autre revenant. Abernethy avait dévissé le couvercle de la boîte à café et reniflait les paillettes.

– Complètement éventé, ça remonte au déluge, ce machin ! (Il plissa le nez.) Vraiment, John, aucune classe.

– Pas comme toi, tu veux dire ? Depuis quand tu es là ?

– J'ai débarqué il y a une demi-heure.

– De Londres ?

– Je me suis arrêté deux heures sur une aire de stationnement pour roupiller un peu. Mais la A1, c'est l'enfer. Passé Newcastle, on se croirait dans un pays du tiers-monde.

– Est-ce que tu t'es tapé six cent cinquante bornes juste pour m'insulter ?

Ils emportèrent le tout sur la table du salon, Rebus écartant d'une main les livres et les carnets, toute sa documentation sur la Seconde Guerre mondiale.

– Alors, déclara le maître des lieux quand ils furent assis, j'imagine que ce n'est pas une simple visite de courtoisie ?

– En fait, si, en un sens. J'aurais pu me contenter d'un coup de fil, mais tout à coup, je me suis dit : comment se porte cette vieille branche ? Et avant que j'aie pris le temps de réfléchir, j'étais déjà au volant en train de rouler vers le périphérique.

– Tu me vois touché.

– J'ai toujours essayé de rester au courant de ce que tu devenais.

– Tiens, pourquoi ?

– Parce que la dernière fois qu'on s'est vus... eh bien, tu es un peu spécial, un franc-tireur, non ?

– Ah bon, tu trouves ?

– Enfin, je veux dire que tu ne fonctionnes pas en équipe. Tu travailles en solo, un peu comme moi. Les solitaires peuvent avoir leur utilité.

– Une utilité ? Laquelle ?

– Pour des missions secrètes, les jobs qui sortent de l'ordinaire.

– Tu crois que j'ai la trempe qu'il faut pour la Brigade spéciale ?

– T'as jamais eu envie d'aller à Londres ? C'est là que ça bouge, qu'il y a de l'action.

– Ça bouge assez pour moi ici.

Abernethy s'approcha de la fenêtre et regarda dans la rue en contrebas.

– Une ogive nucléaire de cinquante mégatonnes ne réussirait pas à sortir ce trou de sa torpeur.

– Écoute, Abernethy, malgré le plaisir que j'ai à te voir et à tailler une bavette, qu'est-ce qui t'amène au juste ?

Abernethy se frotta les mains pour en chasser les miettes.

– Autant pour les mondanités. (Il avala une gorgée de café et eut un haut-le-cœur à cause de l'amertume du breuvage.) Les crimes de guerre. (Rebus cessa de mastiquer.) On a une nouvelle liste de noms. Tu es au courant, puisque tu en as un qui crèche dans ton secteur.

– Et alors ?

– Et alors je suis à la tête du QG de Londres. On a formé une Unité temporaire des Crimes de guerre. Mon boulot consiste à centraliser les infos sur les diverses enquêtes en cours pour constituer un fichier national.

– Tu veux savoir ce que je sais ?

– En gros, c'est ça.

– Et tu as roulé toute la nuit pour ça ? Tu veux que j'avale ça ? Toi, tu me caches quelque chose.

– Ah bon, pourquoi ? répliqua Abernethy en se marrant.

– Ça crève les yeux. Un boulot de bureaucrate, c'est pour les ronds-de-cuir, pas pour toi. Tu n'es bon que sur le terrain.

– Eh, regarde-toi ! Je ne t'aurais jamais pris pour un intello, rétorqua l'autre en tapotant un des bouquins posés sur la table.

– C'est mon pensum.

– Qu'est-ce qui te fait croire que c'est différent pour moi ? Bref, où tu en es avec Herr Lintz ?

– Nulle part. Jusqu'ici, toutes les flèches ont raté la cible. Il y a combien de cas sur ta liste ?

– Vingt-sept au départ, mais huit ont passé l'arme à gauche.

– Vous avancez ?

– On en a traduit un en justice et, dès le premier jour, le dossier s'est soldé par un non-lieu. On ne peut pas les poursuivre s'ils sont gâteux.

– Eh bien, pour ton information, voici où en est l'affaire Lintz. Je ne peux pas prouver si Josef Linzstek et lui ne font qu'un. Je ne peux pas confirmer ni infirmer son récit concernant son rôle pendant la guerre, ni comment il a mis le pied en Angleterre, débita Rebus avec un haussement d'épaule.

– Le même topo qu'on me ressort dans tout le pays, grommela le Londonien en soulevant sa chope.

– Alors à quoi tu t'attendais ? demanda Rebus en grignotant un bout de croissant.

– Quel foutu jus ! glapit Abernethy avec une grimace. Il y un troquet correct dans le coin ?

Ils allèrent donc au café, où Abernethy commanda un double express et Rebus un déca. La une du *Record* titrait sur des « coups de couteau mortels » devant une boîte de nuit. L'homme qui lisait le journal le replia quand il eut fini son petit déjeuner et l'emporta avec lui.

– Tu ne pourrais pas t'arranger pour voir Lintz aujourd'hui ? s'enquit Abernethy tout à trac.

– Pourquoi ? Ce n'est pas au programme.

– J'ai pensé que je pourrais en être. C'est pas tous les jours qu'on a l'occasion de rencontrer quelqu'un qui a peut-être l'assassinat de sept cents Français sur la conscience.

– Une curiosité morbide ?

– Que celui qui n'a jamais péché me jette la première pierre…

– Je n'ai rien de nouveau à lui demander, remarqua Rebus, et il commence à ronchonner qu'il va porter plainte pour harcèlement.

– D'après toi, il a le bras long ?

Rebus le vrilla du regard.

– Je vois que tu as potassé le dossier.

– Abernethy, le flic super-bûcheur.

– Bon, tu as raison. Il a des relations, sauf que beaucoup de ses bons amis se planquent dans les coulisses depuis qu'il est sur la sellette.

– On dirait que tu le crois innocent.

– Tant qu'on n'a pas prouvé qu'il était coupable.

Abernethy sourit et leva sa tasse.

– Il y a un historien juif qui circule un peu partout en ce moment. Il ne t'a pas contacté ?

– Son nom ?

– Tu en connais beaucoup, des historiens juifs ? répliqua Abernethy, narquois. Il s'appelle David Levy.

– Tu dis qu'il tire toutes les sonnettes ?

– Une semaine ici, une autre là, il demande comment les enquêtes progressent.

– Eh bien, justement, il est à Édimbourg en ce moment.

Abernethy souffla sur son café.

– Donc tu lui as parlé ?

– Oui, comme par hasard.

– Et alors ?

– Alors quoi ?

– Il t'a servi son baratin sur la Ratline ?

– Encore une fois, en quoi ça te regarde ?

– Il a essayé son numéro avec tout le monde.

– Et quand bien même ?

– Nom d'un chien, John, est-ce que tu réponds toujours à une question par une question ? Écoute, au poste que j'occupe, le nom de ce Levy s'est affiché sur mon écran d'ordinateur un certain nombre de fois. Voilà pourquoi ce type aussi, c'est mes oignons.

– Abernethy, le flic super-bûcheur.

– Exact. Alors on va rendre une petite visite à Lintz ?

– Ma foi, vu le nombre de bornes que tu t'es enfilées...

Sur le trajet de son appartement, Rebus s'arrêta à un kiosque à journaux pour acheter le *Record*. Les coups de couteau avaient été donnés devant le Megan's Nightclub, un nouvel établissement à Portobello. La victime était un « portier », William Tennant, âgé de vingt-cinq ans. L'histoire faisait la une parce qu'un joueur de football de la Premier League [1] passait dans les parages au moment du crime. Un ami qui l'accompagnait avait reçu des coups sans gravité et l'agresseur avait pris la fuite en moto. Le footballeur n'avait fait aucune déclaration à la presse. Rebus le connaissait. Il habitait à Linlithgow et, environ un an plus tôt, il s'était fait alpaguer à Édimbourg pour excès de vitesse alors qu'il était en possession d'« un chouïa de schnouf », selon ses propres termes – autrement dit de la cocaïne.

– Rien d'intéressant ? s'enquit Abernethy.

– Un videur s'est fait assassiner. Un petit trou peinard, pas vrai ?

– Ce genre d'histoire, à Londres, ça ne mériterait pas cinq lignes.

– À part ça, tu comptes rester combien de temps ?

– Je repars aujourd'hui, je veux faire un saut à Carlisle. Ils sont censés avoir un autre vieux nazi. Ensuite, c'est Blackpool et Wolverhampton avant de regagner mes pénates.

– À ce point-là, faut être maso.

Rebus prit la route touristique. Il descendit le Mound et traversa Princes Street. Il se gara en double file sur Heriot Row, mais Joseph Lintz n'était pas chez lui.

– Ce n'est pas grave, dit-il. Je crois savoir où on peut le trouver.

Il emprunta Inverleith Row, tourna à droite dans Warriston Gardens et s'arrêta devant les grilles du cimetière.

– C'est quoi, ce type, un fossoyeur ?

Abernethy mit pied à terre et remonta la fermeture à glissière de son blouson.

---

1. Première division de football d'Angleterre et du Pays de Galles.

– Il plante des fleurs.

– Des fleurs ? Et pour quoi faire ?

– Va savoir.

Un cimetière aurait dû évoquer la mort, mais Warriston ne donnait pas cette impression. Il ressemblait plutôt à un parc à l'anglaise, un havre de verdure dans lequel étaient disséminées des statues. La section la plus récente, traversée par une allée en pierre, cédait le pas à un chemin de terre entre des inscriptions à demi effacées. Il y avait des obélisques et des croix celtes, une multitude d'arbres et d'oiseaux, et les mouvements vifs des écureuils. Un tunnel au-dessous d'un sentier vous conduisait dans la partie la plus ancienne du cimetière, mais entre le tunnel et l'allée se nichait le cœur historique des lieux, battant le rappel de toutes les grandes figures du passé d'Édimbourg. Des noms tels que Ovenstone, Cleugh et Flockhart, des professions telles que premier clerc, soyeux, quincailler… Certains étaient tombés aux Indes et d'autres n'étaient que des nourrissons à la mamelle. Un panneau à l'entrée avertissait les visiteurs que l'endroit avait fait l'objet d'un ordre d'expropriation de la part de la cité d'Édimbourg, car les précédents propriétaires privés l'avaient laissé à l'abandon. Mais ce laisser-aller faisait aussi partie de son charme. Les gens venaient y promener leur chien, y prendre des photographies, ou flâner entre les tombes. Les gays y venaient en quête d'une âme sœur, d'autres de solitude.

Après la tombée du jour, bien sûr, l'endroit avait une réputation plus sulfureuse. Une prostituée de Leith – une femme que Rebus avait connue et qu'il aimait bien [1] – y avait été assassinée cette année-là. Rebus se demanda si Joseph Lintz était au courant…

– Monsieur Lintz ?

Il égalisait l'herbe autour d'une pierre tombale, s'aidant d'une paire de cisailles de jardinier de taille réduite. Il se releva avec difficulté, le visage couvert de sueur.

– Ah, inspecteur Rebus, je vois que vous avez amené un collègue ?

– Oui, je vous présente l'inspecteur principal Abernethy.

1. Voir *L'Ombre du tueur*.

Abernethy examinait la pierre, qui appartenait à un professeur du nom de Cosmo Merriman.

– On vous autorise à faire ça ? demanda-t-il, son regard arrivant enfin à accrocher celui de Lintz.

– Personne n'a essayé de m'en empêcher.

– L'inspecteur Rebus me dit que vous plantez aussi des fleurs.

– On me prend pour un membre de la famille.

– Mais vous n'en êtes pas ? insista Abernethy.

– Seulement dans la mesure où nous appartenons tous à la grande famille de l'homme, inspecteur, susurra le vieux professeur.

– Vous êtes donc chrétien ?

– Sans doute.

– De naissance et d'éducation ?

Lintz sortit un mouchoir et s'essuya le nez.

– Ainsi, vous vous demandez si un chrétien pourrait commettre des atrocités comme celles de Villefranche. Ce n'est peut-être pas dans mon intérêt de vous le dire, mais je pense que c'est tout à fait possible. J'ai déjà expliqué cela à l'inspecteur Rebus.

– Nous avons déjà eu quelques entretiens, confirma celui-ci.

– La croyance religieuse n'est pas une excuse, vous comprenez. Regardez la Bosnie, avec plein de catholiques convaincus impliqués dans les combats, plein de bons musulmans aussi. Ils sont « bons » parce que croyants. Et ce qu'ils croient, c'est que leur foi leur donne le droit de tuer.

La Bosnie... Rebus vit nettement devant ses yeux l'image de Candice fuyant la terreur pour se trouver en fin de compte plus terrifiée encore, et piégée comme jamais.

Lintz fourra son grand mouchoir blanc dans la poche d'un pantalon de velours marron déformé aux genoux. Dans cette tenue – caoutchoucs verts, pull vert, veste de tweed –, c'était le parfait jardinier. Pas étonnant qu'il attirât aussi peu l'attention. Il se fondait dans le décor. Rebus se demanda à quel point c'était voulu, jusqu'où il savait cultiver l'art de s'habiller couleur de muraille.

– Je vous agace, inspecteur Abernethy. Vous n'aimez pas les discussions théoriques, peut-être ?

– Je n'en sais rien, monsieur.

– Dans ce cas, vous ne devez pas savoir grand-chose. Regardez l'inspecteur Rebus, il prête une oreille attentive à mes propos. Plus que ça, il prend l'air intéressé. L'est-il ou ne l'est-il pas, impossible de savoir, sa prestation – si prestation il y a – est exemplaire. (Lintz parlait toujours comme ça, comme s'il avait préparé chaque tirade.) La dernière fois qu'il est venu chez moi, nous avons discuté de la dualité chez l'homme. Auriez-vous un avis sur la question, inspecteur Abernethy ?

Le visage d'Abernethy affichait une expression glaciale.

– Aucun, monsieur.

Lintz haussa les épaules. Il avait rivé son clou au Londonien.

– Inspecteur, les atrocités sont un effet de la volonté collective. (Il articulait avec soin, tel le professeur qu'il avait été jadis confronté à des esprits bornés.) Parce que, parfois, la peur d'être exclu du groupe suffit à nous transformer en démons.

Abernethy renifla, les mains dans ses poches.

– À croire que vous justifiez les crimes de guerre, monsieur. À croire aussi que vous y étiez vous-même.

– Ai-je besoin d'être astronaute pour imaginer Mars ?

Il se tourna vers Rebus en esquissant un demi-sourire.

– Eh bien, je suis peut-être un peu obtus, monsieur, grommela Abernethy. Et en plus, on caille ici. Retournons vers la voiture pour poursuivre cette conversation exaltante, voulez-vous ?

Tandis que Lintz rassemblait ses outils de jardinage dans un sac en toile, Rebus regarda alentour et distingua un mouvement au loin, entre les tombes. La silhouette d'un homme accroupi. Un visage entraperçu un quart de seconde et qu'il reconnut.

– C'est quoi ? interrogea Abernethy.

– Rien, grogna Rebus en secouant la tête.

Les trois hommes regagnèrent la Saab en silence. Rebus ouvrit la portière arrière pour Lintz. Abernethy l'étonna en montant également à l'arrière. Rebus s'assit derrière le volant et sentit la chaleur regagner lentement ses orteils. Le bras posé sur le dossier de la banquette, Abernethy se tenait tourné vers le vieil homme.

– Écoutez, Herr Lintz, mon rôle dans tout ça est clair et net. Je centralise les informations en raison de ce dernier regain d'intérêt à l'égard d'éventuels anciens nazis. Vous comprendrez qu'en présence de pareilles allégations, des allégations très sérieuses, il est de notre devoir d'enquêter ?

– Des allégations « spécieuses » plutôt que sérieuses.

– Dans ce cas, vous n'avez pas à vous inquiéter.

– Sauf pour ma réputation.

– Quand vous serez innocenté, nous ferons le nécessaire pour votre réputation.

Rebus n'en perdait pas une miette. Tout cela ne ressemblait pas à Abernethy. Le ton hargneux qui était le sien près de la tombe avait pris un tour plus ambigu.

– Et d'ici là ?

Lintz semblait lire entre les lignes. Rebus se sentait carrément exclu de la conversation, et tel était bien le but de cette mise en scène. En montant à l'arrière avec le suspect, Abernethy avait établi une barrière physique entre lui-même et l'inspecteur chargé de l'enquête. Il se passait quelque chose.

– Entre-temps, reprit le Londonien, coopérez de votre mieux avec mon collègue. Plus vite il pourra rendre compte de ses conclusions, plus vite on pourra tourner la page.

– Le problème avec les conclusions, c'est qu'elles doivent être concluantes, et j'ai si peu de preuves. C'était la guerre, inspecteur, beaucoup de dossiers ont été détruits…

– Faute de preuve dans un sens ou dans l'autre, l'affaire sera classée sans suite.

– *Ach*, je vois.

Abernethy n'avait rien exprimé que Rebus ne sût confusément. Ce qui clochait, c'était qu'il en informe le suspect.

– Ça nous serait utile si vous faisiez un effort de mémoire, intervint Rebus pour ne pas être en reste.

– Eh bien, monsieur Lintz, merci pour votre temps, conclut Abernethy, une main posée sur l'épaule du vieil homme, protectrice, réconfortante. On peut vous déposer quelque part ?

– Non merci, je vais traîner par ici un petit moment, déclara Lintz en ouvrant la portière pour descendre.

Abernethy lui tendit son sac d'outils.

– Portez-vous bien, ajouta-t-il.

Lintz hocha la tête, esquissa un salut en direction de Rebus et repartit sans hâte vers le portail. Abernethy grimpa sur le siège du passager.

– Loufoque, le bonhomme, non ?

– Tu lui as quasiment dit qu'il était peinard.

– Des couilles, rétorqua Abernethy. Je lui ai juste dit où il en était, pour qu'il sache de quoi il retourne. C'est tout. (Il vit la tête que faisait Rebus.) Allez quoi, tu as vraiment envie de le traîner au tribunal ? Un vieux prof qui entretient les cimetières ?

– N'empêche que tu viens de me couper l'herbe sous le pied.

– Et à supposer qu'il ait ordonné ce massacre... tu crois qu'un procès et quelques années derrière les barreaux en attendant qu'il casse sa pipe, ça te mènera quelque part ? Mieux vaut leur flanquer une bonne trouille, niquer le procès et épargner des millions aux contribuables.

– Ce n'est pas ça, notre boulot, grogna encore Rebus en démarrant.

Il ramena son passager à Arden Street. Ils se serrèrent la main. Abernethy ne voulait pas trop montrer qu'il était pressé de repartir.

– À un de ces quatre, lança-t-il enfin avant de monter dans sa voiture.

Tandis que la Sierra s'éloignait du trottoir, une autre voiture vint occuper l'espace libéré. Siobhan Clarke en descendit avec un sac en plastique du supermarché.

– Pour vous, annonça-t-elle. Et à mon avis, vous me devez bien un café.

Sans faire autant de manières qu'Abernethy, elle accepta une chope d'instantané avec des remerciements et dévora le croissant qui restait. Il avait un message sur le répondeur. Le professeur Colquhoun lui disait que la famille de réfugiés pouvait accueillir Candice dès le lendemain. Rebus nota les indications, puis s'intéressa au contenu du sac qu'avait apporté Siobhan. Peut-être deux cents feuilles de papier, des photocopies.

– Ne les mélangez pas, le mit-elle en garde. Je n'ai pas eu le temps de les agrafer.

– C'est du service rapide.

– Je suis retournée au bureau hier soir. J'ai préféré m'en débarrasser tant qu'il n'y avait personne. Je peux vous faire un résumé, si vous voulez.

– Parlez-moi seulement des premiers rôles.

Elle s'approcha de la table, tira une chaise à côté de lui et prit la séquence de clichés de l'équipe de surveillance. Elle mit des noms sur les visages.

– Brian Summers, commença-t-elle, plus connu sous le nom de Beau-Gosse. Il tient presque toutes les filles.

Visage pâle, anguleux, cils noirs épais, la moue boudeuse. Le mac de Candice.

– Il n'est pas si beau que ça.

Clarke passa à une autre photo.

– Kenny Houston.

– On tombe de Beau-Gosse en Sale-Gueule.

– Je suis sûre que sa maman l'adore.

Les dents proéminentes, le teint jaunâtre.

– Qu'est-ce qu'il fait ?

– Il s'occupe des portiers. Kenny, Beau-Gosse et Tommy Telford ont grandi dans la même rue. Ils sont au cœur de la Famille, son noyau. (Elle passa en revue d'autres tirages.) Malky Jordan... il fournit les réseaux de drogue. Sean Haddow... une sorte de cerveau, dirige les finances. Ally Corwell... c'est un gros bras. Deek McGrain... Pas de problème de religion dans la Famille, parpaillots et papistes travaillent main dans la main.

– Une société modèle, ça réconforte.

– Mais pas de femmes. La philosophie de Telford, c'est que les femmes fichent tout en l'air.

Rebus s'empara d'une liasse de feuilles, comme pour en tester le poids.

– Alors, qu'est-ce qu'on a là-dedans ?

– Tout, à part des preuves tangibles.

– Et la surveillance est censée suppléer à ça ?

Elle sourit par-dessus le rebord de sa tasse.

– Vous avez l'air d'en douter ?

– C'est pas mon problème.

– Mais ça vous intéresse. (Elle s'interrompit.) À cause de Candice ?

– Son histoire me chiffonne.

– D'accord, mais n'oubliez pas, ce n'est pas moi qui vous ai filé la doc. Je ne suis au courant de rien.

– Merci, Siobhan, je vous revaudrai ça. (Il s'interrompit.) Ça baigne pour vous ?

– Au poil. Je me plais à la Criminelle.

– Un peu plus animé qu'à St Leonard.

– Brian me manque quand même.

Brian Holmes, son ancien coéquipier, avait démissionné de la police quelques mois plus tôt [1].

– Vous le voyez parfois ?

– Non, et vous ?

Rebus non plus. Il se leva pour la raccompagner à la porte.

Il passa une bonne heure immergé dans la paperasse, ce qui lui permit d'en savoir plus sur la Famille et ses rouages complexes. Rien sur Newcastle et rien sur le Japon. Ceux qui constituaient le noyau de la Famille – huit ou neuf personnes – s'étaient connus sur les bancs de l'école. Trois résidaient toujours à Paisley pour faire marcher les affaires locales et veiller au grain. Le reste avait déménagé pour Édimbourg et s'activait à piquer la ville au Gros Ger Cafferty.

Il passa en revue une liste de boîtes de nuit et de bars auxquels Telford s'intéressait. Il y avait des procès-verbaux faisant état d'arrestations aux alentours. Des querelles d'ivrognes, des rixes avec des videurs, des automobiles et des biens dégradés. Un détail retint son attention : la présence d'un marchand de glaces et de hot-dogs stationné devant deux ou trois des clubs. On avait entendu le propriétaire de la camionnette, c'était un témoin possible. Sauf qu'il regardait toujours ailleurs ou était frappé d'amnésie, une vraie tête de nœud. Son nom : Gavin Tay.

Et son enseigne : « Testez Taystee ! »

Un suicide récent, pour le moins suspect. Rebus passa un coup de fil à Bill Pryde et lui demanda comment avançait son enquête.

– L'impasse, mon vieux, annonça celui-ci, l'air pas très affecté.

Pryde… Pas de promotion depuis trop longtemps, il plafonnait. Avait déjà amorcé la longue descente vers la retraite.

– Vous saviez qu'il vendait des hot-dogs au noir dans une camionnette ?

– Ça pourrait expliquer d'où il sortait le liquide.

Gavin Tay était un ancien taulard. Il était marchand ambulant depuis un peu plus d'un an. Et visiblement, ça rapportait puisqu'il y avait une Mercedes flambant neuve garée devant sa maison. Sa comptabilité ne faisait pas apparaître de gros bénéfices. Sa veuve ne pouvait expliquer d'où sortait la Mercedes. Et là, on avait la preuve

---

1. Voir *L'Ombre du tueur*.

d'un job au noir, où il vendait à boire et à manger à des michetons qui sortaient en titubant des boîtes de nuit.

Les boîtes de nuit de Tommy Telford.

Gavin Tay… Des condamnations antérieures pour voies de fait et pour recel. Un multi-récidiviste qui avait fini par se racheter une conduite… La pièce parut subitement étouffante à Rebus, il avait mal au crâne, la tête comme un ballon. Il fallait qu'il sorte.

Il traversa les Meadows, emprunta le pont George-IV et descendit les Playfair Steps pour rejoindre Princes Street. Un groupe était assis sur les marches en pierre de la Scottish Academy. Pas rasés, cheveux teints, vêtements en guenilles. Les dépossédés de la ville, qui faisaient de leur mieux pour ne pas devenir invisibles. Rebus savait qu'il avait des points communs avec eux. Dans le courant de sa vie, il y avait eu plusieurs moules dans lesquels il n'avait pas réussi à se couler, ne serait-ce que ceux de mari, de père, d'amant. Il n'avait pas cadré avec les idées de l'armée sur ce qu'il devait être et ne correspondait pas précisément au « bon flic » tel que les flics se le représentaient. Quand l'un du groupe tendit la main, Rebus lui fila un billet de cinq livres avant de traverser Princes Street et de foncer vers l'Oxford Bar.

Il se cala dans un coin avec un café, sortit son portable et appela chez Sammy. Celle-ci était là et tout allait bien avec Candice. Rebus lui annonça qu'il lui avait trouvé un logement et qu'elle pourrait partir le lendemain.

– Super, approuva Sammy. Une seconde, ne quitte pas.

Il y eut un bruissement au bout du fil tandis qu'elle transmettait le récepteur.

– Bonjour, John, comment allez-vous ?

– Bonjour, Candice, fit Rebus avec un large sourire. C'est très bien.

– Merci. Sammy est… euh… je m'apprendre comment…

Elle éclata de rire et repassa l'appareil à Sammy.

– Je lui apprends l'anglais, annonça celle-ci.

– J'ai remarqué.

– On a commencé par des chansons d'Oasis, on est parties de là.

– Bravo. Je vais essayer de faire un saut plus tard. Qu'est-ce que Ned a dit ?

– Il était tellement claqué en rentrant que je ne crois pas qu'il ait remarqué quelque chose.

– Il est là ? J'aimerais lui parler.

– Il est au boulot.

– Tu m'as dit qu'il faisait quoi déjà ?

– Je n'ai rien dit.

– C'est juste. Merci encore, Sammy. À plus.

Il prit une lampée de café et se rinça la bouche avec. Abernethy… Ça lui restait en travers de la gorge. Il avala son jus, appela le Roxburghe et demanda la chambre de David Levy.

– Levy à l'appareil.

– C'est John Rebus.

– Inspecteur, quel plaisir de vous entendre ! Que puis-je faire pour vous ?

– J'aimerais vous parler.

– Êtes-vous à votre bureau ?

Rebus jeta un regard circulaire.

– En quelque sorte. Je suis à deux minutes à pied de votre hôtel. Prenez à droite en sortant, traversez George Street et continuez jusqu'à Young Street. Tout au bout, c'est l'Oxford Bar. Je suis dans l'arrière-salle.

Quand Levy arriva, Rebus lui paya un demi pression. Levy prit place dans un fauteuil et accrocha sa canne au dossier.

– Alors, que puis-je pour vous ?

– Je ne suis pas le seul policier que vous ayez contacté.

– Non, en effet.

– Quelqu'un de la Brigade spéciale de Londres est venu me voir aujourd'hui.

– Et il vous a dit que je me déplaçais beaucoup ?

– Exact.

– Vous a-t-il déconseillé de me parler ?

– N'exagérons rien.

Levy retira ses lunettes et se mit en devoir de les essuyer.

– Je vous l'ai dit, certaines personnes préféreraient reléguer tout ça dans les arcanes de l'histoire. Cet homme, il est venu de Londres exprès pour vous parler de moi ?

– Il voulait aussi rencontrer Joseph Lintz.

– Ah ! remarqua Levy, songeur. Votre interprétation, inspecteur ?

– J'espérais avoir la vôtre.

– Mon interprétation résolument subjective ? (Rebus confirma d'un signe de tête.) Il veut être sûr de Lintz. Cet homme travaille pour la Brigade spéciale et, comme chacun sait, la Brigade spéciale est la vitrine officielle des services secrets.

– D'après vous, il est venu s'assurer du silence de Lintz ?

Levy hocha la tête en suivant des yeux la fumée qui s'élevait de la cigarette de Rebus. Cette affaire, c'était exactement pareil. Une minute, on la voyait, la minute d'après, envolée, dissipée, disparue. Et passez muscade...

– J'ai un petit livre sur moi, poursuivit Levy en fourrant la main dans sa poche. J'aimerais que vous le parcouriez. C'est une traduction de l'hébreu au sujet de la Ratline.

– Ça prouve quelque chose ? s'enquit Rebus en prenant l'ouvrage.

– Ça dépend de votre degré d'exigence.

– Je veux des preuves tangibles, concrètes.

– Elles existent, inspecteur.

– Elles sont dans ce livre ?

– Non, inspecteur. Enfermées à double tour à Whitehall, à l'abri des curieux pour cent ans en vertu de la législation anglaise.

– On ne peut donc rien prouver.

– Il existe bien un moyen...

– Lequel ?

– Si quelqu'un consentait à parler. Il suffirait qu'on arrive à en faire parler un seul...

– Au bout du compte, on en revient toujours au même : les avoir à l'usure ? Chercher le maillon faible ?

Levy leva les yeux, le sourire las.

– Nous avons appris la patience, inspecteur. (Il finit son verre.) Je vous suis très reconnaissant de m'avoir appelé. Cette rencontre a été infiniment plus satisfaisante.

– Vous allez tenir vos chefs au courant de vos progrès ?

Le vieil homme préféra ne pas répondre à ça.

– Nous nous reparlerons quand vous aurez lu le livre. (Il se leva.) Cet agent de la Brigade spéciale... J'ai oublié son nom ?

– Je ne vous l'ai pas donné.

– Ah, voilà qui s'explique, observa Levy après un moment de réflexion. Il est toujours à Édimbourg ? (Rebus acquiesça.) Il est donc sans doute en route pour Carlisle, n'est-ce pas ?

Rebus avala une gorgée de café sans prendre la peine de répondre.

– Encore merci, inspecteur, ajouta Levy sans se décourager.

– Merci d'être passé.
Levy jeta un dernier coup d'œil circulaire dans la salle.
– Votre bureau, hein ? fit-il, l'air circonspect.

8

La Ratline était une « filière clandestine », qui permettait aux nazis d'échapper à leurs persécuteurs soviétiques, parfois avec l'aide du Vatican. La fin de la Seconde Guerre mondiale marqua le début de la guerre froide. Il fallait recruter pour les services secrets des esprits brillants et endurcis, prêts à tout, possédant déjà un certain niveau d'expérience, un savoir-faire. On disait que Klaus Barbie, le « Boucher de Lyon », avait été approché par les services secrets britanniques. Le bruit avait circulé que les nazis de haut vol s'étaient recasés discrètement en Amérique. Il avait fallu attendre 1987 pour que les Nations unies publient une liste complète des criminels de guerre nazis et japonais en fuite, au nombre de quarante mille.

Pourquoi avoir tant tardé à rendre publique cette liste ? Rebus pouvait le comprendre. Les politiciens modernes avaient décrété que l'Allemagne et le Japon entraient dans le giron du capitalisme mondial. Qui avait intérêt à rouvrir les vieilles plaies ? En outre, combien d'atrocités les Alliés avaient-ils cachées ? Qui gardait les mains propres dans la guerre ? Rebus, dont l'armée avait fait un homme, s'en rendait compte. Ce qu'il avait commis lui-même… Il avait effectué une partie de son service en Irlande du Nord et vu la confiance défigurée, la haine remplacer la peur.

En son for intérieur, il était prêt à croire en l'existence de la Ratline.

Le livre que Levy lui avait prêté décrivait le mécanisme qui avait probablement permis de monter une opération de pareille envergure.

Était-il possible de disparaître complètement, de changer d'identité ? se demandait Rebus. Et aussi, question récurrente : et alors, quelle importance, qu'est-ce que ça pouvait faire ? Il existait bien des sources d'identification et certains cas avaient donné lieu à des procès retentissants – Eichmann, Barbie, Demjanjuk – sans compter d'autres en cours. Il lut le cas de criminels de guerre qui, au lieu d'être jugés ou extradés, avaient été autorisés à rentrer chez eux, à diriger des affaires, prospérant et mourant de vieillesse dans leur lit. Mais il lut aussi celui d'autres criminels qui avaient purgé leur peine et étaient devenus de « braves gens », des gens qui avaient réellement changé. Ceux-là disaient que c'était la guerre la vraie coupable. Rebus se souvint d'un de ses premiers entretiens avec Joseph Lintz dans le salon de celui-ci. La voix rauque, le vieil homme portait un foulard autour du cou.

– À mon âge, inspecteur, un petit mal de gorge et c'est la mort.

Il n'y avait guère de photographies à contempler dans son salon. Lintz avait expliqué que beaucoup avaient disparu pendant la guerre.

– De même que d'autres souvenirs. Il me reste tout de même ces images.

Il lui avait montré une demi-douzaine de tirages sous-verre datant des années trente. Tandis qu'il expliquait qui étaient les figurants, Rebus avait brusquement pensé : et s'il me racontait des bobards ? Comment savoir si ce n'était pas un tas de vieux clichés qu'il avait ramassés quelque part et encadrés ? Et les noms, les identités qu'il attribuait à présent à ceux qui y figuraient… les avait-il inventés ? Il avait réalisé à cet instant, pour la première fois, à quel point il était facile de se forger une nouvelle vie.

Puis, plus tard au cours de la même conversation, Lintz avait évoqué Villefranche en sirotant son thé additionné de miel.

– J'y ai beaucoup réfléchi, inspecteur, comme vous pouvez vous en douter. Ce lieutenant Linzstek, c'est lui qui dirigeait les opérations ce jour-là ?

– Tout à fait.

– Mais probablement était-il placé sous les ordres d'un supérieur, n'est-ce pas ? Un lieutenant, ce n'est pas très haut dans la hiérarchie.

– Peut-être.

– Vous comprenez, si un soldat reçoit des ordres… il est bien obligé de les exécuter.

– Même si c'est l'ordre d'un malade ?

– Malgré tout, je dirais que la personne est contrainte de commettre ce crime et un crime que nombre d'entre nous auraient commis dans des circonstances analogues. Vous ne trouvez pas qu'il est pour le moins malhonnête de juger quelqu'un quand vous auriez probablement agi de la même manière que lui ? Un soldat qui sort du rang… pour dire non au massacre : l'auriez-vous fait à sa place ?

– Je l'espère, affirma Rebus en repensant à l'Ulster et à « Mean Machine ».

Le livre de Levy ne prouvait rien, rien de définitif. Tout ce que Rebus savait, c'est que Joseph Linzstek figurait en tant que Polonais sur une liste regroupant les « clients » de la Ratline. Mais d'où sortait cette liste ? D'Israël. Elle relevait donc de l'ordre des suppositions. Elle ne prouvait rien de rien

Et si son flair de policier lui disait que Lintz et Linzstek ne formaient qu'une seule et même personne, il ne lui disait toujours pas si c'était important.

Quand il déposa le livre au Roxburghe, il demanda à la réceptionniste de veiller à ce qu'on le remette bien à M. Levy.

– Je pense qu'il est dans sa chambre, si vous voulez…

Non, Rebus n'y tenait pas. Il n'avait pas laissé de message avec le livre, sachant que Levy pouvait interpréter l'absence de message comme un message. Il rentra chez lui pour prendre sa voiture, roula jusqu'à Haymarket et se rendit à Shandon. Comme toujours, c'était la galère de se garer dans le quartier de Sammy. Tout le monde était rentré du bureau et scotché devant son écran de télévision. Il gravit les marches en pierre en se demandant si elles ne se transformeraient pas en patinoire dès les premières gelées, et il sonna à la porte. Sammy l'escorta dans la salle de séjour, où Candice regardait un jeu télévisé.

– Bonjour, John, dit-elle. *Are you my « wonderwall »* [1] ?

– Hélas, je ne suis le « *wonderwall* » de personne, Candice. (Il se tourna vers Sammy.) Tout va bien ?

– Cool.

1. Refrain d'une chanson du groupe Oasis.

À cet instant, Ned Farlowe sortit de la cuisine. Il tenait un bol de soupe, dans lequel il trempait une tranche de pain complet pliée en deux.

– Ça ne vous ennuierait pas que je vous dise un mot ? demanda Rebus.

Farlowe pointa le menton en direction de la cuisine.

– Je peux manger pendant qu'on parle ? Je crève de faim.

Il s'assit à la table pliante et tira du paquet une autre tranche de pain qu'il tartina de margarine. Sammy passa la tête par la porte, vit l'expression sur le visage de son père et battit prudemment en retraite. La cuisine, qui mesurait à peine un mètre carré au sol, était bourrée de casseroles et d'appareils ménagers. Rien qu'en se tournant, il pouvait faire des dégâts.

– Je vous ai vu rôder aujourd'hui au cimetière de Warriston, attaqua Rebus. C'est une coïncidence ?

– À votre avis ?

– C'est moi qui pose les questions, insista Rebus, les bras croisés, adossé au rebord de l'évier.

– Je file Lintz.

– Pourquoi ?

– On me paie pour ça.

– Un journal ?

– L'avocat de Lintz est sous le coup d'une succession d'interdictions provisoires d'exercer. Personne ne veut être vu en sa compagnie.

– Mais ils veulent qu'on le suive ?

– Dans le cas où il y aurait des suites, ils veulent en savoir le plus possible, ce qui se défend.

Par « poursuites », Farlowe ne voulait pas parler du procès Lintz mais plutôt d'une éventuelle procédure en diffamation contre la presse.

– S'il vous y prend…

– Il ne me connaît ni d'Ève ni d'Adam. D'ailleurs, il y aurait toujours quelqu'un pour me remplacer. Maintenant est-ce que je peux vous poser une question ?

– Je dois quand même vous mettre en garde. Vous savez que j'enquête sur Lintz ? (Farlowe opina du chef.) Ce qui veut dire qu'on risque de se causer du tort mutuellement. Si vous découvrez un tuyau, on pourrait croire que c'est moi qui vous l'ai filé.

– Je me suis montré évasif avec Sammy, justement pour qu'il n'y ait pas de conflit d'intérêt.

– Mais d'autres pourraient le croire.

– Encore quelques jours et j'aurais assez de thune pour me consacrer un mois entier à mon bouquin.

Farlowe avait fini sa soupe. Il déposa son bol dans l'évier et resta à côté de Rebus.

– Je ne veux pas vous compliquer la vie, mais en fin de compte qu'est-ce que vous pouvez y faire ?

Rebus le vrilla du regard. S'il s'écoutait, il aurait flanqué la tête de Farlowe dans l'évier, mais que dirait Sammy ?

– Bon, reprit Farlowe. À mon tour, est-ce que je peux poser ma question ?

– Qu'est-ce que c'est ?

– Qui est Candice ?

– Une amie.

– Et qu'est-ce que vous reprochez à votre appart ?

Rebus comprit que ce n'était plus le copain de sa fille qui parlait mais le journaliste, quelqu'un qui avait flairé le scoop.

– Je vais vous dire, concéda Rebus. Admettons que je ne vous aie pas vu au cimetière. Admettons qu'on n'ait pas eu cette petite conversation.

– Et moi, je ne pose pas de question sur Candice ?

Rebus se tut. Farlowe réfléchit au marché.

– Admettons que je vous pose quelques questions pour mon livre.

– Quel genre de questions ?

– Sur Cafferty.

– C'est exclu, trancha Rebus, catégorique. Mais je pourrais vous parler de Tommy Telford à la place.

– Quand ?

– Quand on l'aura mis à l'ombre.

Farlowe sourit, goguenard.

– Je risque d'être à la retraite d'ici là.

Il attendit, mais Rebus n'était pas près d'en démordre.

– De toute façon, elle ne reste que jusqu'à demain, observa Rebus d'un ton conciliant.

– Elle va où après ?

Un clin d'œil et Rebus quitta la cuisine pour réintégrer le living. Il discuta avec Sammy pendant que le jeu télévisé de Candice atteignait son apogée. Quand elle entendait le public rire, elle riait aussi. Après avoir pris ses dispositions pour le lendemain, Rebus s'en alla. Farlowe n'était pas visible. Soit il se cachait dans la chambre à coucher, soit il était en vadrouille. Rebus mit un moment à se rappeler où il avait garé sa voiture. Il conduisit avec prudence et rentra chez lui en s'arrêtant à tous les feux.

Les places de parking étant prises sur Arden Street, il se gara sur les bandes jaunes indiquant l'interdiction de stationner. Tandis qu'il s'approchait de la porte de son immeuble, il entendit une portière s'ouvrir et se retourna brusquement en direction du bruit.

C'était Claverhouse. Il était seul.

– Je peux entrer, ça ne vous dérange pas ?

Rebus passa en revue une bonne douzaine d'excuses, sans pouvoir se décider. Finalement, il se contenta de hausser les épaules et repartit en direction de sa porte.

– Des nouvelles de l'agression chez Megan ? s'enquit-il.

– Comment saviez-vous que ça nous intéresserait ?

– Un videur se fait poignarder, l'agresseur s'enfuit sur une moto qui l'attendait. Donc c'est prémédité. Et la majorité des videurs sont à la solde de Tommy Telford, non ?

Ils gravissaient les marches. Rebus habitait au deuxième étage.

– Eh bien, vous avez raison, reconnut Claverhouse. Billy Tennant travaillait pour Telford. Il contrôlait le trafic chez Megan.

– « Trafic » au sens de trafic de drogue ? Il dealait ?

– Exact. Le copain du footballeur, celui qui a été blessé, est un dealer notoire. Il travaille à Paisley.

– En connection avec Telford aussi, donc.

– On suppose que c'était lui la cible, Tennant a morflé par accident.

– Ce qui laisse une seule question : qui est derrière ?

– Allons, John. C'est Cafferty, manifestement.

– Ce n'est pas le style de Cafferty, assura Rebus en ouvrant sa porte.

– Peut-être qu'il a appris un ou deux trucs du prétendant à la couronne.

– Eh bien, faites comme chez vous, marmonna Rebus en enfilant le couloir sans s'arrêter, l'autre sur ses talons.

La table du petit déjeuner n'avait pas été débarrassée. Le paquet-cadeau de Siobhan était posé contre le pied d'une chaise.

– Une visite, hein ? (Claverhouse nota les deux chopes et les deux assiettes. Il regarda autour de lui.) Mais elle n'est pas là en ce moment ?

– Elle n'était pas là pour le petit déj non plus.

– Parce qu'elle est chez votre fille.

Rebus se figea sur place.

– Je suis allé régler la note à l'hôtel. On m'a dit qu'une voiture de police était venue pour prendre ses affaires. Alors je me suis renseigné et le chauffeur m'a donné l'adresse de Samantha comme destination de sa course. (Claverhouse s'assit sur la banquette et croisa les jambes.) Alors à quoi on joue, John, et qu'est-ce qui vous a pris de me mettre sur la touche ?

Il parlait d'un ton posé, mais on sentait que ça avait dû drôlement barder.

– Vous voulez un verre ?

– Je veux une réponse.

– Quand j'ai quitté le poste… elle m'attendait à côté de ma bagnole. Faute d'idée, je l'ai emmenée ici. Mais elle a reconnu la rue. Telford avait planqué sous mes fenêtres.

– Tiens, pourquoi ça ? s'étonna Claverhouse.

– Peut-être parce que je connais Cafferty. Comme je ne pouvais pas héberger Candice ici dans ces conditions, je l'ai conduite chez Sammy, faute de mieux.

– Elle est toujours là-bas ? (Rebus fit signe que oui.) Alors qu'est-ce qui va se passer maintenant ?

– On lui a déniché un endroit, une famille de réfugiés prête à l'accueillir.

– Pour combien de temps ?

– Que voulez-vous dire ?

Claverhouse soupira.

– John, c'est une… Enfin, la seule vie qu'elle ait connue ici, c'est le trottoir.

Rebus s'approcha de la hi-fi pour s'occuper les doigts et passa ses disques en revue. Il avait besoin de manipuler quelque chose pour ne pas exploser.

– Qu'est-ce qu'elle va faire pour gagner du pognon ? Vous comptez lui en donner ? Comment vous appelez ça ?

Rebus lâcha un CD et se retourna d'une pièce.

– Pas question, fulmina-t-il.

Claverhouse avait levé les mains, paumes en avant.

– On se calme, John, vous savez bien qu'il y a…

– Je ne sais rien.

– John…

– Ça suffit, foutez-moi le camp, ouste.

Ce n'était pas tant que la journée avait été longue, mais surtout elle n'en finissait pas. Il sentait la soirée s'étirer à l'infini devant lui sans qu'il ait le droit de goûter au repos. Dans sa tête, des corps se balançaient doucement aux arbres tandis que la fumée engloutissait une église. Telford caracolait, juché sur sa moto électronique, et carambolait les spectateurs. Abernethy effleurait l'épaule d'un vieil homme. Des soldats balançaient des coups de crosse à des civils. Et John Rebus… John Rebus était dans chaque tableau en essayant de toutes ses forces de rester simple spectateur.

Il mit Van Morrison sur la hi-fi : *Hardnose the Highway*[1]. Il se passait cette musique sur les plages de l'East Neuk et pendant les surveillances des immeubles. Elle semblait toujours le guérir ou, au moins, panser les blessures. Quand il se retourna, Claverhouse était parti. Il regarda par la fenêtre. Deux gosses habitaient au deuxième étage de l'appartement d'en face. Il les avait souvent observés par la fenêtre, mais ils ne l'avaient pas encore remarqué pour la bonne raison qu'ils ne jetaient jamais un œil dehors. Leur monde était plein comme un œuf et se suffisait à lui-même, tout ce qui se situait au-delà de la fenêtre leur était étranger. Ils étaient au lit à présent et leur mère fermait les volets. Une ville tranquille… Abernethy avait raison sur ce point. Il y avait des quartiers entiers d'Édimbourg où l'on pouvait passer toute son existence sans jamais être dérangé. Pourtant, il y avait proportionnellement deux fois plus de meurtres en Écosse que chez sa voisine du sud, l'Angleterre, et la moitié de ces meurtres avait lieu à Édimbourg et à Glasgow, ses deux villes principales.

Encore que les statistiques importent peu, car une mort est une mort. Quelque chose d'unique quittait le monde avec la vie d'un être.

1. « Un dur sur la route ».

Un meurtre ou plusieurs centaines… chacun de ces actes barbares avait un sens particulier pour les survivants. Rebus pensa à la seule et unique rescapée de Villefranche. Il ne l'avait pas rencontrée et ne la rencontrerait probablement jamais. Voilà, entre autres, pourquoi il était si difficile de se passionner pour une enquête historique. Dans le cas d'une affaire contemporaine, beaucoup de faits étaient à portée de main, on pouvait parler aux témoins. On pouvait rassembler les éléments de l'examen post-mortem, mettre en doute les récits des témoins et procéder à des contre-interrogatoires. On pouvait évaluer leur sentiment de culpabilité et leur chagrin. On devenait partie intégrante de l'histoire, et c'était cela qui l'intéressait. Les gens le passionnaient. Leurs histoires le fascinaient. Quand il pénétrait dans leur vie, il pouvait faire le vide et oublier la sienne.

Il s'aperçut que son répondeur clignotait. Un message.

« Oh, bonjour, je suis… hum, je ne sais pas comment dire… (Une voix posée. C'était Kirstin Mede. Elle poussa un soupir.) Bon voilà, je ne peux pas continuer. Alors s'il vous plaît… je m'excuse, je ne peux plus le faire. Il y a d'autres gens capables de vous aider. Je suis sûre que l'un d'eux… »

Fin du message. Il fixa l'appareil. Il ne pouvait pas lui en vouloir. *Je ne peux plus le faire.* Il s'assit à sa table et tira vers lui le dossier de Villefranche : des listes de noms et de métiers, des âges et des lieux de naissance. Picat, Mesplède, Rousseau, Deschamps. Marchand de vin, porcelainier, charron, bonne à tout faire. Qu'est-ce que cela représentait pour un Écossais entre deux âges ? Il repoussa le classeur et hissa sur la table la tonne de papier apportée par Siobhan.

Fini Van the Man, on passe à la première face de *Wish You Were Here* [1]. Salement rayé. Il se souvint qu'il l'avait acheté dans une pochette de plastique noir. Quand il l'avait ouverte, il y avait cette odeur, dont il avait appris plus tard que ce devait être de la chair grillée…

J'ai besoin d'un verre, se dit-il en se penchant en avant. Je veux un verre. Quelques bières, peut-être avec quelques rasades d'eau de feu. Juste de quoi arrondir les angles.

---

1. « Si seulement tu étais là ».

Il regarda sa montre. L'heure de la fermeture était loin. Encore que cela ne fût pas d'une grande importance à Édimbourg, le pays où il y avait toujours un bistrot ouvert. Pouvait-il arriver à l'Ox avant l'extinction des feux ? Tu parles, fastoche. C'était plus drôle de se compliquer la chose. Patienter plus ou moins une heure et là, remettre la question sur le tapis.

Ou appeler Jack Morton.

Ou y aller tout de suite.

Le téléphone sonna. Il décrocha.

– Allô ?

– John ?

Ça ressemblait à « Sean ».

– Bonjour, Candice. Quoi de neuf ?

– Neuf ?

– Il y a un problème ?

– Non, pas problème. Je veux juste… Je dis à vous à demain.

Il sourit.

– Oui, à demain. Tu parles très bien l'anglais.

– J'étais enchaînée à une lame de rasoir.

– Quoi ?

– Un passage d'une chanson… ?

– Ah bon, oui. Mais tu n'es plus enchaînée maintenant ?

– Je suis… euh, dit-elle, décontenancée.

– OK, Candice, ça va. À demain.

– Oui, à demain.

Rebus raccrocha. Enchaînée à une lame de rasoir… Brusquement, ce verre ne lui disait plus rien.

9

Il alla chercher Candice le lendemain après-midi. Elle avait deux sacs en plastique, ses seuls biens ici-bas. Elle serra Sammy dans ses bras pour autant que son bras bandé le lui permît.

– Au revoir, Candice, dit Sammy.

– Oui, au revoir. Merci…

Incapable de finir sa phrase, la jeune femme écarta les bras, au bout desquels se balançaient les sacs.

Ils s'arrêtèrent chez McDonald (à sa demande à elle) pour manger un morceau. Zappa and the Mothers : *Cruising for Burgers*[1]. Le temps était clair et froid, parfait pour traverser le pont sur la Forth. Rebus ralentit pour que Candice profite de la vue. Il filait en direction de l'East Neuk dans la péninsule de Fife, une flopée de villages de pêcheurs peuplés d'artistes et de vacanciers. Hors saison, le petit port de Lower Largo semblait pratiquement désert. Bien qu'il eût une adresse, il s'arrêta pour se renseigner. Finalement, il se gara devant une petite maison jumelle. Candice regardait fixement la porte rouge, attendant un signe pour le suivre. Il n'avait pas réussi à lui expliquer le but de leur randonnée. Il espérait que M. et Mme Petrec s'en tireraient mieux.

La porte fut ouverte par une femme d'une quarantaine d'années. Cheveux noirs, longs, elle l'observait par-dessus des lunettes en demi-lunes. Puis elle porta son attention sur Candice et dit quelque

1. « Une balade pour des hamburgers ».

chose dans une langue que celle-ci comprit. Candice répondit, l'air intimidé, pas très sûre de ce qui se passait.

– Entrez, s'il vous plaît, dit Mme Petrec. Mon mari est dans la cuisine.

Ils s'assirent autour de la table de la cuisine. M. Petrec était un homme massif avec de belles bacchantes brunes et des cheveux bouclés poivre et sel. Une théière apparut. Mme Petrec approcha sa chaise de celle de Candice et recommença à lui parler.

– Elle explique à la fille, précisa M. Petrec.

Rebus branla du chef et avala une gorgée de thé corsé en écoutant poliment la conversation dont il ne saisissait pas un traître mot. Prudente au début, Candice s'anima en racontant son aventure. Mme Petrec prêtait une oreille attentive et compatissante, sans cacher toute l'horreur et l'exaspération qu'elle éprouvait en entendant son récit.

– On l'a emmenée à Amsterdam en lui disant qu'elle y trouverait un emploi, traduisit M. Petrec. Je sais que ces choses-là sont arrivées à d'autres jeunes femmes.

– Je crois qu'elle a laissé un enfant derrière elle.

– Oui, un fils. Elle est en train d'en parler à ma femme.

– Et vous ? s'enquit Rebus. Comment avez-vous atterri ici ?

– J'étais architecte à Sarajevo. Abandonner toute votre vie derrière vous, on ne prend pas cette décision de gaieté de cœur, vous savez. (Il s'interrompit.) On est allé à Belgrade d'abord. Un bus de réfugiés nous a conduits en Écosse. (Il eut un geste résigné.) Ça fait presque cinq ans maintenant. Ici je suis peintre en bâtiment. (Un sourire.) La distance ne change rien.

Rebus regarda Candice, qui s'était mise à pleurer. Mme Petrec s'efforça de la consoler.

– Nous nous occuperons d'elle, assura-t-elle en regardant son mari.

Plus tard, à la porte, Rebus tenta de leur donner de l'argent, mais ils refusèrent.

– Est-ce que ça ne vous dérangera pas si je viens la voir de temps à autre ?

– Mais comment donc !

Il se tint devant Candice.

– Son vrai nom est Dounya, lui apprit Mme Petrec tranquillement.

– Dounya.

Rebus articula ce nom. Elle sourit avec une douceur dans les yeux qu'il ne lui avait pas encore vue, comme si une espèce d'alchimie avait commencé à s'opérer. Elle se pencha en avant.

– Embrasse la fille, dit-elle.

Une bise sur les deux joues. De nouveau, les yeux de la jeune femme débordèrent de larmes. Rebus hocha la tête pour lui montrer qu'il avait tout compris.

Près de sa voiture, il agita la main et elle lui envoya un autre baiser. Puis il tourna au coin de la rue et s'arrêta, les mains agrippées au volant. Arriverait-elle à se débrouiller ? Apprendrait-elle à oublier ? Il repensa aux paroles de son ex-femme. Que penserait-elle de lui maintenant ? Qu'il avait exploité Dounya ? Non, mais il se demanda si c'était seulement parce qu'elle n'avait pas été capable de lui donner quelque chose sur Telford. Il avait l'impression de ne pas avoir fait ce qu'il fallait. Jusque-là, le seul choix qu'elle avait fait, c'était de l'attendre près de sa voiture au lieu d'aller rejoindre Telford. Avant et après, toutes les décisions avaient été prises pour elle. En un sens, elle était toujours aussi piégée, parce que les chaînes et les verrous étaient dans sa tête. C'était ce qu'elle attendait de la vie. Il lui faudrait du temps pour changer, pour recommencer à faire confiance au monde. Les Petrec l'aideraient.

Comme il longeait la côte vers le sud en pensant à la famille, l'envie lui vint de rendre visite à son frère.

Mickey, qui habitait une propriété à Kirkcaldy, avait garé sa BMW dans l'allée. Il venait de rentrer du travail et fut surpris de le voir.

– Chrissie est chez sa mère avec les gamins, dit-il. Je vais me commander un curry pour dîner. Tu veux une bière ?

– Juste un café peut-être ? répondit le voyageur.

Il s'assit au salon en attendant Mickey qui revint, chargé de vieilles boîtes à chaussures.

– Regarde ce que j'ai déniché au grenier ce week-end. J'ai pensé que ça te ferait marrer. Du lait et du sucre ?

– Une goutte de lait.

Tandis que Mickey repartait à la cuisine chercher le café, Rebus fouilla dans les cartons. Ils étaient pleins de paquets de photographies. Chaque liasse portait une date, certaines suivies d'un point d'interrogation. Rebus en ouvrit une au hasard. Des clichés de vacances. Un défilé costumé. Un pique-nique. Rebus ne possédait pas de photos de ses parents et il fut surpris de les revoir. Sa mère avait les jambes plus fortes que dans son souvenir, mais un corps soigné aussi. Son père arborait le même sourire sur chaque cliché, un sourire dont ses deux fils avaient hérité. En poursuivant ses recherches, il tomba sur une image de lui avec Rhona et Sammy. Ils se trouvaient à la plage, avec un vent à vous arracher la tête. *Family Snapshot* [1], par Peter Gabriel. Rebus n'arrivait pas à se rappeler où c'était. Mickey revint avec une chope de café et une canette de bière.

– Il y en a dont je ne sais pas qui c'est, expliqua son frère. Des membres de la famille peut-être ? Nos grands parents ?

– Je ne suis pas sûr de pouvoir t'aider.

Mickey lui tendit un menu.

– Tiens, dit-il, le meilleur indien de la ville. Choisis ce qui te tente.

Rebus s'exécuta et Mickey appela pour passer la commande. Vingt minutes pour la livraison. Rebus attaqua un nouveau paquet. Celles-ci étaient plus vieilles, les années quarante. Son père en uniforme. Les soldats portaient des képis dans le style des employés de McDo. Ils avaient aussi des shorts longs kaki. « Malaisie », écrit au dos de certaines, « les Indes » au revers des autres.

– Tu te souviens ? Le vieux avait été blessé en Malaisie ? demanda Mickey.

– Mais non.

– Il nous a montré une blessure. C'était au genou.

– Pas du tout, insista Rebus. L'oncle Jimmy m'a raconté que c'était une entaille qu'il s'était faite en jouant au foot. Comme il s'arrêtait pas de s'arracher la croûte, il avait fini par avoir une cicatrice.

– Il nous a dit que c'était une blessure de guerre.

– C'étaient des bobards.

Mickey farfouillait dans une autre boîte.

– Tiens, vise-moi ça…

Il lui tendit une collection de trois centimètres d'épaisseur, un mélange de cartes postales et de photographies reliées par un élastique. Rebus fit glisser l'élastique, retourna les cartes et vit sa propre

---

1. « Photo de famille ».

signature. Les photographies aussi étaient de lui. Des instantanés posés, mal pris.

– Où tu as déniché ça ?

– Tu envoyais toujours une carte ou une photo pour moi, tu te rappelles ?

Toutes remontaient à son service militaire.

– J'avais oublié.

– Tous les quinze jours, en général. Une lettre pour papa et une carte pour moi.

Rebus se renversa dans son fauteuil pour les passer en revue. D'après les tampons, elles étaient rangées par ordre chronologique. Son entraînement, puis le service en Allemagne et en Ulster, d'autres manœuvres à Chypre, Malte, en Finlande et dans le désert d'Arabie saoudite. Le ton de chaque carte était léger, désinvolte, de sorte que Rebus n'arrivait pas à y retrouver sa voix. Les cartes de Belfast se résumaient quasiment à des blagues, alors que cette période était restée pour lui un des pires cauchemars de sa vie.

– J'adorais les recevoir, dit Mickey en souriant. Je peux te l'avouer, j'ai bien failli m'engager à cause de toi.

Il lui arrivait encore de penser à Belfast, la caserne bouclée, l'enceinte transformée en forteresse. Après avoir patrouillé dans les rues, il n'y avait rien pour se défouler. La biture, le jeu et la bagarre, le tout entre quatre murs, toujours les mêmes. Le tout porté à son paroxysme avec Mean Machine… Et revoir aujourd'hui ces cartes, un reflet de son passé pieusement conservé par Mickey depuis une vingtaine d'années…

Tout compte fait, c'était du bluff. Du flan. Du vent.

Mais l'était-ce vraiment ? Où se trouvait la réalité, mise à part sous le crâne de Rebus ? Les cartes étaient des faux, mais c'étaient aussi les seuls documents existants. Il n'existait aucune preuve tangible pour les contredire, rien, sauf la parole de Rebus. Exactement comme pour la Ratline, comme pour l'histoire de Joseph Lintz… Rebus considéra son frère et se dit qu'il pouvait rompre le charme là, maintenant. *Hic et nunc*… Il lui suffisait pour ça de dire la vérité.

– Qu'est-ce qu'il y a ? interrogea Mickey.

– Rien.

– Alors, cette bière, ça te dit ? La bouffe va arriver d'une minute à l'autre.

Rebus fixa sa tasse de café tiédasse.

– Plus que jamais, assura-t-il en reglissant l'élastique autour de son passé. Mais je vais m'en tenir à ça.

Et il leva sa tasse pour trinquer avec son frère.

10

Le lendemain matin, Rebus se rendit à St Leonard et appela le centre de la NCIS [1] à Prestwick pour demander si on y disposait de renseignements sur les rapports entre les criminels anglais et la prostitution européenne. Son raisonnement était le suivant : quelqu'un avait transporté Candice d'Amsterdam en Angleterre – elle restait Candice pour lui – et, à son avis, ce n'était pas Telford. Un jour ou l'autre, Rebus arriverait à coincer le ou les coupables. Il voulait montrer à Candice que les chaînes, ça pouvait se briser.

Il demanda à son interlocuteur de lui faxer ce dont il disposait. La majeure partie concernait la « Tippelzone », une aire de stationnement autorisé où se pratiquait la prostitution. C'était principalement des filles de nationalité étrangère qui y tapinaient, sans permis de travail pour la plupart et introduites clandestinement d'Europe de l'Est. Les principaux gangs semblaient originaires de l'ex-Yougoslavie. Le NCIS ne disposait pas des noms de ces kidnappeurs-proxénètes et il n'y avait rien dans les dossiers sur cette traite juteuse qui s'effectuait entre Amsterdam et l'Angleterre.

Rebus pénétra sur le parking pour griller sa deuxième clope de la journée. Il y avait là deux ou trois autres fumeurs, une petite confrérie de parias. Quand il fut de retour au bureau, le Péquenot lui demanda où il en était avec Lintz.

1. *National Crime Intelligence Section* : Section des renseignements criminels.

– Et si je le traînais ici pour lui filer quelques claques, proposa Rebus.

– Soyez sérieux, voulez-vous ? grommela le Péquenot en se retirant dans son bureau.

Rebus s'assit à sa table de travail et tira un dossier vers lui.

– Votre problème, inspecteur, c'est que vous avez peur d'être pris au sérieux, lui avait balancé Lintz. Vous voulez vous conformer à ce que, dans votre idée, les gens attendent de vous. Si je mentionne la porte d'Ishtar, vous allez me sortir un film de Hollywood. Au début, je croyais que cela devait m'amener à commettre un faux pas, mais maintenant, j'ai l'impression que c'est plutôt un jeu dans lequel vous vous prenez à votre propre piège.

Rebus occupait son fauteuil habituel dans le salon de Lintz. De la fenêtre, la vue donnait sur les jardins privatifs de Queen Street. Ceux-ci étaient verrouillés. Il fallait payer pour avoir la clé.

– Est-ce que les gens cultivés vous font peur ?

Rebus le considéra.

– Pas du tout.

– Vous en êtes bien sûr ? Vous n'auriez pas envie par hasard de leur ressembler ? insista Lintz, le sourire large, exhibant des petites dents jaunies. Les intellectuels aiment se prendre pour des victimes de l'histoire ou des préjugés, qu'on arrête, voire qu'on torture et qu'on assassine pour leurs idées. Tenez, Radovan Karadzic [1] s'imagine qu'il est un intellectuel. Bien entendu, la hiérarchie nazie avait ses penseurs et ses philosophes. Babylone aussi, d'ailleurs...

Lintz se leva pour se reservir du thé. Rebus refusa d'en reprendre.

– Et Babylone aussi, inspecteur, en dépit de son opulence et de sa vie artistique, de son roi éclairé, reprit Lintz en se réinstallant confortablement, vous savez ce qu'ils ont fait ? Nabuchodonosor a tenu les juifs en captivité pendant soixante-dix ans. Cette civilisation magnifique, grandiose... Vous saisissez la folie, les failles qui se cachent au fin fond de nous, inspecteur ?

– J'ai peut-être besoin de lunettes.

Lintz envoya valser sa tasse à travers la pièce.

1. Ancien psychiatre et chef politique des Serbes de Bosnie, Radovan Karadzic a organisé le siège de Sarajevo. Il est poursuivi par la justice internationale.

– Écoutez donc et apprenez, ça suffira. Vous avez seulement besoin de comprendre !

La tasse et la soucoupe atterrirent, intactes, sur le tapis. Le thé s'infiltra dans le motif élaboré, avec lequel il se confondit bientôt sans laisser de traces…

Il se gara sur Buccleuch Place. Le département des Études slaves était hébergé dans une des ailes du bâtiment. Il tenta d'abord sa chance au secrétariat, où il demanda si le professeur Colquhoun était dans les parages.

– Je ne l'ai pas vu aujourd'hui.

Quand Rebus expliqua ce qu'il voulait, la secrétaire composa deux numéros, en vain. Puis elle proposa qu'il jette un œil à la bibliothèque, qui se situait à l'étage au-dessus et qui était fermée. Elle lui remit la clé.

On étouffait dans cette salle d'environ cinq mètres sur quatre. Les volets clos empêchaient la lumière du jour d'y pénétrer. Un panneau « Interdiction de fumer » était posé sur une des quatre tables. Sur une autre se trouvait un cendrier avec trois mégots. Un mur était tapissé d'étagères remplies de livres, de brochures et de revues. Il y avait des cartons contenant des coupures de presse et des cartes sur les murs, lesquelles indiquaient les changements de la ligne de démarcation en Yougoslavie. Rebus souleva la boîte d'archives la plus récente.

Comme une bonne partie de son entourage, Rebus était assez ignare concernant la guerre en ex-Yougoslavie. Il avait vu quelques reportages au journal télévisé, avait été choqué par les images et puis la vie avait repris son cours. Mais si on devait en croire les articles de journaux, toute la région se trouvait sous la coupe de criminels de guerre. La force d'intervention semblait avoir tout fait pour éviter la confrontation. Il y avait eu quelques arrestations récentes, mais rien de solide. Sur tout juste soixante-quatorze inculpés – ce qui était minable –, sept seulement avaient été arrêtés.

Comme il ne trouva rien sur un trafic d'êtres humains, il remercia la secrétaire en lui restituant la clé, puis repartit se traîner dans la circulation automobile. Quand l'appel lui parvint sur son portable, il faillit aller dans le décor.

Candice avait disparu.

Mme Petrec était affolée. Ils avaient dîné ensemble, la veille au soir, pris le petit déjeuner ce matin-là et Dounya semblait contente.

– Elle nous a dit qu'elle ne peut pas tout nous raconter, elle doit se taire, expliqua M. Petrec qui se tenait derrière sa femme, assise sur une chaise, et qui lui caressait les épaules. Elle veut oublier.

Puis Dounya était allée se balader sur le port et elle n'était pas revenue. Peut-être s'était-elle perdue, bien que le village fût minuscule. M. Petrec travaillait. Sa femme était sortie et avait demandé aux voisins s'ils l'avaient vue.

– Et le fils de Mme Muir, il dit qu'elle est montée en voiture et elle est partie.

– Ça s'est passé où ? demanda Rebus.

– À deux ou trois rues d'ici, répondit M. Petrec.

– Montrez-moi.

Devant chez lui, sur Seaford Road, Eddie Muir, âgé de onze ans, raconta à Rebus ce qu'il avait vu. Une voiture s'arrêtant à côté d'une femme. Quelques mots échangés, même s'il ne pouvait pas entendre ce qu'ils disaient. La portière qui s'ouvre et la femme qui monte.

– Quelle porte, Eddie ?

– Une de derrière. C'était bien obligé, ils étaient déjà deux dans l'auto.

– Des hommes ?

Eddie confirma.

– Et la femme est montée d'elle-même ? Je veux dire qu'ils ne l'ont pas poussée ni rien ?

Eddie fit signe que non. Déjà, il avait enfourché sa bicyclette et il avait hâte de s'en aller. Un pied n'arrêtait pas de taquiner la pédale.

– Tu peux me décrire la voiture ?

– Maousse, un peu tape-à-l'œil. Pas quelqu'un d'ici.

– Et les hommes ?

– J'ai pas pu bien voir. Le chauffeur portait un maillot du Pars.

Autrement dit, un maillot de football, au nom du club Dunfermline Athletic. Autrement dit, ledit chauffeur serait du comté du Fife. Rebus fronça les sourcils. Elle s'était fait lever ? Était-ce possible ? Les vieilles habitudes avaient déjà repris le dessus ? Pas possible, pas dans un endroit pareil, dans une rue pareille. Ce ne pouvait pas être un hasard. Mme Petrec avait raison : on l'avait enlevée. Donc, on avait su où la trouver. Avait-on suivi Rebus la veille ? Si oui, c'était l'homme invisible. Un mouchard planqué sous sa carrosserie ? Cela paraissait improbable, mais il tâta le pourtour des garde-boue et sous le châssis. Rien. Mme Petrec s'était un peu calmée, son mari lui ayant administré une dose de vodka à des fins thérapeutiques. Rebus aurait supporté le même genre de traitement, mais il refusa.

– A-t-elle téléphoné ? s'enquit-il. (Petrec fit signe que non.) Et vous n'avez pas vu d'étrangers traîner dans la rue ?

– Je les aurais remarqués. Après Sarajevo, on a du mal à se sentir en sûreté, inspecteur. (Il écarta les bras.) Et tenez, voilà bien la preuve : on n'est en sécurité nulle part.

– Vous avez parlé de Dounya à quelqu'un ?

– À qui on aurait pu en parler ?

Qui était au courant ? C'était ça la question. Rebus. Et Claverhouse, et Ormiston étaient au courant, parce que Colquhoun l'avait mentionné.

Colquhoun savait. Le spécialiste grognon des langues slaves savait… En rentrant à Édimbourg, Rebus essaya de le joindre à son bureau et chez lui. Personne, disparu, c'était la fille de l'air. Il avait dit aux Petrec de le prévenir si Candice revenait, mais il en doutait. Il se souvenait de son regard, tout au début, quand il lui avait demandé de lui faire confiance. Ce regard disait : *Si tu me laisses tomber, j'ai l'habitude.* Comme si elle avait su, dès le départ, qu'il se ferait posséder. Elle lui avait donné une seconde chance, malgré tout, quand elle l'avait attendu près de sa voiture. Et résultat, il l'avait laissée tomber, rien de moins. Il reprit son portable et appela Jack Morton.

– Jack, dit-il, nom de Dieu, fais-moi passer l'envie de me saouler la gueule.

Il passa chez Colquhoun et au département des Études slaves, mais les deux endroits étaient clos. Alors il partit pour Flint Street et chercha Tommy Telford dans l'arcade. Mais il n'était pas là. Il était installé dans l'arrière-salle du café, entouré de sa clique habituelle.

– Je veux vous causer, déclara Rebus.

– Ben allez-y, causez.

– Sans témoin. (Rebus pointa son index vers Beau-Gosse.) Lui peut rester.

Telford prit son temps, puis branla du chef et la pièce commença à se vider. Beau-Gosse était adossé au mur, les mains dans le dos. Renversé dans son fauteuil, Telford avait posé les pieds sur son bureau. Ils étaient cool, relax, très zen. Rebus savait de quoi il avait l'air, lui : un ours en cage.

– Je veux savoir où elle est.

– Qui ça ?

– Candice.

Telford ricana.

– Alors, toujours après elle ? Comment je saurais où elle crèche ?

– Parce que deux de vos sbires l'ont embarquée.

Mais au même instant, il se rendit compte qu'il faisait fausse route. Le gang de Telford était une famille, ils avaient grandi ensemble à Paisley. Les supporters de Dunfermline n'étaient pas légion aussi loin du Fife. Il considéra Beau-Gosse, qui avait la haute main sur les prostituées de Telford. Candice avait débarqué à Édimbourg en provenance d'une ville de ponts, peut-être Newcastle. Telford avait des contacts à Newcastle. Et le maillot du Newcastle Strip – des rayures verticales noires et blanches – ressemblait salement à celui de Dunfermline. Une erreur que sans doute seul un gosse du Fife pouvait commettre.

Un maillot de Newcastle. Et une voiture de Newcastle.

Telford causait, mais Rebus n'écoutait plus. Il quitta le bureau comme une flèche et la Saab repartit. Il fonça à Fettes – les bureaux de la Brigade criminelle – et commença à chercher. Il trouva le numéro d'un contact, le sergent Miriam Kenworthy. Il le composa, mais les bureaux étaient vides.

– Fait chier ! grommela-t-il et il remonta en voiture.

La A1 était loin d'être l'artère la plus rapide du pays, il fallait accorder ça à Abernethy. Cependant, passé l'heure de pointe, Rebus parvint à rouler vers le sud dans un temps correct. Il était tard quand il parvint à Newcastle – les pubs se vidaient, des queues se formaient devant les boîtes, quelques maillots de l'United s'offrant aux regards, pareils à des barreaux de prison. La cité portuaire lui était inconnue. Il fit plusieurs fois le tour du centre ville, passant et repassant devant les mêmes panneaux et les mêmes repères, roulant en cercles de plus en plus larges et observant ce qu'il croisait.

Il cherchait Candice. Ou des filles qui, éventuellement, l'auraient connue.

Au bout de deux heures, il renonça et repartit en direction du centre. Il avait envisagé de dormir dans sa voiture, mais dénicha une chambre libre dans un hôtel et la perspective des commodités attenantes lui parut brusquement attrayante.

Il s'assura qu'il n'y avait pas de minibar.

Mariner dans le bain, yeux fermés, le corps et l'esprit encore lancés dans la course. Il s'installa dans un fauteuil près de la fenêtre et écouta la nuit, les taxis et les cris, des camions de livraison... Le sommeil le fuyait. Étendu sur le lit, il regardait la télé sans le son et se rappelait Candice dans la chambre d'hôtel, endormie entre les emballages de friandises. Deacon Blue : *Chocolate Girl.*

Il se réveilla avec les émissions du matin. Après avoir réglé la note, il alla petit déjeuner dans un café, puis il appela le bureau de Miriam Kenworthy. Heureusement, c'était une lève-tôt.

– Venez donc, fit-elle, perplexe. Vous n'êtes qu'à quelques minutes d'ici.

Elle était plus jeune que sa voix au téléphone, le visage plus avenant que ses manières. C'était un visage rond de fille de la campagne, les joues roses et rebondies. Elle le scruta, faisant légèrement pivoter son fauteuil pendant qu'il lui racontait son histoire.

– Tarawicz, déclara-t-elle tout de go quand il eut fini. Jake Tarawicz. Sans doute Joachim de son vrai nom. (Kenworthy sourit.) Certains d'entre nous le surnomment l'Albinos. Il a fait des affaires – ou du moins a-t-il eu des rendez-vous – avec ce Telford. (Elle ouvrit le dossier marron devant elle.) L'Albinos a un tas de contacts en Europe. Vous connaissez la Tchétchénie ?

– En Russie ?

– C'est la Sicile de la Russie, si vous voyez ce que je veux dire.

– C'est de là que sort Tarawicz ?

– C'est une hypothèse. D'après une autre, il serait serbe. Ça pourrait expliquer pourquoi il a monté ce convoi.

– Quel convoi ?

– Des camions humanitaires pour l'ex-Yougoslavie. Un vrai combattant de la paix, notre Albinos.

– Mais c'était aussi un moyen pour faire sortir des gens clandestinement ?

Kenworthy leva les yeux sur lui.

– Vous avez planché, je vois.

– Disons que c'est une supputation éclairée.

– Ça lui a permis au moins de se distinguer. Il a obtenu une bénédiction papale il y a six mois. Marié à une Anglaise… pas par amour, remarquez. C'est une de ses filles.

– Lequel mariage lui accorde le droit de résider dans ce pays.

– Absolument, approuva-t-elle. Ça ne fait pas très longtemps qu'il sévit dans le coin, disons cinq ou six ans…

Tiens, songea Rebus. Comme Telford.

– Mais il s'est taillé une réputation, s'imposant là où la place était tenue par les Asiates et les Turcs… On raconte qu'il s'est fait la main sur une jolie collection d'icônes volées. Une tonne d'objets ont ainsi été écoulés en dehors du bloc soviétique. Et quand la filière a commencé à se tarir, il est passé à la traite. Des filles bon marché, dont il s'assurait la docilité contre un peu de crack. Le crack vient de Londres – ce sont les Jamaïcains qui contrôlent ce rayon. L'Albinos distribue leurs produits dans la région du Nord-Est. Il deale aussi l'héroïne pour les Turcs et vend quelques filles aux bordels de la Triade. (Levant les yeux, elle vit qu'il lui accordait toute son attention.) Pas de barrière raciale dans les affaires.

– C'est ce que je constate.

– Il fournit probablement aussi de la drogue à votre ami Telford, qui l'écoule par le biais de ses night-clubs.

– Probablement ?

– Nous n'avons pas de preuve tangible. On a même raconté que l'Albinos ne vendait pas à Telford, mais qu'il était son acheteur.

Rebus cligna des yeux.

– Telford n'est pas un si gros poisson.

Elle haussa les épaules.

– D'où tiendrait-il la came ?

– C'est un bruit qui a circulé, c'est tout.

Mais Rebus se mit à cogiter car ce qu'il venait d'entendre pouvait expliquer les relations entre Tarawicz et Telford.

– Quel est l'intérêt de Tarawicz là-dedans ? demanda-t-il, donnant forme à ses réflexions.

– Vous voulez dire en dehors du fric ? Eh bien, Telford forme de bons videurs. Les videurs écossais sont respectés ici. Et puis, bien sûr, Telford a des parts dans deux ou trois casinos.

– Un moyen pour Tarawicz de blanchir son pognon ? (Rebus s'attarda là-dessus.) Vous connaissez un trafic dans lequel Tarawicz ne trempe pas ?

– Oh, des tas. Il aime les affaires qui roulent toutes seules. Et il est encore relativement nouveau.

New Kid in Town [1], par les Eagles.

– Nous pensons qu'il a trempé dans le trafic d'armes, un tas de matériel qui transite à travers l'Europe occidentale. Les Tchétchènes ont l'air d'avoir du matériel à revendre.

Elle se tut pour rassembler ses idées.

– On dirait qu'il a une longueur d'avance sur Tommy Telford.

Ce qui expliquerait pourquoi Telford crevait d'envie de faire des affaires avec lui. Il était sur une courbe ascendante et apprenait à faire son trou dans la cour des grands. Les Jamaïcains et les Asiatiques, les Turcs et les Tchétchènes, sans compter tous les autres. Rebus les voyait comme les rayons d'une gigantesque roue, qui faisait tourner le monde sans pitié en broyant des os au passage.

– Pourquoi ce surnom, l'Albinos ?

Elle attendait cette question et fit glisser une photographie en couleur sous ses yeux.

C'était le gros plan d'un visage, la peau rose et cloquée, boursouflée, fendillée, striée de blanc. Le visage était bouffi, gonflé, les yeux dissimulés sous des verres bleutés. Il n'y avait pas de sourcils. Les cheveux sur un front bombé étaient clairsemés et jaunes. L'homme avait l'air d'un cochon glabre – un monstre.

– Qu'est-ce qui lui est arrivé ? s'enquit-il.

– Nous n'en savons rien. Il a débarqué comme ça.

Rebus se souvint de la description que Candice avait faite : des lunettes de soleil, l'air d'un accidenté de la route. Un sosie.

– Il faut que je lui parle, décida-t-il.

---

1. « Un nouveau jeune en ville ».

Mais avant, Kenworthy lui offrit une visite guidée de la ville. Ils prirent sa voiture et elle lui montra la rue où les filles tapinaient. C'était le milieu de la matinée, il ne se passait rien de spécial. Il lui donna le signalement de Candice et elle promit de le faire circuler. Ils parlèrent avec les quelques femmes qu'ils rencontrèrent. Elles semblaient connaître Kenworthy et ne manifestèrent aucune hostilité à son égard.

– Elles sont comme vous et moi, lui dit-elle en s'éloignant. Elles s'échinent pour nourrir leurs gosses.

– Ou leurs habitudes.

– Bien sûr.

– À Amsterdam, elles ont un syndicat.

– Ça n'aide pas beaucoup les pauvres filles qu'on expédie ici. (Kenworthy mit son clignotant à un carrefour.) Vous êtes sûr que c'est lui qui l'a ?

– Je ne pense pas que ce soit Telford. Quelqu'un connaissait des adresses à Sarajevo, des adresses qui sont importantes pour elle. Quelqu'un l'a expédiée ici.

– Ça m'a tout l'air de porter la signature de l'Albinos.

– Et il est le seul qui puisse la renvoyer là-bas.

Elle prit le temps de le regarder avant de redémarrer.

– Pourquoi il le ferait ?

Au moment où Rebus se disait que le décor ne pouvait pas devenir plus glauque – rien que des bâtiments industriels délabrés et vides avec des nids-de-poule dans le macadam –, Kenworthy manœuvra pour passer entre les grilles d'une casse de voitures.

– Vous rigolez ou quoi ? l'apostropha son voisin.

Trois molosses, des bergers allemands attachés à des chaînes de dix mètres, aboyèrent en bondissant vers la voiture. Kenworthy continua d'avancer sans hésiter. On avait l'impression d'être au fond d'un ravin. De chaque côté s'élevaient des pentes instables d'épaves.

– Vous avez entendu ?

Oui, Rebus avait entendu, c'était le fracas d'une collision. La voiture pénétra dans un espace dégagé et il aperçut une grue jaune, une énorme benne preneuse bringuebalant au bout du bras de l'engin. Elle saisit entre ses dents le véhicule qu'elle venait de laisser tomber et le leva très haut avant de le relâcher sur la carcasse d'un autre. Quelques lascars fumaient à bonne distance, l'air de s'ennuyer ferme.

La benne plongea sur le toit de la bagnole du dessus et la cabossa. Du verre miroitait sur le sol imbibé d'huile, diamants sur velours noir.

Dans la grue, Jake Tarawicz – l'Albinos – hurlait de rire en refermant les mâchoires métalliques sur l'amas de ferraille et le secouait à la manière d'un chat qui joue avec une souris sans s'apercevoir qu'elle est morte. S'il avait remarqué les nouveaux membres de l'assistance, il n'en montra rien. Kenworthy ne descendit pas immédiatement de voiture. D'abord, elle adopta une figure de circonstance. Quand elle fut prête, elle fit signe à Rebus et ils ouvrirent ensemble leurs portières.

Quand Rebus fut debout, il remarqua que les dents de la benne avaient lâché la voiture et venaient en se balançant vers eux. Kenworthy croisa les bras et tint bon. Rebus pensa à ces jeux électroniques où il fallait choisir un trophée. Il voyait Tarawicz dans la cabine qui manœuvrait les commandes comme un gamin sur une console. Il se souvint de Tommy Telford sur sa moto et vit aussitôt une chose que ces deux hommes avaient en commun : deux gosses immatures, qui n'avaient pas su grandir.

Le ronflement du moteur s'arrêta subitement et Tarawicz quitta la cabine. Vêtu d'un costume crème et d'une chemise vert émeraude, il avait déniché quelque part une paire de bottes en caoutchouc vertes pour protéger le bas de son pantalon. Comme il s'approchait des inspecteurs, ses sbires lui emboîtèrent le pas.

– Miriam, dit-il. C'est toujours un plaisir. (Il s'interrompit.) C'est ce que je me suis laissé dire, en tout cas.

Deux ou trois hommes grimacèrent un sourire et Rebus reconnut un visage. Le Crabe, c'était ainsi qu'on l'appelait dans le centre de l'Écosse. Sa poigne pouvait vous broyer les os. Rebus ne l'avait pas revu depuis longtemps. Tiré à quatre épingles, il n'avait jamais été aussi bien sapé.

– Alors, le Crabe, ça gaze ? l'apostropha-t-il.

Cela parut décontenancer Tarawicz, qui se tourna à demi vers son sous-fifre. Celui-ci resta silencieux, mais sa nuque était devenue écarlate.

De près, on avait du mal à s'empêcher de dévisager l'Albinos. Ses yeux cherchaient les vôtres, mais on avait surtout envie de scruter la chair qui les entourait.

À présent, il observait Rebus.

– On s'est déjà rencontrés ?

– Non.

– Voici l'inspecteur principal Rebus, intervint Kenworthy. Il est venu spécialement d'Écosse pour vous voir.

– Je suis flatté, fit-il avec un large sourire qui dévoila des petites dents pointues et espacées.

– Je pense que vous savez pourquoi je suis ici.

Tarawicz fit mine d'être surpris.

– Voyez-vous ça !

– Telford a eu besoin d'un coup de main et il a fait appel à vous. Il a eu besoin de l'adresse personnelle de Candice et d'un message en serbo-croate…

– C'est une devinette ou quoi ?

– Et maintenant, vous l'avez récupérée.

– Ah bon ?

Rebus effectua un demi-pas en avant. Les hommes se déployèrent de part et d'autre de leur chef. Le visage de Tarawicz luisait, ce qui pouvait être dû à la sueur ou à une pommade protectrice.

– Elle voulait se tirer ? C'est elle qui vous a dit ça ? ironisa Tarawicz.

Hum, hum… Un des hommes à l'arrière se grattait bruyamment la gorge. Rebus s'interrogea sur son compte. Il était nettement plus petit que les autres et se tenait en retrait, mieux habillé, des yeux tristes, tombants, et les chairs flasques. Ça y est, bingo, il avait trouvé. C'était un avocat. Et cette façon de toussoter, c'était pour avertir Tarawicz qu'il parlait trop.

– Je vais faire tomber Tommy Telford, l'avertit Rebus d'un ton placide. C'est une promesse. Et quand il sera en garde à vue, qui sait ce qu'il dira ?

– Je suis convaincu que M. Telford peut se débrouiller tout seul, inspecteur. On ne pourrait pas en dire autant de Candice.

Là, l'avocat fut pris d'une quinte.

– Je ne veux plus qu'elle fasse le trottoir, déclara Rebus, toujours très posé.

Tarawicz le regarda fixement, ses pupilles minuscules telles deux flaques d'un noir absolu.

– Est-ce que Thomas Telford pourra s'occuper de ses affaires sans qu'on lui mette des bâtons dans les roues ? s'enquit-il enfin tandis que, derrière lui, l'avocat s'étranglait.

– Ça, je ne peux pas le promettre, et vous le savez, rétorqua Rebus. Ce n'est pas de moi qu'il doit s'inquiéter.

– Transmettez le message à votre ami, dit Tarawicz. Et après, arrêtez d'être son ami.

C'est alors que Rebus comprit. C'était à Cafferty que Tarawicz faisait allusion. Autrement dit, Telford lui avait raconté que Rebus était à la solde du vieux caïd.

– Je crois pouvoir faire le nécessaire, convint Rebus avec le même flegme.

– Alors faites-le, lui balança Tarawicz avant de tourner les talons.

– Et Candice ?

– Je verrai ce que je peux faire. (Il s'arrêta et fourra les mains dans les poches de sa veste.) Eh, Miriam, lança-t-il, le dos tourné. Le rouge vous va si bien – votre ensemble rouge surtout !

Et il repartit en s'étranglant de rire.

– En voiture, ordonna Kenworthy, les dents serrées.

Rebus obéit. Elle fulminait, lâcha ses clés et se pencha pour les récupérer.

– Qu'est-ce qui ne va pas ?

– Rien, fit-elle, la gorge sèche.

– L'ensemble rouge ?

Elle était hors d'elle.

– Je n'ai pas d'ensemble rouge.

Elle manœuvra pour faire demi-tour en appuyant un peu trop fort sur le frein et l'accélérateur.

– Je ne pige pas.

– La semaine dernière, je me suis payé de la lingerie rouge, dit-elle. Sous-tif et slip. (Elle emballa le moteur.) Ça fait partie de son petit jeu.

– Mais comment est-il au courant ?

– C'est ce que j'aimerais bien savoir.

Elle passa en trombe sous le nez des cerbères et franchit les grilles. Rebus pensa à Tommy Telford, faisant la planque sous ses propres fenêtres à Édimbourg.

– À croire que la surveillance n'est pas toujours à sens unique, fit-il, sachant à présent auprès de qui Telford faisait son apprentissage.

Un peu plus tard, il lui posa des questions sur la casse.

– Il est le patron. Il a un compacteur, mais il aime jouer avec les bagnoles avant de les compresser. Et si vous le mettez en rogne, il vous soude votre ceinture de sécurité. (Elle le regarda.) Comme ça, vous faites partie du jeu.

Ne jamais s'impliquer, la règle d'or par excellence. Et pratiquement à chacune de ses enquêtes, Rebus violait cette même règle d'or. Il avait parfois l'impression que s'il s'impliquait autant dans ses enquêtes, c'était parce qu'il n'avait pas de vie privée. Il ne pouvait vivre qu'à travers la vie des autres.

Pourquoi s'était-il investi à ce point avec Candice ? Cela tenait-il seulement à sa ressemblance physique avec Sammy ? Ou était-ce parce qu'elle semblait avoir besoin de *lui* ? Sa façon de s'accrocher à sa jambe le premier jour… Avait-il tellement envie – ne serait-ce que l'espace d'un instant – d'être le preux chevalier sans peur et sans reproche, un vrai héros et pas une parodie ?

John Rebus : une complète imposture. Du toc.

Il appela Claverhouse de sa voiture et le mit au courant. Celui-ci lui dit de rester calme.

– Super, fit Rebus. Je suis zen, pas de problème. Dites, qui est le fournisseur de Telford ?

– Pour quoi ? La dope ?

– Oui.

– Ça, c'est vraiment le joker. Figurez-vous qu'on sait qu'il est en affaires avec Newcastle, mais on n'arrive pas à savoir vraiment qui achète et qui vend.

– Et si c'était Telford qui vendait ?

– Alors il aurait une filière en provenance du continent.

– Et qu'en dit la Brigade anti-drogue ?

– Ils disent que non. S'il décharge la came d'un bateau, ça veut dire qu'il faut ensuite la transbahuter depuis la côte. Il est plus probable qu'il s'approvisionne à Newcastle. Tarawicz a les contacts en Europe.

– On se demande à quoi lui sert Tommy Telford alors…

– John, rendez-vous service, levez le pied cinq minutes. Cool.

– Colquhoun joue les filles de l'air, il est introuvable…

– John, vous m'avez entendu ?

– Je vous rappellerai plus tard.

– Vous rentrez ?
– C’est une façon de parler.
Rebus coupa la communication et se concentra sur sa conduite.

11

– L'Homme de paille ! clama Morris Gerald Cafferty en pénétrant dans la pièce encadré par deux gardiens de prison.

La même année, Rebus avait promis à Cafferty de mettre à l'ombre l'oncle Joe Toal, un gangster de Glasgow. En dépit de tous ses efforts, Rebus s'était cassé les dents. Invoquant son âge et son état de santé, Toal était toujours libre comme l'air, tel un vulgaire criminel de guerre relaxé pour sénilité. Depuis lors, Cafferty estimait que Rebus avait une dette envers lui [1].

Le truand s'assit et se tordit le cou deux ou trois fois pour détendre ses muscles.

– Alors ? demanda-t-il.

Rebus fit signe aux matons de s'éclipser et attendit en silence qu'ils aient quitté la salle. Puis il sortit un quart de Bell de sa poche.

– Gardez-la, dit Cafferty. À vous voir, je dirais que vous êtes plus en manque que moi.

Rebus remit le flacon à sa place.

– Je vous apporte un message de Newcastle.

– Tiens, Jake Tarawicz ? s'étonna Cafferty en croisant les bras.

– Exact. Il vous demande de lâcher la grappe à Tommy Telford.

– Qu'est-ce qu'il entend par là ?

– Arrêtez, Cafferty. Ce videur qu'on a poignardé, le dealer blessé... Vous voulez la guerre ou quoi ?

---

1. Voir *L'Ombre du tueur*.

Cafferty regarda fixement l'inspecteur.
– Ce n'est pas moi, je n'y suis pour rien.
Rebus grogna, mais en regardant Cafferty dans les yeux, il fut sur le point de le croire. Il posa ses paumes bien à plat sur la table.
– C'est qui, alors ? interrogea-t-il tranquillement.
– Allez savoir !
– Quoi qu'il en soit, ça va être la guerre.
– Ça se peut bien. Qu'est-ce que Tarawicz compte en tirer ?
– Il est en cheville avec Tommy.
– Et pour protéger ses magouilles, il a besoin de passer par un poulet pour me mettre en garde ? (Cafferty avait l'air dubitatif.) Vous rigolez ou quoi ?
– Allez savoir !
– Il y a un moyen d'arrêter ça. (Cafferty s'interrompit.) Retirez Telford du jeu. (Il vit l'expression de Rebus.) Eh, l'Homme de paille, je ne te dis pas de le buter, mais de le coffrer. Et ça, c'est ton boulot, non ?
– Je suis juste venu vous transmettre un message.
– Et vous, qu'est-ce que vous comptez en tirer ? Vous avez un fer au feu à Newcastle ?
– Ça se pourrait.
– Qu'est-ce qui me dit que vous n'êtes pas à la solde de Tarawicz maintenant ? Vous palpez ?
– Vous me connaissez mieux que ça.
– Tiens donc ? (Cafferty se renversa sur sa chaise et étira les jambes.) Je me pose la question, quelquefois. Remarquez, ça ne m'empêche pas de dormir la nuit, mais je me le demande quand même.
Rebus se pencha sur la table.
– Voyons, Cafferty, vous avez dû vous en mettre suffisamment à gauche. Pourquoi vous ne vous rangez pas, à votre âge ?
Là, Cafferty éclata de rire. L'atmosphère était tendue, électrique. On aurait pu croire qu'il n'y avait plus rien au monde à part eux deux.
– Ah ! ah ! Vous voulez que je prenne ma retraite ?
– Un bon boxeur sait quand il doit raccrocher.
– Alors vous et moi, on ne vaudrait plus grand-chose sur le ring, c'est ça ? T'as des projets pour la retraite, l'Homme de paille ?
Rebus ne put s'empêcher de sourire.

– C'est bien ce que je pensais, reprit Cafferty. Est-ce que je dois vous donner une réponse pour Tarawicz ?

– Non, ça ne fait pas partie du marché.

– Eh bien, si jamais il vient vous poser la question, dites-lui de prendre une assurance sur la vie, le genre avec capital-décès.

Rebus dévisagea Cafferty. La prison l'avait peut-être ramolli, mais seulement en apparence. Il ne fallait pas s'y fier.

– Je serais heureux si quelqu'un éliminait Telford du jeu, poursuivit Cafferty. Vous pigez ce que je veux dire, l'Homme de paille ? Ça représenterait beaucoup pour moi.

– Comptez pas là-dessus, rétorqua Rebus en se relevant. En ce qui me concerne, je serais ravi de vous voir vous réduire mutuellement en bouillie, je sauterais de joie dans les cordes.

– Vous savez ce qui arrive, dans les cordes ? demanda Cafferty en se frottant les tempes. On est éclaboussé quand le sang gicle.

– Je m'en balance, tant que c'est celui des autres !

Un rire sonore sortit des entrailles de Cafferty.

– Allez, l'Homme de paille, t'as pas une trempe de spectateur ! Ce n'est pas dans ta nature.

– Et vous, vous vous croyez psychologue ?

– Peut-être pas, reconnut Cafferty. Mais je sais ce qui fait courir les gens.

TROISIÈME PARTIE

Cache-moi le visage tant que crient les animaux.

Il erre dans l'hôpital, il court, il arrête les infirmières pour demander son chemin. Il dégouline de sueur, sa cravate pend lamentablement autour de son cou. Il tourne à droite, à gauche, à droite encore, cherche des indications, se précipite. À qui la faute ? Il n'arrête pas de se poser la question. Un message ne lui est pas parvenu. Parce qu'il était en planque. Parce qu'il n'était pas en contact radio. Parce que le commissariat n'avait pas compris l'importance du message.

Maintenant, il court comme un dératé, un point au côté. Il court depuis sa voiture. Grimpe les deux étages quatre à quatre, fonce dans les couloirs. L'endroit est paisible. On est en pleine nuit.

– La maternité ! crie-t-il à un homme qui pousse un chariot.

Celui-ci lui montre des portes battantes. Il charge au milieu. Trois infirmières dans un habitacle en verre. L'une d'elles sort.

– Puis-je vous aider ?

– Je suis John Rebus. Ma femme…

Elle le toise d'un air dur.

– Troisième lit, par ici.

Doigt pointé… Troisième lit par ici, rideaux tirés tout autour. Il écarte les rideaux. Rhona est allongée sur le côté, le visage encore rouge, les cheveux moites, collés sur son front. Et, à son côté, blottie contre elle, une miniature parfaite avec des touffes de cheveux châtains et des yeux noirs qui regardent dans le vague.

Il touche le nez, son doigt effleure la courbe d'une oreille. Le visage se plisse. Il se penche par-dessus pour embrasser sa femme.

– Rhona... Je m'excuse. On m'a transmis le message il y a seulement dix minutes. Comment ça s'est ?... Je veux dire... Il est magnifique.

– « Il » est une fille, répond sa femme en détournant la tête.

12

Rebus était assis dans le bureau du patron. Il était 9 h 15 et il avait dû dormir trois quarts d'heure la nuit passée. Il y avait eu la veillée à l'hôpital et l'opération de Sammy, une histoire de caillot de sang. Elle n'avait pas repris connaissance et son état était toujours critique. Il avait appelé Rhona à Londres. Elle allait sauter dans le premier train. Il lui avait donné son numéro de portable pour qu'elle puisse le prévenir dès son arrivée. Elle avait commencé à poser des questions... mais la voix lui avait manqué. Elle avait raccroché. Il avait essayé de retrouver le souvenir de ce qu'il avait éprouvé jadis pour elle. Richard et Linda Thompson : *Whithered and Died*[1].

Il avait appelé Mickey, qui avait promis de faire un saut à l'hôpital dans la journée. Et avec ça, il avait fait le tour de la famille. Il y avait d'autres personnes qu'il pouvait appeler, des gens comme Patience, qui avait été quelque temps sa maîtresse et la logeuse de Sammy dans un passé plus proche. Mais il ne le fit pas. Il savait que, le matin, il appellerait le bureau où Sammy travaillait. Il l'avait noté sur son bloc pour ne pas oublier. Et puis il avait appelé chez Sammy et avait annoncé la nouvelle à Ned Farlowe.

Farlowe avait posé une question à laquelle nul n'avait songé :

– Et vous ? Ça va ?

Rebus avait regardé le couloir de l'hôpital.

– Pas vraiment.

1. « Fané et mort ».

– J'arrive tout de suite.

Ils avaient donc passé deux heures ensemble, sans se parler vraiment au début. Farlowe fumait et Rebus l'aidait à vider son paquet de clopes. Il ne pouvait pas lui rendre la politesse avec du whisky – la bouteille était vide – mais il avait payé plusieurs tasses de café au jeune homme, puisque celui-ci avait pratiquement dépensé tous ses sous pour régler la course du taxi depuis Shandon…

– Debout, c'est l'heure ! John !

Le chef secouait doucement Rebus. Celui-ci cligna des yeux et se redressa sur sa chaise.

– Excusez-moi, monsieur.

Le superintendant Watson fit le tour de son bureau et s'assit.

– Rudement navré d'apprendre ce qui est arrivé à Sammy. Je ne sais pas quoi dire, sauf qu'elle est présente dans mes prières.

– Merci, monsieur.

– Vous voulez du café ? (Le café du Péquenot avait une sale réputation dans tout le commissariat, mais Rebus en accepta une tasse avec reconnaissance.) Bon, comment va-t-elle ?

– Toujours sans connaissance.

– Aucune trace de la voiture ?

– Pas la dernière fois que j'en ai entendu parler.

– Qui s'en occupe ?

– Bill Pryde a mis l'affaire en route hier soir. Je ne sais pas qui a pris la suite.

– Je vais me renseigner.

Le Péquenot passa un appel intérieur. Rebus l'observait pardessus le rebord de sa chope. Le Péquenot était un costaud, un type imposant derrière son bureau. Il avait les joues striées d'un lacis de veinules violacées et ses cheveux clairsemés étaient couchés sur son crâne en forme d'œuf tels les sillons d'un champ bien labouré. Il y avait des photographies sur son bureau, celles de ses petits-enfants. Elles étaient prises dans un jardin avec une balançoire à l'arrière-plan. Un des enfants tenait un nounours dans ses bras. Rebus sentit sa gorge se serrer douloureusement et il fit de son mieux pour se retenir.

Le Péquenot reposa le récepteur.

– Bill est toujours dessus, dit-il. Il préfère ne pas lâcher le morceau. Il a l'impression que s'il s'accroche, on aboutira plus vite.

– Sympa de sa part.

– Écoutez, on vous tiendra informé à la minute où on aura du nouveau. D'ici là, vous voudrez peut-être rentrer chez vous…

– Non, monsieur.

– Ou retourner à l'hôpital.

Rebus hocha lentement la tête. Oui, bien sûr, l'hôpital. Mais pas tout de suite. Il devait d'abord parler à Bill Pryde.

– Et dans l'intervalle, je vais redispatcher vos enquêtes. (Le Péquenot commença à écrire.) Il y a cette histoire de crimes de guerre et votre mission d'agent de liaison pour Telford. Vous vous occupez d'autre chose ?

– Monsieur, je voudrais que… eh bien, je préférerais continuer à travailler.

Le Péquenot le considéra un instant, puis se renversa dans son fauteuil, agitant son stylo entre les doigts.

– Et pourquoi ?

– Je préfère m'occuper l'esprit, ne pas rester inactif, expliqua Rebus en haussant les épaules.

Certes, il y avait de ça. Et surtout, il ne voulait pas que quiconque fourre son nez dans ses affaires. Son boulot était à lui. Il appartenait à son boulot et son boulot lui appartenait.

– Voyons, John, vous allez avoir besoin de temps libre, non ?

– Je me débrouillerai, monsieur. (Son regard croisa celui du Péquenot.) Je vous en prie.

De l'autre côté de l'entrée, dans la salle de brigade, il écouta en silence, hochant la tête, les propos de ses collègues venus lui exprimer leur sympathie. Un seul resta rivé à son bureau : Bill Pryde. Il savait que c'était lui que Rebus voulait voir.

– Bonjour, Bill.

Pryde lui répondit d'un signe. Ils s'étaient vus au petit matin à l'hôpital. Comme Ned Farlowe sommeillait dans un fauteuil, ils étaient allés dans le couloir pour discuter. Pryde paraissait plus fatigué maintenant. Il avait déboutonné le haut de sa chemise vert foncé. Son costume marron avait une allure complètement défraîchie.

– Merci de ne pas avoir lâché, dit Rebus en approchant une chaise, sans pouvoir s'empêcher de penser : *J'aurais tout de même préféré quelqu'un de plus finaud…*

– Pas de problème.
– Des nouvelles ?
– Deux ou trois témoins solides. Des piétons qui attendaient aux feux pour traverser.
– Quelle est leur version ?
Pryde réfléchit avant de répondre. Il avait affaire à un père en plus d'un flic.
– Elle traversait la rue. Elle avait l'air de descendre Minto Street, pour se diriger peut-être vers l'arrêt du bus.
– Non, elle devait continuer à pied, expliqua-t-il. Elle allait voir un copain dans Gilmour Road.
Elle n'en avait pas dit plus pendant qu'ils avalaient leur pizza, s'excusant simplement de ne pas pouvoir rester plus longtemps. Juste un autre café à la fin du repas… un autre café et elle n'aurait pas été là à cet instant. Ou encore si elle avait accepté qu'il la raccompagne… Quand on réfléchit à la vie, on y pense comme à des tranches dans le temps alors qu'en fait c'était une succession de moments reliés entre eux, dont chacun pouvait tout changer, vous transformer complètement.
– La voiture roulait vers le sud en direction de la sortie de la ville, poursuivit Pryde. Le chauffeur a apparemment brûlé le feu. Un motard qui se trouvait derrière lui en a eu l'impression.
– Vous pensez qu'il était saoul ?
– Ça se peut à sa façon de conduire, admit Pryde. Il se peut qu'il ait simplement perdu le contrôle du véhicule, mais dans ce cas, pourquoi ne s'est-il pas arrêté ?
– Signalement ?
– Oh, c'est une bagnole foncée, un peu genre voiture de sport. Personne n'a relevé le numéro d'immatriculation.
– C'est une rue assez encombrée. Il devait y avoir d'autres automobilistes à ce moment-là.
– Deux ou trois ont appelé, confirma Pryde en feuilletant son bloc. Rien de bien utile, mais je vais les cuisiner pour le cas où je pourrais leur rafraîchir la mémoire.
– Est-ce que ça pourrait être une voiture qui a été fauchée ? C'est peut-être pour ça qu'il était pressé de se tirer.
– Je peux vérifier.
– Je vais vous filer un coup de main.

– Vous croyez ? demanda Pryde, prudent.

– Bill, essayez voir de m'en empêcher.

– Pas de traces de dérapage, commenta Pryde. Rien qui indique qu'il a essayé de freiner, ni avant ni après.

Ils se tenaient à l'intersection de Minto Street et de Newington Road. Les transversales étaient Salisbury Place et Salisbury Road. Des voitures, des fourgonnettes et des bus faisaient la queue aux feux de signalisation pendant que les piétons traversaient.

Ça aurait pu être n'importe lequel d'entre vous, songea Rebus. N'importe qui aurait pu se trouver à la place de Sammy...

– Elle se tenait à peu près là, reprit Pryde en indiquant l'endroit où commençait un couloir de bus juste après les feux.

La chaussée était large, c'était une rue à quatre voies. Elle n'avait pas traversé aux feux. Elle avait eu la flemme et avait effectué quelques pas sur Minto Street avant de traverser en diagonale. Quand elle était petite, ils lui avaient appris à traverser la rue. Le code de la Prévention routière et tout le tremblement. Ils le lui avaient seriné tant et plus. Rebus regarda autour de lui. En haut de Minto Street se dressaient quelques maisons particulières et des panneaux proposant des « chambres d'hôte ». À un coin se trouvait une banque, à l'autre un soldeur de vêtements, avec un traiteur à côté.

– Le traiteur devait être ouvert, décréta Rebus en pointant le doigt dans sa direction. (Le troisième coin était occupé par une supérette Spar.) Cet endroit aussi. Vous disiez qu'elle était où ?

– Près du couloir de bus. (Elle avait traversé les trois quarts de la rue, il ne lui restait qu'un ou deux mètres à franchir pour être en sécurité.) Les témoins disent qu'elle était presque sur le bord du trottoir quand il l'a happée. Je pense qu'il était saoul et qu'il a disjoncté. (Pryde indiqua la banque. Il y avait deux cabines téléphoniques devant.) Un témoin a appelé d'ici.

Une affiche était placardée sur le mur derrière les cabines. Un fou du volant avec un rire de forcené et en sous-titre : « Tant de piétons et si peu de temps. » Un jeu d'ordinateur...

– Il était tellement facile de l'éviter, remarqua Rebus doucement.

– Vous êtes sûr que ça ira ? Il y a un café un peu plus haut.

– Ça va, Bill. (Il regarda autour de lui et respira à fond.) On dirait des bureaux derrière le Spar, je doute qu'il s'y soit trouvé encore quelqu'un. Mais il y a des appartements au-dessus du soldeur de fringues et de la banque.

– Vous voulez leur parler ?

– Au Spar aussi, et au kebab. Vous prenez les chambres d'hôte et les maisons. Rendez-vous dans une demi-heure.

Rebus interrogea tous ceux qu'il put rencontrer. Au Spar, il y avait une nouvelle équipe au travail, mais il obtint du gérant les numéros de téléphone personnels et appela les employés présents la veille au soir. Ils n'avaient rien vu rien entendu. Ils s'étaient rendu compte de l'accident en voyant clignoter les lumières de l'ambulance. Le kebab était fermé, mais quand Rebus cogna à la porte, une femme sortit du fond en s'essuyant les mains à une serviette de table. Il colla sa plaque contre la porte vitrée et elle le laissa entrer. Il y avait eu du monde la veille. Elle n'avait pas assisté à l'accident – ce fut le mot qu'elle employa, l'« accident ». Et c'était cela et rien d'autre, le mot ne lui était pas rentré dans le crâne avant qu'elle le prononce. Elvis Costello : *Accidents Will Happen* [1]. Le vers suivant n'était-il pas : « Ce n'était qu'un chauffard qui a pris la fuite » ?

– Non, dit la femme. Ce qui a d'abord attiré mon attention, c'était la foule. Enfin, trois ou quatre personnes seulement, mais je voyais bien qu'ils se regroupaient autour de quelque chose. Et puis l'ambulance est arrivée. Est-ce qu'elle va se remettre ?

Rebus avait déjà vu cette expression-là, celle de quelqu'un qui espérait presque que la victime soit morte, parce que ça faisait une meilleure histoire à raconter.

– Elle est à l'hôpital, dit-il, incapable de soutenir plus longtemps son regard.

– Oui, mais le journal a dit qu'elle était dans le coma.

– Quel journal ?

Elle lui apporta la première édition de l'*Evening News*. Il y avait un paragraphe dans les pages intérieures : « La victime d'un chauffard en fuite est dans le coma. »

Elle n'était pas dans le coma, elle était inconsciente, c'est tout. Mais Rebus se fécilita de cet entrefilet. Peut-être que quelqu'un tomberait dessus et se signalerait. La culpabilité allait peut-être

1. « Il y aura des accidents ».

tarauder l'automobiliste. Peut-être y avait-il un passager avec lui… Et puis, c'est difficile de garder un secret, on finit toujours par se confier à quelqu'un.

Il tenta le fripier, mais comme le magasin était évidemment fermé le soir, il grimpa dans les étages. Il n'y avait personne dans l'appartement du premier. Il griffonna rapidement quelques mots au dos d'une carte de visite et la glissa dans la boîte à lettres, puis releva le nom sur la porte. Si on ne le rappelait pas, il s'en chargerait. Un jeune homme ouvrit la deuxième porte ; il sortait à peine de l'adolescence et écarta une épaisse tignasse noire de ses yeux. Il portait des lunettes à la Woody Allen et avait le pourtour de la bouche grêlé de cicatrices d'acnée. Rebus se présenta. La main repoussa de nouveau la mèche, avec un bref regard par-dessus son épaule dans l'appartement.

– Vous habitez ici ? demanda Rebus.

– Euh, oui. Enfin, je ne suis pas le propriétaire. C'est une location.

Il n'y avait pas de nom sur la porte.

– Il y a quelqu'un d'autre ici en ce moment ?

– Non non.

– Vous êtes tous étudiants ?

Le jeune homme confirma. Rebus lui demanda son nom.

– Rob. Robert Renton. De quoi il s'agit ?

– Il y a eu un accident hier soir, Rob. Un chauffard qui a pris la fuite après avoir renversé quelqu'un.

Il avait été si souvent dans cette situation, si souvent il avait dû annoncer d'une voix neutre une nouvelle qui changeait la vie d'un être. Cela faisait une heure qu'il n'avait pas rappelé l'hôpital. À la fin, ils avaient pris son numéro de portable en disant qu'il vaudrait mieux qu'on le rappelle dès qu'il y aurait du nouveau. Ils entendaient par là que cela vaudrait mieux pour eux, pas pour lui.

– Ah oui, répondit Renton. J'ai tout vu.

Rebus cligna des yeux.

– Quoi, vous l'avez vu ?

Renton fit oui de la tête, sa toison tressautant devant ses yeux.

– De la fenêtre. Je changeais un CD et…

– Ça ne vous ennuie pas si j'entre une minute ? J'aimerais me rendre compte de la vue que vous avez d'ici.

Renton gonfla ses joues et souffla.

– Bof, j'imagine que…

Et Rebus entra.

Le séjour était dans un ordre approximatif. Renton passa devant lui et se dirigea vers l'endroit où se trouvait le meuble de la hi-fi entre les deux fenêtres.

– Je mettais un nouveau CD et j'ai regardé par la fenêtre. D'ici on voit l'arrêt de bus et j'espérais apercevoir Jane descendre du bus. (Il s'interrompit.) Jane est la copine d'Eric.

Rebus n'écoutait pas. Il fixait la rue où avait marché Sammy.

– Dites-moi ce que vous avez vu.

– Il y avait une fille qui traversait. Une fille bien balancée... Enfin, c'est ce que je me suis dit. Puis cette voiture a brûlé les feux, a déboîté et l'a envoyée valser.

Rebus ferma les yeux une seconde.

– Elle a dû faire un bond de trois mètres en l'air, cogner le rebord et rebondir sur le trottoir. Après ça, elle n'a plus bougé.

Rebus ouvrit les yeux. Il était à la fenêtre et Renton se tenait juste derrière son épaule gauche. Là, en contrebas, les gens traversaient la rue et parcouraient l'endroit où Sammy avait été percutée, l'endroit où elle avait atterri. Une pincée de cendre sur le trottoir où elle était allongée.

– J'imagine que vous n'avez pas pu voir le chauffeur ?

– J'étais mal placé pour ça.

– Des passagers ?

– Je ne pourrais pas dire.

Il porte des lunettes, songea Rebus. Est-il vraiment crédible ?

– Quand vous avez vu ça, vous n'êtes pas descendu ?

– Je ne suis pas étudiant en médecine ni rien, alors... (Il indiqua du menton un chevalet dans un coin et Rebus remarqua une étagère avec des peintures et des pinceaux.) Quelqu'un s'est précipité vers la cabine, donc je savais que les secours n'allaient pas tarder.

– Quelqu'un d'autre l'a vu ?

– Les autres étaient dans la cuisine. (Renton s'interrompit.) Je sais ce que vous pensez. (Rebus en doutait.) Vous croyez que comme je suis miro, je n'ai peut-être pas bien vu. Mais il a vraiment donné un coup de volant, grave. Vous savez... exprès. Bref, comme s'il voulait lui foncer dessus, insista-t-il en secouant sa tignasse, incrédule.

– Il lui a foncé dessus *exprès* ?

Renton fit un geste de la main imitant une voiture qui se déporte de sa trajectoire pour en suivre une autre.

– Il a foncé droit sur elle.

– Le conducteur n'a pas perdu le contrôle ?

– Il aurait roulé plus en zigzag, non ?

– La bagnole était de quelle couleur ?

– Vert foncé.

– Et la marque ?

Renton haussa les épaules, impuissant.

– Les bagnoles, ce n'est pas mon rayon. Mais si vous voulez…

– Quoi ?

Le jeune homme retira ses lunettes et les essuya avec soin.

– Et si je vous la dessinais ?

Il approcha le chevalet de la fenêtre et se mit à l'œuvre. Pendant ce temps, Rebus alla dans l'entrée pour appeler l'hôpital. La personne qu'il parvint à joindre ne parut pas vraiment surprise de l'entendre.

– Aucun changement, je crains. Elle a deux visiteurs auprès d'elle.

Mickey et Rhona. Rebus raccrocha et appela le portable de Pryde.

– Je suis dans un des apparts au-dessus du soldeur. J'ai trouvé un témoin.

– Ah oui ?

– Il a tout vu. Et c'est un étudiant aux Beaux-Arts.

– Ah oui ?

– Allez, Bill. Vous voulez que je vous fasse un dessin ?

Il y eut un silence, puis Pryde déclara :

– Ah bon… ?

13

Rebus conserva son portable vissé à l'oreille pendant qu'il traversait l'hôpital.

– Joe Herdman a établi une liste en fonction du paramétrage, expliquait Bill Pryde. Les Rover 600, les dernières Ford Mondeo, la Toyota Celica, plus deux ou trois Nissan. En outsider, les BMW 5.

– Ça réduit un peu le champ, j'imagine.

– Joe mise de préférence sur la Rover, la Mondeo et la Celica. Il m'a filé quelques précisions supplémentaires – du chrome autour de la plaque d'immatriculation, des éléments de ce genre. Je vais appeler votre jeune artiste pour voir si ça fait tilt chez lui.

Une infirmière dévisageait Rebus pendant qu'il avançait vers elle.

– Faites-moi savoir ce qu'il en pense. À plus tard, Bill.

Il fourra le téléphone dans sa poche.

– Vous n'êtes pas censé vous servir de ça ici, remarqua l'infirmière d'une voix sèche.

– Écoutez, je suis un peu pressé…

– Ça peut perturber les appareils.

Devenu blême, Rebus s'arrêta net.

– J'ai oublié, balbutia-t-il en portant une main tremblante à son front.

– Ça va aller ?

– Oui, ça va, ça va. Écoutez, je ne recommencerai pas, d'accord ? (Il reprit son chemin.) Vous pouvez compter dessus.

Rebus sortit de sa poche une photocopie du dessin de Renton. Joe Herdman était un de leurs collègues pour qui les automobiles n'avaient pas de mystère. Il s'était déjà rendu utile en transformant une vague description en quelque chose de concret. Rebus regarda le dessin sans s'arrêter de marcher. Tous les détails étaient présents : les immeubles à l'arrière-plan, le bord du trottoir, les badauds. Et Sammy, représentée à l'instant du choc. Elle était à moitié retournée, les mains tendues en avant comme si elle repoussait la voiture pour l'arrêter. Mais Renton avait ajouté des traits fins sortant de l'arrière de la voiture et qui représentaient l'air propulsé, la vitesse. Il avait laissé un ovale vide à la place du visage. La moitié arrière de la voiture était très clairement dessinée, l'avant étant noyé dans le flou de la perspective. Rebus lui avait demandé de supprimer tout ce qui lui semblait douteux. Il assurait qu'il ne s'était pas laissé entraîner par son imagination.

Le visage, ou plutôt l'absence de celui-ci, perturbait Rebus plus que l'ensemble du dessin. Il se projeta dans la scène et se demanda ce qu'il aurait fait à la place de l'étudiant. Se serait-il intéressé plutôt à la voiture, aurait-il relevé le numéro d'immatriculation ? Ou son attention se serait-elle fixée sur Sammy ? Lequel aurait eu le dessus, son instinct de flic ou son instinct de père ? « Te bile pas, avait dit quelqu'un au poste, on l'aura. » Et non : « Te bile pas, elle va s'en tirer. » En fin de compte, tout se résumait à cette alternative : lui, autrement dit le chauffard et son châtiment, ou elle, la victime et sa guérison.

– J'aurais juste fait un témoin de plus, bougonna-t-il avant de replier le dessin et de le ranger.

On avait mis Sammy dans une chambre individuelle avec des tuyaux et des appareils partout, telle qu'il en avait vu au cinéma et à la télévision. Sauf que cette chambre-là était plus décrépie, avec la peinture qui s'écaillait sur les murs et autour des encadrements de fenêtres. Les chaises avaient des pieds en tubes protégés de patins en caoutchouc et une assise en plastique moulé. Une femme se leva quand il entra. Ils s'étreignirent. Il l'embrassa sur le côté du front.

Il lui a foncé dessus exprès.

– Salut, Rhona.

– Oh, John…

Elle paraissait fatiguée, bien sûr, mais elle avait une coupe soignée et les cheveux teints de la couleur d'or sombre des blés mûrs. Elle était vêtue avec élégance et portait des bijoux. Il scruta son regard.

Sa couleur avait changé, c'étaient des lentilles teintées. Plus rien ne trahissait son passé, pas même ses yeux.

– Rhona, je suis navré.

Il chuchotait, ne voulant pas déranger Sammy. Ce qui était risible, parce qu'en cet instant, il ne désirait rien de plus au monde que la voir se réveiller.

– Comment va-t-elle ?

– À peu près pareil.

Mickey se leva. Il y avait trois chaises disposées en un vague demi-cercle. Mickey et Rhona avaient laissé un siège vide entre eux. Comme Rhona relâchait son étreinte, le frère de Rebus prit sa place.

– Putain, c'est affreux, fit Mickey à voix basse, l'air égal à lui même : un fêtard qui s'était rangé sur le tard.

Les mondanités étant réglées, Rebus s'approcha du chevet de Sammy. Elle avait encore le visage tuméfié et, à présent, il pouvait identifier la cause de chaque écorchure : le rebord, le mur, le trottoir. Une jambe fracturée et les deux bras enveloppés de bandages. Un ours en peluche auquel il manquait une oreille était campé près de sa tête. Rebus sourit.

– Tu as apporté Pa Broon.

– Oui.

– Est-ce qu'ils savent maintenant s'il y a… ?

En parlant, il ne quittait pas Sammy des yeux.

– Quoi ? demanda Rhona, nullement d'humeur à lui faciliter la tâche.

Pas moyen de se cacher.

– Des dégâts au niveau cérébral.

– Personne ne nous a rien dit, articula-t-elle, mortifiée.

Il lui a foncé dessus exprès. Aucun des spectateurs ne s'était avancé à ce point, mais ils n'étaient pas aux premières loges comme Renton.

– Personne n'est venu ?

– Pas depuis que je suis là.

– Et moi, je suis arrivé avant Rhona, précisa Mickey. Je n'ai pas vu un chat.

Il n'en fallut pas plus. Rebus quitta la pièce à grands pas. Un jeune docteur et deux infirmières papotaient tranquillement au bout du couloir. L'une des femmes était adossée contre le mur.

– Qu'est-ce qu'il se passe ? explosa Rebus. Personne n'a vu ma fille de la matinée ?

L'interne avait des cheveux blonds très courts séparés par une raie.

– Nous faisons de notre mieux.

– Qu'est-ce que ça veut dire ?

– Je comprends que vous...

– Je t'emmerde, mon pote. Pourquoi le grand patron n'est-il pas venu la voir ? Pourquoi est-elle juste couchée là, comme un...

Rebus ravala ses mots.

– Deux spécialistes ont examiné votre fille ce matin, annonça l'interne posément. Nous attendons les résultats de certains examens pour décider si nous devons réintervenir. Il y a une inflammation cérébrale. Les résultats des analyses demandent un certain délai, on n'y peut rien.

Rebus se sentit floué. Il bouillait intérieurement, mais s'il avait besoin de passer sa rage sur quelqu'un, ce n'était sûrement pas l'endroit. Il tourna les talons sans un mot.

Rentré dans la chambre, il expliqua la situation à Rhona. Une valise et un grand fourre-tout étaient posés derrière un des appareils.

– Écoute, lui dit-il. Ce serait normal que tu descendes à la maison. C'est à dix minutes seulement et je pourrais te laisser la voiture.

– Non, non, fit-elle. Nous avons réservé au Sheraton.

– L'appartement est plus près et je n'ai pas l'habitude de faire payer...

Nous ?... Rebus se tourna vers Mickey, qui contemplait le lit. Puis la porte s'ouvrit et un homme entra. Petit, trapu, soufflant comme un phoque, il se frottait les mains pour que chacun sache qu'il revenait des toilettes. Des plis de chair sillonnaient son front et faisaient saillie au-dessus du col de chemise. Il avait une épaisse chevelure noire, l'air gominé. Il s'arrêta net quand il aperçut Rebus.

– John, annonça Rhona. Voici Jackie, un ami à moi.

– Jackie Platt, précisa l'homme en tendant une main grassouillette.

– Quand Jackie a appris la nouvelle, il a absolument tenu à me conduire en voiture.

Platt haussa les épaules, la tête disparaissant presque entre leurs masses.

– Pas question de laisser ma petite puce « monter » toute seule par le train.

– Une sacrée distance, bougonna Mickey dont le ton laissait entendre qu'il avait déjà donné.

– Surtout, je me serais bien passé des travaux, croyez-moi, rajouta Jackie Platt.

Rebus croisa le regard de Rhona, qui détourna les yeux afin d'éviter les reproches. Pour Rebus, cet olibrius était de trop, une pièce rapportée. C'était comme si un comédien s'était trompé de plateau. Platt ne cadrait pas, il n'était pas dans le scénario.

– Ce qu'elle a l'air paisible, hein ? susurra le Londonien en s'approchant du lit.

Il lui toucha le bras, son bras emmailloté, l'effleurant du dos de la main. Les ongles de Rebus s'enfoncèrent dans ses paumes. Platt se mit à bâiller.

– Bon ben, Rhona, c'est peut-être pas très poli, mais faut m'excuser. Je suis mort, je vais en écraser. On se retrouve à l'hôtel, entendu ?

Soulagée, elle acquiesça du chef. Platt empoigna la valise. En passant près d'elle, il glissa la main dans la poche de son pantalon et en ressortit une liasse de billets.

– Prends un taxi pour rentrer, d'accord ?

– D'accord, Jackie. À tout à l'heure.

– Tchao, ma puce, fit-il en lui pressant la main. Portez-vous bien, Mickey. Mes amitiés chez vous, John.

Un énorme clin d'œil, le visage plissé, et le voilà parti. Ils attendirent quelques secondes en silence. Rhona leva sa main libre, celle qui ne tenait pas les billets.

– Pas un mot, tu veux ?

– Loin de moi cette idée, grogna Rebus en s'asseyant. Mais quand même… « Je suis mort, je vais en écraser » ! Bravo pour le tact !

– Laisse béton, Johnny, intervint Mickey.

Johnny… Seul Mickey pouvait se permettre de l'appeler par son diminutif, faisant fondre les années. Il considéra son frère et sourit. Mickey était psychologue. Il savait ce qu'il fallait dire.

– Les bagages, c'est pour quoi faire ? demanda-t-il à Rhona.

– Quoi ?

– Vous allez à l'hôtel, alors pourquoi ne pas les avoir laissés dans la voiture ?

– J'avais envisagé de passer la nuit ici. On m'avait dit que je pouvais le faire. Mais quand j'ai vu dans quel état elle était, j'ai changé d'avis. (Les larmes se mirent à couler, la barbouillant un peu de mascara. Le mouchoir de Mickey était prêt.) John, et si elle… Oh, mon Dieu, pourquoi a-t-il fallu que ça nous arrive ? (Elle sanglotait maintenant. Rebus s'approcha de sa chaise, s'accroupit devant elle, ses mains posées sur les siennes.) Elle est tout ce que nous avons, John. Elle est tout ce que nous avons jamais eu.

– Elle est là, Rhona. Elle est ici même.

– Mais pourquoi elle ? Pourquoi Samantha ?

– Je lui poserai la question quand je lui aurai mis le grappin dessus, Rhona. (Les yeux fixés sur Mickey, il lui embrassa les cheveux.) Et crois-moi, ce type, je le coincerai.

Plus tard, quand Ned Farlowe vint la voir, Rebus l'emmena dehors. Il y avait du crachin, mais l'air lui fit du bien.

– Un des témoins croit qu'on l'a fait exprès, lui annonça-t-il.

– Je ne comprends pas.

– D'après lui, le chauffeur voulait renverser Sammy.

– Excusez-moi, mais je ne pige toujours pas.

– Écoutez, il y a deux scénarios. Primo, il voulait renverser un piéton et le premier venu faisait l'affaire. Secundo, Sammy était la cible. Il la suivait et il a profité de l'occasion quand il l'a vue traverser, mais il a dû brûler les feux pour ça. Et comme elle arrivait près du trottoir, il a déboîté pour changer de couloir.

– Mais enfin, pourquoi ?

Rebus le regarda fixement.

– Ceci concerne le compagnon de Sammy et son père, d'accord ? Pour ce qui va suivre, vous foutez le journaliste à la porte.

Farlowe soutint son regard et opina lentement.

– J'ai eu quelques prises de bec avec Tommy Telford, commença Rebus. (Il voyait défiler des ours en peluche, Pa Broon, et celui que le jeune voyou conservait dans sa voiture.) C'était peut-être un message qui m'était destiné. (Telford ou Tarawicz, à pile ou face.) À moins qu'il ne vous soit adressé à vous, si vous avez posé des questions concernant Telford.

– Vous pensez que mon bouquin…

– Je passe en revue toutes les possibilités. Je travaille sur l'affaire Lintz… et vous aussi.

– Quelqu'un chercherait à nous dissuader de nous intéresser à Lintz ?

Rebus se rappela Abernethy et haussa les épaules.

– Allez savoir… Et il y a aussi le boulot de Sammy, son job avec des ex-taulards. Peut-être que l'un d'eux avait une dent contre elle.

– Bon sang !

– Elle n'a pas parlé de quelqu'un qui la suivait ? Personne de bizarre dans le secteur ?

Les mêmes questions qu'il avait posées aux Petrec. Seule la victime était différente…

– Écoutez, dit Farlowe, il y a encore cinq minutes, je croyais à un accident. Maintenant, vous me dites que c'est une tentative de meurtre. Vous en êtes *sûr* ?

– Je me fie à un témoin.

Pourtant, il connaissait le point de vue de Bill Pryde. Pour lui, c'était un ivrogne, un fou du volant. Et d'un autre côté, un témoin qui, certes, se trouvait aux premières loges, mais était complètement bigleux et avait peut-être tout faux. Il ressortit le dessin.

– C'est quoi ?

Rebus le lui tendit.

– C'est ce qu'un témoin a vu hier soir.

– C'est quel genre de bagnole ?

– Une Rover 600 ou une Ford Mondeo ou dans le genre. Vert foncé. Ça vous dit quelque chose ?

Ned Farlowe fit non, puis il leva les yeux sur Rebus.

– Laissez-moi participer, je peux me renseigner.

– Une gosse dans le coma, ça suffit.

Le reste du personnel avait plié bagage et levé le camp pour la journée. À présent, il ne restait plus que Rebus et la patronne de Sammy, Mae Crumley. Une demi-douzaine de lampes de bureau éclairaient un local mal agencé, situé au sommet d'un vieil immeuble de quatre étages aux abords de Palmerston Place. Rebus connaissait Palmerston Place. Il s'y trouvait une église où les Alcooliques anonymes organisaient des réunions. Il avait assisté à deux ou trois d'entre elles. Il avait encore le goût du whisky au fond de la gorge. Certes, il n'y avait pas touché de la journée, en tout cas pas depuis le lever du jour. Mais il n'avait pas appelé Jack Morton non plus.

L'adresse était plus sélecte qu'il ne s'y attendait, mais les lieux étaient encombrés. Comme le plafond était mansardé, on ne pouvait se tenir debout dans la moitié de l'espace disponible. Mais cela n'avait pas empêché de fourrer des tables de travail dans les coins les plus incongrus.

– C'est lequel, son bureau ? demanda Rebus.

Mae Crumley lui montra le meuble voisin du sien. Il y avait un ordinateur quelque part, dont on n'apercevait que l'écran. Des feuilles de papier dispersées, des livres, des brochures et des rapports, le tout éparpillé sur la chaise et, de là, par terre.

– Elle travaille trop, dit Crumley. C'est notre cas à tous.

Rebus avala le café qu'elle lui avait fait. De l'instantané.

– Quand Sammy est arrivée, poursuivit-elle, la première chose qu'elle a dite, c'est que son père était inspecteur de police. Elle n'en faisait pas mystère.

– Et vous avez eu des scrupules à la recruter à cause de ça ?

– Pas du tout.

Elle croisa les bras. Elle avait des bras lourds, de longs cheveux d'un roux ardent, frisés et retenus en arrière par un ruban noir. C'était une forte femme. Elle portait une chemise de lin naturel avec une veste en jean par-dessus. Ses sourcils étaient épilés, formant deux fins arcs de cercle au-dessus des yeux gris pâle. Son bureau était relativement rangé, mais, comme elle le lui expliqua, c'était seulement parce qu'elle avait tendance à rester plus tard que les autres.

– Et ses clients ? demanda Rebus. L'un d'eux pourrait-il avoir une dent contre elle ?

– Contre elle ou contre vous ?

– Contre moi *à travers* elle.

Crumley réfléchit à cette idée.

– Au point de l'écraser histoire de se faire entendre ? J'en doute.

– J'aimerais quand même voir la liste de ses clients.

– Non, écoutez..., dit-elle avec réticence. Vous ne devez pas faire ça. C'est trop personnel, vous le savez. Après tout, à qui je m'adresse : au père de Sammy ou au flic ?

– Vous croyez que j'ai un compte à régler ?

– Et ce n'est pas le cas ?

Rebus reposa sa tasse vide.

– Admettons.

– C'est pourquoi ce n'est pas une chose à faire. (Elle soupira.) Tout ce que je souhaite, c'est voir Sammy remise sur pied et de retour ici. Mais bon, il n'y a pas de mal à ce que je fouine un peu d'ici là. J'ai plus de chance que vous de les amener à parler.

– Je suis sensible à votre geste, fit-il et il se leva. Merci pour le café.

Dehors, il vérifia la liste que l'église des buveurs de flotte lui avait remise. Il la gardait dans la poche et ne la consultait que rarement. Il y avait une réunion à Palmerston Place dans environ une heure et demie. Ce n'était pas bon. S'il devait poireauter, il irait dans un pub. Jack Morton l'avait parrainé pour son inscription à l'association, mais les réunions ne lui plaisaient pas trop, même si les histoires qu'il y avait entendues l'avaient touché.

– Vous comprenez, avait raconté un membre du groupe, j'avais des problèmes au boulot, des problèmes avec ma femme, des problèmes avec mes gosses. J'avais des problèmes financiers et des problèmes de santé et Dieu sait quoi encore. La seule chose pratiquement qui ne posait pas de problème, c'était l'alcool. Et c'était parce que j'étais un alcoolique.

Rebus alluma une cigarette et prit sa voiture pour rentrer.

Assis dans son fauteuil, il songeait à Rhona. Ils avaient partagé tant de choses durant toutes ces années… et pffuit, plus rien. Il avait fait passer son boulot avant son mariage, ce qui n'était pas pardonnable. La dernière fois qu'il l'avait vue, c'était à Londres, et déjà, elle s'était glissée dans sa nouvelle vie comme dans une armure. Personne n'avait pris de gants pour l'avertir de la présence de Jackie Platt. Le téléphone retentit et il le souleva du sol.

– Allô ? Rebus à l'appareil.

– C'est Bill.

Pryde avait un ton légèrement emballé, ce qui était un record pour lui.

– Qu'est-ce que vous avez ?

– Une Rover 600 vert foncé… je crois que le propriétaire l'a qualifiée de « vert sapin »… fauchée hier soir environ une heure avant la collision.

– Où ?

– Le parcmètre sur George Street.

– Qu'est-ce que ça vaut, d'après vous ?

– À mon avis, il faut rester en éveil. Cela dit, maintenant au moins, nous avons un numéro d'immatriculation. Le proprio a signalé le vol à dix-huit heures quarante hier. Comme on n'a toujours pas remis la main dessus, j'ai lancé un avis de recherche.

– Donnez-moi le numéro.

Pryde lui dicta les lettres et les chiffres. Rebus le remercia et raccrocha. Il pensa à Danny Simpson, largué devant Fascination Street, plus ou moins à l'heure où Sammy se faisait renverser. Une coïncidence ? Ou un double message, à l'adresse de Telford et de Rebus ? Ce qui replaçait le Gros Ger Cafferty dans le tableau. Il appela l'hôpital et on lui dit que l'état de Sammy était toujours stationnaire. Farlowe était sur place. L'infirmière précisa qu'il avait son ordinateur avec lui.

Rebus revit Sammy à différents âges, une succession d'images isolées. Il n'était jamais là quand on avait besoin de lui. Il la vit dans une série d'impressions rapides, saccadées, comme des séquences montées à la hâte. Il s'efforça de ne pas penser à l'enfer qu'elle avait vécu entre les mains de Gordon Reeve.

Il vit de braves gens qui faisaient du mal et de mauvaises gens qui faisaient le bien, et il tenta de les scinder en deux groupes. Il vit défiler Candice, Tommy Telford, l'Albinos. Et englobant le tout, il vit Édimbourg. Et il vit la majorité des gens qui continuaient à vaquer à leurs occupations et il leur rendit hommage. Ces gens-là *savaient* et éprouvaient des choses, des choses qu'il n'éprouverait jamais. Avant, il croyait en savoir un rayon. Enfant, il savait tout. Maintenant, il en était revenu. Nul ne pouvait être sûr de rien sauf de ce qui se trouvait à l'intérieur de son propre crâne – et encore, cela aussi pouvait se révéler trompeur. Je ne me connais pas moi-même, se dit-il. Alors comment pouvait-il espérer connaître Sammy ? Et chaque année, il la comprenait de moins en moins.

Il songea à l'Oxford Bar. Même au régime sec, il en était resté un pilier, même s'il ne descendait plus que du Coca ou du café. Un pub tel que l'Ox représentait tellement plus que la gnôle. C'était une thérapie et un havre, une distraction et un art. Il regarda sa montre en se disant qu'il avait encore le temps d'y faire un saut. Deux ou trois whiskys et une bière, quelque chose qui l'aiderait à se supporter lui-même jusqu'au matin.

Le téléphone sonna de nouveau. Il décrocha.
– Bonsoir, John.
Le sourire large, Rebus se cala dans son fauteuil.
– Putain, Jack, tu es champion pour la télépathie…

14

En milieu de matinée, Rebus traversait le cimetière. Il était allé à l'hôpital pour voir Sammy – état toujours stationnaire. Maintenant, il lui restait du temps à tuer…

– La température s'est rafraîchie aujourd'hui, n'est-ce pas, inspecteur ?

Joseph Lintz se releva et remonta ses lunettes sur l'arête de son nez. Il avait des taches d'humidité sur son pantalon là où il s'était agenouillé. Il laissa tomber sa truelle sur un sac en plastique blanc. Près du sac se trouvaient des petites plantes en pots.

– Elles vont geler, non ? s'enquit Rebus. Visiblement, Lintz s'en fichait.

– C'est aussi ce qui nous guette et ça ne nous empêche pas de fleurir avant.

Rebus se détourna. Aujourd'hui, il n'était pas d'humeur à s'amuser. Le cimetière de Warriston était vaste. Dans le passé, il avait représenté une formidable leçon d'histoire pour Rebus, car les pierres racontaient l'histoire d'Édimbourg au XIXe siècle. Mais maintenant, il y voyait un rappel discordant de la mort. À part son compagnon et lui, pas âme qui vive en ces lieux. Lintz avait sorti un mouchoir de sa poche.

– D'autres questions ? demanda-t-il.

– Pas exactement.

– Quoi alors ?

– À vrai dire, monsieur Lintz, j'ai d'autres soucis en tête.

Le vieil homme l'observa.

– Est-ce que toutes ces recherches archéologiques ne commenceraient pas à vous casser les pieds, inspecteur ?

– Je ne comprends toujours pas. Pourquoi planter avant les premières gelées ?

– Voyons, je ne risque pas de le faire après, n'est-ce pas ? Et à mon âge... je peux me retrouver sous terre d'un jour à l'autre. Ça me plaît de penser qu'il y aura au-dessus de moi des fleurs qui me survivront.

Il avait vécu près d'un demi-siècle en Écosse, mais il y avait toujours quelque chose qui pointait sous l'accent local, des bizarreries dans le phrasé et l'intonation qui ne le quitteraient pas jusqu'à la mort, le rappel d'un passé beaucoup plus lointain.

– Alors, pas de questions aujourd'hui ? insistait-il à présent. (Rebus fit signe que non.) Vous avez raison, inspecteur, vous avez effectivement l'air soucieux. Est-ce que je puis vous être utile ?

– De quelle manière ?

– Je ne sais pas vraiment. Mais vous êtes venu ici, avec ou sans questions. J'imagine qu'il y a une raison à cela ?

Un chien bondit entre les hautes herbes, pataugeant dans les feuilles mortes, la truffe au ras du sol. C'était un labrador jaune, gras, le poil court. Faisant volte-face, Lintz faillit montrer les dents. En face de lui, c'était l'ennemi.

– Je me demandais justement de quoi vous seriez capable, dit Rebus.

Lintz eut l'air déconcerté. Le chien commença à gratter la terre. Lintz se baissa, prit une pierre et la lui jeta. Elle n'atteignit pas le chien. Le maître du labrador tournait le coin du chemin. Il était jeune, efflanqué et les cheveux ras.

– Cet animal devrait être tenu en laisse ! rugit Lintz.

– *Jawohl !* rétorqua l'autre en claquant les talons et il poursuivit sa route en rigolant.

– Désormais, je suis une célébrité, remarqua Lintz pareil à lui-même après ce coup d'éclat. Grâce aux journaux. (Il observa le ciel un instant et cligna des yeux.) Les gens m'adressent des messages de haine par la poste de Sa gracieuse Majesté. Une automobile était garée devant chez moi l'autre nuit... on a balancé une brique dans le pare-brise. Je n'ai pas de voiture, mais ils ne pouvaient pas le savoir. Maintenant, mes voisins évitent de stationner à cet endroit, on ne sait jamais.

Il parlait comme les vieilles personnes, un peu las, un peu découragé, un peu abattu.

– C'est la pire année de ma vie.

Il contempla la plate-bande qu'il venait de planter. La terre, récemment retournée, semblait sombre et grasse, pareille à des pépites de gâteau au chocolat. Des vers et des cloportes qu'il avait dérangés étaient encore à la recherche de leurs anciens logis.

– Et ça va aller de mal en pis, n'est-ce pas ?

Rebus haussa les épaules. Il avait froid aux pieds, l'humidité pénétrait par ses semelles. Il se tenait sur le chemin rocailleux et pourtant Lintz, juché dans l'herbe une quinzaine de centimètres plus haut que lui, n'arrivait toujours pas à sa hauteur. Un petit vieux, il n'était plus que ça. Et Rebus pouvait l'observer, lui parler, aller chez lui et voir ce qui avait survécu de ses photographies du temps passé – s'il fallait l'en croire.

– Que vouliez-vous dire tout à l'heure ? demanda-t-il. Qu'est-ce que vous avez dit déjà ? Quelque chose à propos de ce dont je serais capable ?

– C'est bon, répondit Rebus après un moment. Le chien m'a permis de me rendre compte.

– De quoi ?

– À quoi vous ressemblez devant l'ennemi.

Lintz sourit.

– Je déteste les chiens, j'en conviens. N'en tirez pas trop de conclusions, inspecteur. Laissez ça aux journalistes.

– Votre vie serait plus facile sans les chiens, hein ?

– Bien sûr, reconnut Lintz avec un haussement d'épaules.

– Et plus facile sans moi aussi ?

Lintz plissa le front.

– Si ce n'était pas vous, ce serait quelqu'un d'autre, un butor dans le genre de votre inspecteur Abernethy.

– Qu'est-ce qu'il voulait vous faire comprendre, à votre avis ?

– Je n'en sais rien, fit Lintz en pinçant les lèvres. Quelqu'un d'autre est venu me voir. Un certain Levy. J'ai refusé de lui parler, j'ai encore ce privilège.

Transi, Rebus battait la semelle pour essayer de se réchauffer les pieds.

– J'ai une fille, je vous en ai déjà parlé ?

Lintz eut l'air sidéré.

– Peut-être y avez-vous fait allusion.

– Vous saviez que j'avais une fille ?

– Oui… enfin, je crois que je le savais déjà.

– Eh bien, monsieur Lintz, avant-hier soir, quelqu'un a tenté de la tuer ou, au moins, de la blesser grièvement. Elle est à l'hôpital, encore sans connaissance. C'est ça qui me turlupine.

– Oh, vous me voyez désolé. Comment ?… Enfin, comment vous ?…

– Je pense que quelqu'un voulait m'envoyer un avertissement.

Le vieux bonhomme écarquilla les yeux.

– Et vous me croyez, moi, capable d'une chose pareille ? Mon Dieu, je pensais que nous étions parvenus à nous comprendre, au moins un peu.

Rebus réfléchissait. Il se demandait à quel point il était facile de jouer la comédie quand on avait un demi-siècle de pratique quotidienne. Il se demandait à quel point il était facile de s'endurcir pour tuer un innocent… ou au moins ordonner sa mort. Il suffisait de donner un ordre. Quelques mots à une tierce personne qui exécuterait votre ordre. Peut-être que Lintz en était capable. Peut-être que ce n'était pas plus difficile que pour Josef Linzstek.

– Il y a une chose que vous devriez savoir, déclara Rebus. Les menaces ne m'impressionnent pas. Exactement le contraire.

– Bravo, je vous félicite pour votre force. (Rebus chercha le sens derrière les mots.) Je vais rentrer chez moi. Puis-je vous offrir une tasse de thé ?

Rebus le raccompagna en voiture et s'assit au salon pendant que l'autre s'activait dans la cuisine. Il se mit à feuilleter une pile de livres sur un bureau.

– L'histoire ancienne, inspecteur, expliqua Lintz qui revenait avec le plateau. (Il refusait toujours de l'aide.) Un autre de mes dadas. Je suis fasciné par le point de rencontre entre l'histoire et la fiction. (Les ouvrages étaient consacrés à Babylone.) Babylone est un fait historique, par exemple, mais qu'en est-il de la Tour de Babel ?

– Une chanson d'Elton John ? proposa Rebus.

– Encore une pirouette, remarqua-t-il en levant les yeux. Vous avez peur de quoi ?

Rebus prit l'une des tasses.

– J'ai entendu parler des jardins suspendus de Babylone, reconnut-il en reposant le livre. Quels sont vos autres passe-temps ?

– L'astrologie, le paranormal, l'inconnu.

– Vous avez des expériences dans ce domaine ?

– Non, fit Lintz qui eut l'air de trouver l'idée divertissante.

– Ça vous plairait ?

– De voir se « matérialiser » sept cents villageois français, par exemple ? Non, inspecteur, pas du tout. C'est par l'astrologie que je suis arrivé en premier aux Chaldéens. Ils venaient de Babylone. Vous avez entendu parler de la numérologie babylonienne ?

Lintz avait l'art de tourner la conversation selon sa fantaisie. Rebus n'allait pas se laisser dévier de sa route cette fois encore. Il attendit que Lintz ait porté la tasse à ses lèvres.

– Est-ce que vous avez essayé de tuer ma fille ?

Lintz interrompit son geste, prit le temps d'aspirer une gorgée du breuvage et d'avaler.

– Non, inspecteur, prononça-t-il calmement.

Ce qui laissait en piste Telford, Tarawicz et Cafferty. Rebus pensa à Telford, entouré de sa Famille mais qui crevait d'envie de jouer dans la cour des grands. Quelle différence entre une guerre des gangs et une autre ? On avait des troupes et on leur donnait des ordres. Le soldat devait faire ses preuves ou perdre la face, et alors c'était un dégonflé, une lopette. Abattre un civil ou écraser un piéton… Rebus se rendit compte que ce n'était pas tant le chauffard qu'il voulait que celui qui avait donné l'ordre, le cerveau. Lintz s'était porté au secours de Linzstek en disant que le jeune lieutenant était sous des ordres, que le vrai coupable, c'était la guerre. Comme si les humains n'avaient pas voix au chapitre.

– Inspecteur, vous croyez, vous, que je suis Linzstek ? questionna le vieil homme.

Rebus acquiesça, flegmatique.

– Je sais que vous l'êtes.

– Alors, arrêtez-moi, fit l'autre avec un sourire narquois.

– Tiens, voilà notre incorruptible puritain ! clama le père Conor Leary. D'attaque pour s'envoyer une dive bouteille de Guinness irlandaise ? (Il s'interrompit, paupières plissées.) À moins que vous ne fassiez encore votre crise d'abstinence ?

– J'essaie, admit Rebus.

– Bon, alors je ne veux pas vous tenter, concéda Leary en souriant. Pourtant, vous me connaissez, John. Je ne juge pas, mais une petite goutte n'a jamais fait de mal à personne.

– Le problème, c'est qu'à force de mettre des tas de petites gouttes ensemble, on finit par avoir une sacrée descente.

Le père Leary s'esclaffa.

– Mais ne sommes-nous pas tous le fruit de la chute ? Allons, entrez donc.

Le père Leary était le prêtre de Notre-Dame de l'Entraide Perpétuelle. Des années auparavant, quelqu'un avait dégradé la pancarte extérieure de manière à transformer le mot « Entraide » en « Enfer ». Le graffiti avait été maintes fois corrigé, mais Rebus y pensait toujours comme à l'« Enfer perpétuel ». C'était ce que les fidèles de Calvin et de Knox [1] auraient pensé. Le père Leary l'entraîna à la cuisine.

– Tenez, mon vieux, asseyez-vous. Ça fait un bail que je ne vous ai pas vu, je croyais que vous m'aviez renié.

Il s'approcha du réfrigérateur et y piocha une canette de Guinness.

– Vous tenez une pharmacie clandestine ? demanda Rebus. (Devant le regard perplexe du père Leary, Rebus indiqua le réfrigérateur.) Les étagères de médicaments…

– À mon âge, on va chez le toubib pour une angine et il vous traite pour tous les maux possibles et imaginables, tonna le père Leary en roulant des yeux. Ils s'imaginent que les vieux ont besoin de ça pour se sentir mieux.

Il apporta un verre à table et le posa à côté de sa canette. Rebus sentit une main s'abattre sur son épaule.

– Je suis sacrément désolé pour Sammy.

– Comment l'avez-vous appris ?

– Son nom figurait dans un des torchons du matin. (Il s'assit.) Un chauffard qui a pris la fuite, à ce qu'on dit.

– Oui, un chauffard qui a pris la fuite, confirma Rebus.

---

1. John Knox, réformateur religieux écossais proche de Calvin, mort en 1572 à Édimbourg.

Le père Leary secoua la tête d'un air las, se frottant lentement d'une main la poitrine. Il devait friser les soixante-dix printemps, bien qu'il n'en parlât pas. Solidement charpenté, la crinière argentée. Des touffes de poils gris lui sortaient des oreilles, des narines et de son col rigide d'ecclésiastique. Sa main recouvrait la canette de Guinness, mais quand il versa la bière, il le fit avec douceur, presque avec vénération.

– C'est une chose terrible, ajouta-t-il calmement. Le coma, c'est ça ?

– Pas tant que les médecins ne l'ont pas dit. (Rebus s'éclaircit la gorge.) Ça ne fait qu'un jour et demi.

– Vous savez ce que disent les croyants comme moi, reprit le prêtre. Quand il arrive une chose pareille, c'est une épreuve, une épreuve qui nous rend plus fort. (La tête sur la Guinness était bien de circonstance. Il prit une lampée et se lécha les babines d'un air songeur.) Ça, c'est ce que nous disons, mais ce n'est peut-être pas ce que nous pensons.

Il plongea le regard dans le liquide ambré.

– Ça ne m'a pas rendu plus fort, je me suis rabattu sur le whisky.

– Je peux le comprendre.

– Jusqu'à ce qu'un ami me rappelle que c'était une solution de facilité, une façon de se dégonfler.

– Et qui dira qu'il a tort ?

– *Faint-Heart and the Sermon* [1], rétorqua Rebus avec un sourire.

– C'est quoi, ça ?

– Une chanson. Mais c'est peut-être nous aussi.

– À d'autres ! Nous sommes juste deux vieux copains qui taillent une bavette. Alors comment vous tenez le coup ?

– Je ne sais pas. (Il se tut.) Je ne crois pas que c'était un accident. Et celui qui est derrière, d'après moi… Sammy n'est pas la première femme à qui il s'en prend. (Il plongea son regard dans celui du prêtre.) Je veux le tuer.

– Mais vous ne l'avez pas fait ?

– Je ne lui ai même pas parlé encore.

– Parce que vous avez peur de ce que vous pouvez faire ?

– Ou ne pas faire.

---

1. « Le cœur défaillant et le sermon ».

Son portable sonna. En s'excusant du regard, il le sortit de sa poche et répondit.

– John, c'est Bill.

– Oui, Bill ?

– La Rover 600 verte.

– Eh bien ?

– On la tient.

La voiture était en stationnement illégal devant le cimetière de Piershill avec, sur le pare-brise, un ticket de parking datant de l'après-midi de la veille. Si quelqu'un s'était donné la peine de vérifier, il aurait trouvé la portière ouverte du côté du chauffeur. Peut-être était-ce le cas, en fait, car l'habitacle était vide, il ne restait ni monnaie, ni plans, ni cassettes. On avait extrait la radiocassette du tableau de bord. La clé de contact n'était pas à sa place. Un camion-grue était arrivé et hissait la Rover à l'aide d'un treuil.

– J'ai demandé à Howdenhall de nous faire une fleur, dit Bill Pryde. Ils ont promis de relever les empreintes dans la journée.

Rebus passait en revue l'avant de la carrosserie, côté passager. Aucune bosse, rien qui puisse indiquer que cette voiture ait servi de bélier contre sa fille.

– Nous aurons peut-être besoin de votre autorisation, John.

– Pour quoi faire ?

– Il faut envoyer quelqu'un à l'hosto pour prendre les empreintes de Sammy.

Rebus considéra le capot, puis il sortit le dessin. Oui, elle avait levé la main. Ses empreintes s'y trouveraient peut-être, invisibles à ses yeux.

– Bien sûr, pas de problème. Vous croyez que c'est la bonne ?

– Je vous le dirai quand on aura le relevé d'empreintes.

– Tu piques une tire, fit Rebus, tu renverses quelqu'un et puis tu la laisses deux kilomètres plus loin… (Il regarda autour de lui.) Vous êtes déjà venu dans cette rue ?

Pryde fit signe que non.

– Moi non plus.

– Quelqu'un du quartier ?

– Je me demande pourquoi on l'a volée pour commencer.

– Pour lui coller une fausse plaque et la revendre, imagina Pryde. Un coin fréquenté par les amateurs de rodéo, peut-être ?

– Les amateurs de rodéo ne laissent pas les voitures dans cet état-là.

– C'est sûr, mais ils ont flippé. Ils venaient de renverser quelqu'un.

– Et ils auraient fait tout ce trajet avant de décider de la bazarder ?

– Peut-être qu'ils l'ont fauchée pour exécuter un boulot précis, se faire une station d'essence. Puis ils ont percuté Sammy et ils ont préféré déserter le navire. Peut-être que le boulot se trouvait dans ce secteur.

– Ou Sammy était le boulot.

Pryde lui posa une main sur l'épaule.

– Attendons d'avoir les conclusions des experts, d'accord ?

Rebus leva les yeux vers lui.

– Vous n'y croyez pas, c'est ça ?

– Écoutez, vous avez cette impression et ça se comprend, mais pour le moment, vous n'avez rien pour l'étayer à part ce qu'un étudiant vous a dit. Il y avait d'autres témoins, John, j'ai procédé à de nouveaux interrogatoires approfondis et ils m'ont tous dit la même chose : le chauffeur n'était apparemment plus maître de son volant, c'est tout.

Il y avait une pointe d'agacement dans sa voix. Rebus savait pourquoi. La galère du boulot.

– Howdenhall vous appellera ce soir ?

– Ils me l'ont promis. Et je vous préviens immédiatement, ça va ?

– Sur mon portable, précisa Rebus. Je vais bouger. (Il jeta un coup d'œil circulaire.) On a entendu parler du cimetière de Piershill récemment, non ?

– Oui, des gosses, confirma Pryde. Ils avaient renversé des pierres tombales.

Ça lui revenait à présent.

– Oui, rien que des tombes juives, c'est ça ?

– Je crois.

Et là, pulvérisé à la bombe sur le mur près des grilles, le même graffiti : *Quelqu'un peut m'aider ?*

Il était tard et Rebus était au volant. Mais pas sur la M90 qui va dans le Fife. Ce soir, il était sur la M8, filant à l'ouest en direction de Glasgow. Il avait passé une demi-heure à l'hôpital, suivie d'une heure et demie avec Rhona et Jackie Platt, qui l'avaient invité à dîner au Sheraton. Il avait changé de costume et de chemise pour l'occasion. Il n'avait pas fumé. Il avait descendu une bouteille de Highland Spring.

On projetait encore d'autres examens pour Sammy. Le neurologue les avait reçus dans son bureau et leur avait énuméré les différentes étapes. Il y aurait probablement une autre intervention pour finir. Rebus avait du mal à se souvenir de ses propos. Rhona avait réclamé cette explication de circonstance, mais ils étaient aussi paumés qu'avant.

Le dîner avait manqué d'entrain. Il s'avéra que Jackie Pratt vendait des voitures d'occasion.

– Tenez, John, vous savez où je fais mes meilleures affaires ? C'est en lisant les nécros. Je prends le journal local et je fais un tour sur place pour voir si le défunt a laissé une bagnole. Et là, je fais une offre en liquide sur place.

– Je regrette, Sammy ne conduit pas, grogna Rebus.

Sur quoi, Rhona avait carrément laissé tomber son couvert sur son assiette. À la fin du repas, elle l'avait raccompagné à sa voiture et lui avait empoigné un bras avec force.

– Attrape ce salaud, John. Je veux le regarder dans les yeux. Coince le salaud qui nous a fait ça.

Elle avait les yeux étincelants et il acquiesça en silence. *Just Wanna See His Face*[1], par les Stones. Lui aussi, c'était ce qu'il voulait.

Rouler le soir sur la M8 était un plaisir, alors que c'était un véritable cauchemar aux heures de pointe. Rebus savait qu'il maintenait une bonne moyenne et qu'il n'allait pas tarder à voir se profiler à l'horizon le contour du domaine de Easterhouse. Quand son téléphone retentit, il ne l'entendit pas tout de suite. La faute à Wishbone Ash. À la fin d'*Argus*, il décrocha.

– Rebus à l'appareil.

– John, c'est Bill.

– Qu'est-ce que vous avez trouvé ?

– Le labo est catégorique. La caisse est couverte d'empreintes, dedans et dehors. Plusieurs jeux. (Il s'interrompit et Rebus crut qu'ils

1. « Je veux juste voir son visage. »

avaient été coupés.) Une super empreinte palmaire avec pouce sur le capot...

– Celles de Sammy ?

– Indiscutablement.

– On tient donc la bagnole.

– Le proprio nous a filé un jeu des siennes pour qu'on puisse l'éliminer. Quand on aura fait ça...

– On n'est toujours pas à l'abri, Bill. Cette chiotte est restée devant le cimetière, ouverte aux quatre vents, on ne sait pas si quelqu'un ne l'a pas cambriolée.

– Le proprio dit que l'ensemble radiocassette était à sa place quand il l'a quittée. Également une demi-douzaine de bandes, un paquet de paracétamol, des notes d'essence et une carte routière. Quelqu'un a donc visité les lieux, que ce soit le salaud qu'on recherche ou un charognard.

– Au moins, on tient la bagnole.

– Je retournerai demain à Howdenhall pour prendre d'autres empreintes et voir si on peut les identifier. Et je vais me renseigner à Piershill pour vérifier si quelqu'un l'a vu se garer.

– Vous pensez à faire un break entre-temps, hein ?

– Essayez voir de m'arrêter, rétorqua Bill Pryde. Et vous ?

– Moi ? (Deux express après dîner. En prévision de ce qui l'attendait...) Je me reposerai bien assez tôt. À demain.

Dans la banlieue de Glasgow, il bifurqua en direction de la prison de Barlinnie.

Il avait téléphoné pour être sûr qu'on l'attendait. C'était largement en dehors des heures de visite, mais Rebus avait inventé une histoire d'enquête sur un meurtre. « Un complément d'interrogatoire », avait-il prétendu.

– À une heure pareille ?

– Vous connaissez la police de Lothian & Borders, mon vieux. Une seule devise : La justice veille.

Morris Gerald Cafferty ne devait guère dormir non plus. Il l'imaginait la nuit, couché les mains sous la tête, les yeux grands ouverts dans le noir.

Montant des combines, mijotant dans son jus.

Échafaudant des plans dans sa tête : comment empêcher son empire de se disloquer, comment contrer des menaces telles que

Tommy Telford. Rebus savait que Cafferty avait recours aux services d'un avocat – un costume trois-pièces entre deux âges originaire du quartier de New Town – pour transmettre des messages à son gang à Édimbourg. Il pensa à Charles Groal, l'avocat de Telford. Groal était jeune et futé, comme son patron.

Il attendait, bras croisés, dans la salle d'audition, sa chaise très à l'écart de la table. Et, bien sûr, il prit l'offensive en appelant Rebus par le surnom qu'il lui avait attribué.

– L'Homme de paille… Quelle délicieuse surprise, deux visites en une semaine. Ne me dites pas que vous avez un autre message du Polak ?

Rebus s'assit en face de Cafferty.

– Tarawicz n'est pas polonais.

Il jeta un coup d'œil vers le gardien qui se trouvait près de la porte et baissa la voix.

– Un autre des gars de Telford s'est fait nettoyer.

– Quelle maladresse !

– C'est tout juste si on ne l'a pas scalpé. Vous voulez la guerre ?

Cafferty rapprocha sa chaise de la table et se pencha en avant.

– Qui me cherche me trouve.

– Ma fille a été blessée. C'est quand même marrant, si vite après notre petite conversation.

– Blessée comment ?

– Un chauffard qui a pris la fuite.

Cafferty réfléchit.

– Je ne touche pas aux civils.

C'est ça, se dit Rebus, sauf qu'elle n'était plus une civile, puisqu'il l'avait attirée sur le champ de bataille.

– À vous de m'en convaincre.

– Pourquoi je m'emmerderais ?

– Cette conversation qu'on a eue… Ce que vous m'avez demandé.

– À propos de Telford ? (Un chuchotement. Cafferty se recula un moment pour cogiter. Quand il se pencha de nouveau, ses yeux vrillaient ceux de Rebus.) Vous oubliez une chose, c'est que j'ai perdu un fils, vous vous rappelez [1] ? Vous croyez que je pourrais faire ça à un père ? Je ferais des tas de choses, Rebus, mais pas ça, jamais.

1. Voir *Causes mortelles.*

Rebus soutint son regard.

– Ça va, dit-il enfin.

– Vous voulez que je me renseigne pour savoir qui c'est ?

Rebus confirma d'un geste.

– C'est votre prix ?

Les paroles de Rhona lui revinrent : *Je veux le regarder dans les yeux.*

– Je veux qu'on me le livre. Faites-le, je paierai le prix.

Cafferty posa les mains sur les genoux et parut prendre son temps pour les disposer.

– Vous savez que c'est sans doute Telford qui l'a fait ?

– Oui, si ce n'est pas vous.

– Et là, vous allez le coincer ?

– Par tous les moyens.

– Mais vos moyens ne sont pas les miens.

– Vous l'aurez peut-être avant moi. Je le veux vivant.

– Et d'ici là, vous êtes mon homme.

Rebus le regarda fixement.

– Oui, fit-il. Je suis votre homme.

15

Rebus fut réveillé de bonne heure le lendemain matin par un appel téléphonique de la brigade de Leith qui lui annonçait la mort de Joseph Lintz. Et la mauvaise nouvelle : sa mort avait tout l'air d'un meurtre. On avait retrouvé le corps pendu à un arbre dans le cimetière de Warriston.

Quand Rebus arriva sur les lieux, on était en train de délimiter le périmètre de sécurité, le docteur ayant conclu que la majorité des suicidés ne prenait pas la peine de s'envoyer un violent coup sur la tête avant de commencer les opérations.

Le cadavre de Joseph Lintz avait été emballé dans une housse. Il le regarda un instant. Il avait déjà vu des cadavres de personnes âgées et la plupart avaient un air merveilleusement serein, le visage brillant et presque enfantin. Mais Joseph Lintz semblait avoir souffert. Il était loin d'inspirer la paix et la sérénité.

– Tu es sûrement venu nous dire merci, l'apostropha un homme qui s'avançait vers lui.

Les épaules voûtées sous un imper marine, il marchait tête baissée et les mains dans les poches. Il avait une épaisse tignasse argentée et rêche, la peau jaunâtre, vestige d'un bronzage dû à un congé d'automne.

– Salut, Bobby, dit Rebus.

Bobby Hogan était un membre de la Brigade criminelle de Leith.

– Pour en revenir à ma remarque antérieure, John…

– Je suis censé te dire merci pour quoi ?

Hogan indiqua du menton le sac mortuaire.

– Pour te débarrasser de M. Lintz. Ne me dis pas que tu prenais ton pied à remuer tout ça ?

– Pas vraiment.
– D'après toi, qui aurait pu souhaiter sa mort ?
Rebus gonfla ses joues et souffla bruyamment.
– Tu veux que je commence par où ?
– Enfin, j'ai raison d'éliminer les causes habituelles, non ? (Hogan leva trois doigts.) Ce n'est pas un suicide, les pickpockets n'ont pas autant d'imagination, et ce n'est sûrement pas un accident.
– Quelqu'un a voulu faire passer un message.
– Mais quel genre de message ?
Les techniciens de la scène du crime s'affairaient, remplissant les lieux de bruit et d'agitation. Rebus fit signe à Hogan de le suivre. Ils étaient au milieu du cimetière, dans la partie que Lintz se plaisait tant à fréquenter. À mesure qu'ils avançaient, l'endroit, envahi par les mauvaises herbes, devenait de plus en plus sauvage.
– J'étais ici avec lui hier matin, expliqua Rebus. Je ne sais pas s'il avait vraiment des habitudes, mais il venait ici presque tous les jours.
– On a trouvé un sac d'outils de jardin.
– Il plantait des fleurs.
– Donc si quelqu'un était au courant, il pouvait être là à l'attendre.
– Tout à fait, admit Rebus. Et ce serait un meurtre.
Hogan réfléchit un instant.
– Mais pourquoi le pendre ?
– C'est ce qui s'est passé à Villefranche. Les notables de la ville ont été pendus sur la place.
– Nom d'une pipe ! soupira Hogan en s'arrêtant. Je sais que tu as d'autres chats à fouetter, mais on aurait besoin de tes lumières. Tu pourrais nous filer un coup de main ?
– Je ferai tout mon possible.
– Une liste des suspects éventuels, ça serait un bon début.
– Que dirais-tu d'une vieille femme habitant en France et d'un historien juif qui marche avec une canne ?
– C'est tout ce que tu as ?
– Bon, il y a moi aussi. Hier je l'ai pratiquement accusé de tentative de meurtre sur ma fille. (Hogan le regarda fixement.) Je ne crois pas que ce soit lui.
Rebus s'interrompit, songeant à Sammy. Il avait appelé l'hôpital dès son réveil. Même si elle n'avait pas repris connaissance, on ne parlait toujours pas de coma.

– Autre chose, reprit-il. La Brigade spéciale, un dénommé Abernethy… Il a fait le déplacement pour s'entretenir avec Lintz.

– Quel rapport ?

– Abernethy coordonne les diverses enquêtes sur les crimes de guerre. C'est un bourrin, ce type, pas le genre rond-de-cuir.

– Un choix bizarre pour ce boulot, non ? (Rebus approuva.) Ce qui n'en fait pas un suspect pour autant.

– Je fais ce que je peux, Bobby. On pourrait visiter la maison de Lintz pour voir si on met la main sur les lettres anonymes qu'il prétendait recevoir.

– Il *prétendait* ?

Rebus haussa les épaules.

– On ne savait jamais où on en était avec lui. Tu as une idée de ce qui s'est passé ?

– D'après ce que tu viens de me dire, j'imagine qu'il est venu ici comme d'habitude effectuer son quart d'heure de jardinage. Il est habillé pour ça, en effet. Quelqu'un devait le guetter. On l'a frappé sur le crâne, on lui a passé la corde au cou et on l'a hissé dans l'arbre. La corde était attachée à une pierre tombale.

– Est-ce que la pendaison l'a tué ?

– Le légiste dit que oui. Des hémorragies dans les yeux. Comment on appelle ça, déjà ?

– Les taches de Tardieu.

– C'est ça. Le coup sur la tête ne visait qu'à l'assommer. Autre chose : des hématomes et des égratignures sur le visage. On dirait qu'on lui a donné des coups de pied quand il était à terre.

– On l'a assommé, bourré de coups et pendu.

– Un sacré compte à régler.

Rebus regarda autour de lui.

– Quelqu'un qui a le goût de la mise en scène.

– Et qui n'a pas eu peur de prendre des risques. L'endroit n'est pas exactement surpeuplé, mais c'est un lieu public et cet arbre est bien en vue. N'importe qui aurait pu passer par là.

– De quelle heure parlons-nous ?

– Huit heures, huit heures et demie. Je suppose que M. Lintz comptait faire ses plantations à la lumière du jour.

– Ça pourrait être plus tôt, envisagea Rebus. Un rendez-vous préalable.

– Alors pourquoi les outils ?

– Parce que quand le jour se lèverait, son rencard terminé, il pourrait faire un brin de jardinage.

Hogan avait l'air dubitatif.

– Et s'il avait un rencard, poursuivit Rebus, on peut en retrouver la trace chez lui.

Le regard de Hogan croisa le sien. Il acquiesça.

– Ma tire ou la tienne ?

– Tu ferais mieux de prendre ses clés d'abord.

Ils remontèrent la pente d'un bon pas.

– Fouiller les poches d'un mort, marmonna Hogan. Pourquoi on ne te parle pas de ça pendant le recrutement ?

– Je suis venu hier, expliqua Rebus. Il m'a invité à prendre un thé.

– De la famille ?

– Aucune.

Hogan considéra l'entrée.

– C'est spacieux. Où va aller le fric quand ce sera vendu ?

Rebus haussa les épaules.

– On pourrait le partager en deux.

– Ou on pourrait carrément y emménager. Le sous-sol et le rez-de-chaussée pour moi, je te cède le premier et le second.

Hogan sourit et poussa une des portes de l'entrée. Elle donnait sur un bureau.

– Ça, ce serait ma chambre à coucher, poursuivit-il en entrant.

– Quand je suis venu ici auparavant, il me conduisait toujours au premier.

– Eh bien, vas-y. On fouille chacun un étage et on échange.

Rebus gravit l'escalier en passant une main sur la rampe vernie : pas un grain de poussière. La femme de ménage pourrait s'avérer une précieuse source d'information.

– Si tu trouves un chéquier, cria-t-il à Hogan, cherche des versements réguliers à la reine du plumeau.

Quatre portes partaient du palier. Deux conduisaient à des chambres, une à la salle de bains. La dernière porte était celle de l'énorme salon, où Rebus avait posé ses questions et écouté les histoires et les digressions philosophiques que Lintz lui servait en guise de réponse.

« D'après vous, inspecteur, la culpabilité tient-elle à un élément génétique ? lui avait-il demandé. Ou nous est-elle enseignée ? Est-elle innée ou est-elle acquise ?

– Est-ce que c'est important du moment qu'elle existe ? » avait répliqué Rebus.

Et Lintz avait hoché la tête avec son sourire narquois, comme s'il accueillait avec satisfaction la réponse d'un élève.

La pièce était vaste, sans trop de mobilier. De hautes fenêtres à guillotine, récemment nettoyées, donnaient sur la rue. Elles étaient encadrées de gravures et de peintures accrochées aux murs. Était-ce des originaux de valeur ou de la camelote ? Rebus n'y connaissait rien. Une des peintures lui plaisait. Elle représentait un vieillard chenu en haillons assis sur un rocher au milieu d'une plaine désertique. Il avait un livre ouvert sur les genoux, mais fixait la nue avec vénération ou effroi tandis qu'une lueur éclatante apparaissait pour l'emporter. La scène avait une allure biblique, mais Rebus ne pouvait la resituer avec précision. Pourtant, il connaissait l'expression sur le visage de l'homme. Il l'avait déjà vue sur le visage d'un suspect dont l'alibi minutieusement combiné venait de s'écrouler.

La cheminée de marbre était surmontée d'un grand miroir dans un cadre doré. Rebus examina son reflet. Il voyait la pièce derrière lui. Décidément, il ne cadrait pas dans le décor.

Il y avait une chambre d'amis, l'autre était celle du maître de maison. Une vague odeur de pommade, une demi-douzaine de flacons de comprimés sur la table de nuit. Des livres aussi, une pile. Le lit avait été fait, une robe de chambre dépliée dessus. Lintz était un homme d'habitudes. Et ce matin-là, il n'était pas particulièrement bousculé.

À l'étage supérieur, Rebus trouva deux chambres d'amis et un cabinet de toilettes. Il régnait dans l'une une vague odeur d'humidité et le plafond était taché. Comme Lintz ne devait pas avoir beaucoup de visiteurs, rien ne le poussait à refaire les peintures. De retour sur le palier, il vit qu'une des rampes manquait. Elle était posée contre le mur en attendant d'être réparée. Dans une maison de cette taille, il y avait toujours des travaux à faire.

Il redescendit. Hogan était au sous-sol. La cuisine avait une porte donnant sur un jardin, avec terrasse, pelouse jonchée de feuilles mortes, et un mur couvert de lierre garantissant l'intimité des lieux.

– Regarde ce que j'ai déniché, annonça Hogan en revenant de l'arrière-cuisine. Il tenait un morceau de corde effilochée à une extrémité.

– Tu crois que ça peut correspondre au nœud coulant ? Ça voudrait dire dans ce cas que le tueur se l'est procurée ici.

– Autrement dit, Lintz le connaissait.

– Et dans la cuisine ?

– Ça va prendre un bout de temps. Il y a un carnet d'adresses avec des tas d'entrées, mais la plupart ont l'air plutôt vieilles.

– Comment tu sais ça ?

– Les indicatifs téléphoniques sont périmés.

– Un ordinateur ?

– Pas même une machine à écrire. Il se servait de carbones, tu imagines. Des tas de lettres manuscrites adressées à son avocat.

– Pour essayer de bâillonner les médias ?

– Tu figures aussi dans le lot deux ou trois fois. Et de ton côté, là-haut ?

– À ton tour, va vérifier. Je vais jeter un œil au bureau.

Rebus grimpa l'escalier et se tint à l'entrée de la pièce, regardant autour de lui. Puis il s'assit derrière le secrétaire en imaginant qu'il se trouvait chez lui… Que fait-il ? Il se livre à ses occupations quotidiennes. Il y a deux classeurs, mais il faut se lever pour y accéder. Or il est vieux. Admettons que les classeurs soient réservés à la correspondance mise au rebut. Le courrier plus récent serait plus à portée de main…

Il essaya les tiroirs et trouva le carnet d'adresses mentionné par Hogan. Quelques lettres. Une petite boîte à tabac, au contenu solidifié. Lintz avait fini par renoncer à ce petit vice aussi. Au fond du tiroir, il y avait quelques dossiers. Rebus souleva celui portant la mention « Frais généraux-maison ». Il contenait des factures et des garanties. Une grosse enveloppe portait l'indication BT [1]. Il l'ouvrit et sortit les factures, qui remontaient jusqu'au début de l'année en cours. La plus récente était sur le dessus. Rebus fut déçu de voir que son contenu n'était pas détaillé. Puis il constata que celles des autres mois comportaient les numéros des correspondants. Lintz était

1. British Telecom.

quelqu'un de méticuleux, qui indiquait les noms en face des appels, vérifiait les comptes des télécoms au pied de chaque feuille. Toute l'année y passait… jusqu'à récemment. Sourcils froncés, Rebus remarqua que l'avant-dernier relevé manquait. L'absence d'une facture aurait menacé de chaos son univers bien ordonné. Elle devait se trouver quelque part.

Mais Rebus voulait bien être pendu s'il arrivait à mettre la main dessus.

La correspondance était purement administrative, ne s'adressant qu'à des avocats ou à des bonnes œuvres et des comités. Il avait envoyé sa démission à ces derniers. Rebus se demanda s'il avait subi des pressions. Édimbourg pouvait se montrer froide et cruelle à l'occasion.

– Alors ? s'enquit Hogan en passant la tête par l'entrebâillement de la porte.

– Je me demandais…

– Quoi ?

– Si on ajoutait un jardin d'hiver pour avoir un accès direct par la cuisine.

– Ça empiéterait sur le jardin, repartit Hogan avant d'entrer. (Il s'appuya contre le bureau.) Du nouveau ?

– Un relevé de téléphone manquant et il a brusquement renoncé à la facturation détaillée.

– Ça vaut la visite, admit Hogan. J'ai trouvé un chéquier dans sa piaule. Les talons indiquent un versement mensuel de soixante livres à un ou une E. Forgan.

– Ça créchait où ?

– Ça servait à marquer sa page dans un bouquin.

Hogan plongea la main dans le tiroir du haut et en sortit le carnet d'adresses. Rebus se releva.

– C'est une rue plutôt cossue. Je me demande combien d'habitants du quartier se passent d'une femme de ménage.

Hogan referma le carnet.

– Pas de E. Forgan là-dedans. Tu crois que les voisins sauront ?

– À Édimbourg, les voisins savent tout. Sauf que le plus souvent, ils ne disent rien.

16

Les voisins de Joseph Lintz comprenaient une artiste et son mari d'un côté, un avocat à la retraite et sa femme de l'autre. L'artiste utilisait les services d'une femme de ménage dénommée Ella Forgan. Mme Forgan habitait dans East Claremont Street. L'artiste leur fournit son numéro de téléphone.

Conclusions des deux auditions : des gens bouleversés et horrifiés par la mort de M. Lintz, l'éloge d'un voisin tranquille et prévenant. Une carte de vœux à Noël et chaque année, une invitation pour boire un verre un dimanche après-midi de juillet. Difficile de dire quand il était chez lui et quand il ne l'était pas. Il partait en vacances sans prévenir personne sauf Mme Forgan. Il recevait peu de visites, du moins on en avait remarqué peu. Ce qui ne veut pas dire la même chose.

– Des hommes ? Des femmes ? demanda Rebus. Ou les deux ?

– Les deux, je dirais, répondit l'artiste en pesant ses mots. À vrai dire, il était d'une discrétion exemplaire quand on pense que nous étions voisins depuis plus de vingt ans…

Tiens, c'était ça aussi, Édimbourg, du moins dans cet îlot bien bourgeois. La fortune, dans cette ville, se devait d'être discrète. Ni voyante ni pittoresque. Bien à l'abri derrière de solides murs de pierre, elle avait la paix.

Rebus et Hogan se consultèrent sur le pas de la porte.

– Je vais appeler la femme de ménage pour voir si je peux la rencontrer, de préférence ici, décréta Hogan avec un dernier coup d'œil à la porte du défunt.

– J'aimerais savoir d'où il a sorti l'argent pour acheter cette baraque, dit Rebus.

– Pour ça, il va falloir creuser un peu.

– Le notaire paraît être le mieux placé pour démarrer, approuva Rebus. Et son carnet d'adresses ? Ça vaudrait la peine de mettre la main sur quelques-uns de ces insaisissables amis. On croirait qu'ils nous jouent l'Arlésienne.

– Sans doute, marmonna Hogan, manifestement peu emballé à cette perspective.

– Je vais exploiter les relevés de téléphone, décida Rebus. Au cas où.

– Et n'oublie pas de me procurer des photocopies de tes dossiers. Tu es très pris, sinon ?

– Bobby, si le temps était de l'argent, je devrais du pognon à chaque prêteur de la ville.

Mae Crumley appela Rebus sur son portable.

– Content que vous ne m'ayez pas oublié, dit-il à la patronne de Sammy.

– J'ai seulement voulu agir avec méthode, inspecteur. Je suis sûre que vous n'en attendiez pas moins. (Rebus s'arrêta au feu rouge.) Je suis allée voir Sammy. Vous avez des nouvelles ?

– Pas grand-chose. Vous avez parlé à ses clients ?

– Oui, et tous ont paru sincèrement bouleversés et surpris. Je regrette de vous décevoir.

– Qu'est-ce qui vous fait croire que je suis déçu ?

– Sammy a un bon contact avec chacun d'eux. Aucun ne lui aurait voulu du mal.

– Et ceux qui préféraient être suivis par un autre membre de votre équipe ?

– Eh bien…, répondit-elle, hésitante. Il y a eu un type… quand on lui a annoncé que le père de Sammy était inspecteur de police, il a refusé catégoriquement d'avoir affaire à elle.

– Comme s'appelle-t-il ?

– Mais ça ne pouvait pas être lui.

– Qu'est-ce que vous en savez ?

– Parce qu'il s'est tué. Il s'appelait Gavin Tay. C'était un vendeur de glaces ambulant…

Rebus la remercia pour son appel et raccrocha. Il récapitula. Si quelqu'un avait tenté d'assassiner Sammy, la question était : pourquoi ? Rebus menait une enquête sur Lintz, et Ned Farlowe le filait. Rebus avait à deux reprises remonté les bretelles de Telford. Ned écrivait un livre sur le crime organisé. Sans oublier Candice… Aurait-elle pu dire à Sammy quelque chose, quelque chose qui aurait pu représenter une menace pour Telford, voire pour cette fripouille d'Albinos ? Rebus n'en savait rien. Il savait que le coupable le plus probable – le plus retors – c'était Tommy Telford. Il se souvenait de leur première rencontre et des paroles du jeune voyou : *Ce qui est génial quand on joue, c'est qu'on peut recommencer après un accident. Dans la vie, c'est pas toujours aussi facile.* À l'époque, il y avait vu une fanfaronnade à l'intention de ses troupes. Maintenant, ses propos résonnaient comme une menace à peine voilée.

Et voilà que venait s'ajouter à la liste M. Taystee, établissant un lien entre Sammy et Telford. Le vendeur de glaces opérait pour le compte des clubs de Telford et il avait refusé Sammy. C'était clair, Rebus devait parler à sa veuve.

Restait un problème. L'Albinos l'avait clairement mis en garde : s'il ne lâchait pas Telford, Candice s'en ressentirait. Il n'arrêtait pas de voir des images de Candice, arrachée à son foyer et à son pays, dont on usait et abusait, et qui s'infligeait à elle-même des sévices dans l'espoir de trouver un répit. Candice s'accrochant aux jambes d'un étranger… Les paroles de Levy lui revinrent : *Le temps peut-il effacer la responsabilité ?* La justice était une belle et noble chose, mais la vengeance… la vengeance était une émotion et tellement plus forte qu'une abstraction telle que la justice. Il se demanda si Sammy souhaiterait se venger. Sans doute que non. Elle voudrait qu'il aide Candice, ce qui voulait dire céder devant Telford. Cela lui paraissait au-dessus de ses forces.

Et à présent, il y avait le meurtre de Lintz, sans rapport direct mais qui trouvait en lui un écho.

« Je ne me suis jamais senti à l'aise avec le passé, inspecteur », lui avait déclaré Lintz.

Et curieusement, Rebus pouvait en dire autant du présent… Joanne Tay habitait à Colinton, un pavillon jumelé assez récent, avec trois chambres et la Mercedes encore garée dans l'allée.

– C'est trop gros pour moi, expliqua-t-elle à Rebus. Je vais devoir la vendre.

Il ne savait pas trop si elle parlait de la maison ou de l'auto. Ayant refusé un thé, il s'assit dans le séjour encombré, des bibelots entassés dans tous les coins. Joanne Tay pleurait encore son mari, jupe et corsage noirs, des cernes sombres sous les yeux. Il l'avait interrogée au tout début de l'enquête.

– Je ne sais toujours pas pourquoi il a fait ça, se lamenta-t-elle, guère disposée à voir la mort de son mari autrement que comme un suicide, même si le labo et les conclusions du légiste permettaient de douter de cette vision des choses.

– Vous avez entendu parler d'un certain Tommy Telford ? l'interrogea-t-il.

– Il dirige une boîte de nuit, non ? Gavin m'y a emmenée une fois.

– Donc Gavin le connaissait ?

– C'est à croire.

Évidemment. M. Tay n'aurait jamais pu installer sa camionnette de hot dogs – « Testez Taystee » – devant la porte de Telford sans le feu vert du boss. Et son feu vert, il ne devait pas l'accorder gratos. Contre un pourcentage, peut-être… ou un service.

– Vous disiez que la semaine avant sa mort, reprit Rebus, Gavin avait beaucoup travaillé ?

– Comme une bête.

– Jour et nuit ? (Elle confirma d'un geste.) Il faisait mauvais, cette semaine-là.

– Je sais. Je lui ai dit : tu n'arriveras jamais à vendre des glaces par un temps pareil ! Il tombait des cordes. Il y est allé quand même.

Rebus changea de position sur sa chaise.

– A-t-il fait allusion à SWEEP, madame Tay ?

– Il y avait une femme de cet organisme qui venait le voir, une rousse.

– Mae Crumley ?

Elle hocha la tête, les yeux fixés sur les faux charbons rougeoyants du radiateur à gaz. De nouveau, elle lui proposa du thé, mais il préféra s'en aller. Ça valait mieux, car il renversa deux bibelots avant d'atteindre la porte.

L'hôpital était tranquille. En poussant la porte de la chambre de Sammy, il remarqua la présence d'un autre lit, dans lequel sommeillait une femme entre deux âges. Les mains posées sur les couvertures et un bracelet au poignet avec son nom, elle était branchée à un appareil. Elle avait la tête bandée.

Deux visiteuses se trouvaient au chevet de Sammy. Rhona et Patience Aitken. Il n'avait pas revu cette dernière depuis un certain temps. Les deux femmes étaient assises côte à côte. Leur chuchotement s'interrompit quand il entra. Il souleva une chaise, qu'il plaça à côté de celle de Patience. Elle se pencha en avant et lui pressa la main.

– Bonjour, John.

Il lui sourit et se tourna vers Rhona.

– Comment va-t-elle ?

– D'après le neurologue, les derniers examens sont très positifs.

– Ça veut dire quoi ?

– Ça veut dire qu'il y a une activité cérébrale. Elle n'est pas dans un coma profond.

– C'est sa version ?

– C'est encourageant. Il pense qu'elle va s'en sortir, John.

Elle avait les yeux injectés de sang. Il remarqua le mouchoir en boule qu'elle serrait dans sa main.

– C'est une bonne chose, approuva-t-il. C'était quel toubib ?

– Le docteur Stafford. Il rentre juste de vacances.

– Je n'arrive pas à m'y retrouver avec eux, marmonna Rebus en se frottant le front.

– Écoute, intervint Patience en regardant sa montre. Je dois vraiment y aller. Je suis sûre que vous deux…

– Reste aussi longtemps que tu veux, lui dit-il.

– Je suis déjà en retard pour mon rendez-vous, en fait. (Elle se leva.) Enchantée d'avoir fait votre connaissance, Rhona.

– Merci, Patience.

Elles se serrèrent la main, un peu empruntées. Alors Rhona se leva et elles s'étreignirent. La gêne disparut instantanément.

– Merci d'être venue.

Patience se tourna vers Rebus. Décidément, la jeune femme était resplendissante. Sa peau avait l'air d'irradier. Elle portait son parfum habituel et avait changé sa coupe de cheveux.

– Merci d'être passée, dit-il.

– Tiens bon, John. Elle va s'en tirer, assura-t-elle.

Elle lui prit les mains dans les siennes et se pencha vers lui. Un baiser sur la joue, un baiser d'amis. Rebus remarqua que Rhona les suivait des yeux.

– John, raccompagne Patience à la sortie, tu veux ?

– Non, ce n'est pas…

– Bien sûr que si, trancha-t-il.

Ils quittèrent donc la chambre et firent les premiers pas en silence. Ce fut Patience qui parla la première.

– Elle est formidable, hein ?

– Rhona ?

– Oui.

Il réfléchit un instant.

– Elle est sensationnelle. Tu as rencontré son amoureux ?

– Il est reparti pour Londres. J'ai… J'ai proposé à Rhoda de venir habiter chez moi. Les hôtels peuvent être si…

Rebus sourit avec lassitude.

– Bonne idée. Après ça, tu n'auras plus qu'à inviter mon frangin et ça te fera la série au complet.

Elle eut une grimace embarrassée.

– J'imagine que ça doit donner l'impression que je vous collectionne.

– Excellent début pour jouer aux sept familles.

Ils étaient près de la porte d'entrée. Elle se tourna vers lui et lui toucha l'épaule.

– John, je regrette vraiment ce qui est arrivé à Sammy. Je ferais tout ce que je peux, tu n'as qu'à demander.

– Merci, Patience.

– Sauf que demander n'a jamais été ton fort, hein ? Tu restes à ronger ton frein en silence en attendant qu'on vienne te chercher. (Elle soupira.) Je ne comprends pas que je puisse te dire une chose pareille, mais tu me manques. Je crois que c'est pour ça que j'ai hébergé Sammy. Si je ne pouvais pas être à tes côtés, au moins je pouvais être auprès de quelqu'un qui t'était proche. Ça tient debout, ce que je dis ? Et toi, c'est là que tu es censé dire que tu ne me mérites pas ?

– Tu as lu le scénario. (Il recula un peu, juste pour pouvoir la regarder en face.) Tu me manques aussi, tu sais.

Toutes ces nuits affalé au bar ou dans son fauteuil, chez lui, les longues balades en voiture à minuit pour trouver un dérivatif quand le sommeil le fuyait. Il avait beau allumer en même temps la télé et la hi-fi, l'appartement restait désespérément vide. Les livres qu'il essayait de lire, en réalisant qu'il avait parcouru dix pages sans avoir rien retenu. Observant par la fenêtre les appartements obscurs de l'autre côté de la rue pour imaginer des vies au repos…

Tout cela à cause d'elle.

Ils s'étreignirent longuement sans rien dire.

– Tu vas être en retard, lui chuchota-t-il.

– John, qu'allons-nous faire ?

– Nous revoir ?

– On dirait un commencement.

– Ce soir ? Chez Mario, à huit heures ?

Elle fit oui et ils s'embrassèrent de nouveau. Il lui pressa la main. Elle tourna la tête pour le regarder tandis qu'elle poussait la porte de l'hôpital.

Still… You Turn Me On [1], par Emerson, Lake and Palmer.

Rebus était un peu étourdi en regagnant la chambre de Sammy. Sauf que ce n'était plus exactement « la chambre de Sammy ». Maintenant, il y avait une autre patiente avec elle. On les avait prévenus de cette éventualité, le manque de place, les restrictions budgétaires… La femme dormait toujours ou était inconsciente et elle respirait bruyamment.

– J'ai un message pour toi, annonça Rhona. De la part du docteur Morrison.

– C'est qui, ce pékin-là, dans le civil ?

– Aucune idée. Mais il aimerait récupérer son tee-shirt.

La goule avec sa faux… Rebus prit Pa Broon et fit tourner l'ours en peluche entre ses mains. Ils restèrent assis un moment en silence, jusqu'à ce que Rhona change de position.

– Patience est vraiment charmante.

– Vous avez pu bavarder toutes les deux ? (Elle acquiesça.) Et tu lui as dit quel mari charmant j'avais été ?

– Tu dois être fou pour avoir rompu.

– La raison n'a jamais été mon fort.

– Sauf que tu savais le voir quand c'était bon pour toi.

---

1. « Tu me fais tourner la tête ».

– Le problème, c'est ce que je vois quand je regarde dans la glace.
– Qu'est-ce que tu vois ?
Il la fixa tristement.
– Parfois, je ne vois rien du tout.

Plus tard, ils firent une pause café en allant à la machine.
– Je l'ai perdue, tu sais, dit Rhona.
– Quoi ?
– Sammy, je l'ai perdue. Elle est revenue ici. Elle est revenue vers toi.
– C'est à peine si on se voit, Rhona.
– Mais c'est ici qu'elle vit. Tu ne comprends pas ? C'est toi qu'elle veut, pas moi.
Elle se détourna en triturant son mouchoir. Il resta près d'elle, incapable de rien trouver à dire. Les mots le fuyaient. Chaque formule lui paraissait creuse, un autre cliché. Il lui toucha la nuque, frotta doucement. Elle baissa un peu la tête sans résister. Un massage. Il y avait eu beaucoup de massages au début de leurs relations. À la fin, il n'avait même pas pris le temps de lui serrer la main.
– Franchement, je ne sais pas pourquoi elle est revenue, Rhona, dit-il enfin. Mais je ne crois pas qu'elle fuyait quelque chose et je ne crois pas non plus que j'avais grand-chose à y voir.
Deux infirmières passèrent en courant, réclamées par une urgence.
– Je ferais mieux d'y retourner, dit Rhona en passant une main sur son visage comme pour retrouver un semblant de sang-froid.
Rebus la raccompagna dans la chambre avant d'annoncer qu'il devait s'en aller. Il se pencha pour embrasser Sammy et sentit le souffle de ses narines sur sa joue.
– Réveille-toi, Sammy, lui chuchota-t-il tendrement. Tu ne peux pas dormir toute ta vie. C'est l'heure de se lever.
Puis, ne voyant aucun mouvement, aucune réaction, il tourna les talons et quitta la pièce.

17

David Levy n'était plus à Édimbourg. Du moins avait-il quitté le Roxburghe. Rebus ne voyait qu'une solution pour le contacter. Assis à sa table de travail, il appela le Bureau des recherches sur l'Holocauste à Tel-Aviv et demanda à parler à Solomon Mayerlink. Celui-ci n'était pas disponible, mais Rebus se présenta et dit qu'il avait besoin de le joindre pour une affaire urgente. On lui communiqua son numéro personnel.

– A-t-on des nouvelles de Linzstek, inspecteur ? s'enquit Mayerlink d'une voix rauque.

– Oui, en un sens. Il est mort.

Silence sur la ligne, puis le bruit d'un soupir dans l'appareil.

– C'est regrettable.

– Vraiment ?

– Quand les gens partent, un petit peu d'histoire part avec eux. Nous aurions préféré le voir au tribunal, inspecteur. Mort, il ne nous sert plus à rien. (Mayerlink s'interrompit.) J'imagine que c'est la fin de votre enquête ?

– Disons plutôt que ça change la nature de l'affaire. Il a été assassiné.

De la friture sur la ligne. Une pause à huit temps.

– Que s'est-il passé ?

– Il a été pendu à un arbre.

Silence plus long sur la ligne.

– Je vois, articula enfin Mayerlink. (Un léger écho accompagnait sa voix.) Vous croyez que les accusations dont il a fait l'objet auraient pu conduire quelqu'un à l'assassiner ?

– Qu'en dites-vous ?

– Je ne suis pas détective.

Mais Rebus savait que Mayerlink mentait. La chasse aux criminels, c'était précisément le but qu'il avait donné à sa vie. Un détective de l'histoire.

– J'ai besoin de parler à David Levy, reprit Rebus. Vous avez ses coordonnées ?

– Il est venu vous voir ?

– Vous le savez fort bien.

– Ce n'est pas aussi simple avec David. Il ne travaille pas pour le Bureau. Il est indépendant. Je lui demande son aide à l'occasion. Tantôt il nous aide et tantôt non.

– Mais vous avez bien un moyen d'entrer en contact avec lui, j'imagine ?

Il fallut à Mayerlink une minute entière pour dénicher les renseignements qu'il lui demandait. Une adresse dans le Sussex et un téléphone.

– David est-il votre suspect numéro un, inspecteur ?

– Pourquoi cette question ?

– Je pourrais vous dire que l'arbre vous cache la forêt.

– L'arbre auquel Joseph Lintz a été pendu ?

– Pouvez-vous vraiment imaginer David Levy en meurtrier, inspecteur ?

La saharienne, la canne…

– Il y en a de toutes sortes, répliqua Rebus en raccrochant.

Il tenta de joindre Levy. Il laissa sonner tant et plus. Il attendit quelques minutes, se prit un café, recommença. Toujours pas de réponse. Il appela alors les British Telecoms et expliqua ce dont il avait besoin. On lui passa la personne idoine.

– Justine Graham à l'appareil, inspecteur. Que puis-je pour vous ?

Rebus lui communiqua les informations sur Lintz.

– Il avait l'habitude de recevoir une facturation détaillée, et brusquement, ça a changé.

Il entendit ses doigts tapoter sur un clavier.

– C'est juste, dit-elle. Le client a demandé qu'on suspende ce service.

– Il a dit pourquoi ?

– Aucun détail à ce sujet. On n'a pas besoin de donner de raison, vous savez.

– C’était quand ?

– Ça fait deux mois. Le client avait demandé la mensualisation de sa facturation il y a plusieurs années.

La mensualisation… Un pointilleux, qui tenait sa comptabilité au mois. Il y avait deux mois – en septembre – l’histoire de Lintz-Linzstek avait éclaté dans la presse. Et brusquement, il ne voulait plus recevoir la transcription de ses appels.

– Vous avez le détail de ses appels, même ceux qui n’ont pas fait l’objet d’une facturation détaillée ?

– Oui, nous devrions disposer de ces éléments.

– J’aimerais en voir la liste. La totalité depuis le premier appel ne figurant pas sur la dernière facturation détaillée jusqu’à ce matin compris.

– C’est là qu’il est mort : ce matin ?

– Oui.

Elle réfléchit.

– Bon, il faut que je vérifie.

– S’il vous plaît. Mais souvenez-vous qu’il s’agit d’une enquête pour meurtre, madame Graham.

– Bien sûr.

– Et vos informations peuvent s’avérer d’une importance capitale.

– J’en suis parfaitement consciente…

– Donc si je pouvais avoir ça avant ce soir ?

Elle hésita.

– Je ne peux pas vous le promettre.

– Ah, une dernière chose. Il manque le relevé de septembre. J’aimerais en avoir un double. Je vais vous communiquer le numéro de fax, pour gagner du temps.

Rebus s’accorda une tasse de café supplémentaire et une cigarette sur le parking pour se récompenser. Qu’elle lui fournisse ou non les renseignements avant la fermeture des bureaux, il était sûr qu’elle ferait de son mieux. Que pouvait-on demander de plus ?

Un autre appel, celui-là à la Brigade spéciale à Londres. Il demanda Abernethy.

– Je vous le passe.

Quelqu’un décrocha. Un grognement pour tout accueil.

– Abernethy ? demanda Rebus.

Quelqu’un se rinçait le gosier. La voix devint plus claire.

– Il est pas là. C'est pourquoi ?
– J'ai vraiment besoin de lui parler.
– Je peux le biper, si c'est urgent.
– Je suis l'inspecteur Rebus, de la police de Lothian & Borders.
– Ah ouais ! Vous l'avez perdu ou quoi ?
Là, Rebus fut estomaqué. Il prit un air faussement blagueur.
– Ben, vous connaissez Abernethy…
– Tu parles ! s'esclaffa l'autre.
– Alors votre aide ne sera pas de refus.
– Ouais, bon. Écoutez, filez-moi votre numéro. Je vais lui dire de vous rappeler.
Vous l'avez perdu ou quoi ?
– Mais vous n'avez aucune idée où je peux le joindre ?
– C'est votre ville, mon pote, pas la mienne. Démerdez-vous.
Il est par ici, se dit Rebus. *Il est là*.
– Je parie que le bureau est peinard sans lui.
Éclat de rire sur la ligne, le bruit d'une cigarette qu'on allume. Puis une longue exhalation.
– C'est comme des vacances. Gardez-le autant que vous voudrez.
– Et ça fait combien de temps qu'il est parti ?
Une pause. Comme le silence se prolongeait, Rebus sentit un changement d'atmosphère.
– C'est quoi, votre nom, déjà ?
– Inspecteur principal Rebus. Je vous demandais seulement quand il a quitté Londres.
– Ce matin, dès qu'il a appris la nouvelle. Alors qu'est-ce que j'ai gagné : le break ou la table roulante ?
Ce fut à Rebus de rigoler.
– Je regrette, j'étais curieux, c'est tout.
– Je ne manquerai pas de le lui dire.
Un déclic, puis le grésillement de la ligne.

Dans l'après-midi, il relança les télécoms, puis refit une tentative chez Levy. Cette fois, une femme décrocha.
– Madame Levy ? Je m'appelle John Rebus. Je me demandais si je pourrais parler à votre mari ?
– Vous voulez dire mon père.
– Ah, excusez-moi. Alors votre père est-il là ?

– Non.

– Vous avez une idée quand… ?

– Strictement aucune, fit-elle, l'air en rogne. Je ne suis que sa cuisinière et sa femme de ménage. Comme si je n'avais pas de vie privée… (Elle se reprit.) Enfin, je vous prie de m'excuser, monsieur… ?

– Rebus.

– Justement, il ne dit jamais pour combien de temps il part en déplacement.

– Il est absent en ce moment ?

– Cela a été le cas pendant presque toute cette quinzaine. Il appelle deux ou trois fois par semaine, demande s'il a eu des appels ou du courrier. Si j'ai de la chance, il me demandera peut-être à moi comment je vais.

– Et comment vous allez ?

Un sourire dans la voix.

– Je sais, je sais, on croirait que je suis sa mère, allez.

– Bon, vous savez, les pères… (Rebus regardait dans le vide.) Du moment qu'on ne leur demande rien, ils s'imaginent que tout baigne et n'iront pas chercher midi à quatorze heures.

– Vous parlez d'expérience ?

– Trop.

Elle réfléchit.

– C'est important ?

– Très.

– Alors donnez-moi votre nom et vos coordonnées, et la prochaine fois qu'il téléphone, je lui dirai de vous appeler.

– Merci, dit Rebus en lui dictant deux numéros : son domicile et son portable.

– C'est noté, dit-elle. Un message ?

– Non, dites-lui juste de m'appeler. (Il réfléchit un instant.) Il a eu d'autres appels ?

– Vous voulez dire de la part de gens qui cherchaient à le joindre ? Pourquoi cette question ?

– C'est seulement… Non, comme ça. (Il ne voulait pas lui dire qu'il était policier pour ne pas l'inquiéter.) Aucune raison, répéta-t-il.

Comme il raccrochait, quelqu'un lui tendit un autre café.

– Cet appareil doit être brûlant.

Il l'effleura du bout des doigts. En effet, il était assez chaud. Puis la sonnerie grésilla et il redécrocha.

– Inspecteur Rebus à l'appareil.

– John, c'est Siobhan.

– Salut, comment va ?

– John, vous vous souvenez du type ?

Le ton de sa voix le mit sur ses gardes.

– Quel type ?

Il n'avait plus envie de rire.

– Danny Simpson. Celui avec le scalp sur ressorts.

– Et alors ?

– Je viens d'apprendre qu'il est séropo. Son généraliste vient d'en informer l'hosto.

Le sang lui giclant dans les yeux, dans les oreilles, dégoulinant dans le cou…

– Pauvre gars, fit-il, flegmatique.

– Il aurait dû prévenir à l'époque.

– Bon, il avait d'autres choses en tête, et certaines risquaient bien de lui filer entre les doigts.

– Bon sang, John, soyez sérieux une minute ! (Elle avait crié assez fort pour que les gens des bureaux alentour lèvent les yeux.) Vous devez faire le test de dépistage.

– Cool, pas de problème. À propos, comment il va ?

– Il est rentré, mais c'est pas la pêche. Et il s'en tient à sa déclaration.

– Dois-je y voir l'influence de l'avocat de Telford ?

– Charles Groal ? Ce type est tellement faux-cul, il en est presque primaire.

– Comme ça, ça vous fera des frais en moins pour la Saint-Valentin.

– Écoutez, appelez l'hosto. Demandez le docteur Jones, elle vous fixera un rendez-vous. Ils peuvent faire le test immédiatement. Encore que ça ne soit pas un résultat définitif, pour ça il faut une incubation de trois mois.

– Merci, Siobhan.

Il raccrocha et tapota le récepteur. Quelle foutue ironie du sort ! Rebus, qui rêvait d'alpaguer Telford, jouait les bons Samaritains pour un de ses sbires, lequel lui collait le sida avant de clamser. Rebus contemplait le plafond.

Bien joué, champion !

Le téléphone retentit de nouveau et Rebus l'empoigna violemment.

– Standard, grogna-t-il.

– C'est toi ?

C'était la voix de Patience Aitken.

– Le seul et l'unique.

– Je voulais juste vérifier que ça tenait toujours pour ce soir.

– Franchement, Patience, je ne suis pas sûr de faire des étincelles ce soir.

– Tu veux annuler ?

– Certainement pas. Mais j'ai un truc à faire. À l'hosto.

– Oui, bien sûr.

– Non, tu n'y es pas. Il ne s'agit pas de Sammy, cette fois. Mais de moi.

– Qu'est-ce qu'il y a ?

Il le lui dit.

Elle vint avec lui. Cela se passait dans le même hôpital où se trouvait Sammy, mais dans un autre service. Ce qu'il voulait éviter à tout prix, c'était de tomber sur Rhona et d'avoir à entrer dans les détails. Par crainte d'une contamination, il avait toutes les chances qu'elle lui interdise d'approcher du chevet de sa fille.

La salle d'attente était blanche, propre. Des tas d'informations sur les murs. Des brochures sur toutes les tables, comme si la documentation était un vrai virus.

– Je dois admettre que c'est très agréable pour une léproserie.

Patience garda le silence. Ils étaient seuls dans la pièce. Quelqu'un à la réception s'était chargé de les accueillir, puis une infirmière était venue lui poser quelques questions. À présent une autre porte s'ouvrit.

– Monsieur Rebus ?

Une grande femme mince en blouse blanche, debout sur le seuil – le Dr Jones, sans doute. Patience prit le bras de Rebus tandis qu'ils avançaient vers elle. À mi-chemin, il tourna les talons et changea d'idée.

Patience le rattrapa dehors et lui demanda ce qui n'allait pas.

– Je ne veux pas savoir, dit-il.

– Mais, John…

– Allons donc, Patience, j'ai juste été éclaboussé par un peu de sang.

Elle fit une moue dubitative.

– Tu dois quand même faire le dépistage, insista-t-elle.

Il se retourna vers le bâtiment.

– Entendu. (Il repartit en sens inverse d'un pas plus mesuré.) Mais une autre fois, d'accord ?

Il était 1 heure du matin quand il regagna Arden Street. Il n'avait pas dîné avec Patience. À la place, ils avaient visité l'hôpital et s'étaient assis avec Rhona. Il avait passé un pacte secret avec le Grand Chef : ramène-la et je jure de ne plus toucher une goutte d'alcool. Il avait reconduit Patience chez elle. Ses dernières paroles avant de le quitter : « Fais ce test. Règle ça une fois pour toutes. »

Comme il fermait sa portière à clé, une silhouette surgit de nulle part.

– Monsieur Rebus, ça fait un sacré bail.

Il reconnut aussitôt le visage chafouin qui lui faisait face : menton fuyant, dents qui se chevauchent, la respiration courte et haletante. La Fouine, un des hommes de main de Cafferty. Il était habillé comme un clodo, un camouflage parfait pour son rôle dans la vie. Il était les yeux et les oreilles de Cafferty dans la rue.

– Faut qu'on parle, monsieur Rebus.

Il avait les mains plongées dans les poches et un manteau en tweed qui aurait convenu à quelqu'un faisant vingt centimètres de plus que lui. Il lança un regard vers la porte de l'immeuble.

– Pas chez moi, trancha Rebus, car certaines choses étaient sacrosaintes.

– On se les gèle ici.

Rebus secoua la tête et la Fouine renifla bruyamment.

– Alors vous croyez que c'était un chauffard ? demanda-t-il.

– Absolument, confirma l'inspecteur.

– Elle était censée mourir ?

– Je n'en sais rien.

– Un pro ne raterait pas son coup.

– Alors c'était un avertissement.

– On pourrait se contenter de voir vos notes.

– Je ne peux pas.

– Je croyais que vous aviez demandé l'aide de M. Cafferty, fit la Fouine avec un haussement d'épaules.

– Je ne peux pas vous donner mes notes. Et si je vous faisais un compte rendu ?

– Ça serait mieux que rien.

– Une Rover 600, volée sur George Street dans l'après-midi. Abandonnée aux abords du cimetière de Piershill. La radio et des cassettes piquées, pas nécessairement par la même personne.

– Des charognards ?

– Ça se peut.

Le petit homme resta songeur.

– Un avertissement… Autrement dit, ça doit être un chauffeur professionnel.

– Exact, approuva Rebus.

– Et pas un des nôtres… Ça ne laisse pas tellement de candidats. Une Rover 600… de quelle couleur ?

– Vert sapin.

– Garée sur George Street ?

Rebus confirma d'un signe.

– Merci. (La Fouine tourna sur ses talons et s'arrêta.) C'est agréable de faire des affaires avec vous, monsieur Rebus.

Rebus était sur le point de répondre, mais il se souvint qu'il avait besoin de la Fouine plus que la Fouine n'avait besoin de lui. Il se demanda combien de couleuvres Cafferty lui ferait avaler… et pendant combien de temps. Toute sa vie ? Avait-il passé un contrat avec le diable ?

Pour Sammy, il était prêt à faire plus encore, pire encore…

Dans son appartement, il se mit le CD de Rock'n'Roll Circus en sautant directement aux morceaux des Stones. Son répondeur clignotait. Trois messages. Le premier était de Hogan.

« Salut, John. C'était juste pour vérifier, pour voir si tu avais eu du nouveau des télécoms. »

Pas avant de quitter le bureau. Message numéro deux : Abernethy.

« C'est encore moi, un vrai pot de colle, quoi. J'ai appris que tu cherchais à me joindre. Je te rappelle demain. Bye. »

Rebus regarda fixement l'appareil, il aurait voulu qu'Abernethy en dise plus, qu'il lui donne une idée de l'endroit où il créchait. Mais la machine était passée au dernier message. Bill Pryde.

« John, j'ai essayé de vous joindre au bureau, j'ai laissé un message. Mais j'ai pensé que vous voudriez savoir, on a les conclusions définitives pour les empreintes. Si vous voulez me rappeler chez moi, faites-le… »

Rebus releva son numéro. Il était 2 heures du matin, mais Bill comprendrait.

Au bout d'une minute ou deux, une femme décrocha. Elle avait l'air complètement vaseux.

– Je m'excuse, dit Rebus. Bill est là ?

– Je vous le passe.

Il entendit un dialogue étouffé, puis l'appareil qu'on soulevait.

– Alors, quoi de neuf pour les empreintes ? demanda-t-il.

– Bon sang, quand j'ai dit que vous pouviez rappeler, ça ne voulait pas dire en pleine nuit !

– C'est important.

– Oui, je sais. Comment elle va ?

– Toujours sans connaissance.

Pryde bâilla.

– Bon, la plupart des empreintes à l'intérieur de la voiture appartiennent au proprio et à sa femme. Mais on a trouvé un autre jeu. Le problème, c'est qu'elles ont l'air d'appartenir à un môme.

– Qu'est-ce qui vous fait dire ça ?

– La taille.

– Il y a un tas d'adultes avec des petites mains.

– Sans doute…

– Vous avez l'air sceptique.

– C'est probablement un des deux scénarios suivants. Primo : Sammy a été renversée par un jeune à bord d'une voiture volée. Deuxio : les empreintes appartiennent à celui qui a nettoyé la bagnole après qu'on l'a abandonnée aux abords du cimetière.

– Le gosse qui a piqué l'autoradio et les cassettes ?

– Par exemple.

– Pas d'autres empreintes ? Pas même partielles ?

– La voiture était propre, John.

– À l'extérieur ?

– Les trois mêmes jeux sur les portières, plus celles de Sammy sur le capot. (Pryde bâilla de nouveau.) Alors vous y croyez toujours, à votre idée de règlement de compte ?

– Ça tient toujours. Un pro porterait des gants.

– C'est ce que je pensais. Mais ceux-là ne courent pas les rues.

– Non, admit Rebus en pensant à la Fouine : *Je traite avec une raclure pour coincer une ordure.*

Ce n'était pas une première, sauf que, cette fois, il avait des motivations personnelles.

Et il ne pensait pas que ça se finirait par un procès.

18

C'était Hogan qui régalait : friands au bacon dans un sac de papier kraft. Ils prenaient leur petit déjeuner dans la salle de brigade de St Leonard. Un QG avait été établi à Leith, et c'était là que Hogan aurait dû se trouver.

Sauf qu'il tenait à récupérer dare-dare les dossiers de Rebus et il savait qu'il valait mieux ne pas compter sur celui-ci pour faire le nécessaire.

– J'ai préféré ne pas t'enquiquiner avec ça.

– Tu es un gentleman, répondit Rebus en scrutant l'intérieur de son friand. Dis-moi, le cochon, c'est une espèce protégée ?

– Je t'en ai chouravé une demi-tranche. (Il sortit de sa bouche un morceau de couenne, qu'il balança dans la corbeille.) C'était pour ton bien, côté cholestérol et le reste.

Rebus posa le friand d'un côté, ingurgita une gorgée d'Irn-Bru – une boisson matinale selon Hogan – et avala. Que représentait le risque de diabète à côté du VIH ?

– Qu'est-ce que tu as tiré de la femme de ménage ?

– Des lamentations. Dès qu'elle a su que son patron avait passé l'arme à gauche, ça a été les grandes eaux. (Hogan frotta ses doigts pour les débarrasser de la farine, ce qui annonçait la fin du repas.) Elle n'a jamais vu ses amis, n'a jamais eu l'occasion de répondre au téléphone, n'avait remarqué chez lui aucun changement récent et ne croit pas qu'il soit un boucher. Citation : « S'il avait tué autant de gens, je l'aurais su. »

– Elle lit dans les boules de cristal ou quoi ?

– Bref, poursuivit Hogan en haussant les épaules, tout ce que j'ai tiré d'elle, c'est une chaleureuse recommandation de bonnes mœurs et le fait que comme elle a été payée à l'avance, elle doit à la succession un remboursement au pro rata.

– Tu tiens ton motif. À qui profite le crime.

Hogan sourit.

– À propos de motifs…

– Tu as quelque chose ?

– L'avocat de Lintz a produit une lettre de la banque de la victime. (Il en remit une photocopie à Rebus.) Il semblerait que notre bonhomme ait fait un retrait en liquide de cinq mille livres il y a dix jours.

– En cash ?

– On a retrouvé dix livres sur lui et une trentaine de biftons à son domicile. Pour les cinq mille sacs, disparus, envolés. Je commence à envisager le chantage.

– Tiens tiens… et son carnet d'adresses ?

– C'est laborieux. Beaucoup de numéros anciens, des gens qui ont déménagé ou qui sont morts. Plus quelques bonnes œuvres, des musées… une galerie d'art ou deux. (Hogan s'interrompit.) Et toi ?

Rebus ouvrit son tiroir et en tira les fax.

– Ça m'attendait ici ce matin. Les appels que Lintz voulait garder secrets.

– Plusieurs appels ou un en particulier ? s'enquit Hogan en parcourant la liste.

– Je viens juste de commencer à me pencher dessus. À mon avis, il y a des interlocuteurs qu'il appelait régulièrement. Ces numéros apparaissent sans doute sur les autres relevés. Nous cherchons des anomalies, les exceptions.

– Logique, approuva Hogan en regardant sa montre. Autre chose que je devrais savoir ?

– Deux choses. Tu te souviens de ce que je t'ai dit concernant l'intérêt de la Brigade spéciale.

– Abernethy ?

– Ouais, j'ai essayé de le joindre hier.

– Alors ?

– D'après son bureau, il était en route pour venir ici. Il était déjà au courant.

– Autrement dit, Abernethy va venir fouiner partout et tu te méfies de lui ? Génial. Qu'est-ce qu'il y a d'autre ?

– David Levy. J'ai parlé à sa fille. Elle ne sait pas où il est. Il est lâché dans la nature.

– Avec une dent contre Lintz ?

– C'est vraisemblable.

– Quel est son téléphone ?

Rebus tapota le dossier du dessus.

– À emporter avec le reste.

Hogan observa la pile d'un pied de haut, l'air lugubre.

– Je l'ai réduit au strict minimum, assura Rebus.

– Mais il y en a pour au moins un mois à potasser tout ça, gémit Hogan.

– À toi de jouer, Bobby, fit Rebus, tranquille.

Hogan parti, Rebus reprit la liste transmise par les British Telecom. Elle était aussi détaillée que possible. De nombreux appels à l'avocat de Lintz, quelques-uns à des compagnies de taxi d'Édimbourg. Rebus composa certains numéros, se trouva en communication avec des bureaux d'œuvres caritatives. Lintz avait dû les appeler pour donner sa démission. Il y avait aussi des appels qui sortaient du lot : le Roxburghe, durée : quatre minutes. L'université d'Édimbourg, trente-six minutes. Le Roxburghe, c'était sans doute pour parler à Levy. Rebus savait que celui-ci avait parlé à Lintz, il le tenait de ce dernier. Lui parler – l'affronter –, c'était une chose. Lui téléphoner à son hôtel en était une autre.

Le numéro de l'université d'Édimbourg mit Rebus en communication avec le standard. Il demanda à être relié à l'ancien département de Lintz. La secrétaire se montra fort utile. Cela faisait vingt ans qu'elle occupait ses fonctions et elle était proche de la retraite. Oui, elle se souvenait du professeur, mais il ne l'avait pas appelée récemment.

– Je suis au courant de chaque appel qui aboutit à ce département.

– Il aurait pu appeler directement un directeur d'études sur son poste ? envisagea Rebus.

– Personne n'y a fait allusion. Vous savez, ici il ne reste plus personne de l'époque du professeur Lintz.

– Il n'est pas resté en contact avec le département ?

– Ça fait des années que je ne lui ai pas parlé, inspecteur. Tellement que je ne m'en souviens plus…

Alors avec qui s'était-il entretenu pendant plus de vingt minutes ? Rebus remercia la secrétaire et raccrocha. Il passa en revue les autres numéros, deux restaurants, un marchand de vin et la station de radio locale. Rebus expliqua à la standardiste ce qu'il cherchait et elle promit de faire de son mieux. Puis il en revint aux restaurants et leur demanda si M. Lintz avait fait une réservation.

Une demi-heure plus tard, les appels commencèrent à affluer. Premier restaurant : une réservation à dîner, un seul couvert. La station de radio : on avait demandé à Lintz de participer à une émission. Il avait répondu qu'il allait réfléchir et avait finalement refusé. Second restaurant : une réservation à déjeuner pour deux couverts.

– Deux ?

– Oui, M. Lintz était accompagné.

– Vous vous rappelleriez par hasard de la personne qui « l'accompagnait » ?

– Un monsieur, assez âgé, je crois… Je regrette, je ne me rappelle plus très bien.

– Il marchait avec une canne ?

– J'aimerais vous aider, inspecteur, mais c'est une maison de fous ici à l'heure du déjeuner.

– Pourtant, vous vous souvenez de Lintz ?

– M. Lintz est un client… enfin, c'était un client.

– Il mangeait seul d'habitude ou avec quelqu'un ?

– La plupart du temps, seul. Ça ne paraissait pas le déranger. Il apportait un livre avec lui.

– Vous vous souviendriez par hasard d'un de ses invités ?

– Je me souviens d'une jeune femme… sa fille peut-être ? Ou sa petite-fille ?

– Quand vous dites « jeune », ça veut dire… ?

– Plus jeune que lui. (Une pause.) Beaucoup plus jeune.

– C'était quand ?

– Je ne m'en rappelle pas trop, répondit-on avec un zeste d'impatience.

– Je vous remercie de votre aide, monsieur. Encore une minute, si vous permettez… Cette femme, l'a-t-il invitée plusieurs fois ?

– Je regrette, inspecteur. La cuisine me réclame.

– Bon, si vous vous souvenez d'autre chose…

– Certainement… Au revoir.

Rebus griffonna quelques notes à la hâte. Un dernier numéro. Il attendit qu'on décroche.

– Ouais ? fit la voix à contrecœur.

– Qui est-ce ?

– C'est Malky. C'est qui, putain ?

– Tommy dit que la nouvelle machine déconne ! gueula une voix à l'arrière-plan.

Rebus raccrocha, la main tremblante. *La nouvelle machine…* Tommy Telford sur sa moto dans l'arcade. Les photos de l'identité judiciaire de la Famille défilèrent dans sa tête : Malky Jordan. Un nez et des yeux minuscules dans une tête comme un ballon. *Joseph Lintz avait parlé à l'un des hommes de Telford ? Il avait appelé le bureau de Telford ?* Rebus composa aussitôt le numéro du portable de Hogan.

– Bobby, dit-il. Si tu conduis, tu ferais mieux de ralentir tout de suite…

Selon Hogan, cinq mille balles cash, c'était bien dans le style de Telford. Du chantage ? Mais où était le rapport ? Autre chose, mais quoi… ?

Le plan de Hogan : parler à Telford.

Selon Rebus, cinq mille livres, c'était assez exorbitant pour un tueur à gages. Quand même, il supputait… Admettons que Lintz ait filé cinq bâtons à Telford pour monter le coup de l'« accident ». Motif : filer la frousse à Rebus, le décourager ? Ça replaçait Lintz dans le décor, en principe.

Rebus avait un autre rendez-vous, lequel devait rester confidentiel. La gare de Haymarket était un lieu parfaitement anonyme. Le banc sur le premier quai… Ned Farlowe l'attendait déjà. Il paraissait éreinté, rongé par l'inquiétude. Ils parlèrent de Sammy pendant quelques minutes. Puis Rebus entra dans le vif du sujet.

– Vous savez que Lintz a été assassiné ?

– Je ne croyais pas qu'on en était encore aux mondanités.

– Nous envisageons un éventuel chantage.

Farlowe eut l'air intéressé.

– Et il aurait refusé de raquer ?

Justement, il avait raqué, se dit Rebus. Il avait raqué et malgré ça, il s'était fait éliminer.

– Écoutez, Ned, tout ça doit rester strictement entre nous. En toute justice, je devrais vous conduire au poste pour vous interroger.

– Parce que je l'ai filé pendant quelques jours ?

– Tout juste.

– Et ça fait de moi un suspect ?

– Ça fait de vous un témoin possible.

Farlowe médita cela.

– Un soir… Lintz est sorti de chez lui et il a passé un coup de fil à la cabine au bout de la rue. Ensuite, il a rebroussé chemin pour rentrer direct à la maison.

Il ne voulait pas téléphoner de chez lui… Avait-il peur d'être sur écoute ? Peur qu'on puisse remonter à son interlocuteur ? Les grandes oreilles, ça c'était le fort de la Brigade spéciale.

– Autre chose, reprit Farlowe. Il a rencontré une femme devant sa porte. Comme si elle le guettait. Ils ont échangé quelques mots. Je crois qu'elle pleurait en repartant.

– Elle était comment ?

– Grande, brune, cheveux courts, bien sapée. Elle avait une serviette avec elle.

– Les vêtements ?

– Euh, une jupe et une veste… un ensemble. À carreaux noir et blanc. Vous savez… chic.

C'était le portrait de Kirstin Mede. Son dernier message téléphonique : *Je ne peux plus faire ça…*

– Il y a quelque chose que je voulais vous demander, enchaînait Farlowe. Cette fille, Candice…

– Oui, eh bien ?

– Vous m'avez demandé s'il y avait eu quelque chose d'inhabituel juste avant que Sammy se fasse renverser.

– Et alors ?

– Eh bien, il y a eu *elle*, non ? (Farlowe le scrutait, paupières plissées.) Elle ne serait pas impliquée là-dedans ?

Rebus considéra le jeune homme, qui secoua la tête avec insistance.

– Merci pour cette confirmation. Qui est-ce ?

– Une des filles de Telford.

Farlowe se releva d'un bond et se mit à arpenter le quai. Quand il vint se rasseoir, ses yeux étincelaient de rage à peine contenue.

– Vous avez osé planquer une des poules de Telford chez votre propre fille ?

– Je n'avais pas franchement le choix. Telford sait où j'habite, alors...

– Vous vous êtes servi de nous ! rageait Farlowe d'une voix sourde. Alors c'est Telford le coupable, hein ?

– Je n'en sais rien, reconnut Rebus, ce qui fit de nouveau bondir l'autre. Écoutez, Ned, je ne veux pas que...

– Très franchement, *monsieur* l'inspecteur, je ne crois pas que vous soyez en position de donner un avis.

Sur quoi, il se tira. Et malgré les appels de Rebus, pas une fois il ne se retourna.

Comme Rebus entrait dans les bureaux de la Brigade criminelle, un avion en papier vira sur l'aile devant lui et s'écrasa contre le mur. Ormiston avait les pieds sur sa table de travail. De la musique country, provenant d'un magnéto posé sur le rebord de la fenêtre derrière le bureau de Claverhouse, faisait un fond sonore. Siobhan Clarke avait tiré une chaise à côté de la sienne et ils parcouraient ensemble un rapport.

– L'équipe n'est pas vraiment au top, à ce qu'on dirait ?

Rebus récupéra l'avion, lui redressa le nez et le renvoya à Ormiston, qui lui demanda ce qu'il venait fabriquer.

– J'assure la liaison, répondit Rebus. Mon chef aimerait qu'on fasse le point.

Ormiston lança un coup d'œil à Claverhouse, qui se balançait sur sa chaise, les mains derrière la tête. Cool.

– Devinez un peu l'événement du jour, l'apostropha ce dernier.

Rebus s'assit en face de Claverhouse en saluant Siobhan d'un signe.

– Comment va Sammy ? demanda-t-elle.

– Pareil, répondit-il.

Devant l'air péteux de Claverhouse, Rebus se rendit compte qu'il pouvait se servir de Sammy, jouer sur la compassion qu'elle inspirait. Pourquoi pas, après tout ? Ne s'était-il pas déjà servi d'elle ? Ned Farlowe ne venait-il pas de le lui reprocher ?

– On arrête la filoche, annonça simplement Claverhouse, renonçant à l'asticoter.

– Pourquoi ?

Ormiston grogna, mais Claverhouse répondit.

– Gros frais, faible rentabilité.

– Des ordres d'en haut ?

– Ça aurait été différent si on avait été sur le point d'avoir un résultat.

– Alors on lui laisse le champ libre ?

Claverhouse haussa les épaules. Rebus se demanda si les nouvelles iraient jusqu'à Newcastle. Jake Tarawicz serait ravi. Il croirait que Rebus avait rempli sa part du contrat. Candice serait à l'abri. Peut-être.

– Du nouveau sur la tuerie du night-club ?

– Rien qui permette de remonter à votre copain Cafferty.

– Ce n'est pas mon copain.

– Comme vous voudrez. Mets la bouilloire en route, Ormie.

Ormiston lorgna vers Clarke avant de quitter sa chaise à contrecœur. Rebus avait attribué la tension dans le bureau à Telford, mais pas une miette. Claverhouse et Clarke faisaient bande à part, pour ne pas dire plus. Ormiston se sentait largué et faisait le gosse en fabriquant des avions en papier pour attirer l'attention. Une vieille chanson sur le statu quo : *Paper Plane*[1]. Ici le statu quo avait été perturbé : Clarke avait usurpé la place d'Ormiston. La nouvelle recrue se trouvait dispensée de faire le thé.

Ormiston en avait ras le cul et Rebus se mettait à sa place.

– J'ai appris que désormais Herr Lintz se balançait de tout, avança Claverhouse.

– Tiens, ce n'est pas un peu éculé, comme blague ?

Le biper de Rebus sonna. L'écran lui indiqua le numéro à rappeler.

Il se servit du téléphone de Claverhouse. Il eut l'impression d'avoir appelé un téléphone public. Des bruits de rue, une circulation intense à proximité.

– Monsieur Rebus ?

Il reconnut instantanément la voix. C'était la Fouine.

---

1. « Avion en papier ».

– Qu'est-ce que c'est ?

– Deux ou trois petites questions. L'autoradio, vous avez une idée de la marque ?

– Sony.

– Avec un système amovible ?

– C'est juste.

– Donc ce qu'on a fauché, c'est l'élément amovible ?

– Exact.

Pendant ce temps, Claverhouse et Clarke, de retour à leur lecture, faisaient semblant de ne pas écouter.

– Et les cassettes ? Vous dites qu'on en a piqué aussi ?

– De l'opéra, *Le Mariage de Figaro* et le *Macbeth* de Verdi. (Rebus ferma les yeux en serrant les paupières pour faire un effort de mémoire.) Et une autre bande avec de la musique de film, des morceaux connus. Et les plus grands succès de Roy Orbison.

Celle-ci appartenait à la femme du propriétaire. Rebus savait à quoi pensait la Fouine. Ceux qui avaient vidé la bagnole allaient tenter de fourguer leur butin en faisant le tour des pubs, ou éventuellement d'un vide-grenier. Les vide-greniers permettaient de débarrasser sa maison pour trois fois rien. Mais mettre la main sur celui qui avait piqué la camelote dans la voiture ouverte ne permettrait pas de coincer le chauffeur… Sauf si le gosse – celui qui avait joué les charognards et dont les empreintes maculaient la voiture – avait *assisté* à la scène. S'il traînait dans la rue, avait vu la voiture s'arrêter sur les chapeaux de roues, un homme en jaillir pour continuer à toute pompe…

Un témoin oculaire, quelqu'un capable de décrire le chauffeur.

– Les seules empreintes qu'on ait sont petites, peut-être celles d'un gosse.

– C'est intéressant.

– Si je peux vous être utile, ajouta Rebus, dites-le-moi.

La Fouine raccrocha.

– Sony, c'est une bonne marque, commenta Claverhouse, en allant à la pêche.

– Du matériel fauché dans une bagnole, éluda Rebus. On a peut-être remis la main dessus.

Ormiston avait préparé le thé. Rebus souleva un siège et vit quelqu'un passer devant la porte ouverte. Laissant choir la chaise, il se précipita dans le couloir et empoigna le type par le bras.

Abernethy virevolta sur lui-même mais, en reconnaissant Rebus, il se détendit.

– Bravo, fiston, dit-il. Tu as bien failli te recevoir mon poing dans les dents.

Il mastiquait avec énergie un morceau de chewing-gum.

– Qu'est-ce que tu fiches ici ?

– Je visite. (Il lorgna par la porte ouverte et s'approcha.) Et toi ?

– Je bosse.

Abernethy lut le panneau sur la porte.

– « Brigade criminelle », déchiffra-t-il à haute voix, l'air goguenard, considérant le bureau et ses occupants. Tiens, tiens, la *Crime*...

Les mains dans les poches, il entra d'un pas nonchalant.

– Abernethy, Brigade spéciale, déclara-t-il en guise de présentation. Cette musique est une vraie trouvaille. Mettez-la pendant les interrogatoires des suspects, ça leur passera l'envie de vivre.

Il souriait en survolant les lieux comme s'il envisageait d'y emménager. La tasse destinée à Rebus attendait sur un coin du bureau. Il l'empoigna et s'en paya une lampée, fit la grimace, recommença à mastiquer. Les trois agents de la Criminelle composaient une sorte de tableau figé. Brusquement, ils faisaient bloc et semblaient former une cellule. Il avait suffi pour ça de la présence d'Abernethy.

En dix secondes.

– Alors vous bossez sur quoi ? (Pas de réponse.) J'ai dû mal lire le panneau sur la porte, minauda Abernethy. C'est plutôt la Brigade du mime.

– On peut faire quelque chose pour vous ? demanda Claverhouse d'une voix égale, le regard mauvais.

– Ch'ais pas. C'est John qui m'a fait entrer.

– Et je te fais ressortir, enchaîna Rebus derechef en lui prenant le bras. (Abernethy se libéra et serra les poings.) Un mot dans le couloir... s'il te plaît.

– Voyons, John. La politesse fait l'homme, susurra Abernethy avec le sourire.

– Et qu'est-ce que ça fait de vous ?

Abernethy tourna lentement la tête et toisa Siobhan Clarke qui venait de parler.

– Moi je suis un brave type avec un cœur en or et trente centimètres bons pour le service, lui balança-t-il avec un rictus salace.

– Qui correspondent aux trente points de votre QI, riposta-t-elle du tac au tac avant de replonger dans sa lecture.

Ormiston et Claverhouse se fendirent la pêche sans trop se retenir pendant qu'Abernethy sortait de la pièce, fumasse. Rebus eut le temps de voir Ormiston tapoter Clarke dans le dos, puis il fonça derrière l'agent spécial.

– La salope, s'exclama Abernethy, qui fonçait vers la sortie.

– C'est une amie.

– Et il paraît qu'on choisit ses amis…, fit-il en secouant la tête, écœuré.

– Qu'est-ce qui te ramène dans le coin ?

– Tu as besoin de poser la question ?

– Lintz est mort. L'affaire est close en ce qui te concerne.

Ils sortirent devant le bâtiment.

– Et alors ?

– Alors, s'obstina Rebus, pourquoi te taper tout ce trajet une deuxième fois ? Qu'est-ce qu'il y avait de si important que tu ne pouvais pas régler par un coup de fil ou un fax ?

Abernethy pila et se tourna vers lui.

– Des détails en suspens.

– Quels détails ?

– Rien, laisse béton.

Abernethy grimaça un sourire pour éluder et sortit sa clé. Comme ils approchaient de sa voiture, il se servit de la télécommande pour déverrouiller les portes et débrancher l'alarme.

– Qu'est-ce que ça cache, Abernethy ?

– Pas de quoi troubler ton joli minois.

Il ouvrit la portière du côté du chauffeur.

– Ça te soulage qu'il soit mort ?

– Hein ?

– Lintz. Qu'est-ce que ça te fait qu'on l'ait assassiné ?

– Ça ne me fait ni chaud ni froid. Il est mort, autrement dit je peux le rayer de ma liste.

– La dernière fois que tu es venu ici, c'était pour le mettre en garde.

– C'est faux.

– Son téléphone était-il sur écoute ? (Abernethy se contenta de grogner.) Tu savais qu'il risquait de se faire tuer ?

– En quoi ça te regarde ? contre-attaqua Abernethy. Je vais te le dire : que dalle. La brigade criminelle de Leith mène l'enquête et toi, tu es out. Fin de l'histoire.

– C'est à cause de la Ratline ? Trop gênant si ça s'étalait au grand jour ?

– Bon sang de merde, qu'est-ce que ça peut te foutre ? Laisse tomber, point barre.

Le Londonien monta dans la voiture et claqua la portière avec rage. Rebus ne bougea pas d'un pouce. Le moteur se mit à tourner, Abernethy ouvrit sa vitre. Rebus était prêt.

– Tu t'es enfilé six cent cinquante bornes juste pour voir s'il restait des détails à fignoler.

– Et alors ?

– En fait il y a un méga-détail, non ? fit Rebus, qui s'interrompit. À moins que tu ne saches qui est le meurtrier de Lintz.

– Je laisse ces affaires-là à des types dans ton genre.

– Tu vas à Leith ?

– Je dois parler à Hogan, grogna Abernethy en regardant fixement Rebus. Tu es un coriace, c'est ça ? Peut-être même un peu égoïste sur les bords.

– Comment ça ?

– Moi, si j'avais une fille à l'hosto, mon boulot serait la dernière de mes préoccupations.

Comme Rebus balançait son poing vers la fenêtre ouverte, Abernethy appuya sur le champignon. Il entendit des pas derrière lui. C'était Siobhan Clarke.

– Bon débarras, fit-elle en regardant la voiture s'éloigner à toute allure. (Un doigt apparut par la vitre. Elle en exhiba deux.) Je n'ai rien voulu dire au bureau…, avança-t-elle.

– J'ai fait le test hier, mentit Rebus.

– Il sera négatif.

– Toujours positive, hein ?

Elle sourit un peu plus longtemps que la blague ne le méritait.

– Ormiston a balancé votre thé en disant qu'il allait désinfecter la tasse.

– Abernethy a cet effet-là sur les gens. (Il la regarda.) N'oubliez pas qu'Ormiston et Claverhouse font équipe depuis des lustres.

– Je sais. Je crois que j'ai une touche avec Claverhouse. Ça passera, mais en attendant…

– Allez-y mollo quand même. (Ils retournèrent en direction de l'entrée.) Et ne vous laissez pas entraîner dans le placard à balais.

19

Rebus retourna à St Leonard pour constater que le bureau se passait fort bien de sa présence, de sorte qu'il repartit pour l'hôpital avec, dans un sac en Nylon, le tee-shirt du Dr Morrison à l'emblème du groupe Iron Maiden. Un troisième lit partageait à présent la chambre de Sammy. Une femme d'un certain âge l'occupait. Bien que réveillée, elle fixait le plafond. Rhona, au chevet de Sammy, lisait un livre.

Il caressa les cheveux de sa fille.

– Comment va-t-elle ?

– Oh, aucun changement.

– D'autres examens sont prévus ?

– Non, pas que je sache.

– Alors c'est tout ? On la laisse comme ça ?

Il approcha une chaise et s'assit. C'était devenu une sorte de rituel, cette veillée au chevet de la malade. On avait une impression presque… le mot « confort » lui vint à l'esprit. Il pressa la main de Rhona, laissa passer une vingtaine de minutes sans dire grand-chose, puis il partit en quête de Kirstin Mede.

Elle était dans son bureau du département de français où elle corrigeait des copies. Elle était assise à un grand bureau devant la fenêtre, mais l'abandonna pour une table basse avec une demi-douzaine de chaises autour.

– Asseyez-vous, dit-elle.

Rebus s'exécuta.

– J'ai reçu votre message.

– Ça n'a plus grande importance maintenant, n'est-ce pas ? Il est mort.

– Kirstin, je sais que vous l'avez rencontré.

Elle lui lança un coup d'œil.

– Pardon ?

– Vous l'avez attendu devant sa porte. La conversation a été agréable ?

Elle piqua un fard. Elle croisa les jambes et tira l'ourlet de sa jupe vers le genou.

– En effet, dit-elle enfin. Je suis allée chez lui.

– Pourquoi ?

– Parce que je voulais le voir de près. (Maintenant, elle le considérait avec défi.) Je pensais que je saurais peut-être en le voyant… à sa tête, à l'expression de ses yeux. Peut-être seulement au son de sa voix.

– Et ç'a été le cas ?

– Non, reconnut-elle, rien de rien. Autant pour les fenêtres de l'âme.

– Qu'est-ce que vous lui avez dit ?

– Je lui ai dit qui j'étais.

– Il a réagi ?

– Oui, fit-elle en croisant les bras. Il a dit texto : Ma chère madame, auriez-vous l'amabilité de foutre le camp ?

– Ce que vous avez fait ?

– Oui, parce que là, j'ai su. Pas s'il était ou s'il n'était pas Linzstek, c'était autre chose.

– Quoi donc ?

– Il était au bout du rouleau. (Elle souligna ses propos d'un mouvement de tête.) Il craquait. (Elle regarda de nouveau Rebus.) Et il était capable de tout.

Le problème avec la surveillance de Flint Street, c'est qu'on avait procédé au vu et au su de tous. Une opération discrète – avec une vraie planque –, voilà ce dont ils avaient besoin. Rebus décida d'aller en reconnaissance.

On accédait aux immeubles situés en face du café et de l'arcade de Telford par une entrée principale. Comme la porte était verrouillée, il pressa une sonnette au hasard, celle portant le nom de

« Hetherington ». Il attendit, sonna de nouveau. Une voix âgée répondit à l'interphone.

– Qui est-ce, je vous prie ?

– Madame Hetherington ? Inspecteur Rebus, je suis votre agent de proximité. Puis-je vous parler de la protection de votre appartement ? Il y a eu quelques cambriolages dans le secteur, surtout chez des personnes âgées.

– Bonté divine, vous feriez mieux de monter.

– Quel étage ?

– Premier.

La porte bourdonna et Rebus la poussa. Mme Hetherington l'attendait sur le pas de sa porte. Elle était minuscule et frêle, mais elle avait le regard vif et les gestes sûrs. L'appartement était petit et bien entretenu. Le salon était chauffé par un radiateur électrique à deux résistances. Rebus s'approcha de la fenêtre et s'aperçut qu'elle donnait en plein sur l'arcade. L'endroit rêvé... Il prétendit vérifier la fermeture des fenêtres.

– Elles paraissent en bon état, marmonna-t-il. Elles sont toujours fermées ?

– Je les ouvre un peu en été, expliqua la brave dame, et quand il faut les nettoyer. Mais je les referme toujours après.

– Je dois vous mettre en garde quand même contre les faux fonctionnaires de police. Des gens viennent sonner chez vous, se font passer pour ceci ou cela. Demandez toujours à vérifier leur identité et n'ouvrez pas avant d'avoir vérifié.

– Comment je peux voir sans ouvrir la porte ?

– Demandez-leur de glisser leurs papiers dans la boîte à lettres.

– Justement, je n'ai pas vu votre plaque, n'est-ce pas ?

– Non, en effet, dit-il en souriant. (Il la sortit et la lui montra.) Certaines imitations sont assez bien faites. Si vous avez un doute, n'ouvrez pas et appelez la police. (Il regarda autour de lui.) Vous avez le téléphone ?

– Dans la chambre.

– Il y a des fenêtres aussi ?

– Oui.

– Je peux jeter un œil ?

La fenêtre de la chambre donnait aussi sur Flint Street. Rebus remarqua la documentation touristique sur la commode, une petite valise posée près de la porte.

– Vous partez en vacances, hein ?

L'appartement vide, il pourrait peut-être y installer une planque.

– Juste pour un week-end prolongé, répondit-elle.

– Un endroit agréable ?

– En Hollande. Ce n'est pas le bon moment pour les champs de tulipes, mais tant pis, j'ai toujours eu envie d'y aller. C'est une plaie d'aller prendre l'avion à Inverness, mais c'est tellement moins cher. Depuis que mon mari est mort… eh bien, je voyage un petit peu.

– Vous n'auriez pas une petite place pour moi dans votre valise ? demanda-t-il en souriant. Cette fenêtre est en bon état aussi. Je vais juste vérifier la porte pour voir si vous avez besoin d'un verrou supplémentaire.

Ils allèrent dans l'étroit corridor.

– Vous savez, dit-elle, nous avons toujours eu beaucoup de chance ici, aucun cambriolage ni rien.

Comment s'en étonner avec Tommy Telford comme proprio.

– Et puis il y a le signal d'alarme, bien sûr…

Rebus regarda le mur à côté de la porte d'entrée. Un gros bouton rouge. Il avait imaginé que c'était l'éclairage du palier ou ce genre de chose.

– Quand quelqu'un vient, n'importe qui, je dois appuyer dessus.

– Et vous le faites ? demanda Rebus en ouvrant la porte.

Deux gros balèzes étaient plantés sur le seuil.

– Oh oui, répondit Mme Hetherington. Toujours.

Pour des truands, ils furent très polis. Rebus leur montra sa carte et expliqua la nature de sa visite. Il leur demanda qui ils étaient et ils répondirent qu'ils étaient « des représentants du propriétaire de l'immeuble ». Cela dit, il connaissait leurs tronches : Kenny Houston et Ally Cornwell. Houston, l'affreux, avait la haute main sur les portiers, et Cornwell, avec sa carcasse de lutteur de foire, était le tape-dur de la bande. Leur petit numéro se déroula avec humour et bonne humeur de part et d'autre. Ils l'escortèrent au rez-de-chaussée. Sur le trottoir d'en face, Tommy Telford, debout devant la porte du café, agitait le doigt. Un piéton traversa la rue dans la ligne de mire de Rebus. Rebus le reconnut trop tard. Il avait la bouche ouverte pour crier, quand il vit Telford baisser la tête en portant les mains à son visage. Il hurlait.

Rebus traversa la rue comme une flèche et força le piéton à se retourner : Ned Farlowe. Un flacon s'échappa de sa main. Les hommes de Telford s'approchaient dangereusement. Rebus resserra sa poigne.

– Cet homme est en état d'arrestation, déclara-t-il. Il est à moi, compris ?

Une douzaine de paires d'yeux le dévisageaient. Et Tommy Telford était à genoux.

– Conduisez votre chef à l'hôpital, ordonna Rebus. Moi, j'emmène celui-ci à St Leonard...

Ned Farlowe était assis sur la banquette dans l'une des cellules. Les murs étaient bleus, maculés de brun du côté de la cuvette des W.-C. Farlowe avait l'air content de lui.

– De l'acide ? grondait Rebus en faisant les cent pas dans la cellule. De *l'acide* ? Vos travaux de recherche ont dû vous monter à la tête.

– Il a eu la monnaie de sa pièce.

Rebus le foudroya du regard.

– Vous ne vous rendez pas compte de la portée de vos actes !

– Si, parfaitement.

– Il va vous tuer.

– Peuh..., fit Farlowe. Vous m'arrêtez ?

– Et comment donc, fiston. Je tiens à vous éviter les ennuis. Si je n'avais pas été là...

Mais il préférait ne pas y songer. Il considéra Farlowe. Il regarda l'amant de Sammy, qui venait d'attaquer Telford de front, le genre d'attaque qui ne rimait à rien.

À présent, Rebus allait devoir redoubler d'efforts. Sinon Ned Farlowe était un homme mort... Et quand Sammy reviendrait à elle, il n'avait pas envie d'avoir ce genre de nouvelle à lui annoncer.

Il retourna à Flint Street, se gara à une certaine distance et poursuivit son chemin à pied. Pas de doute, Telford avait l'endroit dans sa poche. Louer les appartements à des personnes âgées pouvait passer pour un geste charitable, mais tout était conçu en fonction de ses objectifs. Rebus se demanda si Cafferty, à sa place, aurait été assez malin pour avoir l'idée du signal d'alarme. Sans doute que non.

Cafferty n'était pas un sot, mais c'était un instinctif qui, le plus souvent, fonctionnait au flair. Rebus doutait que Tommy Telford ait jamais rien fait sur un coup de tête.

Il passait Flint Street au peigne fin parce qu'il avait besoin de trouver une faille, un maillon faible dans la chaîne qui protégeait Telford. Au bout d'un quart d'heure à se geler dans le vent, il lui vint une meilleure idée. Il appela sur son portable une des sociétés de taxis. Il se présenta et demanda si Henry Wilson était de service. Justement, ça tombait bien. Rebus demanda au standard de transmettre un message à Henry. Pas plus dur que ça.

Dix minutes plus tard, Wilson se pointa. Il lui arrivait de prendre un verre à l'Ox de temps à autre, ce qui avait du reste signé sa perte. Saoul au volant d'un taxi, pensez donc. Heureusement que Rebus s'était trouvé dans les parages pour le tirer d'affaire, de sorte que Wilson lui était désormais redevable à vie. C'était un costaud, une véritable armoire à glace avec des cheveux noirs taillés courts et une longue barbe noire. Le visage rubicond, il portait toujours les épaisses chemises à carreaux des bûcherons. De sorte que, pour Rebus, il était devenu « le bûcheron ».

– Vous avez besoin que je vous dépose ? demanda Wilson tandis que Rebus montait à l'avant.

– La première chose dont j'ai besoin, c'est qu'on pousse le chauffage un max. (Wilson s'exécuta.) Secundo, j'ai besoin de votre taxi comme planque.

– Vous voulez dire qu'on reste ici ?

– Exactement.

– Avec le compteur qui tourne ?

– Vous avez un problème mécanique, Henry. Votre taxi est hors circuit pour le reste de l'après-midi.

– Et moi qui faisais des économies pour Noël…, gémit Wilson.

Le regard de Rebus le réduisit au silence. Le bonhomme soupira et alla pêcher un journal glissé dans la portière.

– Alors aidez-moi à faire mon tiercé, dit-il en le dépliant à la page des courses.

Ils poireautèrent plus d'une heure à l'extrémité de Flint Street et Rebus resta assis à l'avant. Son raisonnement ? Un taxi garé avec un passager à l'arrière aurait l'air suspect. Un taxi garé avec deux mecs à l'avant, on pouvait penser qu'ils faisaient un break ou que c'était l'heure de la relève. Bref, deux chauffeurs de taxi qui taillent une bavette en descendant une Thermos de thé.

Rebus avala une gorgée dans la tasse en plastique et eut un haut-le-cœur. Il y avait une livre de sucre dans la bouteille.

– J'ai toujours eu un faible pour le sucre, expliqua Wilson.

Il avait un paquet de chips ouvert sur les genoux. Arôme : petits oignons au vinaigre.

Enfin, Rebus vit deux Range Rover pénétrer dans Flint Street. Sean Haddow – le comptable de Telford – était au volant de la première. Il se rendit dans l'arcade. À la place du passager, on pouvait voir un énorme ours en peluche jaune. Haddow ressortit, accompagné de Telford. Celui-ci était déjà sorti de l'hôpital. Mains bandées, des morceaux de sparadrap sur le visage comme s'il s'était rasé au sabre ; il n'allait pas laisser une minable attaque à l'acide déranger ses affaires. Haddow tint la porte de derrière pendant que Telford embarquait.

– À nous de jouer, Henry, annonça Rebus. Vous allez me filer ces deux Range Rover. Restez aussi loin derrière que vous voulez. Ces bagnoles sont tellement hautes sur pattes qu'il faudrait un bus à impériale pour qu'on les perde de vue.

Les deux Range Rover quittèrent Flint Street. Le second véhicule transportait les « soldats » de Telford. Rebus repéra Beau-Gosse. Les deux autres étaient de jeunes recrues tirées à quatre épingles, bien habillées, cheveux impeccables. Cent pour cent business.

Le convoi se dirigea vers le centre ville et fit halte devant un hôtel. Telford eut un bref échange avec ses hommes, mais il entra seul dans le bâtiment. Les voitures restèrent sur place.

– Vous entrez ? s'enquit Wilson.

– Je risque de me faire remarquer, constata Rebus.

Les chauffeurs des deux Range Rover étaient sortis et grillaient une sèche, l'œil sur les clients qui entraient et quittaient l'hôtel. Quelques amateurs regardèrent dans le taxi, mais Wilson secoua la tête.

– J'aurais pu me faire de la galette, ici, ronchonna-t-il.

Rebus lui tendit quelques biscuits, que Wilson prit en grognant.

– Génial, s'exclama Rebus entre ses dents.

Wilson regarda vers l'hôtel. Une contractuelle parlait à Haddow et Beau-Gosse. Elle avait sorti son carnet à souches. Ils tapotaient leurs montres en essayant de lui faire du charme. Ils stationnaient sur un espace zébré : interdiction de se garer, même pour une minute.

Haddow et Beau-Gosse levèrent les mains en signe de reddition, s'ensuivit un bref échange, puis retour aux bagnoles. Beau-Gosse fit des gestes circulaires avec la main pour expliquer aux passagers qu'ils allaient faire le tour du pâté de maisons. La contractuelle ne décolla pas d'une semelle tant qu'ils n'eurent pas décanillé. Haddow était sur son portable. Il devait informer le boss de la nouvelle.

Intéressant. Ils n'avaient pas essayé de tordre le bras de l'auxiliaire de police, ni de lui filer un pot-de-vin, ni rien de semblable. Des citoyens respectueux des lois. Les ordres de Telford, sans doute. Là encore, Rebus ne pouvait pas imaginer les hommes de Cafferty cédant si facilement.

– Alors vous y allez ? insista Wilson.

– Ça ne vaut pas le coup, Henry. Telford est déjà monté dans une chambre ou dans une suite. S'il est là pour affaires, ça se fera derrière des portes closes.

– Alors, ça, c'est Tommy Telford ?

– Vous avez entendu parler de lui ?

– Je suis taxi, on entend des rumeurs. Il veut mettre la main sur l'affaire de taxis du Gros Gerry. (Wilson se tut.) C'est pas que le Gros Gerry *ait* une compagnie de taxis à son nom, mais vous me comprenez.

– Vous avez une idée de comment Telford compte s'y prendre pour éjecter Cafferty ?

– En foutant la frousse aux chauffeurs ou en arrivant à les faire changer d'avis.

– Et votre compagnie à vous, Henry ?

– Honnête, légale et correcte, monsieur Rebus.

– Aucune manœuvre d'approche de la part de Telford ?

– Pas pour le moment.

– Tiens, les revoilà.

Ils regardèrent les deux Range Rover ressurgir dans la rue. Aucun signe de la contractuelle. Quelques minutes plus tard, Telford sortit de l'hôtel, accompagné d'un Japonais aux cheveux hérissés et vêtu d'un costume bleu-vert brillant. Malgré la serviette qui pendait à son bras, il n'avait rien d'un homme d'affaires. Peut-être était-ce les lunettes de soleil, portées à l'heure du crépuscule ? Ou bien le mégot pendu à la commissure des lèvres tombantes… Les deux hommes s'engouffrèrent à l'arrière de la voiture de tête. Le Japonais se pencha en avant et ébouriffa les oreilles de l'ours en peluche en sortant une vanne. Telford n'eut pas l'air de rigoler.

– On les suit ? interrogea Wilson.

En voyant l'expression de Rebus, il mit le contact sans traîner.

Ils roulaient en direction de la banlieue ouest. Rebus avait déjà un vague soupçon de leur ultime destination, mais il voulait savoir quel trajet ils empruntaient. En fin de compte, ce fut plus ou moins celui qu'ils avaient pris avec Candice. Elle n'avait rien reconnu jusqu'à Juniper Green, mais il n'y avait guère de repères. Sur Slateford Road, la deuxième voiture fit signe qu'elle s'arrêtait.

– Je fais quoi ? demanda Wilson.

– Vous continuez. Tournez à gauche dès que vous le pouvez et faites demi-tour. On va attendre qu'ils nous dépassent.

Haddow était entré chez un marchand de journaux. Même numéro qu'avec Candice. Curieux qu'au cours d'un déplacement d'affaires, Telford permette qu'on s'arrête. Et ce bâtiment qui, d'après Candice, avait le don de le fasciner ? Le voilà : un édifice en brique anonyme. Un entrepôt, peut-être ? Rebus pouvait imaginer mille raisons pour lesquelles un entrepôt intéresserait Tommy Telford. Haddow passa trois minutes dans le magasin, Rebus le chronométra. Comme personne d'autre n'en sortit, c'est qu'il n'avait pas fait la queue. Retour à la voiture et le petit cortège reprit la route. Ils allaient à Juniper Green et, après quoi, le Poyntinghame Country Club. À quoi bon traîner plus lontemps ? Plus ils s'éloignaient de la ville, plus le taxi risquait d'être repéré. Rebus dit à Henry de rebrousser chemin.

Il se fit déposer à l'Oxford Bar. Wilson descendit sa vitre en redémarrant.

– Alors, on est quittes, cette fois ? cria-t-il.

– Jusqu'à la prochaine, Henry, lança Rebus en poussant la porte du pub.

Juché sur un tabouret, avec la télévision et Margaret la barmaid pour compagnie, Rebus commanda un café plus un friand au corned-beef et à la betterave. Comme plat principal, Margaret lui conseilla le chausson à la viande.

– Excellent choix, approuva Rebus.

Il pensait au businessman japonais. Qui avait l'air de tout sauf d'un homme d'affaires. Un corps sec et nerveux, des traits burinés. Requinqué, Rebus quitta l'Ox pour regagner l'hôtel et se posta derrière la vitrine d'un bar hyper-cher situé en face. Il tua le temps en passant des appels sur son portable. Avant que la batterie rende l'âme, il avait réussi à parler avec Hogan, Bill Pryde, Siobhan Clarke, Rhona et Patience, et était sur le point d'appeler le poste de police de Torphichen pour voir si quelqu'un pourrait identifier le bâtiment sur Slateford Road. Deux heures se traînèrent. Il battit son propre record de lenteur en ne descendant que deux Coca. Le bar n'était pas franchement bondé, personne n'avait l'air de remarquer sa présence. La musique était une bande qui passait en boucle. *Psycho Killer*[1] remettait ça pour la troisième fois quand les Range Rover freinèrent devant l'hôtel. Telford et le Jap échangèrent une poignée de main en inclinant légèrement la tête. Le chef et ses gars repartirent.

Rebus quitta le bar, traversa la rue et pénétra dans l'hôtel. Les portes de l'ascenseur se refermaient sur M. Bleu-canard. Rebus s'approcha de la réception, sa plaque à la main.

– Le client qui vient d'entrer, je désire savoir son nom.

La réceptionniste dut vérifier.

– M. Matsumoto.

– Et son prénom ?

– Takeshi.

– Il est arrivé quand ?

Elle regarda de nouveau le registre.

– Hier.

– Il reste combien de temps ?

– Encore trois jours. Écoutez, je devrais appeler mon supérieur…

– Non, non, je n'ai besoin de rien d'autre, l'interrompit prudemment Rebus. Merci. Ça ne vous dérange pas que je reste au salon un moment ?

Non, ça ne la dérangeait pas. Aussi Rebus s'installa sur une banquette – vue imprenable sur la réception à travers les doubles portes vitrées – et s'abrita derrière un journal. Même si Matsumoto

1. Album des Talking Heads.

était en ville pour l'affaire du Poyntinghame, Rebus subodorait quelque chose de moins ragoûtant. Hugh Malahide avait raconté qu'une entreprise cherchait à acquérir le country-club, mais Matsumoto n'avait rien du fondé de pouvoir agissant pour le compte d'une société ayant pignon sur rue. Quand il se pointa enfin à la réception, il arborait costume blanc, chemise noire ouverte au col et trench Burberry, le tout complété par une écharpe écossaise en laine. Il avait une cigarette au bec, mais ne l'alluma qu'une fois sorti sur le trottoir. Le col de son manteau relevé, il partit à pied. Rebus le fila sur près d'un kilomètre en vérifiant sans arrêt derrière lui. Après tout, Telford aurait pu souhaiter garder un œil sur Matsumoto. Mais s'il y avait une surveillance, elle était extra. Matsumoto ne faisait pas de tourisme, il ne flânait pas. Tête baissée, se protégeant contre le vent cinglant, il paraissait savoir exactement où il allait.

Quand il s'engouffra dans un bâtiment, Rebus s'arrêta, scrutant la porte vitrée derrière laquelle s'élevait une volée de marches couvertes d'un tapis rouge. Il connaissait les lieux et n'avait guère besoin de l'enseigne au-dessus de la porte pour le lui dire. Il se trouvait devant le casino Morvena. L'endroit avait appartenu à un truand local appelé Topper Hamilton et avait eu pour gérant un dénommé Mandelson. Mais Hamilton avait pris sa retraite et Mandelson avait préféré changer d'air. Le nouveau propriétaire était toujours une inconnue, du moins jusque-là. Rebus imaginait qu'il ne risquait pas de beaucoup se tromper en mettant Telford et ses amis nippons dans le coup. Il regarda autour de lui les voitures garées sur le parking : pas de Range Rover.

– Et merde ! se dit-il en poussant la porte avant de gravir les marches.

Dans le hall de l'étage, il fut dévisagé par les gorilles de la sécurité, deux pingouins étranglés dans leurs habits noirs avec nœuds papillons et plastrons. L'un, sec et nerveux, probablement un rapide spécialiste des coups tordus, l'autre un vrai poids lourd, M. Muscle venant renforcer les arguments du hareng saur. Rebus sembla réussir l'examen et fut autorisé à passer. Il acheta pour deux cents balles de jetons et pénétra dans la salle de jeu.

Dans un lointain passé, celle-ci avait été sans doute le salon d'un hôtel particulier du XVIIIe siècle. Il y avait deux baies immenses, et des corniches très ornementées séparaient les murs crème de sept mètres de haut d'un plafond rose pastel. La pièce hébergeait désormais des tables de jeu : black-jack, dés, roulette, au choix. Des hôtesses se mouvaient entre les tables en prenant les commandes de boissons. On entendait peu de bruit, les joueurs prenant leur travail au sérieux. Ce n'était pas l'affluence à proprement parler, mais la clientèle présente était aussi variée que les Nations unies. Le manteau de Matsumoto avait disparu au vestiaire et il était installé à la roulette. Rebus prit place entre deux joueurs à la table de black-jack et salua d'un signe de tête. Le banquier – jeune mais plein d'assurance – sourit. Rebus gagna avec sa première main, perdit avec la deuxième et la troisième, et gagna de nouveau avec la quatrième. Une voix près de son oreille susurra :

– Vous désirez boire quelque chose, monsieur ?

L'hôtesse s'était penchée en avant pour lui parler, exhibant un décolleté vertigineux.

– Un Coca, dit-il. Avec de la glace et du citron.

Sous prétexte de la regarder s'éloigner, il survola la pièce. Il avait rapidement pris place à la première table pour ne pas attirer l'attention en faisant le tour de la salle. Rien ne prouvait qu'il n'y avait pas quelqu'un parmi l'assistance pour le reconnaître.

Il n'avait pas lieu de s'inquiéter. Il ne connaissait personne à part Matsumoto, qui se frottait les mains pendant que le croupier poussait des jetons vers lui. Rebus abattit son jeu, dix-huit, mais le banquier avait vingt points. Le jeu n'avait jamais été son fort. Il s'était essayé au loto sportif, parfois il avait misé sur les chevaux, et maintenant, de temps à autre, il tentait sa chance à la loterie. Les manchots ne l'intéressaient pas, et les parties de poker organisées au bureau non plus. Il n'avait pas besoin de ça pour claquer son argent.

Matsumoto perdit et lâcha ce qui devait être un gros juron, un peu trop fort pour l'atmosphère recueillie des lieux. La brute efflanquée de l'entrée passa la tête par la porte, mais Matsumoto ne s'en émut pas, et quand M. Hareng saur vit qui était le coupable, il battit promptement en retraite. Matsumoto rigola sans vergogne. Même si son anglais était restreint, il savait qu'il était intouchable. Il débita un flot de paroles en japonais, secouant la tête et cherchant à accrocher les regards. Puis l'hôtesse lui apporta un grand verre de whisky on the rock. Il lui remit deux jetons comme pourboire. Le banquier disait à l'assistance de faire ses jeux. Matsumoto se calma et retourna à son ouvrage.

La boisson de Rebus mit du temps à venir, le Coca n'étant guère une boisson prisée des flambeurs. Comme il avait gagné deux ou trois coups, il se sentait un peu mieux. Il se leva pour prendre son verre. Ainsi, la table le laissa en dehors de la partie suivante.

– D'où vous êtes ? demanda-t-il à l'hôtesse. Je n'arrive pas à situer votre accent.

– Je suis d'Ukraine.

– Vous parler bien l'anglais.

– Merci.

Elle se détourna. La conversation n'était pas le fort de la maison, ça détournait les clients des tables de jeu. L'Ukraine… Rebus se demanda si c'était une autre importation de Tarawicz. Comme Candice… Quelques éléments lui semblaient clairs. Matsumoto se sentait ici comme un poisson dans l'eau, donc on le connaissait. Et le personnel hésitait à le malmener, donc il avait le bras long, puisqu'il avait Telford derrière lui. Et celui-ci voulait qu'on le bichonne… Un piètre résultat pour fruit de ses efforts, mais c'était mieux que rien.

Puis quelqu'un entra dans la salle, quelqu'un que Rebus connaissait : le professeur Colquhoun. Il remarqua aussitôt Rebus et son visage se décomposa sous l'effet de la peur. Colquhoun porté pâle à l'université, en vacances forcées, parti sans laisser d'adresse, que sais-je encore ? Colquhoun, qui n'ignorait pas que Rebus avait déposé Candice chez les Petrec.

Rebus le regarda faire demi-tour en direction des portes. Il le regarda virevolter et partir en courant.

Deux options : courir derrière lui ou rester avec Matsumoto ? Lequel passait en premier pour lui dans l'immédiat, Candice ou Telford ? Rebus resta. Maintenant que Colquhoun était de retour au bercail, il remettrait la main dessus.

Sûr et certain.

Après une heure et quart de jeu, il envisagea de signer un chèque pour refaire provision de jetons. Vingt livres en un peu plus d'une heure et Candice qui cherchait à se frayer un chemin dans son cerveau embrumé. Il fit une pause et se dirigea vers une rangée de machines à sou, mais fut découragé par les lumières et les boutons.

Il gaspilla trois coups et perdit du temps pendant le report. Encore deux livres envolées, cette fois en deux minutes. Pas étonnant que les clubs et les pubs réclament tous des manchots. Tommy Telford avait décidément fait le bon choix. L'hôtesse revint le voir et lui demanda s'il voulait un autre verre.

– Non, ça va, dit-il. C'est plutôt calme ce soir.

– Il est tôt. Attendez après minuit…

Pas de panique, il comptait bien se tirer avant. Mais Matsumoto le surprit. Il leva les mains et débita un nouveau flot en japonais, opinant et souriant. Puis il rassembla ses jetons, les encaissa et quitta les lieux. Rebus attendit bien trente secondes, puis il lui emboîta le pas. Il souhaita avec entrain une bonne nuit aux hommes de la sécurité et sentit leurs yeux lui vriller le dos jusqu'à ce qu'il ait atteint le bas de l'escalier.

Matsumoto boutonna son pardessus, noua soigneusement son écharpe autour du cou et repartit en direction de l'hôtel. Brusquement vidé, Rebus s'arrêta. Il pensait à Sammy, à Lintz et à la Fouine, il pensait à tout ce temps qu'il était en train de gaspiller.

– Ils m'emmerdent avec leur guéguerre !

Sur quoi il tourna les talons et s'en alla reprendre sa voiture. Ten Years After : *Goin' Home* [1].

Vingt minutes de marche à pied jusqu'à Flint Street, en grimpant sur la majeure partie du trajet avec le vent qui ne vous faisait pas de cadeau. La ville était tranquille, les gens se pressaient aux arrêts de bus, les étudiants mâchonnaient des pommes de terre au four, des frites à la sauce au curry. Quelques âmes esseulées rentraient chez elles au pas concentré de l'ivrogne. Rebus s'arrêta, fronça les sourcils, regarda autour de lui. N'était-ce pas ici qu'il avait laissé la Saab ? Positif… enfin, pas exactement. Le mot avait pris des connotations pernicieuses. En tout cas, il était sûr, oui, sûr et certain d'avoir laissé la Saab à cet endroit-même. Là où était garée maintenant une Ford Sierra noire avec, derrière, une Mini. Mais la voiture de Rebus, envolée.

– Putain de merde ! gronda-t-il.

1. « Je rentre chez moi ».

Il n'y avait pas de morceaux de verre sur la chaussée, ce qui aurait indiqué qu'on avait flanqué une brique dans une des vitres. Oh, les blagues n'allaient pas manquer de fuser le lendemain au bureau, qu'il récupère son auto ou non. Ce serait sa fête… Un taxi apparut et il le héla, avant de se rappeler qu'il était à sec et il lui fit signe de passer son chemin.

Arden Street, où il habitait, n'était pas tellement loin. Mais sans exagérer, même un chameau en aurait eu plein le dos.

20

Il dormait dans son fauteuil près de la fenêtre du séjour, la couette remontée jusqu'au menton, quand l'interphone retentit. Il ne se souvenait pas d'avoir mis l'alarme. En recouvrant ses esprits, il parvint à comprendre qu'il s'agissait de la porte. Il se leva, chancelant, mit à tâtons la main sur son pantalon et l'enfila.

– Ça va, ça va, marmonna-t-il en avançant vers l'entrée. On se calme !

Quand il ouvrit, il trouva Bill Pryde sur le pas de sa porte.

– Bon sang, Bill, c'est un coup tordu pour vous venger ou quoi ? marmonna-t-il en regardant l'heure : 2 h 15 du matin.

– Malheureusement non, John, répondit ce dernier.

À son visage et à sa voix, Rebus comprit qu'il s'était passé quelque chose de sérieux.

Et en effet, c'était même carrément grave.

– Ça fait des semaines que je n'ai pas touché une goutte d'alcool.

– Tu en es sûr ?

– Absolument.

Les yeux de Rebus étaient plantés dans ceux de l'inspecteur principal Gill Templer. Ils se trouvaient dans le bureau de celle-ci à St Leonard. Pryde était présent, lui aussi. Il avait tombé la veste et relevé ses manches. Gill, qu'on avait tirée du lit, avait le regard trouble. Incapable de rester en place, Rebus arpentait le peu d'espace disponible.

– Je n'ai rien bu de la journée à part du café et du Coca.

– Vraiment ?

Rebus se passa les mains dans les cheveux. Il se sentait sonné et avait des élancements dans le crâne. Mais s'il avait demandé du paracétamol et de l'eau, ils auraient cru qu'il avait la gueule de bois.

– Allons, Gill, dit-il, je me suis fait niquer, bien sûr.

– Qui t'a autorisé à faire cette filature ?

– Personne. Je l'ai faite sur mon temps libre.

– Comment tu vois ça ?

– Le Grand Chef a dit que je pouvais prendre un peu de temps pour moi.

– C'était pour que tu puisses aller voir ta fille. (Elle s'interrompit.) C'est de ça qu'il s'agit ?

– Peut-être bien.

– Ce monsieur… (Elle vérifia ses notes.) M. Matsumoto, il était en rapport avec Thomas Telford. Et ta théorie, c'est que Telford aurait manigancé l'agression dont ta fille a été victime ?

Rebus frappa le mur de ses deux poings.

– Je me suis fait baiser. C'est un coup monté complètement éculé. Mais ils ne m'auront pas. Il y a sûrement un indice sur les lieux… quelque chose d'insolite. (Il se tourna vers ses collègues.) Vous devez me laisser y aller, je dois y jeter un œil.

Templer considéra Bill Pryde. Celui-ci, les bras croisés, haussa les épaules en guise de consentement. Mais la décision revenait à Templer, elle était leur supérieure. Elle tapota son stylo contre ses dents, puis le flanqua sur son bureau.

– Tu acceptes de faire des analyses de sang ?

Rebus déglutit péniblement.

– Pourquoi pas ? articula-t-il enfin.

– Alors allons-y, déclara-t-elle en se levant.

Voici ce qui s'était passé. Matsumoto était sur le chemin du retour et, en traversant la rue, il avait été renversé par une voiture fonçant à vive allure. Le chauffeur ne s'était pas arrêté, au moins pas tout de suite. Mais la voiture n'avait effectué que quelques centaines de mètres avant de monter sur le trottoir avec les roues avant. On l'avait abandonnée sur place, la portière du chauffeur grande ouverte.

Une Saab 900, dont l'identité était connue par la moitié de la police de Lothian & Borders.

L'intérieur empestait le whisky, avec le bouchon à vis posé sur le siège du passager. Aucun signe de la bouteille, pas trace du chauffeur. Juste le véhicule et à deux cents mètres de là, sur le bas-côté, le corps refroidi du businessman japonais.

Personne n'avait rien vu, rien entendu. C'était crédible. Loin d'être une des rues les plus fréquentées du centre ville en temps normal, l'endroit était désert à une heure pareille.

– En quittant l'hôtel, il n'avait pas pris ce trajet, remarqua Rebus.

Gill Templer avait la tête engoncée dans les épaules et les mains plongées dans les poches de son manteau pour se protéger du froid.

– Et alors ? demanda-t-elle.

– Ça fait un sacré détour pour un raccourci.

– Il voulait peut-être admirer la vue, supputa Pryde.

– À quelle heure ça se serait passé ? demanda Rebus.

– Il y a une marge d'erreur, fit Templer, hésitante.

– Écoute, Gill, je sais que c'est délicat. Tu n'aurais pas dû me conduire ici, tu ne devrais pas répondre à mes questions. Je suis le suspect numéro un, après tout.

Rebus savait ce qu'elle risquait. Plus de deux cents hommes occupaient un poste d'inspecteur principal pour seulement cinq femmes. On ne lui passerait rien et les candidats se bousculaient à la porte, à l'affût du moindre faux pas. Il leva les mains en signe de bonne foi.

– Écoute, si j'étais complètement plombé et si je renversais quelqu'un, tu crois vraiment que je laisserais la voiture sur place ?

– Tu ne savais peut-être pas que tu avais renversé quelqu'un. Tu entends un bruit, tu perds le contrôle et tu montes sur le rebord du trottoir, et ton instinct de survie te dit que tu ferais mieux de continuer à pied.

– Sauf que je n'ai pas picolé. J'ai laissé la voiture près de Flint Street et c'est là qu'on me l'a fauchée. Des traces d'effraction ?

Elle ne répondit pas.

– Je suppose que non, poursuivit Rebus. Parce que les pros ne laissent pas de traces. Mais pour démarrer, ils ont dû connecter les fils ou trafiquer la direction. C'est là qu'il faut chercher.

La voiture avait été remorquée. Dès la première heure, les gars du labo la passeraient au peigne fin. Rebus ne put s'empêcher de ricaner.

– C’est bien la meilleure ! Primo, ils font comme si Sammy était victime d’un accident de la circulation et maintenant, ils essaient de me coller le même truc sur le dos.

– « Ils », c’est qui ?

– Telford et ses sbires.

– Je croyais que tu avais dit qu’ils étaient en affaires avec Matsumoto ?

– Ce sont tous des voyous, Gill. C’est une guerre des gangs.

– Et Cafferty ?

Rebus fronça le nez.

– Qu’est-ce qu’il vient faire ici ?

– Il a une dent contre toi. Alors d’une pierre deux coups : il t’enfonce et c’est Telford qui porte le chapeau.

– Donc tu penses aussi qu’on m’a monté le coup ?

– Je t’accorde le bénéfice du doute, lâcha-t-elle avant de s’interrompre. Tout le monde n’en fera pas autant. Qu’est-ce que Matsumoto magouillait avec Telford ?

– Une affaire de country-club, en apparence au moins. Les Japonais sont acquéreurs et Telford leur déblaye le terrain. (Il frissonna. Il aurait dû enfiler un manteau en plus de sa veste. Il se frotta le bras où on lui avait prélevé du sang pour mesurer son taux d’alcoolémie.) Évidemment, une visite dans la chambre d’hôtel de la victime pourrait donner quelque chose.

– C’est déjà fait, dit Pryde. Rien de spécial.

– Quel guignol tu y as envoyé ?

– J’y suis allée moi-même, rétorqua Gill Templer d’une voix aussi cinglante que le vent.

Rebus inclina la tête pour s’excuser. Pourtant, elle avait marqué un point : Matsumoto et Telford étaient en affaires. Rien dans leur façon de se séparer n’indiquait une brouille, sans compter qu’au casino, Matsumoto semblait être à la fête. Qu’est-ce que Telford aurait eu à gagner en le liquidant ?

À part se débarrasser de Rebus…

Templer avait évoqué Cafferty. Le Gros Gerry était-il capable d’un tel montage ? Qu’aurait-il eu à en tirer ? À part solder une vieille rancœur contre Rebus, filer la migraine à Telford et, éventuellement, récupérer Poyntinghame et la combine avec les Japonais pour son propre compte.

En mettant les deux en balance… Telford contre Cafferty. Le plateau côté Cafferty bascula et fit un bruit sourd en percutant le sol.

– Rentrons au poste, décida Templer. Je sens venir les engelures.

– Je peux rentrer chez moi alors ?

– On n'en a pas encore terminé avec toi, John, dit-elle en remontant en voiture. Loin s'en faut.

Mais, pour finir, ils durent le laisser partir. Il n'était pas inculpé, pas encore, et il avait toujours du pain sur la planche. Il savait qu'on avait de quoi le poursuivre si on le voulait, et il ne le savait que trop. C'était lui qui suivait Matsumoto à la sortie du club. Lui qui avait une dent contre Telford. Lui qui verrait une justice immanente à renverser l'associé de Telford pour lui faire clairement passer le message.

Oui, John Rebus était tombé dans le panneau. Et le piège était bien pensé, il avait même du panache. Les plateaux de la balance rebasculèrent vers Telford, tellement plus retors que Cafferty.

Telford…

Rebus alla voir Farlowe dans sa cellule. Le journaliste ne dormait pas.

– Je dois rester combien de temps ici ?

– Le plus longtemps possible.

– Comment va Telford ?

– Des brûlures mineures. N'espérez pas qu'il porte plainte. Il guette votre sortie avec impatience.

– Alors vous allez devoir me libérer.

– N'y comptez pas trop, Ned. Nous pouvons porter plainte, nous aussi. Nous n'avons pas besoin de Telford pour ça.

Farlowe l'observa un instant.

– Vous allez me poursuivre ?

– J'ai tout vu. Agression injustifiée contre un innocent.

Farlowe grogna, puis sourit.

– Quelle ironie, hein ? Me boucler dans mon intérêt. (Il s'interrompit.) Mais je ne pourrai pas voir Sammy, alors ?

Rebus branla du chef sans le quitter des yeux.

– Je n'y avais pas réfléchi. En fait, je n'avais réfléchi à rien. (Il hocha la tête à son tour.) Je l'ai fait, c'est tout. Et jusqu'à l'instant où je l'ai fait, je me suis senti… génial.

– Et après ?

– Oh, bon…, fit-il en haussant les épaules. Est-ce que ça compte, après ? Ce n'est que le reste de ma vie.

Sachant qu'il ne dormirait plus, Rebus ne rentra pas chez lui. Et comme il était privé d'auto, il ne pouvait pas rouler non plus. Il opta pour l'hôpital et s'assit au chevet de Sammy. Il lui prit la main et la tint contre sa joue.

Quand une infirmière vint s'enquérir s'il n'avait besoin de rien, il lui demanda si elle avait du paracétamol.

– Dans un hôpital ? demanda-t-elle en souriant. À mon avis, ça devrait se trouver.

21

Rebus était attendu à St Leonard à 10 heures pour la poursuite de son audition. Aussi, quand son biper grésilla à 8 h 30, il crut qu'on l'appelait pour confirmer. Mais le numéro de téléphone qu'il était censé composer était celui de la morgue à Cowgate. Il rappela du téléphone public de l'hôpital et on le mit en communication avec le Dr Curt.

– On dirait que j'ai tiré la courte paille, lui annonça Curt.

– Vous allez vous occuper de Matsumoto ?

– Je suis puni par où j'ai péché. Écoutez, j'ai entendu des bruits... j'imagine qu'il n'y a rien de vrai là-dedans ?

– Je ne l'ai pas tué.

– Heureux de vous l'entendre dire, John. (Il avait l'air de tourner autour du pot.) Pour des questions de déontologie, bien sûr, je ne peux pas vous demander de venir...

– Il y a quelque chose que je devrais voir, d'après vous ?

– Ça, je ne saurais le dire. (Curt se râcla la gorge.) Hum... Mais si vous passiez par hasard... et comme l'endroit est toujours très tranquille à cette heure de la matinée...

– J'arrive de ce pas !

L'Institut médico-légal, à dix minutes à pied. Curt en personne attendait pour conduire Rebus auprès du corps.

La salle de découpe, c'était du carrelage blanc, un éclairage éblouissant et de l'acier inoxydable. Deux des tables de dissection étaient vides. Sur la troisième était allongé le cadavre du Japonais, nu. Rebus en fit le tour, sidéré par le spectacle.

Des tatouages.

Et pas un joueur de cornemuse en kilt sur le bras d'un marin. C'était du grand art, et les figures étaient gigantesques. Un dragon vert à écailles, soufflant du feu rose et rouge, couvrait une épaule et s'étalait sur le bras en direction du poignet. Ses pattes arrière enserraient la gorge, tandis que celles de devant reposaient sur la poitrine. Il y avait d'autres dragons, plus petits, et un paysage, avec le Fuji-Yama se reflétant dans l'eau. Il y avait aussi des symboles japonais et un combattant de kendo, le visage dissimulé sous une visière. Curt enfila des gants de caoutchouc et en donna une paire à Rebus. Les deux hommes retournèrent le corps sur le ventre, exposant aux regards la suite de la galerie de portraits. Un acteur masqué, visiblement un personnage de nô, et un guerrier en armure. Quelques fleurs délicates… Fascinés, ils ne pouvaient détacher les yeux de ce spectacle.

– Ça vous la coupe, hein ? l'apostropha Curt.

– C'est phénoménal.

– J'ai eu l'occasion de me rendre au Japon, j'y ai participé à des colloques.

– Donc vous reconnaissez quelques-uns des motifs ?

– Quelques-uns. Le fait est que les tatouages, surtout de cette dimension, signifient généralement que vous appartenez à la mafia.

– Genre les Triades ?

– Au Japon, ce sont les yakuzas. Tenez, regardez-moi ça…

Curt souleva la main gauche du macchabée. Le petit doigt avait été sectionné à la première phalange et la peau avait cicatrisé, formant une croûte rugueuse.

– C'est ce qui arrive quand on déconne, non ? demanda Rebus tandis que le mot « yakuza » lui tournait dans le crâne. On vous ampute d'un doigt à chaque fois.

– Oui, je crois, dit Curt. J'ai pensé que ça vous intéresserait.

Rebus hocha la tête, les yeux scotchés au cadavre.

– Autre chose ?

– Non, à vrai dire, je vais seulement m'y mettre. Sinon, ça m'a l'air d'être plutôt de la routine : choc avec un véhicule en circulation. Cage thoracique écrasée, fractures des bras et des jambes. (Rebus remarqua un morceau de tibia qui pointait, d'une blancheur obscène contre la peau du mollet.) Il y a sans doute de gros dégâts internes.

Le choc l'a probablement tué. (Curt était songeur.) Il faut que j'en informe le professeur Gates. Je doute qu'il ait jamais vu ça.

– Je peux me servir de votre téléphone ? interrogea Rebus.

Il connaissait quelqu'un qui pourrait lui parler des yakuzas. À vrai dire, elle semblait en savoir un rayon sur toutes les mafias de la planète. Il appela donc Miriam Kenworthy, à Newcastle.

– Des tatouages et des doigts manquants ? demanda-t-elle.

– Bingo.

– C'est les yakuzas.

– En fait, il ne lui manque que la dernière phalange du petit doigt. C'est ce qu'on leur inflige quand ils font cavalier seul, non ?

– Pas exactement. Ils se le font tout seuls comme pour dire : je regrette. Je ne suis pas sûre de pouvoir vous en apprendre beaucoup plus. (Il entendait un bruissement de papier.) Je cherche mes notes.

– Quelles notes ?

– Quand j'ai établi les liens entre tous ces gangs, ces différentes cultures, j'ai fait des recherches. J'ai peut-être des choses sur les yakuzas… Écoutez, je peux vous rappeler ?

– Dans combien de temps ?

– Cinq minutes.

Il lui donna le numéro de Curt, puis s'assit pour attendre. La pièce n'était pas tant un bureau qu'un placard. Des dossiers étaient empilés sur la table avec un dictaphone posé dessus, de même qu'un paquet de cassettes neuves. La pièce empestait la cigarette froide et l'air rance. Sur les murs, un calendrier pour les rendez-vous, des cartes postales, deux ou trois gravures encadrées. L'endroit était un terrier, strictement fonctionnel. Curt passait le plus clair de son temps ailleurs.

Rebus sortit de sa poche la carte de visite de Colquhoun et composa son numéro à son domicile et à l'université. En ce qui concernait sa secrétaire, il était toujours souffrant.

Admettons, mais pas au point de se priver d'une visite au casino. Et un casino de Telford, qui plus est. Sûrement pas une coïncidence…

Kenworthy, c'était de l'or en barre.

– Yakuza, débita-t-elle comme si elle effectuait des ponctions dans son rapport. Quatre-vingt dix mille membres répartis en deux mille cinq cents groupes. Absolument impitoyables, mais aussi excessivement intelligents et retors. Structure très hiérarchisée, pratiquement impénétrable pour ceux du dehors. Comme une société secrète… Ils ont même une sorte de niveau de gestion intermédiaire, appelé la « Sokaiya ».

– Comment ça s'écrit ? demanda Rebus, qui prenait note de chacun de ses propos.

Elle l'épela.

– Au Japon, ils contrôlent des *pachinko*, des espèces de salles de jeu, et il n'y a pas un trafic où ils ne mettent les doigts…

– À moins qu'ils se les soient coupés avant… Et en dehors du Japon ?

– La seule chose que j'ai notée ici, c'est qu'ils expédient chez eux des articles de luxe qu'ils écoulent ensuite au marché noir, ainsi que des objets d'art volés qu'ils expédient à de riches collectionneurs…

– Attendez voir, vous ne m'avez pas dit que Jake Tarawicz avait débuté en faisant sortir frauduleusement des icônes de Russie ?

– Vous croyez que l'Albinos pourrait avoir un rapport avec les yakuzas ?

– Tommy Telford les pilote en ce moment à travers la campagne. Il y a un entrepôt qui paraît fasciner tout le monde, de même qu'un country-club.

– Qu'est-ce qu'il y a dans cet entrepôt ?

– Je n'en sais rien pour le moment.

– Peut-être que vous devriez aller voir ?

– C'est prévu. Autre chose, ces salles de *pachinko*… est-ce que ça ressemblerait à des arcades de jeux électroniques ?

– Assez.

– Un autre point commun avec Telford, qui fournit ce genre de bécanes à la moitié des pubs et des clubs de la côte est.

– Vous pensez que le yakuza est venu voir quelqu'un pour passer un marché ?

– Je n'en sais rien, reconnut-il en tentant d'étouffer un bâillement.

– C'est trop tôt pour les questions importantes ?

Il sourit.

– Comme vous dites. Merci de votre aide, Miriam.

– C'est la moindre des choses. Tenez-moi au courant.

– Promis. Du nouveau sur Tarawicz ?

– Pas que je sache. Aucun signe de Candice non plus, je regrette.

– Merci encore.

– Bye.

Curt attendait sur le pas de la porte. Il avait retiré sa blouse et ses gants, et ses mains sentaient le savon.

– Pas grand-chose à faire avant l'arrivée des manipulateurs, constata-t-il en regardant sa montre. Un petit déjeuner, ça vous tente ?

– John, rendez-vous compte de ce que ça donne, vu du dehors ! Les médias ne vont pas nous faire de cadeaux. Je connais quelques journalistes prêts à faire vœu d'abstinence rien que pour avoir votre peau.

Le superintendant Watson était dans son élément. Assis derrière son bureau, mains croisées, il affichait la sérénité d'un grand bouddha de pierre. Les crises épisodiques que lui avait fait connaître John Rebus avaient endurci le Péquenot contre les revers de la vie en lui enseignant la résignation.

– Vous allez me mettre à pied, affirma Rebus avec conviction. (Ce n'était pas une première. Il finit le café que le chef lui avait servi, mais garda les mains serrées autour de sa tasse.) Ensuite, vous allez ouvrir une enquête.

– Pas tout de suite, répliqua Watson à sa grande surprise. Ce que j'attends de vous d'abord, c'est votre déposition, et je veux un exposé complet et sincère, avec le détail de vos allées et venues, les motifs de votre intérêt pour M. Matsumoto et Thomas Telford, en version intégrale. Précisez tout ce que vous voulez sur l'accident de votre fille, chacun de vos soupçons et, par-dessus tout, ce qui valide ces soupçons. Telford a déjà un avocat qui pose des questions délicates sur la fin prématurée de notre ami japonais. L'avocat, maître… ?

Watson regarda Gill Templer, assise près de la porte, le trait mince de sa bouche n'exprimant aucune émotion.

– Charles Groal, précisa-t-elle, impassible.

– Ah oui, Groal. Il s'est renseigné au casino. On lui a signalé un individu qui est entré juste derrière Matsumoto et est reparti sur ses talons. Il a l'air de croire que c'est vous.

– Vous avez démenti ? s'informa Rebus.

– Nous n'avons aucune déclaration à faire tant que notre enquête n'aura pas établi… *et cætera*. Mais, John, je ne peux pas le faire poireauter jusqu'à la saint-glinglin !

– Vous avez demandé à quelqu'un ce que Matsumoto fichait là-bas ?

– Il travaille pour un cabinet de conseil en gestion d'entreprise. Il était ici à la demande d'un client afin de finaliser la prise de contrôle d'un country-club.

– Avec Tommy Telford à la traîne ?

– John, ne perdons pas de vue…

– Écoutez, patron, Matsumoto était membre des yakusas. Je n'avais encore jamais vu ces gugusses ailleurs qu'à la télé. Et brusquement, les voilà qui débarquent à Édimbourg, s'insurgea Rebus avant de reprendre son souffle. Vous ne trouvez pas ça un peu bizarroïde ? Vraiment, ça ne vous chiffonne pas ? Je ne sais pas, peut-être que je me plante dans mes priorités, mais j'ai l'impression qu'on patauge dans les flaques pendant que la marée monte !

Sous l'effet de la tension, ses mains s'étaient resserrées autour de sa tasse vide au point que celle-ci céda. Un morceau tomba à ses pieds pendant qu'il sursautait. Il tira brutalement sur un morceau de céramique enfoncé dans sa paume. Des gouttes de sang tombèrent sur la moquette. Gill Templer s'approcha, la main tendue.

– Laisse-moi voir.

Il fit un pas de côté.

– Non ! gueula-t-il inutilement en fouillant dans sa poche pour trouver un mouchoir.

– J'en ai en papier dans mon sac.

– Pas la peine !

Le sang dégoulinait sur ses chaussures. Watson baragouinait quelque chose à propos de la tasse ébréchée. Templer le regardait fixement. Il enroula le carré de coton blanc autour de sa blessure.

– Je vais mettre de l'eau dessus, dit-il. Avec votre permission, monsieur ?

– Allez-y, John. Vous êtes sûr que ça va aller ?

– Sans problème.

L'entaille n'était pas profonde et l'eau froide lui fit du bien. Il essuya la plaie avec des serviettes en papier qu'il balança dans la cuvette des W.-C. en s'assurant qu'elles partaient avec la chasse d'eau. Ensuite la trousse à pharmacie, avec une demi-douzaine de sparadraps pour couvrir la coupure d'un bout à l'autre. Il ferma le poing pour vérifier qu'il n'y avait pas de fuite. Faute de mieux…

De retour à son bureau, il s'attaqua à la rédaction de son mémo, conformément aux ordres qu'il avait reçus. Passant à sa hauteur, Gill Templer dut penser qu'il avait besoin de quelques paroles de réconfort.

– Aucun de nous ne croit que c'est toi, John. Mais dans ce genre d'histoire... le consul du Japon pose des questions... on est obligé de coller au règlement.

– Au fond, tout est toujours une question de politique, pas vrai ?

Il pensait à Joseph Lintz.

Au déjeuner, il passa voir Ned Farlowe et lui demanda ce qu'il pouvait lui apporter. Farlowe réclama des sandwichs, des livres, des journaux et de la compagnie. Il avait l'air lessivé, la prison commençait à lui saper le moral. Il n'allait peut-être pas tarder à réclamer un avocat. N'importe lequel – même le pire – n'aurait aucun mal à le sortir de là.

Rebus remit son rapport à la secrétaire de Watson et il quitta le central. Il n'avait pas fait cinquante mètres quand une voiture s'arrêta à sa hauteur. Une Range Rover avec Beau-Gosse au volant, qui lui dit de grimper. Rebus jeta un œil à l'arrière du véhicule.

Telford. Le visage cloqué tartiné de pommade. Façon Jake Tarawicz qui desquame.

Rebus hésita. Il pouvait encore piquer un sprint jusqu'au poste.

– Grimpez, insista Beau-Gosse.

Incapable de résister devant un moyen de transport gratuit, Rebus s'exécuta. Beau-Gosse fit demi-tour. L'énorme ours en peluche jaune était ficelé sur le siège du passager.

– Pas la peine que j'use ma salive à vous demander de lâcher les baskets à Ned Farlowe, j'imagine ?

Mais Telford avait l'esprit ailleurs.

– S'il veut la guerre, il l'aura !

– Hein, qui ça ?

– Votre boss.

– Je ne suis pas à la solde de Cafferty.

– Trouvez autre chose.

– C'est moi qui l'ai bouclé.

– Et depuis, vous faites la paire.

– Ce n'est pas moi qui ai descendu Matsumoto.

Telford le regarda pour la première fois et Rebus comprit qu'il n'avait qu'une envie : cogner. Visiblement, ça le démangeait.

– Et vous êtes bien placé pour le savoir, insista le flic.

– Qu'est-ce que ça veut dire ?

– Parce que c'est vous et vous voulez me…

Les mains de Telford étaient déjà agrippées au cou de Rebus. Celui-ci se dégagea en essayant de l'immobiliser. Impossible, à l'étroit sur le siège arrière dans une voiture qui roule. Beau-Gosse s'arrêta et descendit, ouvrit la portière de Rebus et le tira sur le trottoir. Telford suivit, la face couleur de betterave, les yeux exorbités.

– Vous ne me collerez pas ça sur le dos ! rugissait-il.

Les automobilistes ralentirent pour jouir du spectacle. Les piétons changèrent de trottoir pour plus de sécurité.

– C'est qui alors ? articula Rebus, la voix chevrotante.

– Cafferty ! glapit Telford. C'est vous et Cafferty, de mèche pour me faire tomber.

– Je vous le répète, je n'ai rien à voir là-dedans.

– Chef, intervint Beau-Gosse, on s'en fout du cerveau, non ?

Il lançait des regards inquiets autour de lui, peu désireux d'attirer les badauds. Brusquement, Telford comprit la situation et il cessa aussitôt de rouler des mécaniques.

– Allez, en voiture, gronda-t-il à Rebus. (Celui-ci ne fit pas mine de bouger.) Bon, ça va, montez, c'est tout. J'ai deux ou trois trucs à vous montrer.

Rebus, l'agité du bocal le plus célèbre de la police d'Édimbourg, réembarqua.

Il y eut deux minutes de silence, pendant lesquelles Telford remit de l'ordre dans ses vêtements qui s'étaient défaits pendant la bagarre.

– Je ne pense pas que Cafferty veuille la guerre, reprit Rebus.

– Qu'est-ce qui vous fait croire ça ?

Parce que j'ai passé un marché avec lui… et c'est moi qui dois te boucler ! Ils se dirigeaient vers l'ouest. Rebus s'efforça de ne pas penser à certaines destinations possibles.

– Vous avez fait l'armée, hein ? demanda Telford.

Rebus confirma.

– Les paras, puis l'aviation ? Moi, je n'ai pas dépassé le stade de l'entraînement.

Bravo, ce type était décidément bien informé…

– Et pour finir, vous avez préféré entrer chez les poulets. (Telford avait retrouvé son calme. Il épousseta son costume du revers de la main et vérifia son nœud de cravate.) Quand on bosse dans des structures pareilles, l'armée, les flics, il faut savoir obéir aux ordres. J'ai entendu dire que c'était pas votre fort. Vous ne feriez pas long feu chez moi. (Il jeta un œil par la vitre.) Alors, qu'est-ce que Cafferty mijote ?

– Aucune idée.

– Pourquoi avoir pisté Matsumoto ?

– Parce qu'il était en contact avec vous.

– La Criminelle a décroché. (Rebus ne releva pas.) Mais vous, vous avez continué de me coller au train. (Le truand se tourna vers lui.) Pourquoi ?

– Parce que vous avez tenté d'assassiner ma fille.

Telford le regarda fixement sans ciller.

– Alors c'est ça ?

– C'est pour ça que Ned Farlowe a voulu s'en prendre à vous. C'est son petit ami.

Telford faillit s'étrangler. Il opinait du bonnet, incrédule.

– Mais je n'ai rien à voir avec votre fille. Pour quel motif ?

– Pour vous venger. Parce qu'elle m'a aidé pour Candice.

Telford réfléchit.

– Entendu, dit-il enfin. Je vois le topo. Enfin, autant pisser en l'air, vous ne m'écouterez pas. Mais croyez-le ou non, je ne suis au courant de rien pour votre fille. (Il s'interrompit. Rebus entendit des sirènes à proximité.) C'est pour ça que vous êtes allé trouver Cafferty ?

Comme Rebus se taisait, cela passa pour une confirmation dans l'esprit de Telford. Il sourit de nouveau.

– Bon, range-toi là.

Beau-Gosse arrêta la voiture. La route était bloquée devant eux et la police déviait la circulation en direction des rues adjacentes. Rebus se rendit compte que ça sentait la fumée depuis quelque temps. L'incendie, jusque-là caché par les immeubles, était à présent bien visible. Il se situait sur le terrain où Cafferty avait sa station de taxis. L'abri qui servait de bureau était réduit en cendres. Le garage derrière, qui effectuait la révision et l'entretien des taxis, était sur le point de voir s'effondrer son toit en tôle ondulée. Une rangée de véhicules était également en feu.

– Ça vaut le coup d'œil. On aurait pu vendre des tickets, lança Beau-Gosse.

Telford se tourna vers Rebus.

– Les pompiers ne vont pas chômer, croyez-moi. Deux des bureaux de Cafferty se sont enflammés spontanément… (Il regarda sa montre.) À l'instant même. Et aussi sa belle baraque. Ne vous inquiétez pas, on a attendu que sa gonzesse soit sortie en balade. Les derniers ultimatums ont été signifiés à ses hommes. Ils peuvent décaniller ou se faire dessouder, au choix. (Il haussa les épaules.) Je m'en balance totalement. Allez le dire à Cafferty : Édimbourg, pour lui, c'est du passé.

Rebus s'humecta les lèvres.

– Vous venez de me dire que je me trompais sur votre compte, que vous n'aviez rien à voir avec ma fille. Et si vous vous trompiez, vous aussi, pour Cafferty ?

– Eh, réveillez-vous, on ne joue plus. Les coups de couteau chez Megan, et puis Danny Simpson… Cafferty ne fait pas vraiment dans la dentelle.

– Est-ce que Danny a dit que c'était des gars de Cafferty ?

– Il le sait, comme moi. (Telford tapota l'épaule de Beau-Gosse.) Retour à la base, mon pote. (À Rebus.) Un autre petit message à transmettre à Barlinnie. Voici ce que je dis aux hommes de Cafferty : celui qui sera encore en ville après minuit sera du gibier à deux pattes… et je ne fais pas de prisonniers. (Il renifla bruyamment, content de lui, et se renversa contre la banquette.) Ça ne vous dérange pas que je vous dépose à Flint Street ? J'ai un rendez-vous d'affaires dans un quart d'heure.

– Avec les patrons de Matsumoto ?

– S'ils veulent Poyntinghame, ils poursuivront les négociations avec moi. (Il observa Rebus.) Vous aussi, vous devriez passer un marché avec moi. Réfléchissez à ça : qui oserait vous emmerder si vous étiez de mon côté ? Tout ça nous ramène à Cafferty : renverser votre fille, éliminer Matsumoto… Tout ramène à lui. Réfléchissez-y, et peut-être qu'après, on pourrait en reparler.

Au bout de quelques minutes, Rebus rompit le silence.

– Vous connaissez un certain Joseph Lintz ?

– Bobby Hogan m'a posé la question.

– Lintz a téléphoné à votre bureau de Flint Street.

Telford eut un geste désinvolte.

– Je vais vous répéter ce que j'ai dit à Hogan. C'était peut-être un faux numéro. Je m'en fous, je n'ai jamais rencontré de vieux nazi.

– Cela dit, vous n'êtes pas le seul à vous servir de ce bureau. (Rebus s'aperçut que Beau-Gosse l'observait dans le rétroviseur.) Tiens, et vous ?

– Connais pas cet oiseau-là.

Une voiture était garée dans Flint Street, une énorme limousine blanche aux vitres fumées. Il y avait une antenne de télévision sur la malle arrière et les enjoliveurs étaient peints en rose.

– Putain ! s'exclama Telford, médusé. Vise un peu son dernier joujou.

Rebus semblait lui être complètement sorti de la tête. Il bondit vers celui qui émergeait de l'arrière de la caisse à savon. Habit blanc, panama, havane gros comme un barreau de chaise et chemise en cachemire rouge vif. Ce qui ne vous empêchait pas de garder les yeux rivés sur le visage balafré et les carreaux bleutés. Telford s'extasia sur la tenue, la voiture, l'audace, et l'Albinos, aux anges, buvait du petit lait. Il posa la main sur l'épaule de Telford, le pilotant vers l'arcade de jeux vidéo. Mais brusquement il s'arrêta, claqua des doigts, se retourna vers la baignoire et tendit une main.

Aussitôt une femme en émergea. Courte robe noire et collant noir, veste de fourrure contre les frimas. Tarawicz lui passa la main sur les fesses, Telford l'embrassa dans le cou. Elle sourit, les yeux légèrement vitreux. Puis Tarawicz et Telford se retournèrent vers la Range Rover. Tous deux avaient le regard braqué sur Rebus.

– Terminus, inspecteur, annonça Beau-Gosse pour signifier à Rebus qu'il était temps qu'il dégage.

Ce qu'il fit sans quitter Candice des yeux. Mais elle ne l'avait pas vu. Elle était blottie contre l'Albinos, la tête sur sa poitrine. Il lui palpait toujours le postérieur, sa robe montant et descendant à mesure. Il fixait Rebus, le regard étincelant derrière les verres, un sourire en latex sur la face. Rebus s'avança vers eux et là, Candice l'aperçut. Elle parut atterrée.

– Inspecteur, dit Tarawicz, quel plaisir de vous revoir. Vous venez au secours de la demoiselle pour l'emmener en lieu sûr ?

Rebus fit mine de ne pas l'entendre.

– Allez, Candice, viens.

Sa main, qui tremblait un peu, se tendit vers elle. Elle fit non de la tête.

– Pourquoi je voudrais ça ? demanda-t-elle, ce qui lui valut un autre baiser baveux de Tarawicz.

– On t'a enlevée. Tu peux porter plainte.

Tarawicz partit d'un éclat de rire en entraînant sa proie vers le café.

– Candice ! appela encore l'inspecteur en essayant de lui prendre le bras, mais elle se dégagea pour suivre son maître.

Deux des sbires de Telford bloquaient l'entrée. Beau-Gosse se tenait sur les talons de Rebus.

– Alors, on joue plus les héros ? l'apostropha-t-il en le dépassant.

De retour à St Leonard, Rebus apporta de quoi lire et se sustenter à Farlowe, puis il se fit transporter à Torphichen par une voiture de patrouille. Il voulait voir l'inspecteur « Shug » Davidson et ledit Davidson se trouvait justement dans la salle de brigade, l'air crevé.

– Quelqu'un a foutu le feu à une station de taxis, annonça-t-il à Rebus.

– Vous avez une idée de celui qui a fait le coup ?

Les yeux de Davidson se rétrécirent.

– La station appartenait à Jock Scallow. Vous n'essayez pas de me dire quelque chose, vous ?

– Qui était le vrai proprio de la boîte, Shug ?

– Vous le savez parfaitement.

– Et qui essaie de s'imposer sur le territoire de Cafferty ?

– J'ai entendu circuler des bruits.

Rebus s'appuya contre le bureau de Davidson.

– Tommy Telford est sur le sentier de la guerre, sauf si nous arrivons à l'arrêter.

– Nous ?

– J'aimerais que vous me conduisiez quelque part, expliqua Rebus.

Shug Davidson avait fait un mariage heureux avec une femme arrangeante, et il avait des gosses qui ne le voyaient pas autant qu'ils le méritaient. Un an plus tôt, il avait gagné quarante mille balles à la loterie. Il avait payé à boire à tout le poste. Le reste de l'argent avait été mis à gauche.

Rebus avait déjà travaillé avec lui. Ce n'était pas un mauvais flic, encore qu'un peu routinier peut-être. Ils durent se frayer un chemin pour contourner le lieu de l'incendie. Deux kilomètres plus loin, Rebus lui dit de s'arrêter.

– Q'est-ce que c'est ? s'enquit Davidson.

– Justement, c'est la question que j'allais vous poser, rétorqua Rebus en pointant le doigt vers le bâtiment en brique, celui-là même qui intéressait tellement Tommy Telford.

– Ça ? C'est Maclean, répondit Davidson.

– Et kéksséksa, Maclean ?

Davidson sourit.

– Ah bon, ça ne vous dit rien ? (Il ouvrit la portière de sa voiture.) Venez, je vais vous montrer.

On vérifia leurs papiers à l'entrée. Rebus remarqua l'importance des mesures de sécurité, encore que discrètes. Des caméras braquées au sol aux quatre coins du bâtiment et épiant chaque angle de vue. On passa un coup de téléphone et un homme en blouse blanche descendit pour signer le registre indiquant qu'il les prenait sous son bonnet. Ils épinglèrent des badges de visiteur à leur veste et la visite commença.

– Je suis déjà venu, lui confia Davidson. Si vous voulez mon avis, c'est le secret le mieux gardé de cette ville.

Ils grimpèrent des marches, parcoururent des couloirs. Partout, il y avait des mesures de sécurité, avec des gardes qui vérifiaient leurs badges, des portes blindées, des caméras qui les avaient à l'œil. Ce qui déconcerta Rebus, car c'était une bâtisse tellement quelconque en apparence. Et rien d'extraordinaire à voir, semblait-il.

– Qu'est-ce que c'est, Fort Knox ou quoi ? demanda-t-il.

Mais le guide tendit aux deux visiteurs des blouses blanches qu'ils enfilèrent avant de pousser la porte d'un laboratoire. Et là, Rebus commença à comprendre.

Des gens dosaient des produits chimiques, manipulaient des éprouvettes et prenaient des notes. Il y avait toutes sortes d'appareils étranges et merveilleux, mais pour l'essentiel, c'était le labo de chimie du lycée à une échelle légèrement supérieure.

– Bienvenue dans le plus grand laboratoire de drogue du monde, déclara Davidson.

Et c'était parfaitement exact, car Maclean était le plus gros producteur *légal* d'héroïne et de cocaïne, ce que leur guide expliqua.

– Nous avons l'autorisation officielle des pouvoirs publics. En 1961, il y a eu un accord international. Chaque pays de la planète a droit à un producteur, seul et unique, et c'est nous pour la Grande-Bretagne.

– Et vous fabriquez quoi exactement ? s'enquit Rebus, les yeux braqués sur les rangées de réfrigérateurs cadenassés.

– Toutes sortes de produits : la méthadone pour les camés à l'héroïne, la péthédine pour les femmes en couches, la diamorphine pour soulager les malades en phase terminale et la cocaïne à des fins médicales. La société a fait ses débuts en fabriquant du laudanum à l'époque victorienne.

– Et de nos jours ?

– Nous produisons environ soixante-dix tonnes d'opiacés par an, expliqua le guide. Et pour à peu près deux millions de livres de cocaïne pure.

Rebus se frotta le front.

– Je commence à piger la raison de ces mesures de sécurité.

Le guide sourit.

– Le ministère de la Défense nous a consultés… c'est vous dire si on est bon dans ce domaine.

– Pas de cambriolages ?

– Quelques tentatives, mais nous nous sommes montrés à la hauteur.

Certes, songea Rebus, mais vous n'avez pas eu affaire à Tommy Telford et aux yakuzas… pas encore.

Rebus fit le tour du labo, sourit et salua d'un signe une femme qui semblait être en attente.

– C'est qui ? chuchota-t-il.

– Notre infirmière. Elle est de garde.

– Pour quoi faire ?

Le guide montra du menton un homme en train de manipuler une des machines.

– L'étorphine, dit-il. Quatre millions de livres le kilo, un produit extrêmement puissant. L'infirmière a l'antidote, pour le cas où.

– Et à quoi ça sert, l'étorphine ?

– À assommer les rhinos, lâcha le guide, comme si ça allait de soi.

La cocaïne était extraite des feuilles de coca importées du Pérou. L'opium provenait des plantations de Tasmanie et d'Australie.

L'héroïne et la cocaïne pures étaient stockées dans une chambre forte. Chaque labo avait sa quote-part de coffres blindés. L'entrepôt de stockage se glorifiait de posséder des détecteurs à infra-rouge et des senseurs à ultrasons. Cinq minutes sur les lieux suffirent à Rebus pour comprendre l'intérêt que Tommy Telford portait à Maclean. Et il avait invité les yakuzas au spectacle soit parce qu'il avait besoin d'un coup de main – ce qui était peu probable –, soit pour leur en mettre plein la vue.

De retour dans la voiture, Davidson posa la question qui lui brûlait les lèvres.

– Quel est le problème, John ?

Rebus se massa l'arête du nez.

– Je pense que Telford projette de faire un casse ici

– Bah, il n'arrivera jamais à entrer, grogna Davidson. Comme vous l'avez dit vous-même, on se croirait à Fort Knox, nom d'un chien.

– C'est une question de prestige, Shug. S'il arrive à dévaliser l'endroit, sa réputation est assurée. Cafferty sera enfoncé, fini et enterré.

C'était pareil pour les bombes incendiaires. Outre un message adressé à Cafferty, c'était une sorte de « tapis rouge » déroulé pour l'Albinos. Bienvenue à Édimbourg et voyez de quoi je suis capable.

– Je vous assure, impossible de pénétrer là-dedans, insista Davidson. Eh ! la vache, ça c'est donné !

L'attention du flic venait d'être attirée par des panneaux sur la vitrine d'un débit de vente à emporter. Rebus regarda à son tour. Des cigarettes à prix réduit, des sandwichs et des friands au rabais. Et par-dessus le marché, cinq pence de réduction sur la presse du matin.

– La concurrence doit être terrible dans le coin, remarqua Davidson. Vous avez envie d'un friand ?

Rebus regardait des employés franchir les grilles de Maclean. La pause de l'après-midi peut-être. Il les vit traverser la route en esquivant la circulation. Compter la monnaie qu'ils tiraient de leurs poches en poussant la porte de la gargote.

– Tiens, fit Rebus, flegmatique. Pourquoi pas ?

La boutique était bondée. Davidson prit la queue tandis que Rebus jetait un œil au présentoir de journaux et d'hebdomadaires. Les ouvriers échangeaient des craques et des potins. Deux loufiats s'activaient derrière le comptoir, des jeunes gens qui badinaient en effectuant un service qui laissait carrément à désirer.

– Qu'est-ce qui vous tente, John ? Du bacon ?

– Très bien, approuva Rebus. (Puis, se souvenant qu'il n'avait pas déjeuné.) Prenez-m'en deux.

Deux friands au bacon pour une livre tout rond au total… Ils s'assirent dans la voiture pour se restaurer.

– Vous savez, Shug, pour un boui-boui de ce genre, c'est un procédé classique de casser les prix sur un ou deux articles pour attirer le chaland. (Davidson approuva du chef en attaquant son friand.) Mais ici, on se serait cru au carnaval des affaires. (Rebus s'était arrêté de manger.) Rendez-nous service, voulez-vous ? Prenez des renseignements sur cette crèmerie, qui est le patron, qui sont ces deux rigolos derrière le comptoir.

La mastication de Davidson se ralentit peu à peu.

– Vous croyez que… ?

– Écoutez, vous vérifiez, d'accord ?

22

De retour à St Leonard, son téléphone sonna. Il s'assit et fit sauter le couvercle de son gobelet de café. Sur le trajet, il avait pensé à Candice. Deux lampées de café et il décrocha.

– Inspecteur Rebus à l'appareil.

– Putain de merde, s'il me cherche il va me trouver, ce petit enculé ! explosa la voix râpeuse du Gros Gerry Cafferty.

– Où vous êtes ?

– Qu'est-ce que vous croyez ?

– On dirait un portable.

– C'est pas croyable tout ce qu'on trouve à Barlinnie, mieux qu'à la Samaritaine. Maintenant vous me dites qu'est-ce que c'est que ce bordel ?

– Vous êtes au courant.

– Eh, il a foutu le feu à ma maison ! À ma propre maison, nom de Dieu ! Je dois me croiser les bras, peut-être ?

– Écoutez, j'ai peut-être trouvé le moyen de le faire tomber.

Cafferty baissa le ton d'un cran.

– Dites voir ?

– Pas encore, je veux…

– Et tous mes taxis, par-dessus le marché ! glapit Cafferty, incapable de se maîtriser. Le petit fumier !

– Et qu'est-ce qu'il attend de vous maintenant ? Une riposte immédiate, bien entendu.

– Il va pas être déçu.

– Il est prêt. Ça ne serait pas mieux d'y aller quand il ne sera plus sur ses gardes ?

– Ce trouduc est sur ses gardes depuis qu'il a quitté le berceau.

– Vous voulez que je vous dise pourquoi il a fait ça ?

Sa colère reflua encore une fois.

– Pourquoi ?

– Parce qu'il croit que c'est vous qui avez dégommé Matsumoto.

– Qui ça ?

– Une relation d'affaires. Celui qui a fait le coup a essayé de me faire porter le chapeau.

– C'était pas moi.

– Alors essayez de le lui faire savoir. Il croit que vous m'avez donné l'ordre de le faire.

– On sait bien tous les deux que c'est faux.

– Exact. On sait tous les deux que quelqu'un m'a piégé pour me mettre au rancart.

– C'est quoi, son nom déjà, au macchabe ?

– Matsumoto.

– C'est un Jap ?

Rebus aurait bien aimé regarder Cafferty dans les yeux. Même quand ils étaient face à face, c'était dur de savoir quand ce type vous menait en bateau.

– C'était un Japonais, confirma Rebus.

– Qu'est-ce qu'il trafiquait avec Telford ?

– J'ai vaguement l'impression que votre cerveau se ramollit.

Il y eut un silence sur la ligne.

– À propos de votre fille…

Rebus se raidit.

– Oui, quoi ?

– Un broc à Porty. (C'était le diminutif du petit port de Portobello.) Le proprio a acheté du matos à un revendeur ; y compris des cassettes d'opéra et de Roy Orbison. Ça l'avait frappé. Les deux ensemble, c'est pas banal, hein ?

– Quel magasin ? À quoi ressemblait le revendeur ? gronda Rebus dont la main se crispa sur le récepteur.

Cafferty ricana à l'autre bout du fil.

– On s'en occupe, l'Homme de paille. Faut pas t'en faire. Alors, à propos de ce Jap… ?

– J'ai dit que je mettrai Telford hors jeu. C'est notre accord.

– J'ai encore rien vu venir.

– Je m'en occupe !

– Et moi, je veux en savoir plus.

Rebus réfléchit un instant.

– Bon, comment va Samantha quand même ? minauda Cafferty. C'est bien son nom, n'est-ce pas ?

– Elle…

– Parce que j'ai bien l'impression que je vais honorer très vite ma part du marché. Alors que vous, de votre côté…

– Matsumoto était un yakuza. Vous avez entendu parler de ces types-là ?

Un moment de silence.

– J'ai entendu parler d'eux.

– Telford les aide à faire l'acquisition d'un country-club.

– Bon Dieu de bon Dieu, qu'est-ce qu'ils en ont à branler, d'un country-club ?

– Je n'en suis pas sûr.

Cafferty se tut de nouveau. Rebus se demanda presque si la batterie de son portable était épuisée.

– Il a des rêves de grandeur, hein ? grinça-t-il enfin, une pointe de respect perçant sous la légitime fureur du propriétaire bafoué.

– On en a connu d'autres qui voulaient péter plus haut que leur cul, non ?

Une idée commença subitement à germer dans l'esprit de Rebus, une vague notion de ce qui était en train de se tramer.

– Quand même, on dirait que Telford n'a pas donné la *moitié* de sa mesure, grognait Cafferty. Alors que moi, je n'ai pas encore tiré la *moitié* de mon temps.

– Arrêtez votre char, Cafferty ! C'est quand vous commencez à pleurnicher sur votre sort que je sais que ça va barder.

– Vous savez que je vais devoir prendre des mesures de rétorsion, que ça me plaise ou non. Un petit rituel auquel il faut se plier, comme la poignée de main.

– Combien d'hommes vous avez ?

– Plus qu'il ne m'en faut.

– Écoutez, un dernier point… (Rebus ne pouvait pas croire qu'il racontait tout ça à son ennemi juré.) Jake Tarawicz a débarqué en ville aujourd'hui. Je crois que les feux d'artifice, c'était pour lui en mettre plein la vue.

– Telford a foutu le feu à ma maison pour montrer le spectacle à cet enfoiré de Russe ?

Pareil à un gosse qui veut frimer devant les grands, songeait Rebus. En pétant plus haut…

– C'est parti, l'Homme de paille ! fulminait de nouveau Cafferty. Les jeux sont faits ! Ces deux-là veulent faire un enfant dans le dos à Morris Gerald Cafferty, eh bien ils vont l'avoir dans l'os. Je vais leur filer l'anthrax à tous les deux. Je vais les contaminer. Putain, ces enculés croiront avoir chopé un sida galopant avant que j'en aie fini avec eux !

Incapable d'en entendre davantage, Rebus raccrocha, avala son café froid et vérifia ses messages. Patience se demandait s'il pourrait la retrouver pour le dîner. Rhona disait qu'on avait effectué un autre scanner. Bobby Hogan voulait lui dire un mot.

D'abord, il appela l'hôpital. Rhona parla du nouveau scanner destiné à évaluer l'importance des dégâts provoqués au cerveau.

– Mais dans ce cas, putain, pourquoi ils ne lui ont pas fait ce scanner-là tout de suite ?

– Je ne sais pas.

– Tu as demandé ?

– Pourquoi toi, tu ne viens pas un peu ici ? Pourquoi tu ne leur poses pas la question toi-même ? On dirait que quand je ne suis pas là, tu n'hésites pas à passer du temps ici avec Samantha, et même à dormir dans le fauteuil. Qu'est-ce qu'il y a ? Je te fais peur ?

– Écoute, Rhona, excuse-moi. La journée a été rude.

– Pour toi comme pour les autres.

– Je sais. Je suis un monstre d'égoïsme.

Le reste de la conversation était prévisible. Il fut soulagé de raccrocher. Il composa ensuite le numéro de Patience, déclencha son répondeur téléphonique et déclara qu'il serait heureux d'accepter son invitation. Puis il appela Bobby Hogan.

– Salut, Bobby, qu'est-ce que tu as dégoté ?

– Pas grand-chose. J'ai eu deux mots avec Telford.

– Je sais, il me l'a dit.

– Tu lui as parlé ?

– Il dit qu'il n'a jamais vu Lintz. Tu as parlé à la Famille ?

– À ceux qui fréquentent le bureau. Même topo.

– Tu as mentionné les cinq mille livres ?

– Tu me prends pour un débile ou quoi ? Écoute, j'ai pensé que tu pourrais m'aider.

– Vas-y.

– Au sujet du carnet d'adresses de Lintz. J'ai trouvé plusieurs adresses pour un professeur Colquhoun. J'ai cru d'abord que c'était son toubib.

– C'est un professeur de langues slaves.

– Mais Lintz semble être resté en contact avec lui. Trois changements d'adresse qui s'étalent sur vingt ans. Les deux premières comportent aussi un numéro de téléphone, mais pas la dernière. J'ai vérifié et ça fait seulement trois ans que Colquhoun est à son adresse actuelle.

– Et alors ?

– Eh bien, Lintz n'avait pas son numéro de téléphone perso. Donc s'il voulait lui parler…

Rebus pigea.

– Il devait appeler l'université.

L'appel sur le relevé téléphonique de Lintz pendant une vingtaine de minutes. Rebus se souvint de ce que Colquhoun avait dit à propos de Lintz.

Nos départements n'étaient pas très proches... Je l'ai juste rencontré pour des manifestations, des conférences... Comme je vous l'ai dit, nous ne nous fréquentions pas.

– Ils ne travaillaient pas dans le même département, expliqua Rebus. D'après Colquhoun, ils se connaissaient à peine…

– Dans ce cas, comment se fait-il que Lintz ait suivi les diverses pérégrinations de Colquhoun à travers la ville ?

– Ça me dépasse, Bobby. Tu lui as posé la question ?

– Non, mais j'en ai bien l'intention.

– Il se terre. Ça fait une semaine que j'essaie de lui mettre la main dessus.

La dernière fois qu'il l'avait aperçu, c'était au Morvena : Colquhoun faisait-il le lien entre Telford et Lintz ?

– Bon, il est de retour maintenant.

– Quoi ?

– J'ai rencard avec lui à son bureau.

– Compte-moi avec, grogna Rebus en se levant derechef.

Comme Rebus se garait sur Buccleuch Place – une Astra banalisée avait été mise à sa disposition par St Leonard – la voiture stationnée sur l'emplacement voisin démarra. Il lui fit signe, mais Kirstin Mede ne le vit pas et elle fila avant qu'il eût trouvé le klaxon. Il se demanda si elle connaissait bien Colquhoun. Après tout, c'était elle qui l'avait recommandé comme interprète.

Hogan, qui l'attendait près de la rambarde, avait remarqué ses gestes.

– Quelqu'un que tu connais ?

– Kirstin Mede.

Hogan fouilla dans sa mémoire.

– Ah, celle qui a fait les traductions ?

Rebus considéra le bâtiment des Études slaves.

– Tu as réussi à pister David Levy ?

– Sa fille n'a toujours pas de ses nouvelles.

– Ça fait combien de temps ?

– Assez lontemps pour que ça paraisse suspect, sauf que ça n'a pas l'air de l'inquiéter.

– Comment tu veux qu'on la joue ? demanda Rebus.

– Ça dépend comment il est.

– Tu poses tes questions. Moi, je veux juste être là.

Hogan le regarda, puis haussa les épaules et poussa la porte. Ils gravirent les marches en pierre usées.

– J'espère qu'ils ne l'ont pas collé sous les combles.

Le nom de Colquhoun figurait sur un bout de carton fixé sur une porte du deuxième étage. Ils l'ouvrirent et se retrouvèrent dans un vestibule avec cinq ou six autres portes. Le bureau de Colquhoun était le premier à droite et il les guettait sur le pas de son bureau.

– J'ai cru vous entendre. Cet endroit est très sonore. Entrez donc, entrez.

Il ne s'attendait pas à ce que Hogan soit accompagné. Il resta sans voix quand il reconnut Rebus. Il recula, leur fit signe de s'asseoir, puis s'affaira à déplacer les chaises pour les disposer face à sa table.

– Quelle pagaille ! fit-il en renversant une pile de livres.

– On connaît ça, monsieur, compatit Hogan.

Colquhoun lorgna en direction de Rebus.

– Ma secrétaire m'a dit que vous êtes allé à la bibliothèque.

– Quelques lacunes à combler, monsieur.

Rebus parlait posément.

– Euh, oui, Candice… (Colquhoun prit l'air songeur.) Est-elle… Je veux dire, est-ce qu'elle… ?

– Aujourd'hui, monsieur, intervint Hogan, c'est à propos de Joseph Lintz que nous voulons vous voir.

Colquhoun se laissa tomber sur sa chaise en bois, qui grinça sous le poids. Puis il bondit de nouveau sur ses pieds.

– Thé ? Café ? Il faut me pardonner ce fouillis. Ce désordre n'est pas dans mes habitudes…

– Non merci, monsieur, rien pour nous, assura Hogan. Si vous vouliez seulement prendre un siège ?

– Bien sûr, bien sûr.

De nouveau, il s'affala sur sa chaise.

– Joseph Lintz, monsieur… ? lui souffla Hogan.

– Ah oui, une tragédie… c'est affreux. On croit que c'est un meurtre, vous savez.

– Oui, monsieur, nous le savons.

– Bien entendu. Excusez-moi.

Le secrétaire de Colquhoun était vénérable et piqué par les vers. Les étagères ployaient sous le poids des manuels. Il y avait de vieilles gravures aux murs et un tableau noir avec un seul mot écrit dessus, CARACTÈRE. Des copies étaient empilées sur le rebord de la fenêtre, obscurcissant presque le bas des vitres. Le souffle de l'esprit avait été jadis perceptible dans cette pièce.

– Il se trouve que votre nom figurait dans le carnet d'adresses de M. Lintz, monsieur, reprit Hogan. Et nous parlons à tous ses amis.

– Ses amis ? grinça Colquhoun en levant les yeux. Je ne dirais pas que j'étais du nombre, nous n'étions pas vraiment « amis ». Nous étions collègues, et je ne crois pas l'avoir croisé en dehors du cadre universitaire plus de trois ou quatre fois en une vingtaine d'années.

– C'est curieux, car il semble s'être pris d'intérêt pour vous, monsieur, remarqua Hogan en ouvrant son bloc-notes d'une pichenette. En commençant par votre adresse à Warrender Park Terrace.

– J'ai quitté cet endroit dans les années soixante-dix.

– Il a votre numéro de téléphone là-bas. Ensuite, celui de Currie.

– Je croyais être mûr pour la vie à la campagne…

– À Currie ? s'étonna Hogan, sceptique.

Colquhoun se tapota la tempe.

– J'ai fini par me rendre compte de mon erreur.

– Et vous avez déménagé pour Duddington.

– Pas tout de suite. J'ai habité dans quelques locations pendant que je cherchais un endroit à acheter.

– M. Lintz a votre numéro de téléphone à Currie, mais pas celui de Duddington.

– Intéressant. Je me suis mis sur la liste rouge quand j'ai déménagé.

– Pour une raison particulière, monsieur ?

Colquhoun se balança dans son fauteuil.

– Eh bien, je suis sûr que je vais vous choquer...

– Essayez toujours.

– Je ne voulais plus être dérangé par mes étudiants.

– Ils le faisaient ?

– Oh, oui, ils appelaient pour poser des questions, demander des conseils. Ils s'angoissaient pour les examens ou voulaient un délai de grâce pour remettre leurs dissertations.

– Vous vous souvenez d'avoir communiqué votre adresse à M. Lintz, monsieur ?

– Pas du tout.

– Vous en êtes bien sûr ?

– Absolument, mais ça ne lui aurait pas été difficile de se la procurer. Voyons, il suffisait de la demander à l'une des secrétaires.

Colquhoun avait l'air de plus en plus nerveux. La petite chaise arrivait difficilement à le contenir.

– Monsieur, avez-vous quelque chose à nous dire concernant M. Lintz, quelque chose de particulier ?

Colquhoun fit non de la tête, les yeux scotchés sur sa table de travail.

Rebus décida d'abattre leur joker.

– M. Lintz a téléphoné à ce bureau, une communication de plus de vingt minutes.

– Ce... ce n'est pas vrai. (Le professeur s'épongea le front avec son mouchoir.) Écoutez, messieurs, j'aimerais vous aider, mais à vrai dire, je connaissais à peine Joseph Lintz.

– Et il ne vous a pas téléphoné ?

– Pas du tout.

– Et vous ne savez pas pourquoi il a répertorié chacune de vos adresses à Édimbourg pendant trente ans ?

– Non.

Hogan poussa un soupir exagéré.

– Dans ce cas, nous perdons votre temps et le nôtre. (Il se leva.) Merci, professeur Colquhoun.

Le soulagement sur le visage de l'universitaire leur apprit ce qu'ils voulaient savoir.

Ils ne dirent rien en descendant l'escalier – comme Colquhoun l'avait signalé, les bruits circulent. La voiture de Hogan était la plus proche. Ils s'y adossèrent pour échanger leurs impressions.

– Il flippait, remarqua Rebus.

– Il avait les boules. Tu crois qu'on devrait y retourner ?

– Non, trancha Rebus. Laissons-le mariner un jour ou deux, après, on n'aura qu'à le cueillir.

– Ça ne lui a pas fait plaisir de te voir.

– Je sais, autant pour moi.

– Ce restaurant… où Lintz a dîné avec un vieux monsieur ?

– On pourrait lui faire croire que le personnel du restaurant nous a filé son signalement.

– Sans entrer dans les détails ?

– C'est ça, pour voir s'il craque.

– Et pour l'autre personne avec laquelle Lintz a déjeuné, la jeune femme ?

– Aucune idée.

– Un restau chic, un vieil homme, une jeune femme…

– Une call-girl ?

– Tiens ? fit Hogan en souriant. Ça s'appelle encore comme ça ?

Rebus méditait.

– Ça pourrait expliquer le coup de fil à Telford. Sauf que je doute que Telford soit assez timbré pour traiter ce genre de turbin à son bureau. Par-dessus le marché, son agence d'hôtesses opère à une autre adresse.

– En tout cas, Lintz a appelé le bureau de Telford.

– Et personne ne veut avouer lui avoir parlé.

– Appeler une agence d'hôtesses, ça peut être très anodin. T'as pas envie de dîner tout seul et tu recrutes quelqu'un. Ensuite, bisou-bisou et chacun repart en taxi. (Agacé, Hogan souffla bruyamment.) Bref, on est en train de tourner en rond.

– Ah, je connais cette sensation, Bobby.

Ils levèrent les yeux vers les fenêtres du deuxième étage. Et aperçurent Colquhoun qui regardait en bas en s'épongeant le visage.

– Laissons-le mijoter quelque temps, décida Hogan en ouvrant la portière de sa voiture.

– À propos, je voulais te demander : comment ça s'est passé avec Abernethy ?

– Il ne m'a pas causé trop de problèmes, lança Hogan en détournant les yeux.

– Alors il est reparti ?

Hogan s'était glissé derrière le volant.

– C'est ça, il est reparti. À la prochaine, John.

Et il laissa Rebus, perplexe, sur le trottoir. Celui-ci attendit que la voiture de Hogan ait disparu au coin de la rue, puis il rebroussa chemin en direction de l'escalier et regrimpa la volée de marches.

La porte du bureau de Colquhoun était ouverte et la main du vieux professeur pianotait sur sa table. Rebus s'assit en face de lui sans rien dire.

– J'ai été malade, déclara Coquhoun.

– Vous étiez planqué, rectifia Rebus tandis que Colquhoun secouait la tête en signe de dénégation. Vous leur avez livré Candice. (La tête continuait de s'agiter.) Ensuite vous avez eu la trouille, alors ils vous ont caché, peut-être dans une salle du casino. (Rebus s'interrompit.) Comment je m'en tire jusque-là ?

– Sans commentaire, lâcha Colquhoun d'un ton sec.

– Et si je continuais à parler ?

– Je vous demande de partir immédiatement, sinon j'appelle mon avocat.

– Un certain Charles Groal ? répliqua Rebus avec le sourire. Ils ont dû passer ces quelques jours à vous donner des cours particuliers, mais ça ne changera rien à ce que vous avez fait. (Rebus se leva.) C'est vous qui leur avez livré Candice. Ça, c'est vous et vous seul. (Il se pencha sur le bureau.) Vous avez toujours su qui elle était, hein ? C'est pourquoi vous étiez dans vos petits souliers. Comment l'avez-vous su, professeur Colquhoun ? Comment se fait-il que vous soyez copain-copain avec une raclure comme Tommy Telford ?

Colquhoun se jeta sur le combiné, mais ses mains tremblaient tellement qu'il rata les touches.

– Ne vous en faites pas, ajouta Rebus. Je me tire. Cela dit, on se reverra. Et là, vous parlerez. Vous parlerez parce que vous êtes un lâche, professeur Colquhoun. Et les lâches finissent toujours par parler…

23

Le bureau de la Brigade criminelle à Fettes, berceau de la musique country. Claverhouse mit fin à une conversation téléphonique. Ormiston et Clarke étaient invisibles.

– Ils ont dû répondre à une urgence, expliqua Claverhouse.

– Où vous en êtes pour ce type qui s'est fait zigouiller devant le night-club ?

– Qu'est-ce que vous croyez ?

– Je crois que je peux vous apprendre quelque chose.

Rebus s'installa derrière le bureau de Siobhan Clarke, dont il admira la netteté. Il ouvrit un tiroir, celui-ci était également rangé. Des compartiments, se dit-il. Clarke savait diviser sa vie en compartiments indépendants.

– Jake Tarawicz est en ville. Il a une limousine blanche extravagante, inratable… Et il a Candice avec lui, ajouta-t-il après un temps de pause.

– Qu'est-ce qu'il fout par ici ?

– Je pense qu'il est venu voir le spectacle.

– Quel spectacle ?

– Cafferty et Telford, quinze rounds à mains nues et sans arbitre. (Il se pencha en avant, les bras sur la table.) Et j'ai ma petite idée sur ce qui se passe.

Rebus rentra chez lui et appela Patience pour la prévenir qu'il risquait d'être en retard.

– De combien ? s'enquit-elle.

– De combien je peux être en retard sans qu'on soit fâchés ?

Elle réfléchit.

– Neuf heures et demie.

– Je serai là.

Il vérifia son répondeur téléphonique. David Levy, qui lui disait qu'on pouvait le joindre chez lui.

– Où vous étiez fourré, bon sang ? l'apostropha Rebus quand la fille de Levy lui eut passé son père.

– J'avais à faire ailleurs.

– Votre fille s'est fait un sang d'encre. Vous auriez pu l'appeler.

– Vos services de conseiller familial sont gratuits ?

– Le prix de la consult sera annulé quand vous aurez répondu à quelques questions. Vous savez que Lintz est mort ?

– Je l'ai appris.

– Où vous étiez quand vous l'avez *appris*.

– Je vous l'ai dit, j'avais à faire... Inspecteur, suis-je suspect ?

– À peu près le seul qu'on ait sous la main.

Levy laissa échapper un rire rauque.

– Voilà qui est grotesque. Je ne suis pas un... (Il ne put prononcer le mot. Rebus en conclut que sa fille devait être à portée de voix.) Ne quittez pas une minute, je vous prie.

Le son lui parvint assourdi. Levy ordonnait à sa fille de quitter la pièce. Il revint et parla plus bas.

– Inspecteur, sachez-le bien, je crois devoir vous dire à quel point la nouvelle m'a rempli de colère. La justice serait passée ou non – je ne puis pas argumenter là-dessus pour le moment –, mais ce qui est sûr et certain, c'est que l'Histoire a été trahie !

– Faute de procès ?

– Évidemment ! Et la Ratline aussi. À la mort de chaque suspect, nous sommes un peu moins en mesure de prouver son existence. Lintz n'est pas le premier, vous savez. Pour l'un, ce sont les freins de sa voiture qui ont cédé. Un autre est tombé d'une fenêtre. Il y a eu deux suicides apparents, six autres cas qui seraient dus à des causes naturelles.

– Je vais encore entendre parler d'une conspiration de grande envergure ?

– Ce n'est pas une plaisanterie, inspecteur.

– Vous m'avez entendu rire ? Et vous, monsieur Levy ? Quand avez-vous quitté Édimbourg ?

– Avant la mort de Lintz.

– Vous l'avez vu ?

Sachant que oui, Rebus voulait le prendre en défaut. Levy fit une pause.

– Je l'ai *confronté*, le mot serait plus approprié.

– Une seule fois ?

– Trois. Il ne tenait pas tellement à parler de lui, mais j'ai quand même pu exposer mon affaire.

– Et le coup de téléphone ?

Levy leva un sourcil.

– Quel coup de téléphone ?

– Quand il vous a appelé au Roxburghe.

– J'aurais aimé l'enregistrer pour la postérité. Un enragé, inspecteur. Un langage ordurier. Un fou, je vous assure.

– Un fou ?

– Vous auriez dû l'entendre. Il peut très bien passer pour parfaitement normal. Il le faut, sinon il n'aurait pas réussi à berner tout le monde pendant si longtemps. Mais l'homme est… enfin, il était… complètement fou. Un malade, un vrai dément.

Rebus se rappela le petit bonhomme tout cassé du cimetière et comment il s'était subitement emporté contre un pauvre toutou. Son sang-froid, sa fureur, puis de nouveau le sang-froid.

– L'histoire qu'il a racontée…, poursuivit Levy avec un soupir.

– C'était au restaurant ?

– Quel restaurant ?

– Excusez-moi, je croyais que vous aviez déjeuné ensemble.

– Je puis vous assurer que non.

– Alors, de quelle histoire s'agit-il ?

– Ces hommes, inspecteur, ils finissent par justifier leurs actes en en faisant abstraction ou par transfert. Le transfert est le plus courant.

– Ils se racontent que c'est quelqu'un d'autre qui a fait ça ?

– Exactement.

– Et c'était la version de Lintz ?

– Moins crédible que pour la plupart. Il a prétendu que c'était une histoire d'erreur d'identité.

– Et avec qui pensait-il que vous le confondiez ?

– Un de ses collègues à l'université… un certain professeur Colquhoun.

Rebus appela Hogan pour lui apprendre la nouvelle.

– J'ai prévenu Levy que tu voudrais lui causer.

– Je l'appelle derechef.

– Qu'est-ce que tu en penses ?

– Colquhoun, un criminel de guerre ? Peuh ! fit Hogan.

– Moi aussi, approuva Rebus. J'ai demandé à Levy pourquoi il n'avait pas trouvé nécessaire de nous raconter tout ça.

– Et alors ?

– Il dit que comme il n'y a accordé aucun crédit, ça ne valait pas la peine de nous déranger.

– Quoi qu'il en soit, on ferait mieux de revoir Colquhoun. Dès ce soir.

– J'ai d'autres plans pour ce soir, Bobby.

– D'accord, John. Écoute, je te remercie pour ton aide.

– Tu vas aller le voir seul ?

– J'aurai quelqu'un avec moi.

Rebus détestait ne pas être dans le coup. Et s'il annulait ce dîner ?

– Tiens-moi au courant, tu veux ?

Et il raccrocha. Sur la hi-fi, Eddie Harris, optimiste et mélodieux. Il alla se prélasser dans un bain, un gant sur les yeux. Il avait l'impression que chacun menait sa vie dans des petites boîtes et en ouvrait une différente selon les circonstances. Personne ne se livrait jamais en entier. Les flics étaient comme ça, chaque boîte faisant office de mécanisme de sécurité. La plupart des gens qu'on rencontrait dans le cours de sa vie, on ne connaissait même pas leur nom. Chacun était isolé des autres dans sa boîte. On appelait ça la société.

Il se posait des questions sur Joseph Lintz, qui ne cessait de vous interpeller, transformant chaque conversation en un cours de philosophie. Coincé dans sa propre petite boîte, son identité enfouie, scellée ailleurs, son passé, une énigme inavouable… Joseph Lintz, en rage quand il était acculé, probablement un fou, un malade, réduit à ce stade par… quoi ? Les souvenirs ? Ou leur absence ? Réduit à ce stade par les autres ?

Le CD d'Eddie Harris aborda la dernière piste à l'instant où il sortait de la salle de bains. Il s'habilla pour aller chez Patience. Sauf qu'il devait effectuer deux arrêts sur le trajet : voir Sammy à l'hôpital et un rendez-vous à Torphichen.

– La bande est au complet, claironna-t-il en entrant dans la salle de brigade.

Shug Davidson, Claverhouse, Ormiston et Siobhan Clarke, installés autour d'un grand bureau, buvaient du café dans des quarts réglementaires identiques. Rebus s'approcha une chaise.

– Vous les avez mis au parfum, Shug ?

Davidson fit signe que oui.

– Et pour le magasin ?

– J'y arrive. (Davidson prit un stylo et joua avec.) Le dernier proprio a mis la clé sous la porte, pas assez de passage. La boutique est restée fermée la majeure partie de l'année, puis a brusquement rouvert, avec une nouvelle direction et des prix tels que les habitants du quartier ne risquaient pas d'aller voir ailleurs.

– S'assurant du même coup la clientèle des employés de chez Maclean, intervint Rebus. Ça fait combien de temps qu'ils ont ouvert ?

– Cinq semaines, et ils cassent tous les prix.

– Ils ne cherchent pas la rentabilité, vous comprenez.

Le regard de Rebus fit le tour de la table. La réflexion s'adressait principalement à Ormiston et Clarke, car il avait déjà mis Claverhouse au courant.

– Et les nouveaux patrons ? demanda Clarke.

– Eh bien, le magasin est géré par deux morveux appelés Declan Delaney et Ken Wilkinson. Devinez d'où ils sortent ?

– De Paisley, répondit Claverhouse, désireux d'accélérer la musique.

– Ils font donc partie de la bande à Telford ? s'enquit Ormiston.

– Pas à proprement parler, mais ils ont un lien avec lui, ça ne fait aucun doute. (Davidson se moucha bruyamment.) Bien sûr, Dec et Ken gèrent le boui-boui, mais ça ne leur appartient pas.

– Ça appartient à Telford, précisa Rebus.

– Entendu, fit Claverhouse. On a donc Telford à la tête d'un débit qui travaille à perte dans l'espoir de glaner des renseignements.

– Non, je crois que ça va plus loin, contesta Rebus. Enfin, collecter des ragots, c'est une chose, mais je ne pense pas que les employés glandent dans le coin à papoter sur les divers systèmes de sécurité et à imaginer comment les contourner. Dec et Ken sont des vraies pipelettes, parfaits pour le boulot que Telford leur a confié. Pourtant ça paraîtrait suspect s'ils se mettaient à poser trop de questions.

– Alors il cherche quoi, Telford ? demanda Ormiston.

Siobhan Clarke se tourna vers lui.

– Une taupe, dit-elle.

– Ça paraît logique, confirma Davidson. L'endroit est super bien protégé, mais pas imprenable. Nous savons tous qu'un casse est rudement plus facile si on a quelqu'un à l'intérieur.

– On fait quoi alors ? interrogea Clarke.

– On va monter une arnaque pour contrer celle de Telford, expliqua Rebus. Il veut un homme du dedans, nous allons lui en fournir un.

– J'ai rendez-vous avec le directeur de Maclean ce soir, précisa Davidson.

– Je viens avec vous, déclara Claverhouse, peu désireux d'être tenu à l'écart.

– Nous mettons donc quelqu'un de chez nous à l'intérieur de l'usine, reprenait Clarke en réfléchissant tout haut. Et il joue son intéressant pour attirer l'attention sur lui. Et on attend en priant le ciel que Telford le contacte lui plutôt qu'un autre ?

– Moins on laissera de choses au hasard, mieux ça vaudra, décréta Claverhouse. On ne doit pas se planter.

– Voici comment on va procéder, déclara Rebus. Je connais un book, Marty Jones, qui me doit une fière chandelle. Disons que notre homme sort de la gargote. Au moment où il sort, une voiture s'arrête, avec Marty et deux de ses sbires à l'intérieur. Marty veut se faire rembourser des paris. Super-engueulade et un coup de poing dans le bide en guise d'avertissement.

Clarke imaginait parfaitement la scène.

– Il titube jusque dans la boutique et s'assoit pour se remettre de ses émotions, poursuit-elle. Là, Dec et Ken lui demandent ce qui lui arrive.

– Et il leur joue la grande scène du deux, des dettes de jeu, un mariage en lambeaux, bref, le grand jeu…

– Et pour couronner le tout, nous faisons de lui un gardien de sécurité, précisa Davidson.

Ormiston le considéra.

– Vous croyez que Maclean va marcher ?

– Nous allons le convaincre, affirma Claverhouse posément.

– Et surtout, est-ce que Telford va marcher ? intervint Clarke.

– Ça dépend s'il est très en demande. Nécessité fait loi, rappela Rebus.

– Un homme à l'intérieur, fit Ormiston, les yeux brillants. Qui travaillerait pour Telford... On a toujours rêvé de ça.

– Sûr, renchérit Claverhouse. Mais il reste un détail à régler. (Il se tourna vers Rebus et Davidson.) Qui ça va être ? Telford nous a repérés.

– Nous allons prendre quelqu'un du dehors, expliqua Rebus. Quelqu'un avec qui j'ai déjà bossé. Telford n'a jamais entendu parler de lui. C'est un type super-réglo.

– Il va être d'accord ?

Un silence s'installa autour de la table.

– Ça dépend qui lui demande, répondit une voix venant de la porte.

Une silhouette trapue, une épaisse toison soigneusement disciplinée, les yeux formant deux fentes étroites... Rebus se leva, serra la main de son ami Jack Morton et fit les présentations.

– J'ai besoin d'un passé, attaqua Morton, d'emblée très pro. John m'a expliqué la combine et ça me plaît, mais il me faudra un appart, un truc miteux situé dans le quartier.

– Dès la première heure demain matin, promit Claverhouse. Écoutez, on a besoin de parler de ça à nos supérieurs pour avoir leur autorisation. (Il regarda Morton.) Et vous, Jack, qu'est-ce que vous avez raconté à votre patron ?

– Comme j'avais quelques jours de récup, j'ai pensé que ce n'était pas la peine d'en parler.

Claverhouse hocha la tête.

– Je l'informerai dès que j'aurai le feu vert.

– Il nous faut ce feu vert dès ce soir, insista Rebus. Les deux mickeys ont peut-être déjà une touche. Si on traîne, on risque de se faire doubler.

– C'est juste, approuva Claverhouse en regardant l'heure. Je vais passer mes coups de fil, quitte à interrompre quelques whiskys pousse-café.

– Je couvrirai vos arrières si besoin est, intervint Davidson.

Rebus considéra Jack Morton et articula un « merci » silencieux, à quoi ledit Morton répondit par un haussement d'épaules et un sourire complice. Puis Rebus se leva.

– Je vais être obligé de vous laisser, annonça-t-il à l'assemblée. Vous avez le numéro de mon biper et celui de mon portable, en cas de besoin.

Il était à mi-chemin du couloir quand Siobhan Clarke le rattrapa.

– Je voulais juste vous remercier.

– Hein ? fit Rebus en clignant des paupières. Pourquoi ?

– Depuis que Claverhouse est sur la brèche grâce à vous, mon répondeur est au repos.

24

Le dîner se passa bien. Il parla à Patience de Sammy, de Rhona, de son obsession pour la musique des Sixties, de son ignorance de la mode. Elle parla de son travail, des cours de cuisine expérimentale qu'elle prenait, d'un voyage dans les Orcades qu'elle envisageait. Ils mangèrent des pâtes fraîches avec une sauce aux moules et aux crevettes faite maison et partagèrent une bouteille de Highland Spring. Rebus fit tout ce qu'il put pour oublier l'opération en cours, Tarawicz, Candice, Lintz... Elle voyait bien qu'il avait l'esprit distrait et s'efforça de ne pas lui en vouloir. Elle lui demanda s'il rentrait chez lui.

– C'est une invitation ?

– Je ne sais pas... Oui, j'imagine.

– Faisons comme si ça n'en était pas, comme ça je n'aurais pas l'impression d'être le dernier des crétins en refusant.

– Ça me paraît sensé. Quelque chose te préoccupe ?

– Je suis surpris que ça ne me sorte pas par les oreilles.

– Tu veux en discuter ? Parce que tu n'as peut-être pas remarqué, mais nous avons parlé pratiquement de tout ce soir sauf de nous deux.

– Je ne crois pas que ça servirait beaucoup d'en parler.

– Mais le refouler, si ? (Elle projeta un bras en avant.) Voyez le mâle écossais au comble du bonheur quand il peut faire l'autruche !

– En quoi je fais l'autruche ?

– Primo, quand tu me refuses le droit de faire partie de ta vie.

– Excuse-moi.

– Bon sang, John, fais imprimer la formule sur un tee-shirt.

– Merci, c'est une idée.

Il quitta la banquette.

– Allons bon, je m'excuse. (Elle sourit.) Ça y est, tu me l'as passé.

– Oui, je sais, c'est contagieux.

Elle se leva à son tour et lui toucha le bras.

– Tu t'inquiètes pour le test ?

– En ce moment, crois-le si tu veux, c'est le cadet de mes soucis.

– Tu as raison. Tout va bien se passer.

– Au poil [1].

– Au poil, répéta-t-elle, souriant à nouveau avant de lui faire une bise sur la joue. Tu sais, je n'ai jamais vraiment compris ce que ça voulait dire.

– Quoi ? *Hunky Dory* ?

Elle acquiesça.

– C'est un album de David Bowie, répondit-il en lui déposant un baiser sur le front.

Il ne saurait jamais pourquoi son instinct lui avait dicté ce détour, mais il fut content de l'avoir fait. Car là, garée devant le casino Morvena, se trouvait la grosse caisse blanche à rallonges de l'Albinos. Le chauffeur, adossé contre elle, fumait une cigarette, l'air de s'ennuyer ferme. De temps en temps, il sortait un portable et échangeait quelques mots. Rebus observait le Morvena en songeant : Tommy Telford possède une part de l'affaire et l'Albinos lui procure les hôtesses, originaires d'Europe de l'Est. Rebus se demanda à quel point les deux empires étaient imbriqués l'un dans l'autre, celui de Telford et celui de Tarawicz. Et ajoutez un troisième fil à ces deux-là : les yakuzas. Mais ça coinçait quelque part.

Quel avantage Tarawicz en tirait-il ?

Miriam Kenworthy avait pensé aux tape-durs : des Écossais balèzes, des malabars, formés dans l'organisation de Telford avant d'être expédiés vers le sud. Mais cela n'était pas suffisant, il fallait davantage. L'Albinos allait-il palper sur ce que Maclean devait rapporter ? Telford essayait-il de mettre sur pied une opération

1. En anglais, *Hunky dory* signifie « au poil ». Expression formée sur *hunky*, qui veut dire « bien foutu » en parlant d'un mec.

yakuza ? Et qu'en était-il de l'hypothèse qui faisait de Telford le fournisseur de Tarawicz ?

À minuit moins le quart, nouveau coup de fil, et le chauffeur passa à l'action. Il projeta son mégot d'une pichenette sur la route et ouvrit les portières. Tarawicz et son aréopage sortirent du casino d'un pas dégagé, comme si le monde était à leurs pieds. Candice, vêtue d'un long manteau noir sur une robe d'un rose flamboyant qui ne lui arrivait pas aux genoux, portait une bouteille de champagne. Rebus repéra trois des sbires de Tarawicz, qu'il avait remarqués au dépôt de ferraille. Deux aux abonnés absents : l'avocat et le Crabe. Telford était là aussi avec deux anges gardiens, dont Beau-Gosse. Celui-ci s'assurait que sa veste tombait bien et cherchait à voir s'il aurait meilleure allure en la boutonnant. Pendant ce temps son regard ne cessait de balayer la rue obscure, mais, soucieux de passer inaperçu, Rebus s'était garé loin des réverbères. La troupe s'entassa dans la limousine. Rebus les regarda s'éloigner et attendit que la voiture ait mis son clignotant et tourné au carrefour avant d'allumer ses propres phares et de démarrer.

Ils roulèrent jusqu'à l'hôtel où Matsumoto était descendu. La Range Rover de Telford était garée devant. Les piétons – quelques couples de couche-tard se hâtant de rentrer du pub – se retournèrent pour regarder la voiture. Voyant les fidèles de Tarawicz se répandre sur le trottoir, ils les prirent sans doute pour des pop stars ou des gens du showbiz. Avec M. Rebus, directeur du casting, ça aurait donné : Candice, la starlette que tripote le producteur cochon, Tarawicz. Telford, un jeune opérateur doué aux dents longues, qui cherche à apprendre toutes les ficelles du métier auprès du producteur avant de lui piquer la place. Les autres étaient de simples figurants, sauf peut-être Beau-Gosse, lequel s'accrochait aux basques de son patron et se préparait lui-même – qui sait ? – à saisir sa chance en l'éjectant…

Si Tarawicz avait une suite, il y aurait de la place pour tout ce beau monde. Sinon, ils seraient au bar. Rebus se gara et les suivit.

Les lumières lui blessèrent les yeux. La réception était une vraie galerie des glaces décorée d'une profusion de pin, de cuivre et de plantes en pot. Il s'efforça de faire croire qu'il accompagnait le groupe qui l'avait précédé. Ils s'installèrent au bar, au-delà des portes battantes vitrées. Là, Rebus balança. Le choix était simple : valait-il mieux servir de cible à la réception, qui était déserte, ou au bar, où il crèverait les yeux ? Retourner se planquer dans la voiture ? Quelqu'un se leva pour se débarrasser d'un long manteau noir. Candice. Elle souriait à présent, adressait quelques mots à Tarawicz, qui approuvait. Il lui prit la main pour planter un baiser sur sa paume. Il continua, passant une langue langoureuse sur la paume et remontant vers le poignet. Les rires fusèrent, d'autres sifflèrent. Candice paraissait dans un état second. Tarawicz arriva à la chair tendre à l'intérieur du coude et là, il planta les dents brutalement. Elle poussa un cri aigu, retira la main en se frottant le bras. Tarawicz, la langue pendante, posait pour la galerie. Cela dit, il faut le lui reconnaître, Tommy Telford ne se fendit pas la pipe avec les autres.

Candice resta immobile, simple faire-valoir pour le numéro de son maître. Puis il la congédia d'un signe de la main. Ayant reçu l'autorisation de s'éclipser, elle s'éloigna en direction des portes. Rebus recula dans un recoin où étaient aménagés les téléphones publics. Elle tourna à droite après les portes et disparut dans les toilettes des dames. À la table, on commandait du champagne. Et un jus d'orange pour Beau-Gosse.

Rebus regarda alentour et respira un bon coup. Avant d'entrer à son tour dans les toilettes des dames, comme si c'était la chose la plus naturelle du monde.

Elle s'aspergeait d'eau le visage. Une petite fiole marron était posée au bord du lavabo. Trois comprimés jaunes attendaient à côté. Rebus les envoya valser par terre.

– Hé !

Elle se retourna et, l'apercevant, elle porta une main à sa bouche. Elle voulut prendre la fuite, mais il lui coupa le chemin de la retraite.

– C'est ça que tu veux, Dounya ? demanda-t-il, se servant de son vrai prénom comme d'une arme, pour bien lui faire sentir qu'ils étaient du même bord.

Elle fronça les sourcils et secoua la tête, l'air de ne pas comprendre. Il la prit par les épaules, serra les mains.

– Sammy..., siffla-t-il entre ses dents. Sammy est à l'hôpital. Très malade. (Il pointa le doigt en direction du bar de l'hôtel.) Ils ont essayé de la tuer.

Elle saisit, en gros, ce qu'il cherchait à lui dire et elle secoua la tête. Les larmes faisaient couler son mascara.

– Tu as dit quelque chose à Sammy ?

De nouveau, elle plissa le front.

– Quelque chose sur Telford ou Tarawicz ? Tu as parlé d'eux à Sammy ?

Elle scanda ses paroles d'un mouvement de tête lent, obstiné.

– Sammy… hôpital ?

Il confirma d'un geste, fit semblant de tenir un volant entre ses mains, imita le bruit d'un moteur, puis frappa le poing contre sa paume ouverte. Candice détourna la tête et s'accrocha au lavabo. Elle pleurait, les épaules agitées de soubresauts. Elle se mit à la recherche d'autres pilules, mais Rebus les lui arracha.

– Tu veux faire le vide ? Laisse tomber.

Il jeta le flacon par terre et l'écrasa sous son talon. Elle se mit à quatre pattes, se lécha le doigt et tapota la poudre. Rebus la releva de force. Comme ses genoux refusaient de la porter, il dut la soutenir. Le regard de la jeune femme évitait obstinément le sien.

– C'est marrant quand même, la première fois qu'on s'est rencontrés, c'était déjà dans les toilettes, tu te souviens ? Tu flippais complètement. Tu détestais la vie au point de te taillader les bras. (Il effleura ses poignets lacérés de cicatrices.) C'est dire si tu haïssais ta vie ! Et maintenant, tu en es exactement au même point : retour à la case départ.

La jeune femme pressait son visage contre la veste du policier, inondant sa chemise de larmes.

– Tu te rappelles, les Japonais ? roucoula-t-il, essayant de la rassurer. Tu te rappelles Juniper Green, le club de golf ?

Elle recula un peu et s'essuya le nez sur son poignet nu.

– Juniper Green, répéta-t-elle.

– C'est ça. Et une grande usine… la voiture s'était arrêtée et tout le monde regardait l'usine.

Elle hocha la tête.

– Quelqu'un en a reparlé ? Est-ce qu'ils ont dit quelque chose ?

Elle fit signe que non.

– John…

Elle avait les mains sur les revers de sa veste. Elle renifla, s'essuya de nouveau le nez. Elle se laissa glisser en s'accrochant à sa veste, à sa chemise. Elle était à genoux, les yeux levés vers lui, des larmes plein les cils, tandis que ses doigts humides ramassaient la poudre blanche sur le carrelage. Rebus s'accroupit devant elle.

– Viens avec moi, dit-il, je t'aiderai.

Il indiqua la porte, le monde extérieur, mais elle était retournée dans son propre univers, portant les doigts à sa bouche. Quelqu'un ouvrit la porte. Rebus leva les yeux.

Une femme. Jeune, ivre, les cheveux dans les yeux. Elle s'arrêta pour observer le couple à quatre pattes, puis elle sourit et se dirigea vers un des habitacles.

– Vous m'en laissez un peu, d'accord ? lança-t-elle en faisant jouer la targette.

– Va-t'en, John. (Elle avait de la poudre aux commissures des lèvres et un minuscule morceau de pilule était coincé entre ses dents de devant.) Je t'en prie, va-t'en.

– Je ne veux pas qu'on te fasse du mal.

Il prit les mains de la jeune femme, les pressa entre les siennes.

– Je ne fais plus mal.

Elle se leva et lui tourna le dos. Elle observa son visage dans la glace, essuya la poudre et effaça les traces de mascara. Se moucha et respira un bon coup.

Puis elle sortit des toilettes.

Rebus attendit un moment, assez pour lui laisser le temps de regagner la table. Alors il ouvrit la porte et sortit à son tour. Il se dirigea vers sa voiture avec l'impression que ses jambes appartenaient à un autre.

Sur le chemin du retour, il pleurait presque.

Enfin… presque pas.

25

À 4 heures du matin, ce satané téléphone le tira d'un cauchemar.

Des prostituées en camp de prisonniers, les dents limées en pointe, agenouillées devant lui. Jake Tarawicz, en uniforme SS, qui le tient par-derrière en jurant que toute résistance est inutile. Par la fenêtre à barreaux, Rebus aperçoit des bérets noirs. Le *maquis* [1] libère le camp mais en laissant son cantonnement pour la fin. Des sirènes d'alarme retentissent, tout lui dit que le salut est proche, à portée de main… Et l'alarme qui se mue en sonnerie du téléphone…

Il quitta son fauteuil en chancelant et décrocha, groggy.

– Allô ?

– John ?

La voix du super-chef. L'accent inimitable d'Aberdeen, instantanément identifiable.

– Oui, monsieur.

– Nous avons un petit problème. Ramenez-vous dare-dare.

– Quel genre de problème ?

– Je vous le dirai quand vous serez là. Alors grouillez-vous. Au poste !

Un poste de nuit, pour être précis. La ville assoupie. St Leonard était éclairé et les immeubles du voisinage plongés dans le noir. Aucun signe du « petit problème » évoqué par le Péquenot. Le

---

1. En français dans le texte.

bureau du patron… Le Péquenot était en conférence avec Gill Templer.

– Asseyez-vous, John. Café ?

– Non, merci, monsieur.

Tandis que Templer et le superintendant décidaient qui devait prendre la parole, Rebus préféra leur donner un coup de main.

– Cette fois, c'est Tommy Telford qui a trinqué.

– Hein ? fit Templer en clignant des yeux. C'est de la télépathie ?

– Les bureaux de Cafferty et ses taxis ont été incendiés, de même que sa maison, répondit Rebus avec désinvolture. Pas besoin d'être grand clerc pour savoir qu'il lui rendrait la monnaie de sa pièce.

– Ah bon ?

Que pouvait-il dire ? *Cafferty m'a prévenu ?* Pas de doute, ça ne leur plairait pas.

– J'ai additionné deux et deux.

Le Péquenot se versa une rasade de café.

– Donc maintenant, on a une guerre ouverte.

– Qu'est-ce qui a été touché ?

– L'arcade de Flint Street, répondit Templer. Pas tellement de dégâts : l'endroit avait un extincteur automatique… et pourtant, Telford est loin d'être quelqu'un de prudent.

– En plus de deux night-clubs, précisa le Péquenot. Et un casino pour faire bonne mesure.

– Lequel ?

Le super-chef regarda Templer, qui répondit :

– Le Morvena.

– Des blessés ?

– Le gérant et deux de ses amis : commotion cérébrale et hématomes.

– Qu'ils se sont faits comment ?

– En culbutant les uns sur les autres dans l'escalier.

Rebus eut un geste négligent de la main.

– C'est fou ce que les gens ont de problèmes dans les escaliers. (Il se redressa sur sa chaise.) Alors qu'est-ce que j'ai à voir là-dedans ? Et ne me répondez pas qu'après avoir refroidi l'associé japonais de Telford, j'ai décidé de devenir pyromane.

– John… (Le Péquenot se leva, contourna sa table et appuya ses fesses sur le rebord.) Nous trois, nous savons parfaitement que vous n'avez rien à voir dans tout ça. Mais dites-moi, on a trouvé une demi-bouteille de whisky intacte sous le siège du conducteur…

– Ouais…, fit Rebus en opinant du bonnet. Ça, c'est à moi.

Une autre de ses bombinettes-suicides.

– Depuis quand vous buvez une marque de supermarché ?

– Hein, c'est ce que dit la capsule ? Ah, les minables.

– Et pas une goutte d'alcool dans votre sang. Entre-temps, comme je le disais, Cafferty est dans le colimateur pour ce coup-là. Et Cafferty et vous…

– Vous voulez que j'aille lui parler ?

Gill Templer se pencha en avant.

– On ne veut pas la guerre.

– Il faut être deux pour signer un cessez-le-feu.

– J'irai voir Telford, offrit-elle.

– C'est une vraie petite salope, méfie-toi.

Elle hocha la tête sans le lâcher des yeux.

– Et toi, tu veux bien parler à Cafferty ?

Rebus non plus ne voulait pas la guerre. Ça empêcherait Telford de se concentrer sur le casse de Maclean. Il aurait besoin de toutes ses troupes pour ce coup-là. Le magasin risquait même de devoir fermer ses portes. Non, bien sûr, Rebus ne voulait pas la guerre.

– J'irai lui parler, déclara-t-il.

L'heure du petit déjeuner à Barlinnie.

Rebus avait les nerfs en pelote après la route et il savait qu'un whisky l'aurait calmé. Cafferty l'attendait dans la même pièce qu'avant.

– L'Homme de paille, quel bon vent t'amène ? clama-t-il, les bras croisés sur la poitrine, visiblement content de lui.

– Vous avez eu une nuit très chargée.

– Au contraire, je n'ai jamais aussi bien dormi depuis que je suis ici. Et vous ?

– Je me suis levé à quatre heures du mat' pour effectuer les premières constatations. J'aurais pu m'économiser le déplacement. Et si vous me donniez votre numéro de portable pour la prochaine fois… ?

Cafferty afficha un large sourire.

– J'ai appris que les night-clubs ont été saccagés.

– Je dirais que vos gars sont des rigolos. (Le sourire de Cafferty se rétracta.) Les locaux de Telford semblent avoir le nec plus ultra dans le domaine des mesures de sécurité contre l'incendie. Détecteurs de fumée, extincteurs à déclenchement automatique, portes coupe-feu. Les dégâts sont minimes.

– Ce n'est qu'un début, grogna Cafferty. J'aurai ce petit enculé.

– Je croyais que c'était mon boulot à moi ?

– Pour ce que j'ai vu jusque-là, l'Homme de paille !

– J'ai quelque chose sur le feu. Si ça marche, vous ne le regretterez pas.

Les paupières de Cafferty se rétrécirent.

– Donnez-moi quelques biscuits. Je ne demande qu'à vous croire.

Mais Rebus dodelinait du chef.

– Non, fit-il. Il faut avoir la foi. (Il fit une pause.) Alors ça marche, on est d'accord ?

– J'ai dû rater quelque chose.

Rebus mit les points sur les i.

– Vous ne bronchez plus. Vous me laissez m'occuper de Telford.

– On a déjà discuté de ça. S'il me frappe et que je me croise les bras, j'ai l'air d'un tas de merde.

– On est allé lui parler, on lui conseille de se tenir à carreau.

– Et pendant ce temps-là, je suis censé croire que vous ferez le boulot ?

– On s'est serré la main, non ?

– C'est pas les salauds à qui j'ai serré la main qui manquent, ronchonna le vieux caïd.

– Eh bien, moi, je fais exception à la règle.

– Vous faites exception à beaucoup de règles, l'Homme de paille, rétorqua-t-il, la tête ailleurs. Alors le casino, les clubs, l'arcade… les dommages sont pas si terribles ?

– D'après moi, les extincteurs ont fait autant de dégâts que le reste.

La mâchoire de Cafferty se durcit.

– Du coup, j'ai l'air encore plus tocard qu'avant.

Rebus se tut, attendant que la mystérieuse partie d'échecs qui se jouait dans sa tête se termine.

– Ça va, lâcha enfin le gangster. Je vais rappeler mes troupes. De toute façon, c'est peut-être le moment de recruter. (Son regard dur se leva vers Rebus.) Il est temps de faire venir du sang neuf.

Ce qui rappela à Rebus une autre tâche qu'il avait remise à plus tard.

Danny Simpson se trouvait chez lui, dans une maison mitoyenne qu'il habitait avec sa mère à Wester Hailes.

Cette cité sinistre, conçue par des sadiques qui n'avaient jamais été obligés d'y habiter, avait le cœur flétri, mais celui-ci s'obstinait à pomper. Rebus professait un grand respect pour l'endroit. En effet, c'était là que Tommy Smith avait grandi, et il s'était entraîné en fourrant des chaussettes dans son saxophone pour ne pas déranger les voisins de l'autre côté des minces cloisons des tours. Tommy Smith était un des meilleurs saxos que Rebus ait jamais entendus.

En un sens, Wester Hailes, qui ne se situait sur aucune route allant d'un point à un autre, existait en marge du monde réel. Rebus n'avait jamais eu l'occasion d'y flâner, il n'y allait que s'il avait quelqu'un à y voir. Le périphérique extérieur de la ville passait à proximité, offrant à une multitude d'automobilistes ce seul contact virtuel avec Wester Hailes. Ce qu'ils voyaient : des tours, des terrasses, des étendues de terrains de jeux inutilisés. Ce qu'ils ne voyaient pas : des personnes. Pas tant une jungle de béton qu'un désert de béton.

Rebus toqua à la porte de Danny Simpson. Il ne savait pas ce qu'il dirait au jeune homme. Il voulait seulement le revoir. Il voulait le voir sans le sang et la douleur. Il voulait le voir en entier.

Il voulait seulement le revoir.

Mais Danny Simpson n'était pas là, et sa mère non plus. Une voisine, à laquelle manquait la partie supérieure de son râtelier, sortit pour lui exposer la situation.

La situation conduisit Rebus à l'hôpital municipal où, dans une petite aile lugubre pas facile à dénicher, Danny Simpson était alité, la tête bandée, transpirant comme s'il venait de disputer une partie de football. Il n'était pas conscient. Assise à côté de lui, sa mère lui caressait le poignet. Une infirmière expliqua à Rebus qu'un établissement de soins palliatifs serait sans doute le mieux indiqué, à supposer qu'on lui trouve une place.

– Que s'est-il passé ?

– Nous pensons qu'il fait une infection. Quand vous êtes immunodéficient… le monde devient redoutable.

Elle soupira, l'air d'en avoir trop vu. La mère de Danny les vit discuter. Peut-être prit-elle Rebus pour un médecin ? Elle se leva et vint vers lui, puis elle s'arrêta et attendit qu'il parle.

– Je suis venu voir Danny, dit-il.

– Oui ?

– Le soir où... le soir de son accident, c'est moi qui l'ai conduit ici. Je me demandais comment il allait.

– Voyez vous-même, fit-elle d'une voix brisée.

À cinq minutes de là se trouvait la chambre de Sammy. Il l'avait crue dans une situation terrible, parce qu'elle était terrible pour lui. Maintenant, il voyait que dans un rayon proche du lit de Sammy, d'autres parents pleuraient et pressaient la main de leur enfant en se demandant pourquoi.

– Je suis vraiment navré, dit-il. Je souhaite...

– Oui, moi aussi, chuchota-t-elle. Vous savez, ce n'est pas un méchant garçon. Une forte tête, mais pas méchant. Son problème, c'est qu'il lui fallait toujours du nouveau, sinon il avait peur de s'ennuyer. Nous savons tous où ça peut vous mener.

Rebus acquiesça. Brusquement, il aurait voulu être ailleurs, ne pas entendre l'histoire de la vie de Danny Simpson. Il avait suffisamment de fantômes qui le hantaient. Il serra le bras de la femme.

– Écoutez, dit-il, je m'excuse, mais je dois y aller.

Elle hocha la tête avec indifférence et repartit en direction du chevet de son fils. Rebus avait envie de maudire Danny parce qu'il risquait de l'avoir contaminé. Il se rendait compte à présent que, s'ils s'étaient rencontrés sur le pas de la porte, leur conversation n'aurait pas été différente et peut-être que Rebus aurait passé son chemin.

Il aurait voulu le maudire... mais en était incapable. Cela aurait été aussi utile que de maudire le Grand Chef. Une perte de temps et d'énergie. Il alla donc dans la chambre de Sammy, qu'il trouva de nouveau seule. Pas d'autres patients, pas d'infirmières, pas de Rhona. Il déposa un baiser sur son front. Elle avait le goût du sel. La sueur. Elle avait besoin qu'on l'essuie. Il y avait une odeur qu'il n'avait pas remarquée auparavant. Le talc. Il s'assit et prit ses mains chaudes dans les siennes.

– Comment tu t'en tires, Sammy ? J'ai toujours l'intention de t'apporter une cassette d'Oasis pour voir si ça te fera revenir. Ta maman reste assise ici à écouter du classique. Je me demande si tu l'entends. Je ne sais même pas si ce style de musique te plaît. Il y a des tas de trucs dont on n'a jamais eu l'occasion de parler.

Il distingua quelque chose. Se leva pour mieux voir. Un mouvement derrière les paupières.

– Sammy ? Sammy ?

Il ne l'avait pas encore vue faire ça. Il pressa un bouton près du lit et attendit qu'une infirmière arrive. Il recommença.

– Allez, allez…

Ses paupières battirent… puis s'arrêtèrent.

– Sammy !

La porte s'ouvre, l'infirmière surgit.

– Qu'est-ce qu'il y a ?

– J'ai cru la voir… elle bougeait.

– Elle a bougé ?

– Juste les yeux, comme si elle essayait de les ouvrir.

– Je vais chercher le docteur.

– Allez, Sammy, essaie encore. Debout là-dedans, c'est l'heure, ma chérie.

Il lui tapota les poignets, puis les joues.

Le médecin arriva. C'était celui auquel Rebus s'en était pris le premier jour. Il lui souleva les paupières, braqua un rayon dans les yeux, l'écarta, puis vérifia les pupilles.

– Si vous l'avez vu, c'est que c'était là.

– Oui, mais ça veut dire quoi ?

– Difficile à dire.

– Essayez quand même.

Ses yeux vrillaient ceux du praticien.

– Elle dort. Elle fait des rêves. Parfois durant la phase du sommeil paradoxal, on rêve et ces rêves s'accompagnent de mouvements oculaires rapides.

– Alors ça pourrait être… involontaire, demanda Rebus, déçu.

– Comme je vous le disais, c'est difficile de savoir. Les derniers scanners indiquent une amélioration certaine. (Il s'interrompit.) Une amélioration *mineure*, mais indiscutable.

Rebus dodelina du chef, il tremblait. Le docteur s'en aperçut et lui demanda s'il désirait quelque chose. Rebus fit signe que non. L'homme de l'art regarda l'heure, d'autres malades l'attendaient. L'infirmière le suivit sans hâte. Rebus les remercia tous les deux et repartit.

HOGAN : Vous acceptez que cette audition soit enregistrée, professeur Colquhoun ?

COLQUHOUN : Je n'y vois pas d'objections.

HOGAN : C'est dans votre intérêt autant que dans le nôtre.

COLQUHOUN : Je n'ai rien à cacher, monsieur l'inspecteur. (Il tousse.)

HOGAN : Parfait, monsieur. Alors nous pouvons commencer ?

COLQUHOUN : Puis-je poser une question ? Juste pour mémoire, vous voulez m'interroger à propos de Joseph Lintz… rien d'autre ?

HOGAN : Que pourrait-il y avoir d'autre, monsieur ?

COLQUHOUN : Je voulais juste m'en assurer.

HOGAN : Vous désirez la présence d'un avocat ?

COLQUHOUN : Non.

HOGAN : Vous avez raison, monsieur. Enfin, si je peux commencer… cela concerne en fait vos relations avec le professeur Joseph Lintz.

COLQUHOUN : Oui.

HOGAN : Mais quand nous en avons parlé auparavant, vous avez nié connaître le professeur Lintz.

COLQUHOUN : Je crois avoir dit que je ne le connaissais pas très bien.

HOGAN : Entendu, monsieur. Si c'est ce que vous avez dit…

COLQUHOUN : Tout à fait, d'après ce dont je me souviens.

HOGAN : Seulement nous avons eu depuis d'autres informations…

COLQUHOUN : Ah oui ?

HOGAN : Selon lesquelles vous connaissiez le professeur Lintz un peu mieux que ça.

COLQUHOUN : Et cela, d'après… ?

HOGAN : Les nouvelles informations en notre possession. Notre informateur nous dit que Joseph Lintz vous accusait d'être un criminel de guerre. Vous avez quelque chose à répondre à ça, monsieur ?

COLQUHOUN : Seulement que c'est un mensonge, un mensonge éhonté.

HOGAN : Il ne croyait pas que vous étiez un criminel de guerre ?

COLQUHOUN : Ça, pour le croire, il le croyait ! Il me l'a lancé à la figure plus d'une fois.

HOGAN : Quand ça ?

COLQUHOUN : Il y a des années. Il s'était mis ça en tête… cet homme était un malade, inspecteur. C'était visible. Il était détraqué.

HOGAN : Qu'a-t-il dit exactement ?

COLQUHOUN : Difficile de m'en souvenir. Ça fait longtemps, au début des années soixante-dix, je pense.

HOGAN : Ça nous aiderait si vous le pouviez…

COLQUHOUN : Il m'a sorti ça au milieu d'une réception. Je crois que c'était une cérémonie pour accueillir un professeur associé. Bref, Joseph a insisté pour m'entraîner à l'écart. Il avait l'air fébrile. Puis il m'a sorti ça : j'étais une espèce de nazi et j'étais entré dans ce pays par une voie détournée. Il ne voulait pas en démordre.

HOGAN : Qu'est-ce que vous avez fait ?

COLQUHOUN : Je lui ai répondu qu'il avait bu, qu'il débitait des idioties.

HOGAN : Et alors ?

COLQUHOUN : Et c'était le cas. Il a fallu le ramener chez lui en taxi. Je n'en ai plus reparlé. Dans le milieu universitaire, on s'habitue à un certain degré de… d'excentricité. Nous sommes tous des névrosés, on n'y peut rien.

HOGAN : Mais Lintz n'a rien voulu entendre ?

COLQUHOUN : Non, pas vraiment. Et tous les trois ou quatre ans, il… ça… il remettait ça, me mettait de nouvelles atrocités sur le dos…

HOGAN : Vous a-t-il contacté en dehors de l'université ?

COLQUHOUN : Pendant un temps, il m'a téléphoné chez moi.

HOGAN : Vous avez déménagé ?

COLQUHOUN : Oui.

HOGAN : En vous mettant sur liste rouge ?

COLQUHOUN : En fin de compte, oui.

HOGAN : Pour l'empêcher de vous appeler ?

COLQUHOUN : J'imagine que c'était une des raisons.

HOGAN : Avez-vous parlé à quelqu'un de Lintz ?

COLQUHOUN : Vous voulez dire, est-ce que j'en ai parlé aux autorités ? Non, à personne. Il me cassait les pieds, rien de plus.

HOGAN : Et ensuite, que s'est-il passé ?

COLQUHOUN : Ensuite, les journaux ont commencé à publier des histoires, racontant que Joseph pourrait être un ancien nazi, un criminel de guerre. Et brusquement, je l'ai eu de nouveau sur le dos.

HOGAN : Il vous a appelé à votre bureau ?

COLQUHOUN : C'est cela.

HOGAN : Vous nous avez menti à ce sujet.

COLQUHOUN : Je m'en excuse, j'ai paniqué.

HOGAN : Pour quelle raison avez-vous paniqué ?

COLQUHOUN : Eh bien… Je ne sais pas.

HOGAN : Vous l'avez donc rencontré ? Pour régler votre différend ?

COLQUHOUN : Nous avons déjeuné ensemble. Il semblait… lucide. Pourtant ce qu'il disait, c'était une histoire de fou. Il avait monté tout un scénario, sauf que ça ne me concernait pas. J'avais beau lui dire : « Joseph, à la fin de la guerre, j'étais encore un adolescent. » De plus, je suis né et j'ai grandi dans ce pays. C'est dans mon dossier.

HOGAN : Qu'a-t-il répondu à ça ?

COLQUHOUN : Que des documents, ça pouvait se truquer.

HOGAN : Des documents falsifiés… qui pourraient expliquer pourquoi Josef Linzstek n'a pas été repéré.

COLQUHOUN : Je sais.

HOGAN : Vous croyez que Joseph Lintz était Josef Linzstek ?

COLQUHOUN : Je n'en sais rien. Peut-être que ces histoires lui sont montées à la tête… il a commencé à croire… je ne sais pas.

HOGAN : Oui, mais ces accusations, elles ont commencé avant ce ramdam médiatique… des dizaines d'années plus tôt.

COLQUHOUN : C'est juste.

HOGAN : Il s'est donc acharné sur vous. A-t-il dit qu'il irait trouver la presse avec sa version des événements ?

COLQUHOUN : Il l'a peut-être dit… Je ne m'en souviens pas.

HOGAN : Hmmm ?

COLQUHOUN : Vous voulez un motif, n'est-ce pas ? Vous cherchez des raisons qui m'auraient poussé à le tuer.

HOGAN : L'avez-vous tué, professeur Colquhoun ?

COLQUHOUN : Non, en aucun cas !

HOGAN : Vous avez une idée du coupable ?

COLQUHOUN : Pas du tout.

HOGAN : Pourquoi ne nous avez-vous rien dit ? Pourquoi avoir menti ?

COLQUHOUN : Parce que je savais ce qui m'attendait. Ces soupçons… Stupidement, j'ai cru pouvoir les circonvenir.

HOGAN : Les circonvenir ?

COLQUHOUN : Oui.

HOGAN : On a vu une jeune femme dîner avec Lintz, dans le même restaurant où il vous a rencontré. Une idée de qui ça peut être ?

COLQUHOUN : Aucune.

HOGAN : Vous avez connu le professeur Lintz pendant de longues années… Quelles étaient d'après vous ses inclinations sexuelles ?

COLQUHOUN : Une question que je ne me suis jamais posée.

HOGAN : Jamais ?

COLQUHOUN : Non.

HOGAN : Et vous-même, monsieur ?

COLQUHOUN : Je ne vois pas ce que cela… eh bien, pour mémoire, inspecteur, je suis monogame et hétérosexuel.

HOGAN : Merci, monsieur. J'apprécie votre franchise.

Rebus arrêta l'appareil.

– Ça ne m'étonne pas de ta part.

– Qu'est-ce que tu en penses ? s'enquit Hogan.

– D'après moi, tu as mal choisi le moment pour lui demander s'il l'avait tué. Autrement, pas mal. (Rebus tapota le magnéto.) Il y en a encore beaucoup ?

– Non, pas tant que ça.

Rebus remit la cassette en route.

HOGAN : Quand vous vous êtes retrouvés au restaurant, ça s'est passé comme précédemment ?

COLQUHOUN : Oh oui. Des noms, des dates… des pays qu'on m'aurait fait traverser pour passer du continent en Angleterre.

HOGAN : Il vous a dit comment on procédait ?

COLQUHOUN : Il a appelé ça la Ratline. Il a dit que ça fonctionnait sous l'égide du Vatican, si vous pouvez le croire. Et tous les gouvernements occidentaux étaient de mèche pour éviter que les chefs nazis – les scientifiques et les intellectuels – tombent entre les mains des Russes. Enfin, je veux dire, vraiment… on se croirait à mi-chemin entre Ian Fleming et John Le Carré, non ?

HOGAN : Il a fourni beaucoup de détails ?

COLQUHOUN : Oui, mais ça peut arriver avec les névroses obsessionnelles.

HOGAN : Des livres ont été publiés sur ce sujet et ils prétendent la même chose que le professeur Lintz.

COLQUHOUN : Ah bon ?

HOGAN : Des nazis qui ont franchi la mer clandestinement… des criminels de guerre qu'on a sauvés du gibet.

COLQUHOUN : Oui, mais bon, c'est du roman. Vous ne croyez pas sérieusement… ?

HOGAN : Je cherche des informations, professeur Colquhoun. Dans mon métier, nous ne négligeons rien.

COLQUHOUN : Je vois. Le problème, c'est de séparer le grain de l'ivraie.

HOGAN : Vous voulez dire la vérité du mensonge ? Oui, c'est un de nos problèmes, en effet.

COLQUHOUN : Enfin, toutes les histoires qu'on entend sur la Bosnie et la Croatie… les massacres, les tortures de masse, les coupables qui se volatilisent… C'est difficile de distinguer le vrai du faux.

HOGAN : Bon, avant que nous en ayons fini… une idée de ce qui est arrivé à l'argent ?

COLQUHOUN : Quel argent ?

HOGAN : Le retrait que Lintz a effectué à sa banque. Cinq mille livres en liquide.

COLQUHOUN : C'est la première fois que j'en entends parler. Un autre motif ?

HOGAN : Merci pour le temps que vous nous avez accordé, professeur Colquhoun. Il pourrait être nécessaire que nous nous reparlions. Je regrette, mais vous n'auriez pas dû nous mentir, cela nous complique énormément la tâche.

COLQUHOUN : J'en suis navré, inspecteur Hogan. Je comprends, mais j'espère que vous pourrez vous mettre à ma place.

HOGAN : Ma maman m'a toujours dit que ce n'est pas beau de mentir, monsieur. Je vous remercie de nouveau.

Rebus considéra Hogan, un sourcil levé.

– Ta maman ?

– Oh, fit Hogan en haussant les épaules. C'était peut-être ma mamie.

Rebus vida le fond de sa tasse de café.

– Alors maintenant, nous connaissons un des convives de Lintz au restaurant.

– Et nous savons qu'il harcelait Colquhoun.

– Il est suspect ?

– Je ne croule pas précisément sous le nombre.

– C'est juste, mais quand même…

– Tu crois qu'il est réglo ?

– Je n'en sais rien, Bobby. On a l'impression qu'il a répété son numéro. Et à la fin, il était soulagé.

– Tu n'as pas l'impression qu'il ait vidé son sac ? Je peux le faire revenir.

Rebus pensait : *les histoires qu'on entend… les coupables qui se volatilisent.* Ce ne sont pas les histoires qu'on *lit*, mais celles qu'on *entend…* De qui les aurait-il entendues ? Candice ? Jake Tarawicz ?

Hogan se frotta l'arête du nez.

– J'ai besoin d'un verre, grommela-t-il.

Rebus balança son gobelet dans la corbeille.

– Message reçu cinq sur cinq. À propos, des nouvelles d'Abernethy ?

– Celui-là, pour un emmerdeur, c'est un emmerdeur, déclara Hogan en tournant les talons.

26

– Il est sur place, déclara Claverhouse quand Rebus l'appela à propos de Jack Morton. On lui a déniché un petit meublé, un trou à rat à Polwarth. On a pris ses mensurations pour son uniforme et maintenant il fait officiellement partie du personnel de sécurité.

– Quelqu'un d'autre est au parfum ?

– Juste le big boss. Il s'appelle Livingstone. Nous avons eu une longue séance de travail avec lui hier soir.

– Les autres membres de la sécurité ne vont pas trouver un peu bizarre qu'un étranger débarque comme ça ?

– À Jack de les décoincer. Il est assez confiant.

– C'est quoi, sa combine ?

– Un buveur qui se cache, un joueur qui s'affiche, un mariage qui est un fiasco.

– Mais il ne boit que de l'eau !

– Oui, il me l'a dit. Ça ne fait rien, tant que les autres le croient.

– Ça va coller ?

– Ça ira. Il va tourner sur deux équipes. Comme ça, il fera plus de visites au magasin, dont certaines en soirée, quand l'endroit est plus tranquille. Il aura plus de chance de lier connaissance avec les deux zozos, Ken et Dec. On évite les contacts pendant la journée. Le debriefing a lieu quand il rentre chez lui. Par téléphone seulement, on ne peut pas prendre le risque de se voir trop souvent.

– Vous croyez qu'ils vont le suivre ?

– Normal, s'ils sont prudents. Et s'ils mordent à l'hameçon.

– Vous avez parlé à Marty Jones ?

– C'est prévu pour demain. Il doit venir avec deux poids lourds, mais ils iront mollo avec Jack.

– Demain, c'est pas un peu précipité ?

– On peut se permettre d'attendre ? Peut-être qu'ils ont déjà quelqu'un en tête.

– On attend beaucoup de lui.

– Minute, c'est une idée à vous.

– Je sais.

– Vous ne croyez pas qu'il sera à la hauteur ?

– Ce n'est pas ça… mais il tombe en pleine guerre des gangs.

– Alors arrangez-vous pour qu'il y ait un cessez-le-feu.

– Ça y est.

– Ah bon ? Ce n'est pas ce qu'on me dit…

Et Rebus non plus, à peine eut-il raccroché. Il frappa à la porte du superintendant. Le Péquenot était en conférence avec Gill Templer.

– Vous lui avez parlé ? demanda le Péquenot.

– Il accepte le principe d'un cessez-le-feu, dit-il en regardant Gill. Et toi ?

Elle prit une profonde inspiration.

– J'ai parlé à M. Telford, son avocat a assisté à toute l'entrevue. Je n'ai cessé de lui répéter ce que nous voulions et l'avocat n'a cessé de me répéter que je salissais le nom de son client.

– Et Telford ?

– Il est resté assis, les bras croisés, souriant au mur. (Son visage reprenait des couleurs.) Je ne crois pas qu'il m'ait regardée une seule fois.

– Mais tu lui as fait passer le message ?

– Absolument.

– Tu lui as dit que Cafferty le respecterait ?

Elle acquiesça.

– Alors c'est quoi, ce bordel ?

– Il ne faut pas que la situation devienne incontrôlable, tonna le Péquenot.

– À mon avis, c'est chose faite.

Résultat des courses : deux des hommes de Cafferty, le visage en chair à pâté.

– Encore heureux qu'ils ne soient pas morts, commenta le Péquenot.

– Vous savez quoi ? demanda Rebus. C'est Tarawicz le problème, c'est lui qui fout la merde. Tommy veut l'épater.

– C'est dans des moments pareils qu'on aspire à l'indépendance, soupira le Péquenot. Parce que là, on n'aurait qu'à extrader cet enfoiré.

– Et pourquoi pas ? proposa Rebus. Dites-lui que sa présence ici est devenue indésirable.

– Et s'il reste ?

– On lui filera le train en faisant en sorte que tout le monde soit au courant. Cassons-lui les couilles.

– Tu crois que ça peut marcher ? demanda Gill Templer, sceptique.

– Non, j'en doute, admit Rebus en s'affaissant sur sa chaise.

– On n'a aucun vrai moyen de pression, renchérit le superintendant en regardant sa montre. Ce qui ne va pas faire plaisir au directeur de la police. Il veut me voir dans son bureau dans une demi-heure.

Il décrocha le téléphone, réclama une voiture et se leva.

– Écoutez, voyez si vous pouvez concocter quelque chose à vous deux.

Rebus et Templer échangèrent un regard.

– Je serai de retour dans une ou deux heures, poursuivit le Péquenot en regardant autour de lui d'un air subitement paumé. Fermez la porte à clé quand vous partez.

Sur quoi, avec un geste de la main, il s'éclipsa. Le silence s'installa dans la pièce.

– Ça craint. Il est obligé de fermer son bureau à clé pour empêcher qu'on découvre le secret de son infâme jus de chaussette, lança Rebus.

– En fait, il s'est amélioré récemment.

– C'est peut-être tes papilles qui se dégradent. Alors, inspecteur principal… (Rebus redisposa sa chaise pour lui faire face.) Et si on concoctait quelque chose, hein ?

Elle sourit.

– Il se sent en perte de vitesse.

– Il va se faire passer un savon ?

– Probable.

– Et c'est à nous de lui sauver la mise ?

– Je ne nous vois pas tellement en Tintin et Milou, et toi ?

– Cool. Moi non plus.

– Et puis tu es toujours tenté de te dire : laissons-les se bouffer les tripes. Tant que des civils n'en font pas les frais…

Rebus songea à Sammy et à Candice.

– Le problème, marmonna-t-il, c'est qu'ils finissent toujours par trinquer.

Elle l'observa d'un air grave.

– Comment tu vas ?

– Pareil.

– À ce point ?

– C'est une vocation chez moi.

– Mais Lintz, c'est un problème réglé ?

– Bof, fit-il en opinant du chef. Il n'est pas impossible qu'il ait un lien avec Telford.

– Tu crois toujours que Telford était derrière l'accident de Sammy ?

– Telford ou Cafferty.

– Cafferty ?

– En faisant porter le chapeau à Telford, de la même manière qu'on a voulu me monter le coup pour Matsumoto.

– Tu sais que tu n'es pas encore sorti de l'auberge ?

Il leva les yeux.

– Une enquête interne ? La police des polices ? (Elle confirma d'un signe.) Qu'ils viennent. (Il se pencha en avant en se frottant les tempes.) Plus on est de fous… Qu'ils viennent faire la fête !

– Quelle fête ?

– Celle qui se déchaîne sous mon crâne. La fête qui ne s'arrête jamais… (Rebus se pencha sur le bureau pour répondre au téléphone.) Non, il n'est pas là. Je peux prendre un message ? C'est l'inspecteur Rebus. (Une pause, le regard posé sur Gill Templer.) Oui, je travaille sur ce dossier. (Il trouva un stylo et du papier et prit note.) Mmm, oui, je vois, c'est ce qu'on dirait. Je le lui ferai savoir dès qu'il reviendra. (Ses yeux s'arrimant à ceux de la jeune femme. Puis, la chute :) Combien de morts, vous dites ?

Un seul. L'autre avait fui les lieux en se tenant le bras, pratiquement sectionné au niveau de l'épaule. Il se présenta plus tard dans un hôpital local, nécessitant une intervention chirurgicale et une énorme transfusion sanguine.

En plein jour. Pas à Édimbourg, mais à Paisley. La ville natale de Telford, son fief, son pré carré. Quatre costauds, arborant des gilets d'employés municipaux et se faisant passer pour des ouvriers de la voirie. Mais à la place de pics et de pioches, ils trimbalaient des machettes et un gros calibre. Ils avaient pourchassé les deux hommes à l'intérieur d'une cité. Des gosses jouaient sur des tricycles, d'autres tapaient dans un ballon en haut de la rue. Des femmes accrochaient du linge aux fenêtres. Et ces types, démangés par l'envie de se sauter à la gorge. Une machette a tournoyé avant de s'abattre. L'homme blessé a continué de courir. Son copain a essayé de sauter une barrière mais n'a pas été assez agile. Dix centimètres de plus et il s'en tirait. Tel quel, il s'est accroché le bout de la chaussure et il est tombé. Il était en train de retenter l'escalade quand le canon du revolver s'est posé sur sa nuque. Deux balles, un jet de sang et de cervelle. Les enfants ne jouaient plus, les femmes leur criaient de courir. Mais les deux coups de feu avaient comme coupé court à leur folie. Fin de crise. La course-poursuite était terminée. Les quatre petites frappes redescendirent la rue d'un pas élastique en direction d'une fourgonnette qui les attendait.

Une exécution publique, en plein cœur du bastion de Tommy Telford.

Les deux victimes étaient des prêteurs sur gages. Celui qui se trouvait à l'hôpital s'appelait « Petit » Stevie Murray, âgé de vingt-deux ans. L'autre à la morgue était Donny Drapier, surnommé « Rideau » depuis l'enfance. Ça lui avait valu toutes sortes de quolibets. Rideau devait fêter ses vingt-cinq ans dans deux semaines. Rebus espérait qu'il avait bien profité de son bref passage sur cette planète.

La police de Paisley n'ignorait pas le départ de Telford pour Édimbourg et savait que sa présence présentait un certain nombre de problèmes. Une visite de courtoisie en avait informé le superintendant Watson.

Le visiteur dit : les hommes étaient deux des gars de Telford les plus futés et les meilleurs.

Le visiteur dit : le signalement des agresseurs était vague.

Le visiteur dit : les enfants ne parlaient pas. Ils étaient protégés par les parents, qui craignaient des représailles. Super. Ils pouvaient refuser de parler à la police, mais Rebus doutait qu'ils se montrent aussi réticents quand Tommy Telford se pointerait avec son propre arsenal et bien décidé à obtenir des réponses.

Là, c'était moche. C'était *l'escalade*. Des bombes incendiaires et des bagarres, on pouvait y remédier. Mais le meurtre... avec le meurtre, le règlement de compte tournait à la vendetta.

– Ça vaut la peine de retenter de leur parler ? demanda Gill Templer.

Ils étaient à la cantine, des sandwichs intacts posés devant eux.

– À ton avis ?

Il savait ce qu'elle pensait. Elle parlait parce qu'elle croyait que parler valait mieux que se taire. Il aurait pu lui dire d'économiser sa salive.

– Ils se sont servis d'une machette.

– Comme pour scalper Danny Simpson, renchérit-elle et il confirma d'un hochement de tête. Je voulais te demander...

– Oui, quoi ?

– À propos de Lintz... ce que tu disais ?

Il éclusa le café froid dans le fond de sa tasse.

– Tu as envie d'un autre ?

– John... ?

Il leva les yeux.

– Lintz a reçu des appels qu'il voulait tenir secrets. L'un était adressé au bureau de Tommy Telford sur Flint Street. Nous ne savons pas quel est le lien entre eux, mais ce qui est sûr, c'est qu'il y en a un.

– Qu'est-ce que Lintz et Telford pouvaient avoir en commun ?

– Peut-être que Lintz est allé lui demander de l'aide. Peut-être qu'il lui louait les services de prostituées. Comme je te le disais, on est paumé. C'est pourquoi on se le garde sous le coude.

– Tu veux vraiment te faire Telford, hein ?

Rebus réfléchit un moment, les yeux fixés sur elle.

– Plus autant qu'avant. Ça ne me suffit plus.

– Et tu veux Cafferty aussi ?

– Plus Tarawicz... plus les yakuzas... et tous ceux qui voudront être de la fête.

– C'était donc ça, la fête dont tu parlais ? demanda-t-elle.

Il se tapota le front.

– Ils sont tous là-dedans, Gill, ça danse la sarabande. J'essaie de les foutre dehors, mais ils s'accrochent.

– Et si tu changeais un peu la musique ?

Il eut un sourire las.

– Ça c'est une idée. Qu'est-ce que tu me conseilles ? ELP ? The Enid ? Ou un triple album de Yes ?

– C'est ton rayon, pas le mien, Dieu merci.

– Tu ne sais pas ce que tu rates.

– Et comment ! J'étais là la première fois.

Un vieux proverbe écossais dit : celui qui se fait taper sur les doigts essaiera de taper sur les doigts d'un autre. C'est pourquoi Rebus se retrouva dans le bureau de Watson. Les joues du Péquenot étaient encore écarlates après son entrevue avec le directeur de la police. Quand Rebus fit mine de s'asseoir, Watson lui intima l'ordre de rester debout.

– Vous vous assiérez quand on vous le dira et pas avant !

– Certainement, monsieur.

– Putain, John, c'est quoi ce bordel ?

– Pardon, monsieur ?

Le Péquenot regarda la note que Rebus avait posée sur son bureau.

– C'est quoi ?

– Un mort, un blessé grave à Paisley, monsieur. Des potes à Telford. Cafferty a frappé là où ça fait mal. Il doit trouver que le territoire de Telford est en perte de vitesse. Ça lui ouvre une brèche.

– Peuh, grogna le Péquenot en fourrant le message dans son tiroir. Paisley, ce n'est pas notre secteur.

– Ça va l'être, monsieur. Quand Telford va répliquer, ce sera ici même. Et ça va craindre.

– M'en fout, inspecteur. Parlons plutôt des Laboratoires pharmaceutiques Maclean.

– Hein ? fit Rebus en clignant des yeux, soulagé. J'allais justement vous en parler, monsieur.

– Au lieu de quoi, il a fallu que j'apprenne ce qu'il en était de la bouche du directeur de la police.

– Ce n'est pas vraiment mon bébé, monsieur. C'est la Brigade criminelle qui pousse la poussette.

– Mais qui a mis le bébé dans la poussette ?

– J'allais vous en parler, monsieur.

– Vous savez de quoi j'ai eu l'air ? Je débarque à Fettes et je ne sais pas ce que sait le dernier de mes subordonnés ? J'ai eu l'air d'un tocard.

– Sauf votre respect, monsieur, je suis sûr que non.

– J'ai eu l'air d'un tocard, et si je vous le dis, vous pouvez me croire ! vociféra le Péquenot en frappant de ses deux mains ouvertes le dessus de sa table. Si encore c'était la première fois ! Mais moi, j'ai toujours essayé de faire de mon mieux pour vous, reconnaissez-le.

– Oui, monsieur.

– J'ai toujours été correct.

– Absolument, monsieur.

– Et c'est comme ça que vous me remerciez ?

– Cela ne se reproduira plus, monsieur.

Le Péquenot plongea son regard dans le sien. Rebus ne baissa pas les yeux, resta sans ciller.

– Je l'espère bien, sacré nom d'un chien. (Watson se renversa dans son fauteuil. Il s'était un peu calmé. L'engueulade comme thérapie.) Vous n'avez rien d'autre à me dire, tant que vous y êtes ?

– Non, monsieur. Sauf que… eh bien…

– Accouchez.

Le Péquenot bascula en avant.

– C'est à propos de mon voisin, celui qui habite l'appartement du dessus, monsieur, dit Rebus. Il me fait penser à Lucain, le poète.

27

Leonard Cohen : *There is a War*[1].

Ils attendaient le choc en retour, l'effet boomerang, autrement dit la réplique de Telford. La consigne du directeur de la police : « Une présence visible comme moyen de dissuasion. » Rebus n'en fut pas surpris et Telford sans doute moins encore, qui gardait son avocat sous le coude. À peine les voitures de patrouille eurent-elles pointé le nez dans Flint Street que déjà Charles Groal criait au harcèlement. Comment son client était-il censé s'occuper de ses intérêts légitimes et considérables ainsi que de la gestion de ses habitats sociaux sous la pression d'une surveillance policière indiscrète et injustifiée ? Les « habitats sociaux » désignaient les petits retraités et leurs logements gratuits. Au besoin, Telford n'hésiterait pas à s'en servir comme pions. Les médias seraient aux anges.

On finirait par retirer les voitures de patrouille, c'était juste une question de temps. Et ensuite, il y aurait une nouvelle nuit bleue. Tout le monde attendait le feu d'artifice.

Rebus se rendit à l'hôpital et s'assit auprès de Rhona. La chambre, désormais si familière, était une oasis où régnaient le calme et l'ordre, où chaque heure du jour s'accompagnait de rituels rassurants.

– Ils lui ont lavé la tête, nota-t-il.

---

1. « Une guerre fait rage ».

– Elle a eu un nouveau scanner, expliqua Rhona. Il a fallu enlever le produit gluant après. (Rebus hocha la tête.) Ils ont dit que tu l'avais vue bouger les yeux ?

– Il m'a bien semblé.

Rhona lui toucha le bras.

– Jackie va se débrouiller pour revenir pendant le week-end. Je préfère te prévenir.

– Reçu cinq sur cinq.

– Tu as l'air éreinté.

Il eut un sourire las.

– Un de ces jours quelqu'un me dira que je pète la forme.

– En tout cas, pas aujourd'hui, assura Rhona.

– Ça doit être les sorties en boîte, l'alcool et les femmes.

Il pensait : le casino Marvena, les Coca et Candice.

Il pensait : pourquoi ai-je l'impression d'être pris entre deux feux ? Est-ce que Cafferty *et* Telford – les deux – étaient en train de chercher à l'entuber ?

Il pensait : j'espère que Jack Morton va bien.

Le téléphone sonnait quand il arriva à Arden Street. Il le décrocha à l'instant même où le répondeur se déclenchait.

– Ne quittez pas avant que j'ai coupé ce bidule.

Il s'embrouilla avec les touches avant d'enfoncer la bonne.

– Ah, la technologie, hein, l'Homme de paille ?

Cafferty…

– Qu'est-ce que vous me voulez ?

– On m'a parlé de Paisley.

– Vous voulez dire que vous vous êtes parlé à vous-même ?

– Je n'y suis pour rien.

Rebus s'esclaffa bruyamment. Et quoi encore ?

– Je vous le jure.

Rebus se laissa tomber dans son fauteuil.

– Arrêtez votre charre !

Il cherche à m'entuber, pensait-il. Il me mène en bateau.

– Que vous me croyiez ou non, je tenais à vous le dire.

– Merci, je suis sûr qu'avec ça, je vais pouvoir dormir sur mes deux oreilles.

– On me fait porter le chapeau, l'Homme de paille.

– Telford n'a pas besoin de monter de bateau, soupira Rebus en se tordant le cou de gauche à droite. Écoutez, est-ce que vous avez réfléchi à une autre éventualité ?

– Quoi ?

– Vos hommes vous échappent. Ils agissent dans votre dos.

– Je le saurais !

– Vous savez ce que vos lieutenants veulent bien vous dire. Et s'ils vous racontaient des bobards ? Pas toute la bande, peut-être seulement deux ou trois brebis galeuses.

– Je le saurais…

Sous le coup de l'émotion, la voix de Cafferty n'était plus qu'un filet. Il méditait ce qu'il venait d'entendre.

– Entendu, vous le sauriez. Mais comme on dit, quand le chat n'est pas là… Qui serait le premier à vous le dire ? Cafferty, vous êtes de l'autre côté de la barricade. Vous êtes au trou. Ce serait si dur que ça de vous dorer la pilule ?

– Ces gars, je mettrais ma vie entre leurs mains, marmonna Cafferty avant de s'interrompre. Ils me l'auraient dit.

– S'ils le savaient. Si on ne leur a pas dit de la boucler. Vous voyez ce que je veux dire ?

– Deux ou trois brebis galeuses, hein ? répéta-t-il.

– Vous devez avoir des candidats ?

– Jeffries le saurait.

– Jeffries ? C'est le nom de la Fouine ?

– Ne lui dites pas que vous l'appelez comme ça.

– Filez-moi son numéro, je veux lui parler.

– Non, mais je lui dirai de vous joindre.

– Et s'il fait partie des dissidents ?

– On ne sait pas s'il y en a.

– Mais vous reconnaissez que ça tient debout ?

– Je reconnais que Tommy Telford aimerait bien me voir entre quatre planches.

Rebus avait le regard fixé sur la fenêtre.

– Littéralement parlant ?

– J'ai entendu parler d'un contrat.

– Mais vous avez une protection ?

Cafferty gloussa.

– Eh, l'Homme de paille, on croirait presque que ça t'inquiète.

– Vous vous faites des idées.

– Écoutez, il n'y a pas trente-six façons de s'y prendre, je n'en vois que deux. Un, c'est vous qui négociez avec Telford. Deux, c'est moi. Vous êtes d'accord là-dessus ? Je veux dire, ce n'est pas moi qui suis allé débaucher ses gars, braconner sur ses terres et foutre la merde partout.

– Peut-être qu'il a les dents plus longues que vous. Peut-être qu'il vous rappelle celui que vous étiez jadis.

– Qu'est-ce que ça veut dire ? Que je me suis ramolli ?

– Je dis qu'il faut s'adapter ou mourir.

– Et *toi*, l'Homme de paille, tu t'es adapté ?

– Plus ou moins.

– Tiens, une miette, autant dire que dalle !

– Mais ce n'est pas de moi qu'on parle.

– Toi aussi, tu es concerné. Tâche de ne pas l'oublier, l'Homme de paille. Et fais de beaux rêves.

Rebus raccrocha. Il se sentait vidé et déprimé. Les enfants de l'autre côté de la rue étaient couchés, volets clos. Il considéra la pièce. Jack Morton l'avait aidé à la repeindre, à l'époque où Rebus envisageait de vendre son appartement. Jack l'avait aidé aussi à arrêter l'alcool.

Il savait qu'il ne pourrait pas dormir. Il retourna à la voiture et roula en direction de Young Street. L'Oxford Bar était tranquille. Deux types philosophaient au coin du comptoir et, dans l'arrière-salle, trois musiciens avaient remballé leurs violons. Il avala deux tasses de café noir, puis repartit vers Oxford Terrace. Il se gara devant chez Patience, coupa le contact et resta assis quelque temps, avec du jazz à la radio. Il tomba sur une bonne série : Astrid Gilberto, Stan Getz, Art Pepper, Duke Ellington. Il se dit qu'il allait attendre qu'on mette un mauvais disque pour frapper à la porte de Patience.

Mais, bon, il était trop tard. Il ne voulait pas débarquer chez elle sans prévenir. Ce serait… ce serait incorrect. Ça ne le gênait pas d'avouer sa déprime, mais il ne voulait pas s'imposer. Il remit le contact et repartit, fit le tour du quartier de New Town et roula jusqu'au village de Granton, sur l'estuaire. Là, il s'arrêta au bord de la Forth, vitre baissée, et écouta le bruit de l'eau et le trafic nocturne des semi-remorques.

Même les yeux fermés, il ne pouvait s'isoler du monde. En fait, c'était dans ces instants qui précèdent le sommeil que les images étaient les plus vivaces. Il se demanda à quoi rêvait Sammy, et si seulement elle rêvait. D'après Rhona, sa fille était revenue dans le Nord pour être auprès de lui. Il ne comprenait pas en quoi il la méritait.

De retour en ville, il prit un express à la Gordon's Trattoria, puis direction l'hôpital. Pas de problème pour se garer à cette heure indue. Un taxi draguait devant l'entrée. Il trouva son chemin jusqu'à la chambre de sa fille et fut surpris d'y trouver quelqu'un. Rhona, songea-t-il d'emblée. Le seul éclairage de la pièce filtrait par les rideaux tirés. Une femme, agenouillée près du lit, la tête posée sur les couvertures. Il s'avança. Elle l'entendit, se retourna, le visage brillant de larmes.

Candice.

Les yeux de la jeune femme s'écarquillèrent. Elle se releva en vacillant.

– Je vouloir la voir, dit-elle posément.

Rebus hocha la tête. Dans l'ombre, elle ressemblait encore plus à Sammy : même corpulence, cheveux et forme du visage identiques. Elle portait un long manteau rouge et plongea la main dans sa poche pour en tirer un mouchoir en papier.

– J'aimer elle, dit-elle.

De nouveau, il acquiesça en silence.

– Tarawicz sait où tu es ? demanda-t-il.

Elle fit signe que non.

– Le taxi dehors ? demanda-t-il.

– Oui, fit-elle. Ils vont le casino. J'ai dit mal à tête.

Elle parlait d'une voix hésitante en réfléchissant avant de prononcer un mot.

– Il va savoir que tu es sortie ?

Elle réfléchit et fit non.

– Vous dormez dans la même chambre ?

De nouveau, elle fit un signe de dénégation et sourit.

– Jake pas aimer les femmes.

Ça, c'était une découverte pour Rebus. Miriam Kenworthy avait parlé d'un mariage avec une Anglaise… mais y avait vu le besoin de régulariser sa situation vis-à-vis des services de l'immigration. Il se souvint de la façon dont Tarawicz avait tripoté Candice et comprit que c'était juste pour la galerie, pour embêter Telford. Il montrait à Telford qu'il tenait ses femmes, lui. Tandis que Telford... eh bien, Telford l'avait laissée se faire embarquer par la Criminelle. Le signe d'une rivalité entre les deux associés. Pourrait-il l'exploiter ?

– Elle est... ? Elle va... ?

– Nous l'espérons, Candice, répondit Rebus en haussant les épaules.

Elle considéra le sol.

– Je m'appelle Dounya.

– Dounya, répéta-t-il, docile.

– Sarajevo était... (Elle leva les yeux vers lui.) Vous savez, en vrai. Moi je m'enfuis... la chance. Ils me disent tous : Tu as la chance, tu as la chance. (Elle se frappa la poitrine d'un doigt.) La chance. Survivante.

De nouveau, elle s'effondra et cette fois, il la retint.

Les Stones : *Soul Survivor* [1]. Sauf que parfois, seul le corps survit, l'âme rongée, anéantie par ce qu'elle a subi.

– Dounya, chuchota-t-il, répétant son nom pour renforcer en elle le sens de son identité, pour tenter d'accéder à cette partie d'elle qu'elle avait gardée enfouie depuis Sarajevo. Dounya, chuuut. Ça va aller, chuut.

Il lui caressait les cheveux, le visage, l'autre main dans son dos sentait son corps frêle trembler. Ravalant ses propres larmes et les yeux sur le corps de Sammy endormie. L'atmosphère de la chambre était électrique. Il se demanda si le cerveau de Sammy pouvait percevoir la tension environnante.

– Dounya, Dounya, Dounya...

Elle s'arracha à son étreinte. Il ne pouvait pas la laisser partir. Il la rattrapa et posa les mains sur ses épaules.

– Dounya, dit-il, comment Tarawicz a-t-il réussi à te retrouver ? (Elle parut ne pas comprendre.) À Lower Largo, ses hommes t'ont retrouvée.

– Brian, dit-elle calmement.

– Brian Summers ? s'étonna Rebus. Beau-Gosse...

---

1. « Survivant de l'âme ».

– Lui dire à Jake.

– Il a dit à Jake où tu étais ?

Mais pourquoi ne pas l'avoir ramenée à Édimbourg ? Rebus pensait savoir pourquoi : elle était trop dangereuse. Elle avait vu la police de trop près. Mieux valait la mettre à l'écart. Pas la liquider, cela les aurait tous impliqués. Mais Tarawicz pouvait la tenir en main. L'Albinos tirerait son ami du pétrin encore une fois…

– Il t'a donc conduite ici pour se payer la tête de Telford ?

Rebus réfléchissait. Il regarda Candice. Comment l'aider ? Où serait-elle en sécurité ? Elle parut comprendre les pensées qui l'agitaient et lui pressa la main.

– Tu sais j'ai un…

Elle fit le geste de bercer un enfant dans ses bras.

– Un petit garçon, compléta Rebus et elle acquiesça. Et Tarawicz sait où il est ?

– Oui, oui, fit-elle. Les camions… ils l'ont pris.

– Les camions de réfugiés de Tarawicz ? (Elle reconfirma d'un geste.) Et tu ne sais pas où il est ?

– Jake sait. Il dit son homme… (Elle fit des gestes vifs avec les mains.) Tue mon garçon si…

Des gestes vifs : le Crabe. Quelque chose frappa Rebus.

– Pourquoi le Crabe n'est-il pas ici avec Tarawicz ? (Elle le regarda.) Tarawicz est ici, le Crabe à Newcastle, dit-il. Pourquoi ?

Elle haussa les épaules et réfléchit un instant.

– Lui vient pas. (Une bribe de conversation lui revint.) Dangereux.

– C'est dangereux ? Pour qui ? répéta Rebus, sourcils froncés.

De nouveau, elle leva les mains, impuissantes. Rebus s'en empara.

– Tu ne peux pas lui faire confiance, Dounya. Tu dois le quitter.

Elle lui sourit, les yeux brillants.

– J'ai essayé.

Ils se regardèrent, restèrent serrés l'un contre l'autre un moment. Ensuite, il la raccompagna à son taxi.

28

Le matin, il appela l'hôpital pour prendre des nouvelles de Sammy, puis il demanda à être transféré sur un autre poste.

– Comment va Danny Simpson ?

– Je suis désolée, vous êtes de la famille ?

La formule qui ne trompe pas... Il se présenta et demanda quand cela s'était produit.

– Dans la nuit, répondit l'infirmière.

Le reflux de la vie, le corps au ralenti dans le cœur de la nuit. Rebus appela la mère.

– Je suis navré d'apprendre la nouvelle, dit-il. Et les funérailles... ?

– Juste la famille, si vous permettez. Ni fleurs ni couronnes. Nous demandons qu'on envoie des dons à... à une œuvre caritative. Danny était bien considéré, vous savez.

– J'en suis sûr.

Rebus prit note des coordonnées de l'organisation en question, un centre d'accueil pour les malades du sida. Incapable d'en dire plus, la mère prit congé. Il attrapa une enveloppe et y glissa dix livres, plus un message : « À la mémoire de Danny Simpson. » Il envisagea d'aller effectuer le test... Son téléphone sonna.

– Allô ?

Beaucoup de parasites et de bruits de moteur. Un portable dans une voiture roulant à toute allure.

– Ça place la persécution à un niveau rarement atteint.

Telford.

– Que voulez-vous dire ? marmonna Rebus en essayant de remettre de l'ordre dans ses idées.

– Danny Simpson est mort depuis six heures et déjà, vous êtes au téléphone à harceler sa pauvre mère.

– Comment vous le savez ?

– J'étais sur place. Pour lui présenter mes condoléances.

– C'est justement pour ça que j'ai appelé. Vous savez quoi, Telford ? Je pense que vous portez le complexe de la persécution à un niveau rarement atteint.

– Oui, et Cafferty n'est pas là pour m'en empêcher.

– Il dit qu'il n'a rien à voir avec Paisley.

– Je parie que vous croyiez aux contes de fées quand vous étiez gosse.

– J'y crois toujours.

– Il vous faudra plus qu'une bonne fée si vous faites équipe avec Cafferty.

– C'est une menace ? Attendez, laissez-moi deviner : Tarawicz est dans la chiotte avec vous ? (Silence. Bingo, dans le mille.) Vous vous imaginez que vous allez l'impressionner en débinant les flics ? Détrompez-vous. Il n'a strictement aucun respect pour vous, regardez comment il pelote Candice sous votre nez.

– Eh, Rebus, Candice et vous, dans cet hôtel, c'était comment ? lança Telford avec une fausse désinvolture, bouillant de rage. Jake me dit que c'est un super coup. Torride, qu'il dit.

Rigolades en arrière-plan : l'Albinos qui, d'après Candice, ne l'avait jamais touchée. Remplacer « rigolo » par « bravache », « frimeur », « bluffeur ». Telford et Tarawicz cherchant à se rouler l'un l'autre et à rouler le reste du monde.

Rebus réussit à maîtriser sa voix.

– J'ai essayé de l'aider. Si elle est trop bête pour le comprendre, elle ne mérite pas mieux que des tocards comme vous et Tarawicz. (Le message : elle ne l'intéressait plus.) Peu importe, Tarawicz n'a pas eu de mal à vous la piquer.

Un direct avant de reculer pour constater les fissures dans l'armure qui soudait ces deux-là.

– Et si Cafferty n'était pas dans le coup pour Paisley ? demanda-t-il pour rompre le silence.

– C'était ses gars.

– Des brebis galeuses.

– S'il ne peut pas les tenir, c'est son problème. Ce type est un guignol, Rebus. Il est foutu.

Rebus ne répondit pas. Il écoutait la conversation en sourdine. Puis de nouveau Telford :

– M. Tarawicz veut vous dire un mot.

Il transmit l'appareil.

– Rebus, je croyais que nous étions entre gens civilisés ?

– En quel sens ?

– Quand on s'est rencontrés à Newcastle... je croyais que nous étions parvenus à un arrangement ?

Un accord tacite : fous la paix à Telford, laisse tomber Cafferty, et Candice et son fils seront en sécurité. Où Tarawicz voulait-il en venir ?

– J'ai tenu parole.

Un gloussement forcé.

– Vous savez ce que Paisley représente ?

– Quoi ?

– Le début de la fin pour Morris Gerald Cafferty.

– Et je parie que vous enverrez une couronne sur sa tombe.

Une couronne d'épines, tant qu'à faire.

Rebus retourna à St Leonard, s'installa devant son écran d'ordinateur et consulta la fiche du Crabe.

Le Crabe : William Andrew Colton. Un casier chargé. De quoi donner envie de lire les dossiers. Il appela pour qu'on les lui apporte et remplit le formulaire administratif correspondant à sa demande. L'interphone bourdonna : quelqu'un en bas demandait à le voir, aucun nom. D'après le signalement, c'était la Fouine.

Rebus descendit à l'accueil.

La Fouine, sur le trottoir, grillait une cigarette. L'homme portait un ciré vert, déchiré aux poches. Une casquette vissée sur le crâne, oreillettes rabattues contre les bourrasques.

– Marchons, dit Rebus.

La Fouine aligna son pas sur le sien. Ils flânèrent dans un lotissement d'immeubles neufs. Antennes paraboliques et fenêtres sorties droit d'une boîte de Lego. Par-delà les appartements se dressait la haute falaise de Salisbury Crags.

– Ne vous inquiétez pas, dit Rebus. Je ne suis pas d'humeur à faire de l'escalade.

– Moi, je suis plutôt d'humeur à rester au chaud, marmonna la Fouine en enfonçant son menton dans le col relevé de son imper.

– Quoi de neuf pour ma fille ?

– On y est presque, je vous l'ai dit.

– Presque, c'est-à-dire ?

La Fouine soupesa ses mots.

– On a les cassettes provenant de la bagnole, le gars qui les a fourguées. Il dit qu'il les tient d'une tierce personne.

– Et ce type ?…

Un sourire finaud. Le bonhomme avait Rebus à sa botte et il entendait bien faire durer le plaisir.

– Vous n'allez pas tarder à le rencontrer.

– Quand même… vous dites que les cassettes ont été volées dans l'auto après qu'on l'a abandonnée ?

– Non, non, fit la Fouine en agitant son couvre-chef. Ça ne s'est pas passé comme ça.

– Comment alors ?

Il aurait aimé mettre son persécuteur à genoux et lui cogner la tête contre le trottoir.

– Patientez encore un jour ou deux, vous ne le regretterez pas.

Une rafale de vent leur souffla du gravier dans la figure. Ils tournèrent la tête et Rebus aperçut une armoire à glace qui traînait à une soixantaine de mètres en retrait.

– Vous bilez pas, dit la Fouine. Il est avec moi.

– Alors on balise ?

– Après Paisley, Telford veut nous faire la peau.

– Qu'est-ce que vous savez sur Paisley ?

Les yeux du bonhomme devinrent deux fentes.

– Rien de rien.

– Ah non ? Cafferty commence à penser qu'il y a peut-être des brebis galeuses dans ses propres rangs.

Rebus regarda la Fouine secouer énergiquement la tête.

– Je ne suis absolument pas au courant.

– Qui est l'homme de confiance de votre chef, son lieutenant ?

– Posez la question à M. Cafferty.

Il regardait autour de lui, comme si la conversation commençait à traîner en longueur. Il adressa un signal à l'arrière de terrain, qui transmit le message. Quelques secondes plus tard, une Jaguar d'un modèle relativement récent – rouge tonique – s'arrêta à leur hauteur. La scène : un chauffeur démangé par l'envie d'en découdre, l'intérieur de la caisse en cuir blanc cassé, et l'arrière de terrain qui arrive au petit trot et ouvre la portière pour la Fouine.

– C'est donc vous, son lieutenant ! s'exclama le policier.

La Fouine... Cet homme était les yeux et les oreilles de Cafferty dans la rue. L'allure et la mise d'un SDF, mais c'était lui qui tenait les commandes. Tous les lieutenants aux divers avant-postes, tous les costumes trois-pièces faits sur mesure, le fameux collectif qui, d'après les renseignements généraux, dirigeait le royaume de Cafferty en l'absence du maître... c'était du vent, un écran de fumée. Ce pépère voûté, qui retirait sa grosse casquette, avec ses dents gâtées et son rasoir émoussé... c'était lui, le chef.

Rebus partit d'un éclat de rire sonore. Le garde du corps se glissa à côté du chauffeur après s'être assuré que son patron était confortablement installé. Rebus tapota contre la vitre. La Fouine la baissa.

– Dites-moi, demanda Rebus. Vous avez assez de bouteille pour l'éjecter ?

– M. Cafferty me fait confiance. Il sait que je suis un type réglo.

– Et en ce qui concerne Telford ?

La Fouine le fixa, le regard vide.

– Telford n'est pas mon problème.

– Alors c'est qui ?

Mais la vitre se releva et la Fouine – que Cafferty avait appelée Jeffries – détourna la tête, chassant Rebus de son esprit.

Il resta planté là, à regarder la voiture s'éloigner. Est-ce que Cafferty faisait une erreur monumentale en confiant les rênes à la Fouine ? À moins que ses meilleurs hommes n'aient tous fichu le camp ou soient passés à l'ennemi ?

Ou ce type était-il aussi rusé et mauvais que son surnom semblait le dire ?

De retour au poste, Rebus se mit en quête de Bill Pryde. Celui-ci secoua la tête avant même que Rebus ait rejoint son bureau.

– Pas de nouvelles.

– Que dalle ? Et pour les cassettes volées ? (Pryde fit un nouveau signe de dénégation.) C'est curieux, je viens de parler à quelqu'un qui prétend savoir qui les a revendues et qui les lui a fourguées.

Pryde se rassit.

– Je m'étonnais que vous ne me colliez pas au train. Qu'est-ce que vous avez fabriqué, embauché un privé ? (Le sang lui monta au visage.) Je me casse le cul là-dessus, John, et vous le savez. Et total, vous ne me faites pas confiance pour faire mon boulot ?

– Non, Bill, ce n'est pas ça, assura Rebus, brusquement sur la défensive.

– Qui travaille pour vous, John ?

– Des gens de la rue.

– Des gens bien informés, semble-t-il. (Il s'interrompit.) Des types de la pègre ?

– Ma fille est toujours dans le coma, Bill.

– Je ne l'ignore pas. Cela dit, répondez à ma question !

Leurs collègues avaient les yeux fixés sur eux. Rebus baissa la voix.

– Juste quelques-uns de mes indics.

– Leurs noms ?

– Allez, Bill…

Les mains de Pryde empoignèrent la table.

– Ces derniers jours, je m'étais imaginé que ça ne vous intéressait plus. Je m'imaginais que peut-être vous ne vouliez pas savoir la réponse. (Il réfléchit.) Vous n'iriez pas trouver Telford… alors, c'est Cafferty ? (Ses yeux s'agrandirent.) C'est ça, hein ?

Rebus détourna la tête.

– Bon sang, John… c'est quoi, le deal ? Il vous file le chauffeur et qu'est-ce que vous lui donnez en échange ?

– Ce n'est pas ça.

– Je ne peux pas croire que vous faites confiance à Cafferty. C'est vous qui l'avez mis au trou, putain de bois !

– Ce n'est pas une question de confiance.

Mais Pryde fulminait.

– Il y a des limites à ne pas franchir.

– Vous avez faux, Bill. Il n'y a pas de limites. (Rebus tendit les bras.) Et s'il y en a une, montrez-la-moi.

– Elle est là-dedans, rugit Pryde en se tapant le front.

– Alors c'est une fiction.

– C'est ce que vous croyez ?

Rebus chercha la réponse et s'effondra derrière son bureau en se passant les mains dans les cheveux. Des paroles de Lintz lui revinrent :

Quand nous cessons de croire en Dieu, nous ne croyons pas à « rien »... nous croyons en n'importe quoi.

– John ? lança une voix. Téléphone.

Rebus regarda fixement Pryde.

– Tout à l'heure, marmonna-t-il et il changea de bureau pour prendre l'appel.

– Rebus à l'appareil.

– C'est Bobby.

Ah, Bobby Hogan.

– Qu'est-ce que je peux faire pour toi, Bobby ?

– D'abord, faire en sorte que la Criminelle arrête de me casser les couilles.

– Abernethy ?

– Il ne veut pas me lâcher.

– Il n'arrête pas de t'appeler ?

– Putain, John, tu m'écoutes ? Il est ici.

– Il est là ? Depuis quand ?

– Il n'est jamais parti.

– Quoi ? Attends, ne quitte pas.

– Et il me fait tourner en bourrique. Il dit qu'il te connaît depuis des lustres, alors si tu lui en touchais deux mots ?

– Tu es à Leith ?

– Où veux-tu que je sois ?

– J'arrive dans vingt minutes.

– J'en ai eu tellement ras le cul que je suis allé trouver mon chef, ce qui n'est pas dans mes habitudes.

Bobby Hogan sifflait son café comme si c'était une saloperie à prendre sous perfusion. Le col de sa chemise était ouvert et sa cravate pendait lamentablement.

– Seulement, reprit-il, son chef à lui a parlé avec le chef de mon chef à moi, et je me suis retrouvé devant un ultimatum : vous coopérez, sinon...

– Ce qui veut dire ?

– Que je ne devais dire à personne qu'il était toujours dans les parages.

– Merci, mon pote. Alors qu'est-ce qu'il fait, exactement ?

– Ce qu'il ne fait pas, tu veux dire ? Il exige d'assister à chaque audition. Il veut des copies des enregistrements et des décryptages.

Il veut voir toute la paperasse, il veut savoir ce que je compte faire, ce que je mange au petit déj…

– J'imagine qu'il ne fait rien pour se montrer utile d'une façon ou d'une autre ?

L'expression excédée de Hogan fut suffisamment éloquente.

– Compte bien, ça ne me dérange pas qu'il s'intéresse à l'affaire, mais là, ça revient à me mettre des bâtons dans les roues. À force de freiner, l'affaire est pratiquement au point mort.

– C'est peut-être ce qu'il a en tête.

Hogan quitta sa tasse des yeux.

– Je ne pige pas.

– Moi non plus, à vrai dire. Écoute, s'il le fait exprès, montons-lui le coup pour voir comment il réagit.

– Quel genre de coup ?

– À quelle heure arrive-t-il ?

Hogan vérifia sa montre.

– Dans une demi-heure, plus ou moins. C'est là que je finis ma journée et que je lui fais mon rapport.

– Une demi-heure, ça suffit. Ça ne t'ennuie pas si je me sers de ton téléphone ?

29

Quand Abernethy arriva, il parvint à dissimuler sa surprise. L'espace consacré à l'enquête – le bureau de Hogan – était à présent occupé par trois personnes, lesquelles s'activaient comme des fous.

Hogan était pendu au téléphone avec un bibliothécaire auquel il demandait un récapitulatif des livres et des articles consacrés à la Ratline. Rebus classait de la paperasse, établissant des recoupements et empilant ce qui semblait superflu. Et Siobhan Clarke était présente, elle aussi. Elle semblait en pleine discussion avec une organisation juive à laquelle elle réclamait des listes de criminels de guerre. Rebus salua rapidement Abernethy d'un mouvement de tête sans interrompre son travail.

– Qu'est-ce qu'il se passe ? demanda le nouveau venu en retirant son imperméable.

– On met la main à la pâte. Bobby a tellement de pistes, il ne peut pas tout assurer… (Il indiqua Siobhan d'un geste du menton.) La Criminelle aussi est intéressée.

– Depuis quand ?

Rebus agita une feuille de papier.

– Ça pourrait aller plus loin qu'on ne le croyait.

Abernethy regarda autour de lui. Il aurait voulu s'entretenir avec Hogan, mais celui-ci était toujours en ligne. Rebus était le seul à avoir le temps de parler.

Ce qui était exactement le plan de Rebus.

Il n'avait eu que cinq minutes pour briefer Siobhan, mais c'était une actrice née, capable d'entretenir une conversation animée avec la tonalité du téléphone. Pendant ce temps, le bibliothécaire fantôme de Hogan posait toutes les questions idoines. Abernethy avait le regard vitreux.

– Qu'est-ce que tu entends par là ?

– En fait, enchaîna Rebus en reposant un dossier, tu pourrais nous filer un coup de main.

– Comment ça ?

– Toi, tu es à la Brigade spéciale, laquelle a accès aux services secrets, déclara Rebus. C'est juste ?

Abernethy s'humecta les lèvres et haussa les épaules.

– Tu vois, poursuivit Rebus, on commence à se poser des questions. Il peut y avoir une dizaine de raisons pour qu'on ait voulu supprimer Joseph Lintz, mais celle qu'on a abandonnée (à la demande d'Abernethy, d'après Hogan) pourrait précisément être la bonne. Je parle de la Ratline. Et si le meurtre de Lintz avait un rapport avec ça ?

– Comment ça se pourrait ?

– Justement, fit Rebus. Voilà pourquoi ton aide va nous être précieuse. On a besoin d'absolument tout ce qu'on peut trouver sur cette filière.

– Mais elle n'a jamais existé.

– Curieux, un tas de bouquins semblent dire le contraire.

– Ils font fausse route.

– Et puis il y a les survivants… sauf qu'ils n'ont pas survécu. Des suicides, des accidents de la route, une chute par une fenêtre. Lintz n'est qu'une mort violente parmi d'autres.

Siobhan Clarke et Bobby Hogan avaient mis fin à leur conversation téléphonique et n'en perdaient pas une miette.

– Crois-moi, tu te goures, la branche te cache la forêt.

– Ça ne fait rien ; dans la forêt, on y voit toujours mieux d'en haut.

– La Ratline n'a jamais existé.

– Tiens, tu es un spécialiste maintenant ?

– J'ai rassemblé beaucoup de…

– Je sais, je sais, toutes les investigations que tu centralises. Et tu en es où ? Y en aura-t-il un seul à comparaître devant la justice ?

– C'est trop tôt pour savoir.

– Et bientôt ce sera trop tard. Ces hommes ne rajeunissent pas. J'ai vu le même scénario partout en Europe : on repousse le procès jusqu'à ce que les prévenus soient tellement vieux qu'ils cassent leur pipe ou deviennent complètement gâteux. Le résultat est le même : pas de procès.

– Écoute, ça n'a rien à voir avec…

– Alors pourquoi tu es là, Abernethy ? Pourquoi es-tu venu parler à Lintz l'autre fois ?

– Non, Rebus, c'est pas…

– Si tu ne peux pas nous le dire, dis-le à ton chef. Et que lui nous en parle à ta place. Sinon, à fouiller comme ça, tôt ou tard, on va forcément sortir un squelette du placard.

Abernethy recula d'un pas.

– Je crois que j'ai pigé, articula-t-il et il se mit à sourire. Vous voulez me mettre sur la touche. (Il regarda Hogan.) C'est ça, hein ?

– Mais non, pas du tout, affirma Rebus. Au contraire, on doit redoubler d'efforts. On va aller fouiner dans tous les coins et les recoins. La Ratline, le Vatican, tous ceux qui ont retourné les nazis pour en faire des espions de la guerre froide au profit des alliés… tout ça peut servir de preuve. Les autres types sur ta liste, des suspects… on devra parler à chacun d'eux pour voir s'ils connaissaient Joseph Lintz. Peut-être qu'ils l'ont rencontré au cours de la traversée.

Abernethy secouait la tête.

– C'est hors de question.

– Tu comptes faire obstruction à l'enquête ?

– Ce n'est pas ce que j'ai dit.

– Non, mais tu vas le faire, insista Rebus. Si tu crois qu'on se fourre le doigt dans l'œil et que la branche nous cache la forêt – soit dit en passant, c'est « l'arbre » et pas la branche – prouve-le. Donne-nous tous les éléments que tu possèdes sur le passé de Lintz.

Le regard d'Abernethy lançait des éclairs.

– Sinon, nous, on continue à creuser et à renifler dans tous les coins.

Rebus ouvrit un autre dossier et s'empara de la première feuille. Hogan prit le téléphone et passa un autre appel. Siobhan Clarke parcourut une liste de numéros de téléphone et en choisit un.

– Allô, c'est bien la Grande Synagogue ? demandait Hogan. Oui, l'inspecteur Hogan de la Brigade criminelle de Leith, à l'appareil. Auriez-vous par hasard des informations concernant un certain Joseph Lintz ?

Empoignant son manteau, Abernethy tourna les talons et se tira. Ils attendirent trente secondes, puis Hogan raccrocha.

– Il avait l'air fumasse.

– Encore un nom que je peux barrer de ma liste de cartes de Noël, déclara Siobhan Clarke avec satisfaction.

– Merci d'être venue, Siobhan, dit Rebus.

– Tout le plaisir était pour moi. À propos, pourquoi moi ?

– Parce qu'il sait que vous êtes à la Criminelle. Je voulais qu'il croie que la curiosité se propageait à d'autres services. Et qu'en plus, vous n'avez pas vraiment d'atomes crochus tous les deux. Un antagonisme, ça sert toujours.

– Alors, où on en est, au bout du compte ? s'enquit Bobby Hogan, qui commençait à rassembler les dossiers, dont la moitié appartenaient à d'autres affaires.

– On lui a agacé les dents, expliqua Rebus. Il n'est pas dans les parages pour son plaisir ni pour le vôtre, si on va par là. Il est ici parce que la Brigade spéciale de Londres veut être informée des progrès de l'enquête. Et pour moi, ça veut dire qu'ils ont peur de quelque chose.

– La Ratline.

– Je suppose. Abernethy suit les nouvelles enquêtes dans tout le pays. Quelqu'un à Londres doit commencer à avoir chaud aux fesses.

– Ils craignent que la Ratline ait un rapport avec celui qui a tué Lintz ?

– Je ne suis pas sûr que ça aille aussi loin, répondit Rebus, dubitatif.

– Ce qui veut dire ?

Il regarda Clarke.

– Ce qui veut dire que je ne suis pas sûr que ça aille aussi loin.

– Enfin, intervint Hogan. J'ai quand même l'impression qu'il va me lâcher la grappe pendant un petit bout de temps et je vous en suis reconnaissant à tous les deux. (Il se leva.) Quelqu'un a envie d'un caoua ?

Clarke regarda sa montre.

– Alors fissa.

Rebus attendit que Hogan soit parti pour remercier de nouveau Siobhan.

– Je n'étais pas sûr que vous auriez le temps de le faire.

– Comme nous nous tenons à rester à distance respectable de Jack Morton, expliqua-t-elle, on passe la sainte journée à poireauter en se rongeant les ongles. Et vous, sur quoi vous êtes ?

– Je me tiens à carreau.

– Ça, gloussa-t-elle, ça m'étonnerait.

Hogan revint avec trois cafés.

– Du jus de chaussette, je m'excuse.

– En fait, se rebiffa Clarke en plissant le nez, il faut vraiment que j'y aille.

Elle se leva et enfila son manteau.

– Je vous dois une fière chandelle, dit Hogan en lui serrant la main.

– Ne vous en faites pas, à charge de revanche. (Elle se tourna vers Rebus.) À plus.

– À bientôt, Siobhan.

Hogan posa la tasse de la jeune femme à côté de la sienne.

– Bon, à part qu'Abernethy va désormais me lâcher la grappe, est-ce qu'on a levé un lièvre ou pas ?

– Attends un peu, Bobby. Je n'ai pas vraiment eu le temps de mettre au point une tactique.

La sonnerie du téléphone retentit au moment où Hogan trempait les lèvres dans le liquide brûlant. Rebus décrocha.

– Allô ?

– C'est vous, John ?

En fond sonore, l'accent nasillard du country américain. C'était Claverhouse.

– Vous l'avez ratée, claironna Rebus.

– Ce n'est pas Clarke que je veux, c'est vous.

– Ah bon ?

– Ouais, j'ai là une info qui va vous intéresser. Ça vient de nous tomber de la NCIS. (Rebus perçut le froissement d'une feuille.) Sakiji Shoda… je crois que je le prononce correctement. A débarqué à Heathrow hier en provenance de l'aéroport du Kansaï. La Brigade criminelle régionale du Sud-Est en a été avisée.

– Super.

– Il n'a pas perdu de temps à faire du tourisme, il a pris aussitôt une correspondance pour Inverness. Passé la nuit dans un hôtel du coin et là, j'apprends qu'il est à… Édimbourg.

Rebus jeta un œil morne par la fenêtre.

– Ce n'est pas précisément un temps pour jouer au golf.

– Je ne crois pas qu'il soit venu pour ça. D'après le rapport original, M. Shoda est un membre haut placé de la… je n'arrive pas à bien déchiffrer cette vacherie de fax. Soka-machin ?

– Sokaiya ? demanda Rebus en se redressant.

– Ça doit être ça.

– Il crèche où maintenant ?

– J'ai essayé quelques hôtels. Il est descendu au Caly. C'est quoi, la Sokaiya ?

– Ce sont les échelons supérieurs des yakuzas.

– Comment vous interprétez ça ?

– Il pourrait être le remplaçant de Matsumoto, mais il me paraît quelques échelons au-dessus dans la hiérarchie.

– Le patron de Matsumoto, alors ?

– Parions qu'il est venu voir ce qui est arrivé à son sous-fifre. (Rebus tapota son stylo contre ses dents. Hogan écoutait, sans arriver à comprendre.) Pourquoi Inverness ? Pourquoi pas directement Édimbourg ?

– Je me le suis demandé, avoua Claverhouse, avant d'éternuer bruyamment dans l'appareil. Il doit être furax, mais à quel point ? ajouta-t-il après quelques ébrouements supplémentaires.

– Disons entre « assez » et « très ». Mais surtout, comment Telford et l'Albinos vont-ils réagir exactement ?

– Vous croyez que Telford risque de laisser tomber pour Maclean ?

– Au contraire, il voudra montrer à M. Shoda qu'il est capable de mener à bien une opération d'envergure. (Rebus repensa à ce que Claverhouse avait dit plus tôt.) Vous tenez ça de la Brigade criminelle du Sud-Est ?

– Tout juste.

– Et pas de Scotland Yard ?

– Peut-être que les deux reviennent au même.

– Ça se peut. Vous avez un contact là-bas ? Vous me donnez le numéro ?

Claverhouse s'exécuta.

– Vous parlerez à Jack Morton ce soir ? reprit Rebus.

– Absolument.

– Surtout tenez-le au courant.

– On se rappelle.

Rebus coupa la communication, puis attendit d'avoir la ligne pour composer le numéro que Claverhouse lui avait dicté. Il expliqua la raison de son appel et demanda si quelqu'un pouvait l'aider. On lui dit de patienter.

– C'est en rapport avec Telford ? s'enquit Hogan, qui obtint une confirmation muette de la part de Rebus.

– Dis, Bobby, tu as eu l'occasion de lui reparler ?

– J'ai essayé deux ou trois fois. Il s'est contenté de répéter : « C'était sûrement une erreur. »

– Et son équipe pareil ?

– Pareil, fit Hogan en souriant. Je vais te dire un truc marrant. Je suis entré dans le bureau de Telford et quelqu'un était à la table, le dos tourné vers moi. Je me suis excusé en disant que je reviendrai quand il aurait fini avec la dame. Eh bien, la « dame » s'est retournée, le visage courroucé…

– Beau-Gosse ?

– Exact, confirma Hogan, hilare. Et plutôt en pétard la dernière fois que je l'ai croisé.

– Je vous transfère, dit la standardiste.

– Que puis-je faire pour vous ? demanda une voix à l'accent gallois.

– Je suis l'inspecteur Rebus, de la Brigade criminelle écossaise, prétendit Rebus avec un clin d'œil à Hogan – ce mensonge lui donnerait plus de poids.

– Oui, inspecteur ?

– Et vous, vous êtes… ?

– L'inspecteur Morgan.

– Nous avons reçu un message ce matin…

– Oui ?

– À propos de Sakiji Shoda.

– Ça doit être mon patron qui vous l'a envoyé.

– Ce que je me demandais, c'est en quoi ça vous concerne ?

– Eh bien, inspecteur, je suis plutôt un spécialiste des *vory v zakone*.

– Voilà qui éclaire ma lanterne.

Morgan gloussa à l'autre bout du fil.

– Ce sont « les voleurs selon le code ». Autrement dit, la *mafiya*.

– La mafia russe ?
– Exact.
– Là, je suis dans le potage. Qu'est-ce que ça a à voir avec... ?
– Et vous, qu'est-ce que vous en avez à faire ?
Rebus prit le temps d'avaler une gorgée de café.
– On a des petits problèmes par ici avec les yakuzas. Une seule victime pour le moment. Mon idée, c'est que Shoda est le patron de ladite victime.
– Et il est là pour une sorte de mise en accusation officieuse ?
– Nous n'avons pas cette procédure en Écosse, inspecteur Morgan.
– C'est bon, ne me pompez pas l'air.
– En fait, on a aussi un gangster russe dans le secteur. Pour être exact, il n'est pas vraiment russe, il paraît qu'il est tchétchène.
– C'est Jake Tarawicz ?
– Vous en avez entendu parler ?
– Ça, fiston, c'est mon rayon.
– Enfin, bref, avec les yakuzas et les Tchétchènes dans le circuit...
– Vous avez un scénario d'enfer. Pigé. Écoutez... Et si vous me donniez votre numéro pour que je vous rappelle dans cinq minutes ? J'ai besoin de rassembler quelques éléments pour commencer.
Rebus le lui donna, puis il attendit dix minutes avant que la sonnerie retentisse.
– Vous avez vérifié qui j'étais, dit-il au Gallois.
– On n'est jamais trop prudent. C'était culotté de vous faire passer pour un membre de la Criminelle.
– Disons que je viens juste derrière. Alors vous pouvez me dire quelque chose ?
Morgan poussa un profond soupir.
– On court derrière des quantités d'argent sale partout dans le monde.
Rebus n'arrivait pas à trouver une feuille propre pour écrire. Hogan lui fit passer un bloc.
– Vous comprenez, disait Morgan, l'ancienne Asie soviétique est devenue le plus grand fournisseur d'opium brut dans le monde. Et dès lors qu'il y a de la drogue, il y a du pognon à blanchir.
– Et c'est ce pognon-là qui est acheminé en Grande-Bretagne ?
– Avant d'aller ailleurs, une plaque tournante. Des sociétés à Londres, des banques privées à Guernesey... Les fonds sont recyclés

petit à petit, ils s'intègrent dans le circuit économique et sont blanchis au fur et à mesure. Tout le monde veut faire du bizness avec les Russes.

– Pourquoi ?

– Parce que tout le monde y fait son beurre. La Russie est un gigantesque bazar. Vous voulez des armes, des produits en contrefaçon, de la fausse monnaie, des faux papiers ou même de la chirurgie plastique ? Si une de ces choses vous tente, allez en Russie. On y trouve des frontières ouvertes, des aéroports dont personne n'a jamais entendu parler… un vrai paradis.

– Si vous êtes un truand international.

– Absolument. Et la *mafiya* a des liens avec ses cousins siciliens, avec la Camorra, les Calabrais… Je pourrais continuer pendant des heures. Les truands anglais y font leurs emplettes. Ils adorent les Russes.

– Et maintenant, ils débarquent chez nous ?

– Et comment ! Ils font dans le racket et la prostitution, dealent la drogue…

Les filles et la drogue, c'était la spécialité de l'Albinos. Et aussi celle de Telford.

– Des preuves d'un tandem avec les yakuzas ?

– Pas que je sache.

– Mais si ceux-ci venaient chez nous ?

– Ils voudraient avoir la mainmise sur la drogue et la prostitution. Et ils recycleraient leur pognon.

Les procédés classiques pour le blanchiment ? Soit on passe par l'intermédiaire de circuits économiques légitimes tels que les country-clubs et leurs semblables. Soit on troque l'argent sale contre des jetons de casino dans un établissement tel que… le Marvena.

Rebus savait déjà que les yakuzas aimaient introduire clandestinement des œuvres d'art au Japon. Il savait aussi que l'Albinos avait débuté sa fortune en faisant sortir clandestinement des icônes de Russie. Mettez les deux ensemble…

Et ajoutez Tommy Telford à l'équation.

Avaient-ils besoin du butin de chez Maclean ? Rebus en doutait. Alors pourquoi Tommy Telford y tenait-il ? Deux raisons possibles : primo, pour frimer ; secundo, *parce qu'on lui avait dit de le faire.* Un rite de passage… S'il voulait jouer dans la cour des grands, il devait donner des gages. Il devait éliminer Cafferty et mener à bien ce qui serait le plus grand casse de l'histoire écossaise.

Soudain, Rebus eut une illumination.

Telford n'était pas censé réussir. Il *devait* se planter.

Telford se faisait rouler par Tarawicz et les yakuzas.

Pourquoi ? Parce qu'ils voulaient lui piquer son joujou, un royaume qui faisait des envieux : un approvisionnement régulier en drogue. Miriam Kenworthy le lui avait dit. À en croire la rumeur, la drogue circulait du nord de l'Écosse vers le sud. Autrement dit, Telford était approvisionné... Mais par qui ? Impossible à savoir.

Cafferty mis hors jeu, finie la concurrence. Les yakuzas auraient leur plaque tournante en terre britannique, solide, respectable, fiable. L'usine d'électronique fournirait un excellent prétexte, et pourrait même servir à blanchir des fonds. Quel que soit l'angle sous lequel Rebus considérait la situation, Telford était le mouton noir. Il était inutile, superflu, un zéro qu'on avait intérêt à éliminer.

Ce qui était exactement ce que Rebus voulait... Mais pas à leur manière.

– Merci pour votre aide, conclut-il.

Le regard perdu dans le vide, Hogan avait cessé d'écouter. Rebus raccrocha le combiné.

– Pardon si je t'ai cassé les pieds.

– Hein ? fit Hogan en clignant des yeux. Non, ce n'est pas ça. Je viens juste d'avoir une idée.

– Laquelle ?

– Beau-Gosse ? Je l'ai pris pour une femme.

– Tu n'es sans doute pas le premier.

– Probable.

– Je ne te suis pas. Au restau... Lintz et cette souris. (Hogan haussa les épaules.) C'est tiré par les cheveux, hein ?

Rebus comprit ce qu'il voulait dire.

– Pour parler affaires ?

– Hmm. Après tout, c'est Beau-Gosse qui gère l'écurie de Telford.

– Et qui s'intéresse de près aux modèles les plus chers. Bobby, ça vaut le détour.

– Qu'est-ce que tu en penses... on le fait venir ?

– Absolument. Rajoutes-en du côté du restau. Dis que quelqu'un l'a reconnu. Vois ce qu'il a à répondre.

– Le même numéro qu'on a joué à Colquhoun ? À tous les coups, Beau-Gosse va démentir.

– Ça ne veut pas dire que ce n'est pas vrai, affirma Rebus en tapotant l'épaule de Hogan.

– Et ton coup de fil ?

– Mon coup de fil ? (Rebus considéra ses notes jetées à la va-vite. Des truands qui s'apprêtaient à dépecer l'Écosse pour se la partager.) Ce n'est pas fameux, mais on a vu pire.

– Et ça veut dire quoi, exactement ?

– Pas grand-chose, malheureusement, reconnut Rebus en enfilant son blouson. Malheureusement.

30

Pour couronner le tout, Rebus n'avait pas reçu les dossiers du Crabe, et il eut droit à un appel ordurier d'Abernethy qui vida son cœur en le chargeant de tous les maux de la terre. Ça allait de l'obstruction – ce qui ne manquait pas de sel, tout compte fait – au racisme, ce que Rebus trouva pour le moins piquant.

On lui avait restitué sa voiture. Quelqu'un avait passé le doigt dans la boue qui couvrait la malle arrière pour y inscrire deux messages : TERMINAL CASE, et LAVÉE PAR STEVIE WONDER [1]. Sous l'affront, la Saab démarra au quart de tour, momentanément guérie de ses chuintements et grincements d'asthmatique. Sur le chemin du retour, Rebus baissa les vitres pour laisser évacuer l'odeur de whisky qui avait imprégné la garniture des sièges.

Le temps s'était amélioré en soirée, offrant un ciel dégagé et une température en chute libre. Le disque rouge du soleil couchant, une plaie pour les automobilistes, s'était englouti derrière les toits. Rebus marcha, manteau ouvert, jusqu'à la friterie. Il se paya le menu poisson, deux petits pains au beurre et deux canettes d'Irn-Bru. Puis il rentra chez lui. Comme il n'y avait rien à la télé, il se mit un disque. Van Morrison : *Astral Weeks*. La surface du vinyle portait plus de griffures qu'un chien atteint d'eczéma.

Le premier morceau contenait le refrain : *To be born again* [2]. Il pensa au père Leary, adossé contre son frigo bourré de médicaments.

---

1. « Phase terminale », chanson de Stevie Wonder.
2. « Renaître ».

Puis il pensa à Sammy, la tête couronnée d'électrodes, des appareils dressés de chaque côté du lit comme si elle leur était offerte en sacrifice. Leary parlait souvent de foi, mais il était dur d'avoir foi en la race humaine qui n'apprenait rien, et paraissait toujours prête à accepter la torture, le meurtre et la destruction. Il ouvrit son journal : le Kosovo, le Zaïre, le Rwanda. Une action punitive en Irlande du Nord. Une jeune fille assassinée en Angleterre, la disparition d'une autre considérée comme « très préoccupante ». Les prédateurs étaient à l'affût, partout, cela ne faisait aucun doute. Sous le mince vernis, le monde n'était qu'à deux pas de l'époque des cavernes.

Renaître... Parfois, après un baptême du feu. Belfast, 1970. La balle d'un tireur isolé explose le crâne d'un bidasse anglais. La victime, dix-neuf ans, était originaire de Glasgow. À la caserne, plutôt que des lamentations, il y avait un trop-plein de colère. L'assassin ne serait jamais pris. Il s'était faufilé dans l'ombre d'une cité et, de là, avait disparu dans les tréfonds du quartier catholique.

Laissant derrière lui un nouvel entrefilet, qui devint l'un des premiers épisodes de ce que la presse appellerait par la suite « Les conflits en Irlande du Nord ».

Et de la colère.

Le meneur avait pour surnom « Mean Machine [1] ». C'était un caporal, originaire de l'Ayrshire [2]. Cheveux blonds taillés court, il avait l'air d'un joueur de rugby, d'un fana de la muscule, ne serait-ce qu'à cause des pompes et des abdos qu'il pratiquait à la caserne. Il démarra une campagne punitive. Elle devait se faire de manière clandestine, autrement dit derrière le dos des « huiles ». Ça servirait de soupape de sûreté contre la rage et le dépit qui montaient entre les murs exigus de la caserne. Le monde du dehors était en terrain hostile, faisant figure d'ennemi potentiel. Sachant qu'il n'y avait aucun moyen de punir le tireur, Mean Machine avait décidé de tenir pour responsable la population dans son ensemble. Une responsabilité collective, à laquelle répondrait une justice collective.

Le plan : une descente dans un bar connu de l'IRA, un endroit où les sympathisants venaient boire et discuter. Le prétexte : un homme armé pourchassé jusque dans le bar, imposant une fouille. Un

1. « La machine infernale ».
2. Le port d'Ayr se situe à une cinquantaine de kilomètres de Glasgow.

harcèlement maximum se terminant par le passage à tabac du collecteur de fonds local de l'IRA.

Et Rebus avait suivi... parce que c'était un geste collectif. Vous faisiez partie de la bande ou vous étiez un homme mort. Et le statut de paria ne le tentait pas.

Peu importe, il savait que la limite entre les bons et les méchants était devenue floue. Et pendant leur incursion, elle disparut carrément.

Mean Machine fonça dans le tas, montrant les dents, les yeux lançant des éclairs. Faisant des moulinets avec son fusil, il défonça des crânes. Les tables volèrent, les pintes se brisèrent. Sur le coup, les autres soldats furent pris de court par la violence soudaine de l'assaut. Ils se regardèrent pour savoir que faire. Puis l'un d'eux se rua à l'intérieur et les autres s'engouffrèrent derrière lui. Une glace partit en une multitude d'étoiles scintillantes, de la bière brune et de la blonde se répandirent sur le plancher. Les hommes gueulaient, suppliaient, rampaient à quatre pattes sur les débris de verre. Mean Machine tenait le type de l'IRA collé au mur, un coup de genou dans le bas-ventre. Il le tordit en deux, le jeta par terre, puis commença à le bourrer de coups de crosse. D'autres soldats envahissaient le bar, des voitures blindées continuaient d'arriver. Une chaise s'écrasa sur les bouchons-doseurs alignés derrière le bar. L'odeur de whisky devint presque suffocante.

Montrant les dents non à cause de la colère mais de l'angoisse, Rebus s'efforçait de ne pas respirer. Puis il pointa son arme vers le plafond, tira une seule balle – et tout se figea... Un ultime coup de pied à la silhouette sanguinolente sur le sol, et Mean Machine tourna les talons pour rebrousser chemin. De nouveau les autres hésitèrent, puis ils suivirent. Il avait prouvé quelque chose : en dépit de son rang subalterne, il était devenu leur chef.

Cette nuit-là, ils célébrèrent leur exploit au quartier, houspillant Rebus parce qu'il avait laissé son doigt glisser sur la détente. Ils s'envoyèrent des canettes et se racontèrent des histoires, des histoires qui étaient déjà exagérées, transformant l'événement en mythe, lui prêtant la grandeur qui lui manquait.

Déjà du flan, un bobard, une chimère.

Quelques semaines plus tard, le même type de l'IRA fut retrouvé mort dans une voiture volée au sud de la ville, sur un chemin de terre au milieu des collines et des prairies. On accusa les troupes paramilitaires protestantes, et même s'il ne reconnut rien, Mean Machine multipliait clins d'œil et sourires en coin chaque fois qu'on évoquait cet assassinat. Bluff ou aveu, Rebus n'en eut jamais la certitude. Tout ce qu'il savait, c'est qu'il voulait se tirer de là, loin du nouveau code moral forgé par cet électron libre et de son omerta. Optant pour ce qui était son seul recours, il postula donc pour entrer aux SAS [1]. Puisqu'il avait demandé à rejoindre l'élite, personne ne pourrait lui reprocher de manquer de cran ou de retourner sa veste.

Renaître…

La première face était finie. Rebus retourna le vinyle, procéda à l'extinction des feux et se cala dans son fauteuil. Il sentit un frisson le parcourir. Il savait comment des événements tels que ceux de Villefranche pouvaient survenir. Il savait comment on pouvait commettre les atrocités incessantes du monde à l'aube du nouveau millénaire. Il savait que l'instinct de l'humanité était celui d'une brute, qu'à chaque acte de bravoure et de bonté répondait autant d'actes de sauvagerie.

Et il soupçonnait que si sa fille avait été victime d'un tireur isolé, il aurait couru dans le bar, le doigt sur la détente.

Le gang de Telford fonctionnait en bande, lui aussi, et il se fiait à son chef. Mais maintenant, celui-ci voulait être à la tête d'un gang plus important…

Le téléphone sonna et il répondit.

– John Rebus à l'appareil, dit-il.

– John, c'est Jack.

Jack Morton. Rebus posa sa canette.

– Salut, Jack. Tu es où ?

– Dans le meublé miteux que nos amis de Fettes m'ont si gracieusement fourni.

– Il faut que ça colle dans le paysage.

– Ouais, j'imagine. Enfin, j'ai un téléphone. Un engin à pièces, mais on ne peut pas tout avoir… Tu vas, toi ? Tu m'as l'air… un peu absent.

– Ça me résume assez bien, Jack. C'est comment d'être gardien de sécurité ?

1. *Special Air Service*, l'équivalent du GIGN en France.

– Calmos. La quille, mon pote. J'aurais dû faire ça depuis des années.

– Attends d'être à la retraite.

– Ouais, exact.

– Et ça s'est bien passé avec Marty Jones ?

– Des oscars comme s'il en pleuvait. Ils ont été juste assez méchants. J'ai reculé en chancelant dans la boutique, j'ai dit que je devais m'asseoir. Les deux zozos se sont montrés d'une grande sollicitude, puis ils m'ont posé plein de questions… Avec de gros sabots.

– Tu crois qu'ils ont pigé ?

– Comme toi, j'étais un peu dubitatif à l'idée de monter le coup aussi vite, mais je crois qu'ils sont tombés dans le panneau. Est-ce que leur chef va en faire autant, c'est une autre paire de manches.

– Enfin, il est terriblement sous pression.

– À cause de cette vendetta ?

– Je soupçonne qu'il y a anguille sous roche, Jack. Pour moi, il est mis au pied du mur par ses associés.

– Le Russe et les Japs ?

– C'est ça. À mon avis, ils veulent sa peau et Maclean est un traquenard.

– Des preuves ?

– À l'instinct.

Jack était songeur.

– Qu'est-ce que je deviens, là-dedans ?

– Vas-y mollo, Jack. Fais gaffe.

– Bonne idée.

Rebus éclata de rire.

– Quand vont-ils prendre contact, d'après toi ?

– Ils m'ont suivi chez moi, c'est dire s'ils sont en demande. Ils campent sous mes fenêtres en ce moment.

– Ce qui veut dire que tu fais l'affaire.

Les choses se mettaient en place. Dec et Ken étaient pris à la gorge. Ils n'étaient pas dans leur élément à la boutique, si loin de Flint Street, alors qu'on ne savait pas où Cafferty allait frapper. De son côté, Telford, mis sous pression par Tarawicz et maintenant, avec le patron yakuza sur les bras… Il avait besoin d'un résultat, de quoi montrer qu'il était un chef de meute, un vrai caïd.

– Et toi, John, ça va ? Ça fait un bail.

– Ça baigne.

– Comment tu tiens le coup ?

– Je me shoote au Coca, si c'est ce que tu veux savoir.

Dans une chiotte imbibée de whisky... il en avait le goût dans l'arrière-gorge.

– Attends, dit Jack. J'ai quelqu'un à la porte. Je te rappelle.

– Sois prudent.

Le téléphone devint muet.

Rebus attendit une heure. Comme Jack ne rappelait pas, il sonna Claverhouse.

– Ça roule, le rassura Claverhouse sur son portable. Les Pieds nickelés sont venus le voir, ils l'ont emmené quelque part.

– Vous avez un sous-marin devant l'appart ?

– Un van de décorateur garé dans la rue.

– Alors vous ne savez pas où on l'a emmené ?

– J'imagine qu'il est à Flint Street.

– Sans logistique ?

– On était d'accord là-dessus.

– Bon sang, j'en sais rien...

– Merci pour le vote de confiance.

– Vous n'êtes pas en première ligne. Et c'est moi qui l'ai fourré là-dedans.

– Ce n'est pas un enfant de chœur, John, il connaît la musique.

– Et d'ici là, vous faites le pied de grue en attendant de voir s'il rentre chez lui ou s'il va atterrir sur le billard du légiste ?

– Bon sang, John, Calvin était un comique troupier à côté de vous, grommela Claverhouse, excédé.

Rebus tenta de balancer une réplique bien sentie mais, faute de mieux, plaqua le combiné sur son support. Brusquement, Van the Man lui parut insupportable. À la place, il se passa Bowie, *Aladdin Sane*. Subtilement dissonant, le piano de Mike Garson était en harmonie avec son humeur.

Des canettes de jus de fruits vides et un paquet de clopes étripé béaient vers lui. Il ne savait pas où créchait Jack. Claverhouse était le seul à pouvoir le lui révéler et il ne voulait pas relancer le dialogue. Il retira Bowie à mi-chemin de la première face, le remplaça par *Quadrophenia*. Au dos de la pochette : « Schizophrénie ? Je saigne en quadriphonie. » On n'en était pas loin.

Minuit un quart, le téléphone grésilla. C'était Jack Morton.

– De retour au bercail sain et sauf ? demanda Rebus.

– Sur du velours.

– Tu as parlé à Claverhouse ?

– Il attendra. J'ai dit que je te rappelais.

– Alors, quoi de neuf ?

– Je me suis fait cuisiner, en gros. Un type, cheveux frisottés, teints en noir… jeans moulants.

– Beau-Gosse.

– Du mascara…

– C'est son portrait. Alors, c'est quoi, le topo ?

– J'ai franchi le premier obstacle. Personne n'a encore parlé du boulot. Ce soir, c'était une sorte de préface. Il voulait tout savoir sur moi, m'a dit que ça pourrait être la fin de mes soucis financiers. Si je pouvais les aider pour un « petit job »… ce sont les paroles de Beau-Gosse.

– Tu as demandé quel était le problème ?

– Il n'a pas voulu le dire. Si tu veux mon avis, il va trouver Telford pour le mettre au jus et en discuter. Puis il y aura un autre rencard et c'est là qu'ils me diront leur plan.

– Et on te collera un micro ?

– Tout juste.

– Et s'ils te désapent ?

– Claverhouse peut disposer d'appareils miniaturisés, des boutons de manchette ou ce genre.

– Et ton personnage est tout à fait du genre à porter des boutons de manchette.

– Bien vu. Peut-être qu'on peut coller un transmetteur dans un crayon de bookmaker.

– Tu fais des progrès quand tu cogites.

– Je suis trop lessivé pour cogiter.

– L'ambiance était comment ?

– À cran.

– Tarawicz ou Shoda dans les parages ?

– Naaan, juste Beau-Gosse et les deux branquignols.

– Claverhouse les appelle les Pieds nickelés.

– Il a manifestement des lettres, constata Morton. Tu lui as parlé ?

– Comme tu ne rappelais pas…

– Je suis touché. Tu crois qu'il est à la hauteur ?

– Claverhouse ? (Rebus réfléchit.) Je me sentirais mieux si c'était moi qui étais aux commandes. Mais j'exprime sans doute un avis minoritaire.

– Que je partage.

– Tu es un pote, Jack.

– Ils mènent leur petite enquête sur moi. Mais tout est réglo. Avec un peu de chance, je serai bon pour le service.

– Comment on explique ton parachutage chez Maclean ?

– Un transfert d'une autre usine. S'ils vérifient, je suis dans les archives du personnel. (Morton s'interrompit.) Une chose que je veux savoir…

– Quoi ?

– Beau-Gosse m'a remis cent livres en acompte. Qu'est-ce que j'en fais ?

– Ça, c'est entre toi et ta conscience, Jack. À bientôt.

– Bonne nuit, John.

Pour la première fois depuis longtemps, Rebus parvint à rejoindre son lit. Il sombra dans un sommeil profond et sans rêves.

31

Des médecins en blouse blanche s'affairaient autour de Sammy quand Rebus arriva à l'hôpital le lendemain matin. L'un lui prenait le pouls, l'autre lui envoyait de la lumière dans les yeux. Ils la préparaient pour un autre scanner et une infirmière essayait de démêler les minces fils de couleurs des appareils. Rhona semblait crevée. Elle se leva d'un bond et courut vers lui.

– Elle s'est réveillée !

Il mit une seconde à comprendre. Rhona lui tenait le bras, le secouait.

– Elle s'est réveillée, John !

Il se fraya un passage jusqu'au chevet de sa fille.

– Quand ?

– Cette nuit.

– Pourquoi tu ne m'as pas prévenu ?

– J'ai essayé trois ou quatre fois. Ta ligne était occupée. J'ai voulu appeler Patience, mais personne n'a décroché.

– Que s'est-il passé ?

Pour lui, il ne voyait pas de changement.

– Elle a juste ouvert les yeux… Non, d'abord, c'était comme si les globes oculaires bougeaient sous les paupières. Tu sais, paupières closes. Puis elle a ouvert les yeux.

Rebus voyait bien qu'ils gênaient le travail de l'équipe soignante. Il était partagé entre l'envie d'exploser – nous sommes ses putains de parents ! – et le désir qu'ils fassent tout leur possible pour qu'elle revienne à elle. Il prit Rhona par l'épaule et la pilota jusque dans le couloir.

– Est-ce qu'elle… elle t'a regardée ? Elle a dit quelque chose ?

– Elle a juste fixé le plafond, là où il y a un rai de lumière. Puis j'ai cru qu'elle allait cligner des yeux, mais elle les a refermés et c'est tout. (Rhona éclata en sanglots.) J'ai l'impression… c'est comme si je l'avais de nouveau perdue.

Rebus la prit dans ses bras. Elle se serra contre lui.

– Elle l'a fait une fois, lui murmura-t-il à l'oreille. Elle le refera.

– C'est ce qu'a dit un des docteurs. Il a dit que c'était « très encourageant ». Oh, John, j'avais tellement envie de te le dire ! J'avais envie que tout le monde le sache !

Et il avait été plongé dans son travail. Claverhouse, Jack Morton… Pourtant, c'était lui qui avait entraîné Sammy là-dedans au départ. Sammy et Candice… deux cailloux tombés dans un marigot rempli de crocodiles. Et maintenant les ondulations étaient devenues si fortes qu'il en avait oublié le centre, le point de départ. Tout comme lorsqu'il était marié, le travail l'absorbait au point de devenir une fin en soi. Les propres termes de Rhona : *Tu exploites tout ton entourage.*

Renaître…

– Je suis désolé, Rhona, dit-il.

– Tu peux prévenir Ned ? hoqueta-t-elle en se remettant à pleurer.

– Allez, viens, dit-il, allons prendre un petit déjeuner. Tu as passé la nuit ici ?

– Je n'aurais pas pu partir.

– Je sais, murmura-t-il encore en l'embrassant sur la joue.

– Celui qui conduisait la voiture…

– Quoi ?

Elle l'observa, les yeux noyés de larmes.

– Maintenant, ça m'est égal. Je m'en fiche de savoir qui c'était ou même si on attrape le coupable. Tout ce que je veux, c'est qu'elle se réveille.

Rebus acquiesça, il comprenait. Il allait lui offrir le petit déjeuner. Il réussit à entretenir la conversation alors qu'il avait l'esprit ailleurs. En fait, les paroles de Rhona ne cessaient de tourner sous son crâne : *Je m'en fiche de savoir qui c'était ou même si on attrape le coupable…*

Il avait beau s'y reprendre, il n'arrivait pas à trouver le ton juste pour le dire.

À St Leonard, il annonça la nouvelle à Ned Farlowe. Celui-ci voulut se précipiter à l'hôpital, mais Rebus ne céda pas. Le jeune homme pleurait quand Rebus quitta sa cellule. Les dossiers du Crabe s'empilaient sur sa table.

Le Crabe, de son vrai nom William Andrew Colton. Il avait un casier remontant à son adolescence et avait fêté ses quarante ans le jour de la Guy Fawkes. Rebus n'avait pas eu trop de démêlés avec lui au cours de son séjour à Édimbourg. Apparemment, le Crabe avait habité la ville pendant deux ans au début des années quatre-vingt, et de nouveau, dix ans plus tard. 1982 : Rebus dépose contre lui lors d'un procès pour association de malfaiteurs. Non-lieu. 1983 : il a de nouveau des ennuis, une rixe dans un pub qui laisse un homme dans le coma, son amie devant recevoir soixante points de suture au visage. Soixante points de suture : on peut tricoter une paire de gants avec moins que ça.

Le Crabe avait effectué divers boulots : videur, garde du corps, main-d'œuvre non spécialisée. Le fisc l'avait alpagué en 1986. Deux ans plus tard, il séjournait sur la côte ouest, où Tommy Telford l'avait sans doute déniché. Capable de reconnaître un homme de main quand il en voyait, il l'avait recruté pour tenir l'entrée de son club de Paisley. Nouvelles effusions de sang, nouvelles accusations. Sans résultat. Le Crabe était béni des dieux et donnait aux flics du fil à retordre : témoins trop effrayés pour témoigner, qui se rétractent ou refusent de déposer contre lui. Le Crabe n'était pas un habitué des tribunaux. Il n'avait purgé que trois peines à l'âge adulte – au total, vingt-sept mois – pour une carrière qui entrait à présent dans sa quatrième décennie. Rebus parcourut une autre fois la paperasse, prit le téléphone et appela le commissariat de Paisley. Celui à qui il voulait parler venait d'être muté à Motherwell. Il composa ce numéro et finit par joindre le sergent Ronnie Hannigan, auquel il expliqua ce qui l'intéressait.

– En lisant entre les lignes, on subodore que le palmarès du Crabe est largement sous-estimé dans ce dossier.

– Affirmatif, acquiesça Hannigan en se grattant la gorge. Pourtant, on n'a jamais réussi à rien prouver. Vous dites qu'il sévit au sud de la frontière maintenant ?

– Telford l'a refilé à un gangster de Newcastle.

– Tendances criminelles, ayant la bougeotte, un CV en béton armé, quoi. Enfin, espérons qu'ils se le garderont. C'était à lui seul le règne de la terreur, et je n'exagère pas. C'est sans doute pour ça que Telford s'en est débarrassé, le Crabe devenait incontrôlable. À mon avis, Telford l'a embauché comme tueur à gages. Mais il a débloqué, alors Telford a dû le larguer.

– C'était quoi, son contrat ?

– C'était à Ayr. Ça devait être il y a… quatre ans ? De la drogue en pagaille, surtout à l'intérieur d'un dancing… le nom m'échappe. Je ne sais pas ce qui s'est passé, un marché qui a mal tourné ou quelqu'un qui se sucrait au passage ? Bref, il y a eu un meurtre devant le club. Le type s'est retrouvé avec la moitié du visage en moins, enlevée au couteau à découper.

– Pour vous, le Crabe était dans le coup ?

– Et comment ! Seulement il avait un alibi et les témoins oculaires ont tous été atteints d'une cécité passagère. Ça pourrait être un scénario pour les *X-Files*, en un sens.

Une agression au couteau devant un night-club… Rebus tapota le bureau avec son stylo.

– Vous sauriez par hasard comment l'agresseur s'est tiré ?

– En moto. Le Crabe adore les deux-roues. Le casque est un bon déguisement.

– Nous avons eu récemment une agression presque identique. Un type en moto a attaqué un dealer devant un des night-clubs de Tommy Telford. À la place il a refroidi un videur.

Tandis que Cafferty démentait toute implication…

– Comme vous venez de le dire, le Crabe se trouve à Newcastle.

Tout juste, et il se tenait à carreau… il avait peur de venir au nord. Tarawicz l'avait mis en garde. Parce qu'Édimbourg était trop dangereux… sa présence risquerait de raviver de vieux souvenirs.

– Vous savez à combien Newcastle se situe ? demanda Rebus.

– Deux ou trois heures ?

– Que dalle, en moto. Il y a autre chose que je devrais savoir ?

– Eh bien, Telford a essayé de caser le Crabe dans une fourgonnette, mais sans résultat.

– Quel genre de fourgonnette ?

– Un van de glacier.

Rebus faillit laisser échapper le combiné.

– Expliquez-moi.

– Fastoche. Les gars de Telford écoulaient la dope à partir d'un van de glacier. Leur « spécialité à cinq livres », ils l'appelaient. Vous filiez un billet de cinq livres et on vous remettait un cornet ou une gaufre avec un petit sachet en plastique à l'intérieur…

Rebus remercia Hannigan et mit fin à l'appel. La spécialité à cinq livres. « Testez Taystee » et ses clients qui mangeaient des glaces par tous les temps. Son territoire : le jour, le quartier des écoles. La nuit, devant les clubs de Telford. Avec ses spécialités à cinq livres, Telford prélevant sa quote-part… La nouvelle Mercedes, ça, c'était une boulette de la part de Taystee. Il n'avait pas fallu longtemps pour que les financiers de Telford comprennent que leur gars tapait dans la caisse. Telford avait sans doute voulu faire un exemple avec le vendeur de glaces…

Voilà qui prenait tournure. Il fit tournoyer son stylo, le rattrapa et passa un autre appel, cette fois à Newcastle.

– Ravie de vous entendre, déclara Miriam Kenworthy. Des nouvelles de votre amie ?

– Elle a resurgi dans le secteur.

– Bien.

– À la remorque de l'inénarable Albinos.

– Ça, c'est moins bien. Je me demandais où il était passé.

– Et il n'est pas là pour faire du tourisme.

– Ça m'aurait étonnée.

– C'est du reste pourquoi je vous appelle.

– Dites voir ?

– Je me demandais s'il était du genre à jouer de la machette ?

– La machette ? Laissez-moi réfléchir… (Le silence se prolongea si longtemps qu'il se demanda si la ligne était coupée.) Vous savez, ça me dit quelque chose. Laissez-moi le taper sur l'écran.

Cliquetis du clavier. Rebus se mordillait la lèvre inférieure presque jusqu'au sang.

– Nom d'une pipe ! s'exclama-t-elle. Il y a un an environ, une bagarre dans une cité. Des gangs rivaux, c'est ce qu'on nous a raconté, mais tout le monde savait ce que ça cachait, à savoir la drogue et des incursions sur le territoire.

– Et là où il y a de la came, il y a Tarawicz ?

– Le bruit a couru que ses gars étaient dans le coup.

– Et ils ont joué de la machette ?

– L'un d'eux. Il s'appelle Patrick Kenneth Moynihan, connu de tout le monde comme « PK ».

– Vous pouvez me donner son signalement ?

– Je peux même vous faxer son portrait. Mais en attendant, voilà : grand, massif, cheveux noirs bouclés et barbe noire.

Il ne faisait pas partie de la suite de Tarawicz. Deux des meilleurs hommes de main de l'Albinos étaient restés en poste à Newcastle. Par souci de sécurité. Rebus ajouta PK à sa liste des agresseurs de Paisley. De nouveau, Cafferty était blanchi.

– Merci, Miriam. Écoutez, à propos de ce bruit qui circule...

– Rafraîchissez-moi la mémoire.

– Que ce serait Telford qui approvisionnerait Tarawicz plutôt que l'inverse. Vous avez des éléments en ce sens ?

– Nous avons suivi l'Albinos et ses hommes. Deux ou trois virées sur le continent, dont ils sont revenus clean.

– Ils vous ont menés en bateau ?

– Ce qui nous a amenés à réviser notre analyse.

– D'où Telford recevrait-il la came ?

– Nous n'avons pas été aussi loin.

– Bon, eh bien, encore merci...

– Eh, mettez-moi au parfum ! Faites-moi une fleur !

– Belle-de-jour, ça marche ? À bientôt, Miriam.

Rebus alla se chercher un café, le sucra, la tête ailleurs, et avala la moitié du gobelet avant de s'en apercevoir. Tarawicz attaquait Telford, lequel accusait Cafferty. S'ensuivait une vendetta destinée à anéantir Cafferty et affaiblir Telford. Sur quoi Telford passerait à l'action en effectuant le braquage de Maclean, mais quelqu'un allait le balancer...

Et Tarawicz serait là pour ramasser la mise. C'était son plan depuis le départ. Les Bluebreakers : *Double-Crossing Time* [1]. Putain, c'était magnifique. Montez deux rivaux l'un contre l'autre et attendez la fin du carnage...

---

1. « L'heure des dupes ».

Le prix, Rebus ne le connaissait pas encore. L'enjeu devait être de taille. Hypothèse de travail : Tarawicz acheminait la drogue non de Londres mais d'Écosse, la dope étant fournie par Tommy Telford.

Que savait Telford ? Comment parvenait-il à s'approvisionner ? Est-ce que cela avait à voir avec Maclean ? Rebus se servit un autre café, avec lequel il avala trois paracétamols. Il avait la tête comme un ballon. De retour à son bureau, il composa le numéro de Claverhouse, sans parvenir à le joindre. Faute de mieux, il le bipa et celui-ci le rappela aussitôt.

– Je suis dans le van, expliqua Claverhouse.

– J'ai quelque chose à vous dire.

– Quoi ?

D'abord, Rebus voulait savoir ce qui se passait. Il tenait à être au courant.

– Je dois vous le dire de vive voix. Où vous êtes garé ?

– Un peu plus bas que le magasin, marmonna Claverhouse, l'air soupçonneux.

– La fourgonnette blanche de décorateur ?

– Ça n'est vraiment pas une bonne idée.

– Vous voulez m'entendre ou pas ?

– Vendez-moi l'idée.

– Ça explique tout, bluffa Rebus.

Claverhouse attendit la suite, mais que dalle et Rebus ne voulut pas en démordre. Soupir théâtral : Claverhouse en bavait, la vie était une galère.

– J'arrive dans une demi-heure, déclara Rebus. (Il raccrocha et son regard fit le tour de la salle de garde.) Quelqu'un a un bleu de travail pour moi ?

– Très réussi, ce déguisement, ironisa Claverhouse en se glissant sur le siège de devant.

Ormiston était à la place du chauffeur, une boîte en plastique posée devant lui. Une Thermos de thé débouchée embuait le pare-brise. L'arrière de la fourgonnette était encombré d'un arsenal de boîtes de peinture, de brosses et de tout un bazar. Une échelle était fixée sur le toit et une autre appuyée contre le mur du bâtiment près duquel la fourgonnette était garée. Claverhouse et Ormiston étaient en salopettes blanches, barbouillées d'échantillons de vieille peinture. Rebus n'avait pas trouvé mieux qu'un bleu de chauffe, trop étroit à la taille et à la poitrine. Il ouvrit les premières pressions en s'installant.

– Quoi de neuf ?

– Jack est entré deux fois ce matin, expliqua Claverhouse avec un regard à la boutique. Une fois pour acheter des sèches et un canard, une autre pour une canette de jus de fruits et un friand.

– Il ne fume pas.

– Il le fait pour cette opération. Un bon prétexte pour sauter le pas.

– Il ne vous a donné aucun signal ?

– Vous espérez qu'il va hisser les drapeaux ? s'esclaffa Ormiston avec une haleine qui empestait le beurre d'anchois.

– Je posais juste la question, marmonna Rebus en vérifiant l'heure. L'un de vous veut faire une pause ?

– Ça va, répondit Claverhouse.

– Que fabrique Siobhan ?

– De la paperasse, plastronna Ormiston avec un sourire. Vous avez déjà vu une femme peintre en bâtiment ?

– Vous avez souvent refait les peintures chez vous, Ormie ?

Bien joué ! Cela lui valut un sourire de Claverhouse.

– Alors, John, qu'est-ce que vous avez pour nous ? demanda-t-il.

Rebus les mit au fait, en remarquant l'intérêt croissant de Claverhouse.

– Autrement dit, Tarawicz compte doubler Telford ? interrogea Ormiston quand il eut fini.

– C'est ce que je subodore, fit Rebus en haussant les épaules.

– Alors pourquoi se casser le cul à monter une souricière ? On n'a qu'à les laisser s'entretuer et compter les coups.

– Ça ne nous livrerait pas Tarawicz, remarqua Claverhouse, cogitant ferme, paupières mi-closes. S'il arrive à éjecter Telford, c'est lui qui emporte le morceau sans se mouiller. Telford est hors-jeu et en ce qui nous concerne, on aura troqué un truand contre un autre.

– Et celui-là, il tient le pompon, ajouta Rebus.

– Quoi ? Parce que Telford, c'est Robin des bois, peut-être ?

– Non, mais au moins, avec lui, on sait où on en est.

– Et les chers petits vieux qui logent dans ses immeubles l'adorent, ajouta Claverhouse.

Rebus repensa à Mme Hetherington qui s'apprêtait à décoller pour la Hollande. Seul inconvénient, elle était forcée d'embarquer à Inverness… Sakiji Shoda aussi avait pris un vol de Londres à Inverness…

Rebus fut pris d'un fou rire.

– Qu'est-ce qui vous fait marrer ?

Il secoua la tête, hilare, en s'essuyant les yeux. En fait, il n'y avait rien de drôle.

– On pourrait mettre Telford au parfum, proposa Claverhouse en scrutant le visage de Rebus. Le monter contre Tarawicz, qu'ils se bouffent les tripes entre eux.

– C'est un coup à tenter, reconnut Rebus en reprenant son souffle.

– Proposez-m'en un autre.

– Plus tard, répondit-il en ouvrant la portière.

– Où vous allez ? s'enquit Claverhouse.

– J'ai un avion à prendre.

32

En fait, il était au volant de sa voiture. Et le trajet était long, du reste. Par Perth au nord et de là, dans les Highlands, en empruntant la route qui pouvait être coupée au plus fort de l'hiver. Ce n'était pas une mauvaise route, mais la circulation était intense. Il ne doublait un camion qui faisait bouchon que pour en rattraper un autre. Toutefois, il fallait savoir apprécier les petits plaisirs de la vie, car en été, les caravanes pouvaient se retrouver à la tête d'un kilomètre de semiremorques.

Il doubla effectivement deux ou trois caravanes aux alentours de Pilochry. Elles venaient des Pays-Bas. D'après Mme Hetherington, c'était en ce moment la basse saison pour visiter la Hollande. La plupart des gens de son âge y allaient au printemps pour pouvoir admirer les champs de tulipes en fleurs. Mais pas Mme Hetherington. L'offre de Telford était claire : c'était maintenant ou jamais. Il lui avait dit d'en profiter, de ne s'inquiéter de rien…

En approchant d'Inverness, il retrouva une route à quatre voies. Cela faisait plus de deux heures qu'il roulait. Sammy avait l'air de vouloir revenir à elle, Rhona avait son numéro de portable. Il suivit les panneaux indiquant la direction de l'aéroport d'Inverness. Il se gara et descendit de voiture pour se dégourdir les jambes et s'étirer le dos, sentant une faiblesse dans ses vertèbres. Puis il entra dans le terminal et demanda la sécurité. On l'adressa à un petit chauve, portant lunettes et clopinant. Rebus se présenta. L'homme lui offrit un café, mais Rebus était suffisamment sur les nerfs après le voyage.

Pourtant, il avait faim, il n'avait pas déjeuné. Il raconta son histoire et ils finirent par mettre la main sur une représentante des douanes de Sa Majesté. Au cours de sa visite des services, Rebus constata la mise en place d'un dispositif discret. La responsable des douanes avait la trentaine, les joues roses et des boucles noires. Elle portait au milieu du front une tache lie-de-vin de la taille d'une pièce de monnaie qui ressemblait tout à fait à un troisième œil.

Elle conduisit Rebus dans l'espace réservé à la douane et trouva un coin où ils purent discuter tranquillement.

– On vient juste de démarrer les transports internationaux, dit-elle pour répondre à sa question. C'est terrible.

– Pourquoi ?

– Parce qu'en même temps, on a réduit le personnel.

– Vous voulez dire celui des douanes ?

Elle acquiesça.

– Vous vous inquiétez pour la drogue ?

– Bien sûr… Et pour le reste.

– Vous avez des vols pour Amsterdam ?

– Il y en aura.

– Mais pour le moment… ?

– Pour le moment, il faut se rendre à Londres et changer, répondit-elle comme si c'était évident.

Rebus réfléchit.

– Vous avez eu il y a quelques jours un voyageur en provenance du Japon qui a pris à Heathrow un vol pour Inverness…

– Il a fait escale à Londres ?

– Non, il a pris la première correspondance.

– S'il n'était qu'en transit, c'est considéré comme une liaison internationale.

– Ce qui veut dire ?

– Ses bagages ont été enregistrés au Japon et ne lui ont été restitués qu'à Inverness.

– Vous êtes donc son premier contrôle douanier ?

Elle confirma d'un geste.

– Et si son vol atterrit à une heure parfaitement indue… ?

– Dans ce cas, inspecteur, nous faisons de notre mieux.

Oui, Rebus voyait ça d'ici. Un fonctionnaire des douanes solitaire, l'œil vitreux, loin d'être au maximum de ses capacités…

– Donc les valises changent d'avion à Heathrow, mais personne ne les vérifie ?

– C'est à peu près ça.

– Et si vous alliez des Pays-Bas à Inverness via Londres ?

– Même topo.

Et voilà ! Pas besoin de lui faire un dessin, Rebus avait pigé. Il avait compris le coup de génie de Tommy Telford. C'était bien lui qui fournissait la drogue à Tarawicz et à Dieu sait combien d'autres. Ses petites vieilles et ses petits vieux lui permettaient de franchir la douane aux petites heures du jour ou au cœur de la nuit les doigts dans le nez. Était-il si difficile de glisser un paquet dans une valise ? Les gars de Telford attendaient à la sortie pour ramener tout le monde au bercail, transporter les bagages à l'étage… et récupérer en douce le colis.

Des vieux retraités, transformés en passeurs involontaires. C'était stupéfiant.

Et Shoda n'avait pas pris un vol direct pour Inverness afin de vérifier les formalités pour les touristes. Il avait voyagé de manière à constater par lui-même que c'était un jeu d'enfant et expérimenter la route géniale que Telford avait trouvée. Rapide et efficace avec un minimum de risques. Rebus ne put s'empêcher de rigoler. La région des Highlands avait déjà son propre lot de problèmes de drogue avec des adolescents qui traînaient leur ennui et des foreurs pleins aux as. Rebus avait démantelé une filière dans le nord-est au début de l'été, uniquement pour voir Tommy Telford se pointer, prêt à prendre la relève…

Cafferty n'y aurait jamais pensé. Cafferty n'aurait jamais eu autant d'audace. Mais Cafferty serait resté discret. Il n'aurait pas eu les yeux plus gros que le ventre, il n'aurait pas cherché des associés.

Telford était encore un gosse à certains égards. L'ours en peluche sur le siège du passager en apportait la preuve.

Rebus remercia la responsable des douanes et partit en quête de nourriture. Il se gara au centre ville et se paya un hamburger, s'assit derrière une vitre et repassa toute l'histoire en revue. Il restait quelques points qui n'étaient pas cohérents, mais il pouvait s'en arranger.

Il passa deux coups de fil, l'un à l'hôpital, l'autre à Bobby Hogan. Sammy ne s'était pas réveillée. Hogan devait interroger Beau-Gosse à 19 heures. Rebus ne voulait pas rater ça.

Il eut un temps clément pour le trajet du retour, une circulation acceptable. La Saab semblait goûter les longues balades ou peut-être qu'à cent à l'heure, le bruit du moteur couvrait celui des cahots et de la ferraille.

Il se rendit directement au poste de Leith, regarda sa montre et constata qu'il avait un quart d'heure de retard. Ce qui n'était pas grave, puisque l'audition venait de commencer. Beau-Gosse était venu accompagné de Charles Groal, un conseil décidément multicartes. Hogan était assis avec un autre fonctionnaire, l'inspecteur James Preston. On avait installé un magnétophone. Hogan était dans ses petits souliers. Il savait, surtout en présence d'un avocat, que tout le montage ne reposait que sur des suppositions. Rebus lui adressa un clin d'œil encourageant et s'excusa d'avoir été retenu. Le hamburger avait du mal à passer et le café qui l'avait arrosé n'avait pas amélioré l'état de ses nerfs. Il fallait qu'il se chasse de la tête Inverness et toutes les implications pour se concentrer sur Beau-Gosse et Joseph Lintz.

Beau-Gosse affichait un air flegmatique. Il portait un costume anthracite sur un tee-shirt jaune et des boots pointues en daim noir. Il fleurait l'aftershave de luxe. Devant lui sur le bureau, une paire de Ray-Ban monture écaille et ses clés de voiture. Il devait posséder une Range Rover – obligatoire pour les employés de Telford – mais l'anneau arborait le sigle de Porsche. Dans la rue, Rebus était justement garé derrière une 944 bleu cobalt. Beau-Gosse faisait preuve de velléités d'indépendance…

Groal avait sa serviette ouverte à ses pieds avec, à l'intérieur, un bloc A4 de papier réglé et un gros Mont-blanc noir.

L'avocat et son client suintaient le fric facilement gagné et dépensé. Beau-Gosse se servait de son argent pour se payer la classe, mais Rebus savait d'où il sortait. La cité ouvrière de Paisley, un apprentissage de la vie dur comme le granit, une vraie galère.

Hogan énuméra les personnes présentes à l'intention du magnétophone, puis il jeta un œil à ses notes.

– Monsieur Summers… (Brian Summers, le vrai patronyme de Beau-Gosse.) Savez-vous pourquoi vous êtes ici ?

Beau-Gosse forma un O de ses lèvres brillantes et se mit en devoir de compter les mouches sur le plafond.

– Monsieur Summers m'a informé qu'il était disposé à coopérer, monsieur l'inspecteur, intervint Charles Groal. Mais il aimerait avoir une idée des accusations dont il fait l'objet et du bien-fondé de celles-ci.

– Qui a dit qu'il était accusé ? demanda Hogan en regardant l'avocat sans ciller.

– Inspecteur, Monsieur Summers travaille pour Thomas Telford et le harcèlement dont la police a fait preuve à l'égard de ce dernier est de notoriété publique…

– Rien à voir avec moi, maître, ni avec ce poste de police, répliqua Hogan. Strictement aucun rapport avec mon enquête actuelle.

Groal cligna des yeux une dizaine de fois très vite. Il regarda Beau-Gosse, qui étudiait à présent le bout de ses bottes.

– Vous voulez que je parle ? proposa Beau-Gosse à l'avocat.

– Je crois que… Je ne suis pas sûr…

Beau-Gosse l'interrompit d'un geste, puis il regarda Hogan.

– Allez-y, posez vos questions.

De nouveau, Hogan fit mine d'étudier ses notes.

– Savez-vous pourquoi vous êtes ici, monsieur Summers ?

– La diffamation fait partie de la chasse aux sorcières dont mon employeur est victime. (Il sourit aux trois policiers.) Je parie que vous n'auriez pas cru que je connaîtrais le mot « diffamation ».

Son regard s'arrêta sur Rebus, puis il se tourna vers Groal.

– L'inspecteur Rebus n'appartient pas à ce commissariat.

Groal saisit la perche qu'il lui tendait.

– Ç'est juste, inspecteur. Puis-je vous demander de quel droit vous vous permettez d'assister à cette audition ?

– Cela deviendra clair si vous nous laissez commencer, intervint Hogan.

Groal se clarifia la gorge, mais se tut. Hogan laissa le silence s'installer un moment, puis il attaqua.

– Monsieur Summers, connaissez-vous un certain Joseph Lintz ?

– Non.

Le silence se prolongea. Summers recroisa les pieds, il considéra Hogan, plissa les paupières et la mimique finit par le faire loucher. Il renifla et se frotta le nez en espérant que le phénomène passerait inaperçu.

– Vous ne l'avez jamais rencontré ?

– Non.

– Son nom ne vous dit rien ?

– Vous m'avez déjà posé la question. Je vais vous dire la même chose que je vous ai répondue à l'époque : je ne connais pas ce pékin.

Summers se redressa un peu sur sa chaise.

– Vous ne lui avez jamais parlé au téléphone ?

Summers regarda Groal.

– Mon client n'a pas été clair, inspecteur ?

– J'aimerais une réponse.

– Je ne le connais pas, soutint Summers en affichant une mine décontractée. Je ne lui ai jamais parlé.

Il rendit son regard à Hogan et cette fois, ne cilla pas. Le regard était vide, ne reflétant qu'un intérêt farouche pour sa petite personne. Rebus se demanda qui pouvait le trouver « beau gosse » quand toute sa conception de la vie était aussi moche.

– Il ne vous a pas appelé sur votre… votre lieu de travail ?

– Je n'ai pas de lieu de travail.

– Le bureau que vous partagez avec votre employeur ?

Beau-Gosse sourit. Ces phrases lui plaisaient : un « lieu de travail », « votre employeur ». Tous savaient la vérité, mais ils jouaient le jeu… et lui buvait du petit lait.

– J'ai déjà dit que je ne lui avais jamais parlé.

– Bizarre, parce que les télécoms disent le contraire.

– Ils peuvent faire erreur.

– J'en doute, monsieur Summers.

– À quoi ça rime ? On a déjà parlé de ça. (Summers se pencha en avant.) C'était peut-être un faux numéro. Peut-être qu'il a parlé à un de mes collaborateurs et qu'ils lui ont dit que c'était une erreur. (Il écarta les bras.) Ça ne nous mène nulle part.

– Je suis d'accord avec mon client, inspecteur, intervint Charles Groal, en griffonnant quelques mots. Où cela nous mène-t-il ?

– Cela nous mène, maître, au fait que M. Summers a été identifié.

– Où et par qui ?

– Dans un restaurant en compagnie de M. Lintz. Le même M. Lintz qu'il prétend n'avoir jamais vu, auquel il n'aurait jamais parlé.

Rebus vit la perplexité traverser le visage de Beau-Gosse. C'était plus une hésitation que de la surprise. Pourtant, il ne voulut pas en démordre.

– Il a été identifié par un employé du restaurant, poursuivit Hogan. Corroboré à l'occasion d'un deuxième dîner.

Groal observa son client, qui se taisait. Mais à la manière dont son regard vrillait la table, Rebus se demanda s'il ne voyait pas un soupçon de fumée s'échapper du bois.

– Dites donc, déclara Groal, ce n'est pas très régulier, inspecteur.

Mais Hogan n'était pas du tout intéressé par l'avocat. À présent, c'était un bras de fer entre Beau-Gosse et lui.

– Alors, monsieur Summers, qu'en dites-vous ? Vous avez envie de modifier votre version des événements ? De quoi parliez-vous avec M. Lintz ? Cherchait-il une compagnie féminine ? Je crois que c'est justement votre rayon.

– Inspecteur, j'insiste...

– Inutile, maître. Cela ne changera pas les faits. Je me demande simplement ce que M. Summers dira au tribunal quand on l'interrogera sur cet appel, ces rencontres... une fois que les témoins l'auront identifié. Je suis sûr qu'il ne doit jamais être à court d'histoires, mais là, il faudra qu'il en trouve une rudement bonne pour qu'on le croie.

Summers plaqua ses deux paumes sur le bureau et se releva à demi. Il n'avait pas une once de graisse. Les veines ressortaient sur le dos de ses mains.

– Je vous l'ai dit, je ne l'ai jamais vu, je ne lui ai jamais parlé. Point barre, fin de l'histoire, finito. Et si vous avez des témoins, ce sont des menteurs. Peut-être que vous les avez incités à mentir. Et c'est tout ce que j'ai à dire.

Il se rassit, les mains dans les poches.

– J'ai entendu dire, intervint Rebus comme s'il tentait de redonner de l'animation à une conversation de salon qui languissait, j'ai entendu dire que vous vous occupiez des filles haut de gamme, les call-girls à trois chiffres plutôt que des passes dans les maisons d'abattage.

Summers grogna en serrant les poings.

– Inspecteur, s'insurgea Groal, je ne puis permettre que ces accusations se poursuivent.

– Était-ce ce que Lintz voulait ? Avait-il des goûts de luxe ?

Summers continuait de secouer la tête. Il parut sur le point de craquer, mais il se retint et partit d'un éclat de rire.

– J'aimerais vous rappeler, reprit l'avocat, que mon client s'est montré extrêmement coopératif tout au long de ce scandaleux...

Rebus accrocha le regard de Beau-Gosse et ils se toisèrent un instant. Il avait tant à dire, ça le démangeait… Au point qu'il avait du mal à se retenir. Rebus pensa à la corde dans la maison de Lintz.

– Il aimait les attacher, hein ? l'apostropha Rebus d'un ton posé.

Groal se leva, tirant Summers pour qu'il l'imite.

– Alors, Brian ? insista Rebus.

– Merci, messieurs, coupa Groal. (Il fourra son bloc dans sa serviette et rabattit les serrures cuivrées.) Si jamais vous avez quelque question qui vaille la peine de faire perdre son temps à mon client, nous serons ravis de vous apporter notre aide. D'ici là, je serais d'avis que…

– Brian ?

L'inspecteur Preston avait éteint le magnétophone et s'était levé pour ouvrir la porte. Summers ramassa ses clés et chaussa ses lunettes de soleil.

– Messieurs, déclara-t-il, c'était fort instructif.

– Sado-maso, persista Rebus en regardant Beau-Gosse bien en face. Alors, il les ligotait ?

Beau-Gosse grogna en montrant des signes d'impatience. Il s'arrêta tandis que son avocat l'entraînait hors de la pièce.

– C'était pour *lui*, articula-t-il à mi-voix.

C'était pour lui…

Rebus roula jusqu'à l'hôpital. Resta une vingtaine de minutes avec Sammy. Vingt minutes à méditer et à se clarifier les esprits. Vingt minutes revivifiantes, au bout desquelles il pressa la main de sa fille.

– Merci, lui dit-il.

De retour à l'appartement, son premier réflexe fut de ne pas s'occuper du répondeur téléphonique avant d'avoir pris un bain. Ses épaules et son dos se ressentaient douloureusement de son aller-retour à Inverness. Mais quelque chose lui fit presser le bouton. « Je pars pour une réunion avec TT, dit la voix de Jack Morton. Voyons-nous après. Dix heures et demie à l'Ox. Je ferai de mon mieux pour être à l'heure, mais je ne promets rien. Souhaite-moi bonne chance. »

Il arriva à 23 heures.

Il y avait de la musique folk dans l'arrière-salle. Le devant aurait été tranquille s'il n'y avait eu deux grandes gueules qui devaient picoler depuis l'heure de la fermeture des bureaux. Ils étaient encore en costume, un quotidien roulé dans la poche. Ils carburaient au gin-tonic.

Rebus demanda à Jack ce qu'il voulait.

– Un grand verre de soda à l'orange.

– Alors, ça s'est passé comment ?

Rebus commanda les boissons. En quarante minutes, il avait réussi à ingurgiter deux Coca. Il passa au café.

– Ils ont l'air pressés.

– Qui était là ?

– Les deux zigotos de la boutique, plus Telford et deux de ses sbires.

– L'émetteur a bien marché ?

– Frais comme l'œil.

– On t'a fouillé ?

– Penses-tu ! fit Morton en haussant les épaules. C'est du travail bâclé. Quelque chose a l'air de les tracasser au point de leur filer les chocottes. Tu veux savoir le plan ? (Rebus était tout ouïe.) Au milieu de la nuit, un camion se pointe à l'usine et je lui laisse franchir les grilles. Je dois raconter que j'ai reçu un coup de fil du boss pour m'autoriser à faire une livraison. Donc je n'ai pas de raison de me méfier.

– Sauf que ton boss n'a jamais appelé ?

– Tout juste, Auguste. J'aurai donc été roulé par une voix. C'est ce que je dois dire à la police.

– On te ferait cracher la vérité, mon pote, crois-moi.

– C'est ce que je t'ai dit, John, leur plan n'est pas très fignolé, il est foireux. Je dois quand même leur reconnaître une chose, ils ont vérifié d'où je sors. Apparemment, ce qu'ils ont trouvé leur convient.

– Qui sera dans le camion ?

– Dix hommes, armés jusqu'aux dents. Je dois procurer demain un plan approximatif des lieux à Telford, lui faire savoir combien de gens seront là, quel type d'alarme il y a…

– Qu'est-ce que tu en tires ?

– Cinq mille livres. C'est bien vu : cinq sacs, ça me permet de rembourser mes dettes et ça me laisse une petite avance.

Cinq mille livres, c'était le montant que Joseph Lintz avait tiré à la banque.

– Ton histoire tient toujours ?

– Ils surveillent mon appart.

– Et on ne t'a pas suivi ?

Morton assura que non, et Rebus lui révéla ce qu'il avait appris et ce qu'il soupçonnait. Tandis que Morton réfléchissait, Rebus lui posa une question.

– Comment Claverhouse compte-t-il s'y prendre ?

– La cassette qu'on a enregistrée, c'est du béton. Telford parle, j'ai bien fait attention à l'appeler « M. Telford » et, deux ou trois fois, « Tommy ». C'est manifestement lui sur l'enregistrement. Mais… Claverhouse veut prendre la bande de Telford en flagrant délit.

– « Il faut faire les choses dans les règles » ?

– Ça paraît être son leitmotiv.

– Il y a une date ?

– Samedi, si tout va bien.

– On parie qu'on nous file le tuyau vendredi ?

– Si ton hypothèse est juste.

– Si j'ai vu juste, convint-il.

33

Le tuyau n'arriva que le samedi midi mais, dès lors, Rebus sut que son flair ne l'avait pas trompé.

Claverhouse fut le premier à le féliciter. Rebus en fut surpris, car l'inspecteur de la Criminelle avait du pain sur la planche et il avait pris l'appel avec beaucoup de désinvolture. Il y avait, punaisées aux murs de son bureau, des cartes détaillées de l'usine de produits chimiques, ainsi que la liste des membres du personnel. Des étiquettes de couleur indiquaient où ils étaient postés. Durant la nuit, il n'y avait que le personnel de sécurité, à moins qu'une grosse commande n'exige des heures supplémentaires. Ce soir-là, le personnel de sécurité habituel serait appuyé par la police de Lothian & Borders. Vingt personnes à l'intérieur de l'usine, avec des tireurs d'élite postés sur les toits et derrière certaines fenêtres clés. Une douzaine de voitures et d'estafettes en renfort. Pour Claverhouse, c'était l'opération la plus importante de sa carrière. On lui en demandait beaucoup. Il n'arrêtait pas de dire : « Ça doit être fait dans les règles. » Il ne laisserait « rien au hasard », répétait-il. Ces deux phrases étaient devenues son credo.

Rebus avait écouté un enregistrement de l'appel du mouchard : « Soyez ce soir à l'usine Maclean à Slateford. À deux heures du mat', il y aura un braquage. Dix hommes, armés, dans un camion. Si vous êtes malins, vous pourrez les cueillir. »

Un accent écossais, mais l'appel semblait venir de loin. Rebus sourit et regarda les bobines se dévider. « Alors te revoilà, le Crabe », l'apostropha-t-il tout haut.

Aucune allusion à Telford, ce qui était intéressant. Les gars de Telford étaient loyaux, ils tomberaient sans broncher. Et Tarawicz ne balançait pas Telford. Il ne pouvait pas savoir que la police avait déjà des cassettes prouvant l'implication de Telford. Autrement dit, il avait l'intention de laisser Telford… Non, cogite un peu. Avec le plan mort dans l'œuf et dix de ses meilleurs hommes en garde à vue, inutile d'envoyer Telford derrière les barreaux. Tarawicz préférait le voir libre et liquéfié de trouille, les yakuzas aux fesses, en position de faiblesse. Il pourrait se faire liquider à tout moment ou être forcé de tout céder. Sans effusion de sang. Propre et net, ce serait une simple proposition d'affaire.

– Ça doit être fait…

– Dans les règles, acheva Rebus à sa place. Claverhouse, on a pigé, d'accord ?

Claverhouse s'énerva.

– Vous n'êtes ici que parce que je tolère votre présence ! Alors mettons bien les choses au clair pour commencer. Je claque des doigts et vous êtes sur la touche, hors-jeu. Vous avez saisi ?

Rebus le regarda fixement. Un filet de transpiration descendait sur la tempe gauche de Claverhouse. À son bureau, Ormiston leva les yeux. Siobhan Clarke, qui briefait un autre policier à côté du tableau de service, s'arrêta net.

– Je promets d'être sage, fit Rebus d'un ton apaisant. Si vous promettez de ne plus employer cette formule qui me fait l'impression d'un disque rayé.

La mâchoire de Claverhouse se contracta, mais il finit par esquisser un semblant de sourire d'excuse.

– Bon, allons-y.

Encore qu'il n'y eût pas grand-chose à faire pour le moment. Jack Morton travaillait avec l'équipe qui assurait la relève, il ne commençait pas avant 15 heures. Dès lors ils surveilleraient les lieux, juste pour le cas où Telford modifierait son plan. Cela voulait dire que des membres du personnel allaient rater le grand match : les Hibs contre les Hearts [1] à Easter Road. Rebus avait misé à trois contre deux sur les Hearts.

1. Les deux équipes de football de l'Écosse : les Hibernians sont soutenus par les catholiques ; les Hearts of Midlothian par les protestants.

Le point de vue d'Ormiston : « Votre pognon, il est perdu d'avance. »

Rebus opta pour un des ordinateurs et se remit au travail. Siobhan Clarke était déjà venue fourrer son nez.

– Vous faites un compte rendu pour un canard ?

– Aucun risque.

Il s'efforça de rester simple et quand il fut content du produit fini, il l'imprima en deux exemplaires. Puis il alla acheter deux belles chemises en carton de couleur vive…

Il déposa une des chemises, puis, trop agité pour se rendre utile à Fettes, il rentra chez lui. Trois types étaient postés dans l'escalier de son immeuble. Deux autres arrivèrent derrière lui pour lui bloquer la seule voie d'évasion. Rebus reconnut Jake Tarawicz et un de ses hommes de main du cimetière de voitures. Les autres lui étaient inconnus.

– On monte, ordonna Tarawicz.

Avec Rebus dans le rôle du prisonnier sous escorte, ils gravirent l'escalier.

– Ouvrez la porte.

– Si j'avais su que j'aurais de la visite, j'aurais acheté des bières, déclara Rebus en fouillant ses poches pour trouver ses clés.

Qu'est-ce qui était le moins dangereux, les laisser entrer ou rester dehors avec eux ? Tarawicz prit la décision à sa place en adressant un signe à ses hommes. Ils l'empoignèrent par les bras, des mains plongèrent dans les poches de son blouson et de ses pantalons, et en sortirent les clés. Il resta imperturbable, les yeux sur Tarawicz.

– Vous faites une sacrée boulette, dit-il.

– Allez-y, aboya Tarawicz.

Ils propulsèrent Rebus dans le hall et le firent aller dans le séjour.

– Assis.

Des mains le poussèrent sur la banquette.

– Laissez-moi au moins faire le thé, dit-il.

Au-dedans de lui, il tremblait, sachant tout ce qu'il ne pouvait se permettre de dévoiler.

– Pas mal, votre crèche, commenta l'Albinos. Ça manque quand même d'une touche féminine. (Il se tourna vers Rebus.) Elle est où ?

Deux des individus s'étaient détachés du groupe pour fouiller l'appartement.

– Qui ça ?

– Chez qui pourrait-elle aller à part vous, hein ? Pas chez votre fille en tout cas… maintenant qu'elle est dans le coma.

Rebus le regarda fixement.

– Qu'est-ce que vous en savez ?

Les deux hommes revinrent et firent des signes de dénégation.

– Les nouvelles circulent…

Tarawicz tira une des chaises autour de la table et s'assit. Deux zigotos se tenaient derrière la banquette, deux devant.

– Faites comme chez vous, les gars. Où est le Crabe, Jake ?

Une question qu'il pouvait être censé poser, se dit-il.

– Dans le Sud. En quoi ça vous regarde ?

Rebus haussa les épaules.

– Dommage pour votre fille. Elle va récupérer, hein ? (Rebus ne répondit pas. Tarawicz sourit.) Les services hospitaliers dans ce pays… Je ne m'y fierais pas à votre place. (Il s'interrompit.) Alors, où elle est, Rebus ?

– Grâce à mes facultés de détective parfaitement affinées, je suppose que vous voulez parler de Candice.

Autrement dit, elle avait fugué. Pour une fois, elle s'était fait confiance. Rebus était fier d'elle.

Tarawicz claqua des doigts. Des bras le ceinturèrent par-derrière, lui bloquant les épaules. Un gars s'avança et lui planta sans ménagement un direct dans la mâchoire. Il recula. Un deuxième s'avança et le bourra de coups dans les tripes. Une main lui empoigna les cheveux et l'obligea à regarder le plafond. Il ne vit pas venir le tranchant de la main qui visait sa jugulaire. Quand le coup arriva, il crut qu'il allait cracher sa glotte. Ils le lâchèrent et il piqua une tête en avant, portant les mains à sa gorge et cherchant son souffle. Deux ou trois dents semblaient déchaussées et la peau à l'intérieur de la joue avait éclaté. Il sortit un mouchoir et cracha du sang.

– Malheureusement, je n'ai aucun sens de l'humour, constatait Tarawicz. Aussi j'espère que vous comprendrez que je ne plaisante pas quand je dis que je vous tuerai si je dois le faire.

Rebus chassa de sa tête tous les secrets qu'il connaissait, tout ce qui lui donnait du pouvoir sur Tarawicz. Il se dit : tu ne sais rien.

Il se dit : tu ne vas pas mourir.

– Même… si… je savais… (Il cherchait son souffle.) Je ne vous dirais rien. Si on se trouvait tous les deux dans un champ de mines, je ne vous dirais rien. Vous voulez que… que je vous dise pourquoi ?

– Ne me faites pas languir.

– Ce n'est pas à cause de *qui* vous êtes mais à cause de *ce que* vous êtes. Vous faites commerce d'êtres humains. (Il se tamponna la bouche.) Vous ne valez pas mieux que les nazis.

– Allons bon, fit Tarawicz en posant une main sur sa poitrine. Je suis piqué au vif.

– Le hasard fait bien les choses, poursuivit Rebus qui se remit à tousser. Dites-moi, pourquoi vous voulez la retrouver ?

Il connaissait la réponse. Parce qu'il devait retourner dans le Sud en laissant Telford dans les emmerdes jusqu'au cou. Parce que rentrer à Newcastle sans elle, c'était une rebuffade, un revers, petit mais tangible. Tarawicz voulait avoir la totale. Il voulait tout sur son assiette jusqu'à la dernière miette.

– Édimbourg est une ville tellement respectable, à ce qu'on dit, reprit Tarawicz. On ne peut pas se permettre que les voisins se plaignent des cris. Mettez-le sur une chaise.

On souleva Rebus. Il se débattit. Un coup dans les reins lui fit plier les genoux. Ils le mirent de force sur une chaise. Tarawicz tombait sa veste, retirait ses boutons de manchettes en or pour pouvoir retrousser les manches de sa chemise rayée rose et bleu. Les bras étaient glabres, musclés, et de la même couleur marbrée que le visage.

– Une maladie de peau, expliqua-t-il en retirant ses lunettes teintées de bleu. Un lointain cousin de la lèpre, à ce qu'on m'a dit. (Il déboutonna son col.) Je ne suis pas aussi joli garçon que Tommy Telford, mais vous verrez que pour le reste, il a trouvé son maître. (Un sourire entendu à ses troupes, sourire que Rebus n'était pas censé comprendre.) Nous pouvons commencer là où vous voulez, Rebus. Et c'est à vous de dire quand on s'arrête. Vous n'avez qu'à bouger la tête, me dire où elle est et je sors de votre vie pour toujours.

Il approcha son visage de Rebus, la peau luisante faisant l'effet d'un écran isolant. Ses pupilles minuscules comme des têtes d'épingles dans ses yeux pâles. Camé et dealer, se dit Rebus. Tarawicz attendit un hochement de tête qui ne vint pas, puis il recula. Il trouva une lampe d'architecte à côté de la chaise de Rebus. Il posa les deux pieds sur le socle et tira sur le fil pour l'arracher.

– Approchez-le-moi, dit-il.

Deux sbires tirèrent Rebus et la chaise jusqu'à l'endroit où Tarawicz vérifiait si le câble était branché et que la prise fonctionnait. Un troisième ferma les rideaux : les gamins d'en face seraient privés du spectacle. Tarawicz agitait le câble en montrant à Rebus les fils nus. Deux cent quarante volts prêts à faire sa connaissance.

– Croyez-moi, poursuivit le truand. Ça, c'est rien. Les Serbes avaient fait un art de la torture. La plupart du temps, ils ne cherchaient même pas des aveux. J'en ai aidé quelques-uns, des types vraiment intelligents, ceux qui ont su quand il était temps de se tirer. On pouvait se faire du pognon dans les premiers temps, le pouvoir était à prendre. Maintenant, les politiciens débarquent avec des juges d'instruction à leur traîne. (Il regarda Rebus.) Les types intelligents savent toujours quand il est temps de dire pouce. Une dernière chance, Rebus. N'oubliez pas, un simple signe de tête…

Les fils étaient à quelques centimètres de sa joue. Tarawicz changea d'avis et les rapprocha des narines, puis des yeux.

– Un signe de tête…

Rebus se tortillait, des bras s'agrippaient à lui, lui coinçant les jambes et les épaules. Des mains lui tenaient la tête, la poitrine. Eh minute ! Le courant allait traverser les gars de Tarawicz ! prétexta Rebus. Ses yeux croisèrent ceux du truand et celui-ci recula.

– Ligotez-le sur la chaise.

Un ruban adhésif de cinq centimètres de large pour le fixer sur place.

– Cette fois, Rebus, on y va. (À ses hommes.) Vous le tenez le temps que je m'approche. Reculez quand je vous le dis.

Il y aura un quart de seconde entre le moment où ils me lâcheront et…, songea Rebus. Un instant pour se libérer. Le ruban adhésif n'était pas très solide, mais il y en avait beaucoup. Peut-être trop. Il gonfla ses pectoraux, mais sans résultat.

– On y va, annonça Tarawicz. D'abord le visage… puis les organes. Vous allez parler, on le sait tous les deux. À quel point vous tenez à jouer les braves, c'est votre affaire. Mais ça ne veut rien dire.

Rebus marmonna quelque chose derrière le bâillon.

– Pas la peine de parler, dit Tarawicz. Tout ce que je veux, c'est un signe de tête. Compris ?

Rebus opina.

– C'est un signe de tête, ça ?

S'obligeant à sourire, Rebus fit signe que non.

Loin d'avoir l'air impressionné, Tarawicz était tout à son affaire. Rebus avait disparu pour lui, n'existait que ce qu'il avait à lui dire. Il approcha le fil de la joue de sa victime.

– Lâchez-le !

La pression céda. Rebus tira sur ses liens sans arriver à les déplacer. Le courant parcourut son système nerveux et il se raidit. Il sentit son cœur doubler de volume, ses yeux lui sortir des orbites, sa langue pousser contre le bâillon. Tarawicz éloigna le câble.

– Tenez-le.

Des bras s'emparèrent de nouveau de lui, auxquels il opposa moins de résistance qu'avant.

– Ça ne laisse même pas de traces, dit Tarawicz. Et le pompon, c'est qu'au bout du compte, c'est vous qui paierez la facture en réglant votre note d'électricité.

Ses gars se bidonnèrent. Ils commençaient à se marrer.

Tarawicz s'accroupit pour se placer à sa hauteur. Ses yeux cherchèrent ceux de Rebus.

– Pour votre information, c'était seulement une décharge de cinq secondes. Les choses deviennent intéressantes à partir de trente. Votre cœur se porte bien ? Dans votre intérêt, j'espère qu'il est en bon état.

Rebus avait l'impression d'avoir été shooté à l'adrénaline. Cinq secondes… cela avait paru beaucoup plus long. Il fallait changer de tactique et trouver des mensonges à faire avaler à cette sinistre canaille. N'importe quoi pourvu qu'il déguerpisse…

– Défaites son pantalon, ordonna Tarawicz. Voyons ce qu'une secousse à cet endroit va donner.

Derrière le bâillon, Rebus commença à crier. Le regard de son bourreau faisait de nouveau le tour de la pièce.

– Ça manque décidément d'une présence féminine.

Des mains s'affairaient autour de sa ceinture. Tout se figea quand la sonnette de l'entrée grésilla. Il y avait quelqu'un en bas.

– Attendez, dit Tarawicz tranquillement. Ils vont partir.

La sonnette retentit de nouveau. Rebus luttait contre ses liens. Silence. Puis de nouveau la sonnette, plus insistante. Un des hommes s'approcha de la fenêtre.

– Non ! aboya Tarawicz.

La sonnette encore. Pourvu qu'elle n'arrête pas ! Rebus n'avait aucune idée de qui cela pouvait être. Rhona ? Patience ? Une idée jaillit soudain… Et si elle s'obstinait et que Tarawicz la laisse entrer ? Rhona ou Patience…

Le temps s'étira. La sonnette se tut. Elle – ou il – était parti. Tarawicz se détendit, déjà prêt à se remettre au boulot.

On frappa alors à la porte de l'appartement. Le visiteur avait pénétré dans l'immeuble. À présent, il se trouvait sur le palier. Et frappait de nouveau. Il agita le volet de la boîte aux lettres.

– Rebus !

Une voix d'homme. Tarawicz considéra ses sbires et donna un autre signal. Aussitôt les rideaux s'écartèrent, les liens de Rebus furent sectionnés, on arracha le ruban adhésif sur son visage. Tarawicz descendit ses manches et remit sa veste. Il laissa le cordon par terre. En guise de salut à Rebus :

– On se reverra.

Puis il prit la tête de sa troupe jusqu'à la porte qu'il ouvrit.

– Excusez-nous.

Rebus était toujours affalé sur la chaise, incapable de bouger. Il tremblait trop pour se lever.

– Une minute, chef !

Rebus reconnut la voix : Abernethy. Tarawicz n'avait nullement l'air impressionné par l'homme de la Brigade spéciale.

– Alors, où en est le match ?

Maintenant, Abernethy était dans le séjour et regardait autour de lui.

– Une réunion d'affaires, prononça Rebus d'une voix sourde.

Abernethy s'approcha.

– De drôles d'affaires où il faut ouvrir la braguette de son futal.

Rebus baissa les yeux et remédia aussitôt à la situation.

– C'était qui ? insista Abernethy.

– Un Tchétchène de Newcastle.

– Il aime se déplacer en force, hein ? Abernethy fit le tour de la pièce, trouva le fil électrique dénudé, fit quelques claquements de langue réprobateurs – tss, tss – et le débrancha. On s'en est payé une tranche, je vois.

– Ne t'inquiète pas, j'ai la situation en main, grinça Rebus.

Abernethy rigola.

– Bon, qu'est-ce que tu veux ?

– Je t'ai amené de la visite.

Il fit un signe de tête en direction de la porte. Un homme à l'allure distinguée se tenait là, vêtu d'un manteau trois-quarts en laine noire et d'un foulard de soie blanche. Il était chauve comme un œuf, les joues rougies par le froid. Légèrement enrhumé, il se tapotait le nez avec un mouchoir.

– Je pensais qu'on pourrait aller quelque part, proposa le nouveau venu avec une diction parfaite, regardant partout sauf Rebus. Manger un morceau, si vous avez faim.

– Non merci, dit Rebus.

– À boire, alors ?

– Il y a du whisky dans la cuisine.

L'homme avait l'air réticent.

– Écoutez, mon vieux, suggéra Rebus. Je ne bouge pas. Vous pouvez vous joindre à moi ou foutre le camp.

– Je vois, dit-il. (Il rangea son mouchoir et fit un pas en avant, tendit une main.) Je m'appelle Harris, à propos.

Rebus lui serra la main en s'attendant à voir des étincelles jaillir de ses doigts.

– Monsieur Harris, asseyons-nous autour de la table, proposa Rebus en se mettant debout.

Il tremblait, mais ses genoux tinrent le temps qu'il traverse la pièce. Abernethy revint de la cuisine avec la bouteille et trois verres. Il repartit et revint avec une bouteille à lait remplie d'eau.

En maître de céans, Rebus servit ses invités, jaugeant pendant l'opération le tremblement dans son bras droit. Il se sentait désorienté. L'adrénaline et l'électricité lui fouettaient le sang.

– *Slainte !* dit-il en levant son verre.

Mais là, il suspendit son geste, le liquide sous ses narines. Le pacte avec le Grand Chef : ne rien boire et Sammy revient. La gorge lui fit mal quand il déglutit, mais il reposa son verre, intact. Harris était en train de noyer son whisky dans son propre verre. Même Abernethy avait un air désapprobateur.

– Alors, monsieur Harris, demanda Rebus en se frottant la gorge. Vous êtes qui, bordel ?

Harris feignit un sourire. Il jouait avec son verre.

– J'appartiens aux services de Renseignements, inspecteur. Je sais ce que cela évoque dans votre esprit, mais je crains que la réalité ne soit plus terre-à-terre. Travailler pour les renseignements, ce n'est guère que cela : un tas de paperasses à remplir.

– Et vous venez me voir au sujet de Joseph Lintz ?

– Je viens vous voir parce que l'inspecteur Abernethy me dit que vous êtes résolu à lier le meurtre de Joseph Lintz à diverses accusations qui ont été portées contre lui.

– Et alors ?

– Bien sûr, vous en avez le droit. Mais il y a des questions pas nécessairement pertinentes qui pourraient se révéler... embarrassantes si elles arrivaient au grand jour.

– Comme le fait que Lintz était vraiment Linzstek et qu'il a été amené dans ce pays par la Ratline, probablement avec la bénédiction du Vatican ?

– Pour ce qui est de savoir si Lintz et Linzstek étaient le même homme... je ne puis vous le dire. Beaucoup de documents ont été détruits juste après la guerre.

– Mais le soi-disant Joseph Lintz a été introduit dans ce pays par les Alliés ?

– Exact.

– Et pourquoi avons-nous fait ça ?

– Lintz s'est rendu utile pour ce pays, inspecteur.

Rebus versa une nouvelle rasade de whisky dans le verre d'Abernethy. Harris n'avait pas touché le sien.

– Utile, comment ça ?

– C'était un universitaire réputé. En tant que tel, il a été invité à participer à des conférences et à donner des cours partout dans le monde. Pendant ce temps, il a travaillé pour nous. Assurer des traductions, glaner des renseignements, effectuer du recrutement...

– Il a recruté des gens dans d'autres pays ? (Rebus fixait Harris.) C'était un espion ?

– Il a fait quelques missions dangereuses et... déterminantes pour notre pays.

– Et bien payées... La maison de Heriot Row, c'était ça ?

– Dans les premiers temps, il en a gagné chaque penny.

Le ton de Harris sous-entendait autre chose.

– Que s'est-il passé… ensuite ? s'enquit Rebus.

– Il s'est mis… il n'était plus fiable.

Harris porta son verre à son nez, le huma et le reposa, intact.

– Allez, buvez avant que ça s'évapore, le gourmanda Abernethy.

Harris le toisa froidement et le Londonien marmonna quelques paroles d'excuse.

– Qu'est-ce que vous entendez par « plus fiable » ? insista Rebus en repoussant son propre verre.

– Il s'est mis à… fantasmer.

– Il s'est imaginé qu'un collègue de l'université était passé par la Ratline ?

– Exact, confirma Harris. La Ratline a fini par l'obséder. Il a commencé à s'imaginer que tout le monde autour de lui en avait fait partie, que nous étions tous coupables. La paranoïa, inspecteur. Cela nuisait à son travail et, en fin de compte, nous avons dû nous séparer de lui. Il y a des années de cela. Depuis, il n'a plus retravaillé pour nous.

– Alors pourquoi vous intéresser à lui ? Qu'est-ce que ça fait si ça transpire ?

Harris soupira.

– Vous avez raison, bien sûr. Le problème, ce n'est pas la Ratline en tant que telle, ni l'implication du Vatican ou toute autre idée d'un complot.

– Alors, quel est… ? (Rebus s'interrompit, il avait brusquement compris.) Le problème, ce sont les gens eux-mêmes, déclara-t-il. Les autres personnes introduites dans le pays par la Ratline. (Il opina du chef.) De qui on parle ici ? Qui serait impliqué ?

– Des personnalités éminentes, admit Harris.

Il avait cessé de jouer avec son verre. Ses mains étaient à plat sur la table. Le message adressé à Rebus était le suivant : l'affaire est grave.

– Passées ou présentes ?

– Passées… sans compter ceux dont les enfants ont accédé à des situations importantes.

– Des députés ? Des ministres ? Des juges ?

– Non, non, faisait Harris en s'agitant. Je ne peux pas vous en dire plus, inspecteur. On ne m'a pas mis dans la confidence.

– Mais vous avez peut-être deviné. Une petite idée, non ?

– Je ne joue pas aux devinettes, fit-il en regardant Rebus. Je traite avec des entités connues. C'est une bonne maxime... vous devriez essayer, vous aussi.

– Mais celui qui a tué Lintz l'a fait à cause de son passé.

– Vous en êtes sûr ?

– Ça n'a aucune logique sinon.

– L'inspecteur Abernethy me dit qu'il était en contact avec des éléments criminels d'Édimbourg, peut-être une affaire de prostitution. Ça me paraît suffisamment sordide pour être crédible.

– Et si c'est crédible, ça vous suffit ?

Harris se leva.

– Merci de m'avoir écouté, déclara-t-il avant de se moucher, puis il regarda Abernethy. Il est temps de partir, je crois. L'inspecteur Hogan nous attend.

– Harris, reprit Rebus, comme vous venez de l'expliquer vous-même, Lintz avait perdu les pédales ; il représentait un problème. Qui me dit que vos services ne l'ont pas liquidé ?

– Croyez-moi, fit Harris en haussant les épaules. Si nous nous en étions chargés, nous nous y serions pris de façon plus discrète.

– Accident de la route, suicide, défenestration... ?

– Au plaisir, inspecteur.

Tandis que Harris regagnait la porte, Abernethy resta sur place et son regard accrocha celui de Rebus. Il ne dit rien, mais le message était clair.

L'eau est trop trouble pour toi et moi. Alors rends-toi service, nage jusqu'à la plage.

Rebus hocha la tête et les deux hommes échangèrent une poignée de main.

34

2 heures du matin.

De la glace sur les pare-brise. On ne pouvait pas les décaper, car il fallait se confondre avec les autres voitures stationnées dans la rue. Des renforts – quatre unités – garés dans la cour d'un maçon juste après le coin de la rue. On avait retiré des ampoules aux réverbères pour plonger le secteur dans une obscurité quasi totale. Maclean avait l'air d'un arbre de Noël avec les lampes de sécurité et toutes les fenêtres éclairées. Comme les autres nuits.

Pas de chauffage dans les voitures banalisées : le chauffage aurait fait fondre la glace, les gaz d'échappement trahissant leur présence.

– Tout ça m'a un je ne sais quoi de déjà vu, remarqua Siobhan Clarke.

Pour Rebus, la surveillance de Flint Street semblait à des années-lumière. Clarke était assise derrière le volant, Rebus à l'arrière. Deux dans chaque voiture. De cette manière, ils avaient de la place pour se planquer si quelqu'un venait fouiner. Encore qu'il y ait peu de chances que cela se produise : le braquage était décidément bâclé. Telford, acculé, avait la tête ailleurs. Sakiji Shoda était toujours dans les parages, un mot avec le directeur de l'hôtel leur avait appris qu'il s'en allait le lundi matin. Rebus pariait que Tarawicz et ses hommes étaient repartis.

– Vous avez l'air bien au chaud là-dedans, répondit Rebus en faisant allusion à son blouson de ski rembourré.

Elle sortit une main de sa poche et l'ouvrit. Dans sa paume, l'objet ressemblait à un mince briquet. Rebus le lui prit. C'était chaud.

– C'est quoi, ce bidule ?

– J'ai acheté ça par correspondance, dit-elle avec un sourire. Ça réchauffe les mains.

– Comment ça marche ?

– Avec des crayons combustibles. Chacun dure douze heures.

– Alors vous avez chaud à une seule main ?

Elle sortit l'autre, qui tenait le même objet.

– J'en ai acheté deux, tant qu'à faire.

– Vous auriez pu le dire.

Rebus referma les doigts sur la petite source de chaleur et l'enfonça dans sa poche.

– Eh, c'est pas juste !

– Confisqué. Disons que c'est le privilège du rang.

– Attention, des lumières, l'avertit-elle.

Ils plongèrent et refirent surface quand la voiture se fut éloignée à vive allure. Fausse alerte.

Rebus regarda sa montre. On avait dit à Jack Morton que le camion se présenterait entre 1 h 30 et 2 h 15. Rebus et Clarke poireautaient dans la voiture depuis à peu près minuit. Les tireurs isolés sur le toit, les malheureux, étaient en position depuis 1 heure du matin. Rebus espérait qu'ils avaient une solide réserve de crayons combustibles. L'épisode de l'après-midi lui avait laissé les nerfs à vif. Ça ne lui plaisait pas d'avoir une dette pareille envers Abernethy. En fait, il lui devait peut-être la vie. Il savait qu'en échange, il pourrait accepter – avec Hogan – de mettre la pédale douce sur l'affaire Lintz. L'idée ne lui plaisait pas, mais qu'importe... Cela dit, la bonne nouvelle du jour, c'est que Candice s'était fait la belle.

L'émetteur de Clarke était muet. Ils étaient réduits au silence depuis avant minuit.

« Le premier à parler, ce sera moi, compris ? avait déclaré Claverhouse. Celui qui se sert de la radio avant moi, il sera dans la merde jusqu'au cou. Et je serai muet jusqu'à ce que le camion soit entré dans l'enceinte. C'est clair ? » Hochements de têtes alentour. « Ils pourraient se brancher sur notre fréquence, alors c'est extrêmement important. On doit faire ça dans les règles. » Évitant le regard de Rebus quand les mots lui échappèrent... « Je souhaite bonne chance à chacun, mais moins on comptera sur la chance, mieux ça vaudra à mon goût. Dans quelques heures, si nous collons au plan, nous devrions avoir démantelé la bande à Tommy Telford. » Il s'interrompit. « Réfléchissez-y. Nous serons des héros. »

Il déglutit, en se rendant compte de l'importance de l'enjeu.

Rebus n'arrivait pas à se sentir au diapason. Toute l'entreprise lui avait démontré une vérité toute simple : le vide était une fiction. Dès qu'il y a une société, il y a des criminels. Pas de ventre sans bas-ventre.

Il savait que ses propres exigences étaient modestes : un appartement, des livres, des disques et une voiture déglinguée. Et il avait réduit sa vie à une simple coquille, sachant pertinemment qu'il avait complètement raté le plus important : l'amour, les amitiés, la vie de famille. On l'avait accusé d'être esclave de sa carrière, mais c'était faux. Son boulot l'aidait à tenir, mais c'était une solution de facilité. Chaque jour il traitait avec des étrangers, des gens qui ne représentaient rien pour lui dans un sens plus large. Il pouvait entrer dans leur vie et en ressortir aussi facilement. Il en venait à vivre l'existence des autres ou au moins des tranches de leur existence par la bande, ce qui lui évitait de s'impliquer à fond.

C'était Sammy qui lui avait fait comprendre ces vérités essentielles : il n'était pas seulement raté en tant que père, mais aussi en tant qu'être humain. Son boulot de policier lui permettait de garder ses esprits, mais c'était un substitut pour la vie qu'il ne pouvait pas avoir, le genre de vie que tout le monde semblait capable de mener. Et s'il finissait par être obsédé par ses enquêtes, eh bien, ce n'était pas différent de celui qui l'était par les numéros des trains, les cartes dans les paquets de cigarettes ou les albums de rock. L'obsession gagnait facilement les gens – surtout les hommes – parce que c'était un moyen facile de dominer la situation, d'être aux commandes, encore qu'on ne dominât rien de bien précieux. Ça changeait quoi de pouvoir seriner les paroles de chacun des albums des Stones des années soixante ? Rien, que dalle. Ça changeait quoi si on mettait Tommy Telford à l'ombre ? Tarawicz prendrait sa place et, sinon, il y avait toujours le Gros Ger Cafferty, il pourrait encore servir. Et si ce n'était pas Cafferty, ce serait un autre. Le mal était endémique, aucune guérison en vue.

– À quoi vous pensez ? demanda Clarke en faisant passer sa chaufferette d'une main dans l'autre.

– À ma prochaine clope, marmonna-t-il.

Au comble du bonheur quand il peut faire l'autruche, avait dit Patience.

Ils entendirent le camion avant de le voir, au bruit qu'il fit en changeant de vitesse. Ils se laissèrent glisser sur leurs sièges, puis se redressèrent au moment où il allait pénétrer chez Maclean. Le chuintement des freins à air comprimé quand il s'arrêta en cahotant devant les grilles. Un garde sortit pour parlementer avec le chauffeur. Il tenait un bloc-notes.

– Jack porte vraiment bien l'uniforme, apprécia Rebus.

– L'habit fait l'homme.

– Vous pensez que votre patron va assurer ?

Il voulait parler du plan de Claverhouse. Quand le camion serait dans l'enceinte, ils prendraient le mégaphone pour montrer les tireurs d'élite à ceux qui se trouvaient dans la cabine du chauffeur et leur dire de descendre. Le reste de la bande pouvait rester coffré à l'arrière du véhicule. Ils leur ordonneraient de jeter leurs armes avant de les faire sortir un à un.

C'était ça ou attendre qu'ils soient tous sortis du camion. Avantage du second plan : ils sauraient à qui ils avaient affaire. Avantage du premier : la majeure partie de la bande serait bouclée à l'intérieur du camion, et ils pourraient s'en occuper en temps voulu.

Claverhouse avait opté pour le plan numéro un.

Les véhicules de police et les voitures banalisées devaient intervenir dès que le camion serait à l'arrêt – contact coupé – à l'intérieur de l'enceinte. Ils devaient bloquer la sortie et veiller à la sécurité pendant que Claverhouse, avec son mégaphone à une fenêtre du premier étage, et les tireurs d'élite (sur le toit et aux fenêtres du rez-de-chaussée) se mettaient en position. « Négocier en force », ainsi Claverhouse avait-il résumé son plan.

– Jack ouvre le portail, dit Rebus en jetant un œil par la vitre latérale.

Grondement de moteur et le camion avança par à-coups.

– Le chauffeur m'a l'air nerveux, commenta Clarke.

– Ou il n'a pas l'habitude des gros gabarits.

– Ça y est, ils sont à l'intérieur.

Rebus fixa la radio, impatient de l'entendre s'animer. Clarke avait tourné la clé de contact au cran de l'allumage. Jack Morton regardait le camion pénétrer dans l'enceinte. Il tourna la tête vers la rangée de voitures garées de l'autre côté de la route.

– Prêt ?

Les stops du camion s'allumèrent, puis s'éteignirent. Le chuintement de l'air comprimé leur parvint.

Un seul mot jaillit : « *Partez !* »

Clarke voulut démarrer et emballa le moteur, imitée par cinq autres véhicules. Des gaz d'échappement tourbillonnèrent brusquement dans l'air nocturne. Le bruit rappelait le départ d'une course de stock-cars. Rebus descendit sa vitre, afin de ne rien rater des tractations diplomatiques de Claverhouse dans son porte-voix. La voiture de Clarke fit un bond en avant et fut la première aux grilles. Elle et Rebus jaillirent sur le macadam, têtes baissées, la voiture formant bouclier entre eux et le camion.

– Le moteur tourne toujours, siffla Rebus entre ses dents.

– Quoi ?

– Le camion. Il n'a pas coupé le contact !

La voix de Claverhouse nasillait, en partie à cause de la tension, en partie à cause de la mauvaise qualité du mégaphone.

– La police est armée. Ouvrez les portières de la cabine et descendez un à un, les mains en l'air. Je répète : la police est armée. Jetez vos armes. Je répète : jetez vos armes.

– Allez, jetez-les ! grinça Rebus avant de lancer, excédé : Dites-leur d'arrêter leur putain de moteur !

– Le portail est bloqué, la fuite est impossible, couina encore Claverhouse. Et nous voulons que tout le monde s'en sorte indemne.

– Dites-leur de jeter les clés… (En jurant, Rebus plongea dans la voiture et empoigna le micro.) Claverhouse, dites-leur de jeter leurs putains de clés !

Avec la glace sur le pare-brise, il ne voyait rien. Soudain il entendit Clarke hurler :

– Sortez !

Un brouillard lumineux blanc, indistinct… Le camion repartait en marche arrière, fonçant à toute allure. Le rugissement du moteur, qui tournait comme un fou mais fonçait droit sur le portail.

Droit sur lui.

Une explosion : des briques de la façade de l'usine qui volaient en éclats.

Rebus lâcha le micro et se prit le bras dans la ceinture de sécurité. Clarke hurlait quand il parvint à sauter à terre.

Une seconde plus tard, le camion percutait la voiture dans un déchirement de tôles et un fracas de verre. Par effet de dominos, la voiture de Clarke emboutit celle de derrière, faisant perdre l'équilibre aux agents. La route était comme une patinoire, tandis que le camion repoussait une voiture, puis deux, puis trois sur la route.

Claverhouse à son mégaphone s'étouffait à cause de la poussière :

– Ne tirez pas ! Les policiers sont trop près ! Les policiers sont trop près !

Il n'aurait plus manqué que ça, qu'ils se retrouvent sous le feu des tireurs d'élite ! Hommes et femmes glissaient, perdaient l'équilibre, s'extirpaient tant bien que mal des véhicules. Certains étaient armés, mais abasourdis. Les portières arrière du camion, gauchies par la première collision, s'ouvrirent brusquement et sept ou huit hommes se précipitèrent à terre. Deux étaient armés et tirèrent trois ou quatre coups chacun.

Des cris, des hurlements, le mégaphone. La paroi vitrée de la loge avait explosé sous l'effet d'une balle. Rebus ne voyait pas Jack Morton… il ne voyait pas Siobhan non plus. Il était couché à plat ventre sur une portion de bas-côté herbu, les mains sur la tête. La position de défense classique, parfaitement inutile par-dessus le marché. Tout le secteur était sous l'éclairage des projecteurs et un des malfrats – Declan du magasin – visait maintenant ceux-ci. D'autres membres de la bande avaient foncé en direction de la rue et s'y engouffraient. Ils transportaient des pistolets et des manches de pioche. Rebus reconnut encore quelques têtes au passage, Ally Cornwell, Deek McGrain. À présent, les réverbères étaient en panne, bien sûr, leur procurant toute l'obscurité nécessaire. Rebus espérait que les voitures des renforts, postées dans la cour du maçon, ne se feraient pas désirer trop longtemps.

Ça y est ! Tournant le coin de la rue, pleins phares, sirènes hurlantes. Les rideaux des appartements se soulevèrent, des paumes frottèrent les carreaux. Et juste devant Rebus, à deux centimètres de son nez, un brin d'herbe enduit d'une couche de givre. Il pouvait détailler chaque lamelle de glace, et les motifs complexes qui s'étaient formés. Mais il s'aperçut qu'elle fondait à mesure qu'il soufflait dessus. Et le froid du sol l'envahissait peu à peu. Et les tireurs d'élite sortaient en courant du bâtiment, illuminés comme un stand de tir.

Et Siobhan Clarke, qui était saine et sauve. Il l'apercevait allongée près d'une voiture. La brave petite.

Et une femme policier, également étendue, qui était blessée au genou. Elle n'arrêtait pas de le toucher d'une main, qu'elle relevait pour regarder le sang, l'air incrédule.

Et toujours pas signe de vie de Jack Morton.

Les truands répondaient en tirant tous azimuts, faisant exploser les pare-brise. Les policiers de la première voiture venue en renfort furent contraints de mettre pied à terre. Quatre malfrats s'y engouffrèrent.

Deuxième véhicule : les policiers dehors, trois malfrats y embarquèrent. Pas de pare-brise, mais ça roulait. Hurlements et cris de joie, agitant leurs armes. Les deux truands restants étaient calmes. Ils observaient posément la scène, jaugeant la situation. Voulaient-ils rester pour offrir un comité d'accueil aux tireurs d'élite ? Peut-être. Peut-être se figuraient-ils pouvoir tenter encore la chance. Après tout, la fortune ne leur avait-elle pas souri jusque-là ? Dixit Claverhouse : *Moins on comptera sur la chance, mieux ça vaudra*. Bravo.

Rebus se mit à genoux, puis sur les pieds en restant à croupetons. Il se sentait dans une sécurité relative. Après tout, lui aussi avait eu de la veine aujourd'hui.

– Siobhan, ça va ?

À voix basse, les yeux scotchés sur les gangsters. Les deux voitures réquisitionnées comptaient sept hommes au total. Restaient deux. Où était le numéro dix ?

– Ça va, dit Clarke. Et vous ?

– Je n'ai rien.

Rebus s'éloigna, se fraya un chemin vers l'avant du camion. Le chauffeur était inconscient derrière le volant, la tête ensanglantée après avoir heurté le pare-brise. Il y avait une sorte de lance-grenades sur le siège du passager. Il avait laissé un fameux putain de trou dans le mur de Maclean. Rebus fouilla le chauffeur pour voir s'il était armé, il ne trouva rien. Puis il vérifia son pouls : régulier. Il identifia le bonhomme : un des habitués de l'arcade. Environ dix-neuf, vingt ans. Rebus sortit ses menottes, arrima le chauffeur au volant et jeta le lance-grenades sur la route.

Puis il prit la direction de la loge. Jack Morton, en uniforme mais sans sa casquette, face contre terre, recouvert d'un linceul de verre.

La balle avait traversé sa poche de poitrine droite. Le pouls était faible.

– Bon sang, Jack…

Il y avait un téléphone dans l'habitacle. Rebus appela les urgences et demanda des ambulances.

– Des policiers blessés à l'usine Maclean sur Slateford Road !

Les yeux fixés sur son ami.

– À quelle hauteur de Slateford Road ?

– Croyez-moi, aucun risque de rater l'endroit.

Cinq tireurs d'élite, vêtus de noir, pointent leurs pétoires sur Rebus du dehors. Ils le voient au téléphone, puis secouer la tête et ils passent leur chemin. Repèrent leurs cibles sur la route en train d'embarquer dans une voiture de patrouille. Leur intiment en hurlant à pleins poumons l'ordre de s'arrêter, les avertissant avant de faire feu.

Réponse : un tir nourri. Rebus plonge de nouveau. Les tireurs répondent dans un fracas assourdissant mais passager.

Des cris sur la route : « On les a eus ! »

Un gémissement. Un des voyous est blessé. Rebus regarde. L'autre est étendu, immobile, sur la route. Les tireurs d'élite hurlant au blessé :

– Jette ton arme, mets-toi sur le ventre, mains derrière le dos.

Réponse : « Je suis touché ! »

Rebus qui se dit tout bas : « Le salaud n'est que blessé. Achève-le ! »

Jack Morton inconscient. Rebus sait qu'il ne faut pas le bouger. Il peut arrêter l'hémorragie, c'est tout. Il retire son blouson, le plie et le presse contre la poitrine de son ami. Cela doit faire rudement mal, mais Jack est dans le coltar. Rebus retrouve le gadget de Siobhan dans sa poche, le petit boîtier encore chaud. Il le presse dans la main droite du blessé et referme ses doigts autour de l'objet.

– Accroche-toi, Jack. Tiens bon, je t'en prie.

Siobhan Clarke sur le seuil, les yeux noyés de larmes.

Rebus la repousse, se faufile de l'autre côté de la route à l'endroit où l'équipe d'intervention armée passe des bracelets au blessé. Personne ne s'intéresse beaucoup à son copain mort. Un petit groupe de badauds, demeurés à distance. Rebus s'avance jusqu'au cadavre, lui prend l'arme en lui décollant les doigts et contourne de nouveau l'avant de la voiture. Entend quelqu'un crier : « Il est armé ! »

Rebus qui se penche pour plaquer le canon du revolver contre la nuque du blessé. Declan du magasin : le souffle court, saccadé, les cheveux collés par la sueur, qui presse son visage contre le bitume.

– John…

Claverhouse. Il n'a plus besoin de mégaphone. Il se tient juste derrière lui.

– Vous voulez vraiment devenir comme eux ?

Comme eux… Comme Mean Machine. Comme Telford, Cafferty et Tarawicz. Il avait déjà franchi la ligne jaune, il avait fait plusieurs allers-retours. Il avait le pied sur la nuque de Declan et le canon était si chaud qu'il devait lui cramer le poil.

– Non, je vous en supplie… non, par pitié, non… non…

– La ferme, grinça Rebus.

Il sentit la main de Claverhouse se refermer sur la sienne et rabattre le cran de sûreté.

– C'est moi le responsable, John. J'ai foiré, n'en faites pas autant.

– Jack…

– Je sais.

La vision de Rebus se troubla.

– Ils se tirent !

– Non, dit Claverhouse, les routes sont bloquées. Les renforts sont déjà sur place.

– Et Telford ?

Claverhouse regarda sa montre.

– Ormie doit être en train de le cueillir à cette minute.

Rebus empoigna le revers de Claverhouse.

– Pincez-le.

Des sirènes qui s'approchent… Rebus crie aux chauffeurs de déplacer leurs voitures pour laisser passer l'ambulance. Puis il repart en courant jusqu'à la loge. Siobhan Clarke, agenouillée à côté de Jack, lui caresse le front. Le visage strié de larmes, elle lève les yeux vers Rebus.

– C'est fini.

– Non !

Pourtant, il sait que c'est vrai. Ce qui ne l'empêche pas de répéter le mot encore et encore et encore…

35

Ils répartirent la bande entre deux commissariats – Torphichen et Fettes – et embarquèrent Telford et quelques-uns de ses « lieutenants » pour St Leonard. Résultat : un cauchemar de logistique. Claverhouse ingurgita son aspirine avec un double express serré. Il était partagé entre le désir de faire les choses dans les règles et le fait qu'il devrait rendre des comptes pour le bain de sang chez Maclean. Un policier tué, six blessés, dont un grièvement. Un bandit mort, un autre blessé, pas assez sérieusement au goût de certains.

Les voitures en fuite avaient été interceptées et on avait procédé aux arrestations. Des coups de feu avaient été échangés, mais sans effusion de sang. Les membres de la bande ne desserraient pas les dents, c'était l'omerta.

Rebus était assis dans une salle d'audition vide à St Leonard, les bras sur la table, la tête dans les bras. Il était là depuis un moment, ne songeant qu'au malheur qui le frappait. Cela vous prenait toujours par surprise. Une vie, une amitié, brusquement fauchées.

Irréparable.

Il n'avait pas pleuré et il ne pensait pas qu'il le ferait. Il se sentait sonné, comme si son esprit était imbibé de novocaïne. Le monde semblait tourner au ralenti, comme si le mécanisme était sur le point de s'arrêter. Il se demanda si le soleil aurait encore la force de se lever.

Et c'est moi qui l'ai entraîné là-dedans.

Il avait déjà passé des périodes à se vautrer dans son sentiment de culpabilité, à se reprocher de ne pas avoir été à la hauteur, mais rien de comparable à ce qu'il éprouvait à présent. Il était anéanti. Jack Morton, un flic d'un petit coin paumé du Falkirk… assassiné à Édimbourg parce qu'un ami lui avait demandé un service. Jack Morton, qui l'avait ramené à la vie. Grâce à lui, il avait renoncé au tabac et au whisky, retrouvé la forme, il se nourrissait correctement, prenait soin de lui… John étendu à la morgue, gagné par la rigidité cadavérique.

Et c'est à cause de moi.

Soudain, il se releva d'un bond, jeta la chaise contre le mur. Gill Templer entra dans la pièce.

– Ça va, John ?

Il s'essuya la bouche d'un revers de main.

– Cool, tu penses.

– Mon bureau est vide si tu veux faire un break.

– Non, ça ira. C'est juste… (Il regarda autour de lui.) Est-ce qu'on a besoin de cet endroit ?

Elle confirma d'un geste.

– Bon, d'accord. (Il ramassa la chaise.) Pour qui ?

– Brian Summers, dit-elle.

Beau-Gosse. Rebus se redressa en s'étirant.

– Je peux le faire cracher.

Templer eut l'air sceptique.

– C'est vrai, je t'assure, Gill. (Ses mains tremblaient.) Il ne sait pas ce que j'ai sur lui.

Elle le toisa en croisant les bras.

– Et c'est quoi ?

– Il me faut seulement… (Il regarda sa montre.) Une heure environ, deux heures max. Il faut que Bobby Hogan soit là. Et je veux qu'on envoie chercher Colquhoun *illico*.

– C'est qui ?

Rebus retrouva la carte de visite, qu'il lui tendit.

– *Illico presto*, insista-t-il.

Il arrangea sa cravate pour se rendre présentable, lissa ses cheveux en arrière avec les deux mains. Sans un mot.

– John, je ne suis pas sûre que tu sois en état…

Il pointa un doigt sur elle, qu'il agita pour rendre son geste moins agressif.

– Tu ne sais rien, Gill. Si je dis que je peux le mater, je sais ce que je dis.

– Ils n'ont rien lâché.

– Summers va chanter. (Il la regarda bien en face.) Crois-moi.

Les yeux dans les yeux, elle le crut.

– Je vais le garder ici jusqu'à l'arrivée de Hogan.

– Merci, Gill.

– John ?

– Oui ?

– Je suis vraiment navrée pour Jack Morton. Je ne le connaissais pas, mais j'ai entendu ce qui se dit…

Rebus hocha la tête.

– On dit qu'il serait le dernier à te faire des reproches.

Rebus sourit.

– Le dernier de toute une queue.

– Il n'y a qu'une seule personne dans cette queue, John, dit-elle posément. Et c'est toi.

Rebus appela le veilleur de nuit du Caledonian Hotel et apprit que Sakiji Shoda avait donné son congé précipitamment moins de deux heures après que Rebus eut déposé le classeur vert qui lui avait coûté 65 pence chez un papetier de Raeburn Place. En fait, les classeurs coûtaient 1,65 £ les trois. Les deux autres attendaient dans sa voiture, mais un seul était encore vide.

Bobby Hogan était en route. Il habitait Portobello et avait demandé qu'on lui accorde une demi-heure. Bill Pryde s'approcha du bureau de Rebus, dit combien il était peiné pour Jack Morton, et qu'il savait à quel point ils étaient de vieux amis.

– Ne m'approchez pas de trop près, Bill, marmonna Rebus. Ceux qui me sont le plus proches ont tendance à perdre la santé.

Il reçut un message de la réception : quelqu'un demandait à le voir. Il descendit et trouva Patience Aitken.

– Patience ?

Elle portait tous ses vêtements, mais enfilés dans le désordre, comme si elle s'était habillée pendant une coupure de courant.

– J'ai entendu la radio, dit-elle. Je ne pouvais pas dormir, alors j'avais mis la radio, on a parlé de cette opération de police et qu'il y avait des morts… Et comme tu n'étais pas chez toi, je… j'ai…

Il la serra contre lui.

– Ça va, chuchota-t-il, j'aurais dû t'appeler.

– C'est de ma faute, je… (Elle scruta son visage.) Tu y étais, je vois. (Il hocha la tête.) Que s'est-il passé ?

– J'ai perdu un ami.

– Mon Dieu, John.

Elle l'étreignit de nouveau. Elle avait encore la chaleur du lit. Ses cheveux sentaient le shampoing, sa nuque le parfum. Ceux qui me sont le plus proches… Il la repoussa doucement et lui planta un baiser sur la joue.

– Va dormir, lui dit-il.

– Viens pour le petit déjeuner.

– Je veux juste rentrer chez moi pour sombrer.

– Viens dormir chez moi, c'est dimanche. On pourrait faire la grasse matinée.

– Je ne sais pas à quelle heure j'aurai fini.

Ses yeux cherchèrent les siens.

– Ne reste pas dans ton coin à ruminer, John. Ne garde pas ça pour toi.

– D'accord, docteur. (Il lui refit une bise.) Maintenant, file.

Il parvint à esquisser un sourire et un clin d'œil, mais l'un et l'autre avaient l'air faux. Debout devant le commissariat, il la regarda s'éloigner. Nombre de fois, alors qu'il était marié, il avait envisagé de tourner le dos et de s'en aller. Il y avait des fois où toutes les responsabilités et les emmerdes au boulot, la pression et le simple besoin l'amenaient à rêver qu'il se faisait la belle.

De nouveau, il fut tenté. Pousser la porte et partir droit devant pour être ailleurs, n'importe où et faire n'importe quoi, pourvu que ce soit autre chose. Mais cela aussi serait faux. Il avait des comptes à régler et une bonne raison pour le faire. Il savait que Telford était quelque part dans le bâtiment, consultant sans doute Charles Groal, refusant de parler à quiconque sauf à son avocat. Il se demanda quel scénario les policiers lui réservaient. Quand informeraient-ils Telford de l'existence de la cassette ? Quand lui diraient-ils que le gardien de l'usine était un flic ? Quand lui dirait-on que cet homme-là était mort ?

Il espérait que c'étaient des malins. Il espérait qu'ils lui donneraient du fil à retordre.

Il ne put s'empêcher de se demander – et ce n'était pas la première fois – si, tout compte fait, le jeu en valait la chandelle. Certains flics se comportaient comme si c'était un grand jeu, d'autres une croisade, et pour la plupart des autres, ce n'était ni l'un ni l'autre – juste une façon de gagner sa croûte. Il se demanda pourquoi il avait mis Jack dans le coup. Réponses : parce qu'il voulait avoir un *ami* dans la place, quelqu'un qui lui dirait ce qui se mijotait ; parce qu'il pensait que Jack s'embêtait et que ça le sortirait de sa routine ; parce que leur tactique exigeait quelqu'un du dehors. Il y avait eu un faisceau de circonstances. Claverhouse avait demandé si Morton avait de la famille, quelqu'un qu'il fallait prévenir. Rebus avait répondu : divorcé, quatre gosses.

Rebus en voulait-il à Claverhouse ? Facile d'avoir raison après coup, mais tout de même, Claverhouse avait bâti sa réputation sur le fait qu'il savait avoir raison avant l'événement. Or là, il avait échoué… et dans les grandes largeurs.

Les routes verglacées. Ils avaient besoin que le portail soit fermé. Le barrage avait été trop facile à forcer avec la puissance qui était celle d'un camion.

Les tireurs d'élite dans le bâtiment : utiles dans l'espace clos de la cour, mais n'ayant pu y maintenir le camion, ils n'avaient plus servi à rien quand celui-ci était sorti en marche arrière.

D'autres policiers armés derrière le camion : sans grande utilité, leur présence créant le risque d'un tir croisé.

Claverhouse aurait dû leur donner l'ordre de couper le contact ou – mieux encore – attendre qu'ils l'aient fait avant de révéler sa présence.

Jack Morton aurait dû baisser la tête.

Et Rebus aurait dû le prévenir.

Sauf qu'un cri aurait détourné sur lui l'attention des malfrats. Un lâche : était-ce ce qu'il pensait tout au fond de lui ? Une lâcheté toute humaine. Comme dans le bar de Belfast, quand il n'avait rien dit, craignant le courroux de Mean Machine, craignant de recevoir lui aussi un coup de crosse. C'était peut-être pourquoi – non, c'était même évident – il s'était mis dans la peau de Lintz. Parce que, au fond, si Rebus s'était trouvé à Villefranche… sonné par la défaite, la fin d'un rêve de conquête… s'il avait été sous les ordres de sa hiérarchie, un simple larbin armé d'un fusil… gonflé à bloc par le racisme et la perte de ses camarades… qui peut dire ce qu'il aurait fait ?

– Bon sang, John, depuis combien de temps tu es là ?

C'était Bobby Hogan qui lui touchait la figure et retirait le classeur de ses doigts gelés.

– Tu as l'air d'un glaçon, mon vieux. Je vais t'aider à rentrer.

– Non, ça va, articula Rebus.

Sans doute… Comment expliquer sinon la sueur sur son échine et son front ? Comment expliquer sinon qu'il n'avait commencé à frissonner qu'*après* que Bobby l'eut fait rentrer ?

Hogan lui fit ingurgiter deux tasses de thé sucré. Le commissariat bourdonnait encore : choc, rumeurs, hypothèses. Rebus mit Hogan au courant.

– On va devoir relâcher Telford s'ils n'accouchent pas.

– Et la cassette ?

– Ils voudront se la réserver pour plus tard… s'ils sont malins.

– Qui est à l'intérieur avec lui ?

– Tiens, fit Rebus en haussant les épaules. Le Péquenot en personne, à ce qu'on m'a dit. Il procédait à un interrogatoire en duo avec Bill Pryde, mais comme j'ai revu Bill plus tard, donc soit ils ont fait une pause, soit ils ont fait chou blanc.

– Quel foutu merdier, grogna Hogan.

Rebus regarda fixement son thé.

– Je déteste le sucre.

– Tu as pourtant descendu la première tasse.

– Ah bon ?

Il avala une gorgée en faisant la grimace.

– Qu'est-ce que tu foutais dehors, en fait ?

– Je prenais l'air.

– Tu prenais la mort, tu veux dire. (Hogan tapota une mèche de cheveux indisciplinée sur le haut de son crâne.) J'ai reçu une visite d'un certain Harris.

– Qu'est-ce que tu comptes faire ?

– Laisser pisser, je pense, fit Hogan avec un haussement d'épaules.

Rebus le considéra un instant.

– Pas forcément.

36

Colquhoun ne semblait pas enchanté d'être là.

– Merci d'être venu, lui dit Rebus.

– On ne m'a pas laissé le choix.

Un avocat était assis à côté de lui, un homme entre deux âges. Un des conseillers de Telford ? Rebus s'en balançait.

– Vous allez peut-être devoir vous habituer à ne pas avoir le choix, professeur Colquhoun. Vous savez qui d'autre est ici ce soir ? Tommy Telford et Brian Summers.

– Qui ?

– Attendez, fit Rebus. Ce n'est pas la bonne réplique. Ceux-là, vous avez le droit de les connaître. Rappelez-vous, nous avons parlé d'eux devant Candice.

Colquhoun piqua un fard.

– Vous vous souvenez de Candice, non ? De son vrai nom, Dounya. Je vous l'ai déjà dit, ça ? Elle a un fils quelque part, mais on le lui a enlevé. Peut-être qu'elle le retrouvera un jour, ou peut-être jamais.

– Je ne vois pas où ça…

– Telford et Summers vont passer quelque temps à l'ombre, poursuivit Rebus en se calant sur son siège. Si j'en avais envie, je pourrais vous coller au trou avec eux pour voir. Ça vous tente, professeur Colquhoun ? Tentative d'entrave à la justice, et tout le tremblement.

Ça faisait du bien, le travail l'aidait à se détendre. Il le faisait pour Jack.

L'homme de loi fut sur le point de parler, mais Colquhoun le devança.

– C'était une erreur.

– Tiens donc ? s'esclaffa Rebus. Une erreur, c'est une façon de voir les choses, j'imagine. (Il se pencha en avant, les coudes sur la table.) Il est temps de vider votre sac, professeur Colquhoun. Vous savez ce qu'on dit de la confession…

Brian Summers, alias Beau-Gosse, était tiré à quatre épingles.

Il était chapeauté par un avocat, lui aussi, un type chevronné qui ressemblait à un entrepreneur des pompes funèbres et n'appréciait pas qu'on le fasse poireauter. Comme ils s'installaient autour de la table dans la salle d'audition et qu'Hogan chargeait des cassettes dans le magnétophone et le magnétoscope, l'avocat commença à débiter la diatribe qu'il concoctait depuis une heure ou deux dans sa tête.

– Au nom de mon client, inspecteur, il est de mon devoir de dire que ceci est un des comportements les plus scandaleux qu'il m'ait été donné de…

– Ça, un comportement scandaleux ? demanda Rebus. Comme dit la chanson, vous n'avez encore rien vu.

– Écoutez, il me paraît évident que vous…

Sans lui prêter attention plus longtemps, Rebus flanqua le classeur sur la table et le fit glisser vers Beau-Gosse.

– Jetez donc un œil là-dedans.

Beau-Gosse portait un costume anthracite sur une chemise mauve ouverte au col. Ni lunettes de soleil ni clés de voiture cette fois. On était allé le cueillir chez lui dans le quartier de New Town. Commentaire d'un des agents chargés de le ramener : « La plus grosse hi-fi que j'aie vue de ma vie. Ce crétin était bien réveillé en train d'écouter Patsy Cline. »

Rebus se mit à siffloter *Crazy* [1], ce qui éveilla l'attention de Beau-Gosse qui eut un sourire désabusé. Mais il garda les bras croisés.

– Je le ferais à votre place, dit Rebus.

1. « Dingue ».

– Prêt, annonça Hogan, ce qui sous-entendait que les cassettes tournaient.

Ils firent les formalités, date et heure, lieu, personnes présentes. Rebus considéra l'avocat et sourit. Ses tarifs ne devaient pas être bon marché. Fidèle à lui-même, Telford avait dû demander le meilleur.

– Vous connaissez un peu Elton John, Brian ? demanda Rebus. Il chante cette chanson : *Someone Saved My Life Tonight*[1]. C'est ce que vous allez me chanter quand vous aurez regardé là-dedans. (Il tapota le classeur.) Allez, vous savez que c'est dans la logique. Je ne cherche pas à vous entuber et vous n'êtes pas obligé de parler. Mais vous devriez vraiment vous rendre ce service…

– Je n'ai rien à déclarer.

– Très bien, fit Rebus, désinvolte. Mais ouvrez ce dossier, jetez-y un œil.

Beau-Gosse considéra son avocat, qui avait l'air perplexe.

– Votre client ne va pas se compromettre, assura Rebus. Si vous voulez lire en premier ce qu'il y a là-dedans, très bien. Ça risque de ne pas vous dire grand-chose, mais faites-le.

L'homme de l'art ouvrit le dossier et y trouva une dizaine de feuilles.

– Je vous prie de m'excuser pour les fautes, ajouta Rebus, engageant. Je l'ai tapé à toute allure.

Le regard de Beau-Gosse n'effleura pas même le contenu. Il garda les yeux braqués sur Rebus tandis que l'avocat feuilletait la paperasse.

– Ces allégations, intervint l'avocat, vous vous rendez bien compte qu'elles n'ont aucune valeur.

– Si c'est votre point de vue, fort bien. Je ne demande pas à M. Summers de reconnaître ni de contester quoi que ce soit. Comme je le disais, il peut rester sourd et muet en ce qui me concerne du moment qu'il fait usage de ses yeux.

Un sourire de Beau-Gosse, puis un regard à l'avocat, qui haussa les épaules pour dire qu'il n'y avait rien à craindre. Un autre coup d'œil vers Rebus. Beau-Gosse décroisa les bras, prit la première feuille et commença à lire.

1. « Quelqu'un m'a sauvé la vie ce soir. »

– Juste pour que le fait soit enregistré sur la bande, commenta Rebus, M. Summers lit actuellement un rapport préliminaire que j'ai préparé aujourd'hui même. (Rebus fit une pause.) En fait, je veux dire hier, samedi. Il lit mon interprétation des récents événements survenus à Édimbourg et à la périphérie de la ville, des événements qui concernent son employeur, Thomas Telford, un consortium d'achat japonais – qui, à mon avis, sert en réalité de couverture à des yakuzas – et un monsieur de Newcastle appelé Jake Tarawicz.

Il s'interrompit.

– D'accord jusqu'ici, approuva l'avocat, et Rebus poursuivit.

– Ma version des événements est la suivante. Jake Tarawicz s'est mis en cheville avec Thomas Telford uniquement parce qu'il voulait quelque chose que ce dernier possédait, à savoir un système bien huilé pour introduire de la came en Grande-Bretagne sans éveiller les soupçons. C'est soit ça, soit plus tard seulement, une fois leurs relations solidement établies, que Tarawicz a voulu mettre la main sur le territoire de Telford. Pour se faciliter la tâche, il a monté de toutes pièces une guerre entre Telford et Morris Gerald Cafferty. Ça n'a pas été très compliqué. Telford avait déjà essayé de piétiner les plates-bandes de Cafferty, sans doute poussé par Tarawicz. Celui-ci savait qu'il suffirait d'un coup de pouce pour déclencher l'escalade. À cette fin, il a fait attaquer par un de ses hommes un dealer posté devant un des night-clubs de Telford. Aussitôt, ce dernier en a rendu Cafferty responsable. Il a également fait attaquer par ses hommes la place-forte de Telford à Paisley. Entre-temps, il y a eu des attaques contre le territoire et les associés de Cafferty, qui étaient des représailles de Telford pour les torts qu'il avait subis.

Rebus se gratta la gorge et prit une gorgée de thé. Une nouvelle tasse, sans sucre.

– Ça fait tilt quelque part, monsieur Summers ? (Beau-Gosse s'abstint de répondre, il poursuivait sa lecture.) De mon point de vue, les Japonais n'avaient rien à voir là-dedans. En d'autres termes, ils ignoraient ce qui se passait. Telford les pilotait, leur facilitait les opérations pour l'achat d'un country-club. Repos et divertissements garantis pour leurs membres, plus un bon moyen de blanchir de l'argent, moins suspect qu'un casino ou une opération de ce type, une bonne affaire quand une usine électronique est sur le point d'ouvrir à proximité. Ainsi les yakuzas pouvaient se faufiler dans le pays, noyés au milieu des autres Japonais, ceux-là étant de véritables hommes d'affaires.

« Je crois que quand Tarawicz a vu ça, il a commencé à flipper. Il n'avait pas envie de se débarrasser de Tommy Telford juste pour paver la voie à de nouveaux rivaux. Il a donc adapté son plan à la situation. Il a fait suivre Matsumoto et il l'a liquidé. Ensuite, il a suffi d'une petite astuce pour me faire porter le chapeau. Pourquoi ? À cela deux raisons. Premièrement, comme Tommy Telford m'avait catalogué comme l'homme de Cafferty, en me plaçant dans la ligne de mire, Tarawicz faisait peser le soupçon sur Cafferty. Secundo, il voulait se débarrasser de moi parce que je suis allé à Newcastle, où j'ai rencontré un de ses sous-fifres, un certain William Cotton, dit « Le Crabe ». Je connais le Crabe de longue date et il se trouve que Tarawicz l'avait déjà utilisé pour occire un autre dealer. Il craignait que j'en tire des conclusions évidentes… Alors, ajouta-t-il après une pause, comment je m'en sors, Brian ?

Beau-Gosse avait fini sa lecture. Il avait de nouveau les bras croisés, les yeux scotchés sur Rebus.

– Nous n'avons aucune preuve jusqu'ici, inspecteur, intervint l'homme de chicane.

– Écoutez, fit Rebus, je n'ai pas besoin de preuves. Parce que, voyez-vous, le même classeur que vous avez ici, j'en ai fait porter une copie à un certain M. Sakiji Shoda, au Caledonian Hotel. (Les cils de Beau-Gosse papillonnèrent.) Maintenant, à la manière dont je vois les choses, M. Shoda risque d'être pas mal en rogne. Enfin, il en a déjà ras la casquette et c'est pour ça qu'il a fait le déplacement. Il a vu Telford merder et il voulait voir s'il était capable de mener à bien une opération. Je ne pense pas que le casse de chez Maclean l'ait vraiment mis en confiance. Mais il était également venu pour découvrir pourquoi un de ses hommes s'était fait zigouiller et qui en était responsable. Ce rapport lui dit que Tarawicz était derrière et, s'il y prête foi, ça risque de chauffer pour le matricule dudit Tarawicz. En fait, Shoda a quitté l'hôtel hier soir, apparemment avec une certaine précipitation. Je me demande s'il a pris la route du retour en faisant le détour par Newcastle. Peu importe. Ce qui importe ici, c'est qu'il est toujours en rogne contre Telford parce qu'il n'a pas su empêcher cet assassinat. Et entre-temps, Jake Tarawicz va se demander qui l'a balancé à Shoda. Les yakuzas ne sont pas des tendres, Brian. Vous autres, vous êtes des enfants de chœur à côté.

Rebus se laissa aller contre le dossier de sa chaise.

– Dernier point, reprit-il. La base de Tarawicz, c'est Newcastle. Je parie qu'il avait des yeux et des oreilles ici à Édimbourg. En fait, j'en suis sûr. Je viens d'avoir une petite conversation avec le professeur Colquhoun. Vous vous souvenez de lui, Brian ? C'est Lintz qui vous en a parlé. Quand Tarawicz a proposé de faire la traite avec l'Europe de l'Est, vous avez pensé que Tommy devrait peut-être apprendre quelques phrases en langue étrangère. C'est donc Colquhoun qui les lui a apprises. Vous lui avez raconté des salades sur Tarawicz, la Bosnie. Le hic, c'est qu'il est le seul sous nos latitudes à connaître le sujet, aussi quand nous avons ramassé Candice, nous aussi, nous sommes passés par ses services. Colquhoun a tout de suite pigé ce qui se passait. Il n'était pas sûr de courir un risque. Il ne l'avait jamais vue et ses réponses étaient suffisamment vagues – ou du moins, a-t-il pu le prétendre. Qu'importe, il s'est tourné vers vous. Votre solution : expédier Candice dans le Fife, puis l'enlever et écarter Colquhoun en attendant que le jeu se calme.

Rebus eut un large sourire.

– C'est à vous qu'il a parlé du Fife. Mais c'est Tarawicz qui l'a récupérée. Tommy va trouver ça un peu curieux, non ? Donc, voilà où nous en sommes. Et je peux vous dire qu'à la minute où vous sortez d'ici, vous êtes un homme mort. Ça peut être le yakuza, ça peut être Cafferty, ça peut être votre propre chef ou Tarawicz. Vous n'avez plus aucun ami ni aucun lieu sûr pour vous réfugier. (Rebus s'arrêta.) À moins que nous vous aidions. J'ai parlé au superintendant Watson et il veut bien vous accorder le statut de témoin protégé, une nouvelle identité, tout le bazar. Vous aurez peut-être une courte peine de prison – pour l'ordre des choses – mais ce sera dans des conditions correctes, une cellule pour vous seul, aucun autre prisonnier avec vous. Et ensuite, on vous tirera de là. C'est une lourde charge pour nous et il faudra que vous y mettiez le paquet. Nous voulons tout savoir. (Rebus énuméra en comptant sur ses doigts.) Les expéditions de drogue, la guérilla contre Cafferty, les contacts à Newcastle, les yakuzas, les prostituées. (Il s'interrompit de nouveau et éclusa le reste de son thé.) C'est un gros morceau, je sais. Votre boss a eu une carrière météorique, Brian, et il a failli réussir. Maintenant c'est fini, rideau. Le mieux pour vous c'est de vider votre sac. Soit vous faites ça, soit vous passez le reste de votre existence à attendre la balle ou le coup de machette...

L'avocat voulut protester. Rebus leva la main.

– Vous déballez votre sac, Brian, on veut la totale. Y compris Lintz.

– Lintz, lâcha Brian avec hauteur. Lintz n'a rien à voir là-dedans.

– Alors où est le mal ?

Les yeux de Beau-Gosse reflétaient un mélange de colère, de peur et de désarroi. Rebus se leva.

– J'ai besoin d'un autre verre. Et vous, messieurs ?

– Un café, demanda l'avocat. Noir, sans sucre.

Beau-Gosse hésita.

– Apportez-moi un Coca, concéda-t-il.

Et à cet instant, pour la première fois, Rebus sut qu'un marché allait se conclure. Il suspendit l'interrogatoire, Hogan arrêta les bandes et les deux hommes quittèrent la pièce. Hogan lui donna une bourrade amicale dans le dos.

Le Péquenot arrivait vers eux dans le couloir. Rebus alla à sa rencontre, ce qui les éloigna de la porte.

– Je crois qu'on sera bon après une tournée, monsieur, lui expliqua Rebus. Il va essayer de nous rouler, de nous donner moins que ce que nous voulons, mais je crois qu'on a une chance.

Watson eut un large sourire tandis que Rebus se laissait aller contre le mur, yeux clos.

– J'ai l'impression d'avoir cent ans.

– C'est ça, l'expérience, renchérit Hogan.

Rebus émit un grognement, puis ils allèrent chercher les boissons.

– M. Summers aimerait vous faire le récit de ses relations avec Joseph Lintz, attaqua l'avocat tandis que Rebus lui tendait sa tasse. Mais d'abord, nous avons besoin de quelques garanties.

– Et sur tout le reste de ce que j'ai mentionné plus tôt ?

– Cela peut se négocier.

Rebus fixa Beau-Gosse.

– Vous ne me faites pas confiance ?

Beau-Gosse fit sauter la capsule de sa canette, dit « Non » et renversa la tête pour boire.

– Très bien, rétorqua Rebus en se dirigeant vers le mur du fond. Dans ce cas, vous êtes libre, vous pouvez partir. (Il regarda sa montre.) Dès que vous avez fini vos boissons, vous fichez le camp. Les salles d'audition sont très demandées ce soir. Inspecteur Hogan, inscrivez les indications sur les cassettes, voulez-vous ?

Hogan éjecta les deux bandes. Rebus s'assit à côté de lui et ils se mirent à discuter boutique, comme si Beau-Gosse leur était sorti de l'esprit. Hogan passa en revue une liste de noms pour voir qui était le suivant.

Du coin de l'œil, Rebus vit Beau-Gosse se pencher vers son avocat pour lui chuchoter quelque chose. Il se tourna vers eux.

– Vous pourriez continuer dehors, s'il vous plaît ? Nous avons besoin de libérer les lieux.

Beau-Gosse savait très bien que Rebus bluffait... il savait que le policier avait besoin de lui. Mais il réalisait aussi qu'il ne bluffait pas quand il disait qu'il avait remis le dossier à Shoda et il était beaucoup trop malin pour ne pas avoir peur. Il ne bougea pas de son siège et retint son avocat par le bras pour qu'il reste. Celui-ci finit par s'éclaircir la voix.

– Hum, hum... Inspecteur, M. Summers est disposé à répondre à vos questions.

– À *toutes* mes questions ?

– Absolument, confirma l'avocat sans enthousiasme. Mais je dois insister pour que vous nous donniez plus de détails concernant le « marché » que vous nous proposez.

Rebus regarda Hogan.

– Allez chercher le Grand Chef.

Rebus quitta la pièce et attendit dans le couloir pendant que Hogan était absent. Il taxa une clope à un policier en tenue qui passait. Il venait à peine de l'allumer quand le superintendant Watson arriva vers lui à toute pompe, Hogan à la remorque comme lié à lui par une laisse invisible.

– Interdiction de fumer, John, vous le savez.

– Oui, monsieur, marmonna-t-il en pinçant le bout incandescent pour l'éteindre. Je la tenais seulement pour l'inspecteur Hogan.

Watson indiqua la porte du menton.

– Qu'est-ce qu'ils veulent ?

– Nous avons parlé d'une éventuelle exonération des poursuites. Tout au moins, il voudra une peine atténuée et des conditions de sûreté, plus une nouvelle identité après.

Watson réfléchit.

– Nous n'avons pas pu tirer un son d'aucun d'entre eux. Encore que ça ne soit pas très important. On a le gang pris en flagrant délit, plus l'enregistrement de l'appel de Telford sur la cassette...

– Summers fait partie du premier cercle, il connaît l'organisation de Telford.

– Alors comment ça se fait qu'il soit prêt à cracher le morceau ?

– Parce qu'il a les jetons et que sa trouille est plus forte que sa loyauté. Je ne prétends pas qu'on va tout savoir dans les détails, mais nous en saurons probablement assez pour faire pression sur les autres. Quand ils savent que quelqu'un s'est mis à table, alors là, ils veulent tous négocier.

– De quoi a l'air son avocat ?

– Chérot.

– Alors pas la peine de chipoter.

– Je n'aurais pas pu dire mieux, monsieur.

Le superintendant Watson redressa les épaules.

– Très bien, alors, allons faire un marché.

– Quand avez-vous rencontré Joseph Lintz pour la première fois ?

Beau-Gosse avait cessé de croiser les bras. À présent, il était accoudé sur le bureau, la tête dans les mains. Ses cheveux lui tombaient dans les yeux, lui donnant un air vraiment gamin.

– Il y a environ six mois. Avant ça, on s'était parlé au téléphone.

– C'était un client ?

– Oui.

– Ce qui veut dire quoi exactement ?

Beau-Gosse lorgna sur les bobines en mouvement.

– Vous voulez que je l'explique pour tous nos auditeurs ?

– Exact.

– Joseph Lintz était un client du service d'hôtesses pour lequel je travaille.

– Allez, Brian, vous étiez un peu plus qu'un larbin. Vous le dirigiez, non ?

– Si vous le dites.

– Si vous avez envie de partir, Brian, allez-y…

– OK, fit-il à contrecœur, le regard brûlant. Je le dirigeais pour mon patron.

– Et M. Lintz a téléphoné pour demander une hôtesse ?

– Il voulait qu'une des filles vienne chez lui.

– Et alors ?

– Et c'est tout. Il s'asseyait en face d'elle et restait les yeux fixés dessus pendant une demi-heure.

– Tous les deux complètement habillés ?

– Oui.

– Rien d'autre ?

– Pas au début.

– Ah ! fit Rebus en haussant les sourcils. Ça a dû piquer votre curiosité.

– Bof, répondit Beau-Gosse, blasé. Il faut de tout pour faire un monde, non ?

– Sans doute. Alors comment vos affaires ont-elles évolué ?

– Eh bien, dans ce genre de job, il y a toujours un chaperon.

– C'était vous ?

– Oui.

– Vous n'aviez rien de mieux à faire ?

– Disons que j'étais curieux, répliqua-t-il en haussant les épaules.

– À cause de quoi ?

– L'adresse. Heriot Row.

– M. Lintz avait… la classe ?

– Ça lui sortait par les oreilles. Écoutez, j'ai rencontré pas mal de richards, des gros cadres d'entreprises qui voulaient tirer un coup dans leur hôtel, mais Lintz était à des kilomètres de ça.

– Il voulait juste regarder les filles.

– C'est ça. Et cette énorme baraque qu'il avait…

– Vous êtes entré ? Vous n'avez pas seulement attendu dans l'auto ?

– Je lui ai raconté que c'était la politique de la maison. (Un sourire.) Je voulais juste jeter un œil.

– Vous lui avez parlé ?

– Oui, plus tard.

– Vous êtes devenus amis ?

– Pas vraiment… peut-être. Il savait des choses, c'était quelqu'un.

– Il vous impressionnait.

Beau-Gosse hocha la tête. Oui, Rebus pouvait imaginer. Son modèle chéri avait toujours été Tommy Telford, mais Beau-Gosse avait d'autres aspirations. Il rêvait de classe. Il voulait qu'on le reconnaisse pour son intelligence. Rebus savait combien Lintz pouvait vous embobiner par le charme de ses récits. Quelle chance avait Beau-Gosse de croiser autant de charme et d'esprit sur son chemin ?

– Ensuite, que s'est-il passé ?

Beau-Gosse se redressa.

– Ses goûts ont changé.

– À moins que ce ne soit ses vrais goûts qui aient commencé à se faire jour ?

– C'est ce que je me suis demandé.

– Qu'est-ce qu'il voulait ?

– Il voulait des filles... il avait un morceau de corde... il y faisait un nœud coulant. (Beau-Gosse déglutit avec difficulté. Son avocat avait cessé d'écrire et écoutait intensément.) Il voulait que les filles y passent la tête, puis qu'elles se couchent comme si elles étaient mortes.

– Habillées ou nues ?

– Nues.

– Et alors ?

– Et là, il... il s'asseyait dans son fauteuil et ça l'excitait. Certaines des filles refusaient de marcher. Il voulait tout le topo : les yeux exorbités, la langue pendante, le cou tordu...

Beau-Gosse se passa les mains dans les cheveux.

– Vous en avez parlé ?

– Avec lui ? Jamais.

– Alors de quoi vous parliez ?

– Oh, de toutes sortes de choses. (Il regarda le plafond et se mit à rire.) Un jour il m'a dit qu'il croyait en Dieu. Mais le problème, c'est qu'il n'était pas sûr que Dieu croyait en lui. Sur le coup, j'ai trouvé ça malin... il arrivait toujours à me faire réfléchir. Et c'était le même type qui se branlait devant des corps avec une corde autour du cou.

– Toute cette attention que vous lui accordiez, c'était pour juger le bonhomme ?

Beau-Gosse, les yeux dans son giron, fit signe que oui.

– Pour la cassette, s'il vous plaît.

– Tommy voulait toujours savoir si on pouvait soutirer quelque chose à un micheton.

– Et alors ?

– Bon, on a découvert son passé de nazi mais on s'est rendu compte qu'on ne lui ferait aucun mal avec ça, c'était déjà fait. C'est devenu une espèce de blague entre nous. On allait menacer de dénoncer ce pervers alors que les journaux l'accusaient d'un massacre.

Il en riait encore.

– Vous avez donc laissé tomber ?

– Oui.

– Mais il vous a versé cinq mille livres ?

Là, Rebus allait à la pêche. En entendant ça, Beau-Gosse s'humecta les lèvres.

– Il avait essayé de se suicider. Il me l'a dit. En attachant la corde en haut de la rampe d'escalier et en sautant. Sauf que ça n'a pas marché. La rampe a cédé et il est tombé d'un demi-étage.

Rebus se souvint : la balustrade cassée.

Rebus se souvint : Lintz avec un foulard autour du cou, la voix rauque. Prétendant qu'il avait chopé un virus.

– Il a parlé de ça ?

– Il a téléphoné au bureau pour dire qu'on devait se rencontrer. C'était exceptionnel. Jusque-là, il avait toujours appelé de cabines téléphoniques en me joignant sur mon portable. Quel vieux parano, je me disais. Et voilà qu'il m'appelle de chez lui, carrément au bureau.

– Où vous êtes-vous retrouvés ?

– Au restau. Il m'a invité à déjeuner. (La fameuse jeune femme…) Il m'a raconté qu'il avait essayé de se tuer mais n'y était pas arrivé. Il n'arrêtait pas de répéter que c'était une preuve de « lâcheté morale », allez savoir pourquoi.

– Et que voulait-il ?

Beau-Gosse leva les yeux sur Rebus.

– Il avait besoin qu'on l'aide.

– Qui, vous ?

Beau-Gosse se contenta d'un haussement d'épaules.

– Pour une somme convenable ?

– On n'a pas eu à marchander. Il voulait que ça se passe au cimetière de Warriston.

– Vous lui avez demandé pourquoi ?

– Je savais qu'il aimait l'endroit. Nous nous sommes rencontrés chez lui, de très bonne heure. Je l'ai conduit là-bas. Il était pareil à lui-même, sauf qu'il n'arrêtait pas de me remercier pour mon « attitude résolutive ». Je ne savais pas trop ce qu'il entendait par là. Pour moi, un résolutif, c'est un médicament !

Rebus sourit, comme il était supposé le faire.

– Poursuivez, dit-il.

– Pas grand-chose à ajouter, n'est-ce pas ? Il a lui-même glissé la tête dans le nœud. C'est lui qui m'a dit de tirer sur la corde. J'ai fait une dernière tentative pour l'en dissuader, mais le bonhomme était entêté. Ce n'est pas un meurtre, n'est-ce pas ? C'est un suicide assisté. Il y a plein de pays où c'est légal.

– Comment s'est-il fait ce bleu sur le front ?

– Il était plus lourd que je ne le croyais. La première fois que je l'ai hissé, la corde a glissé et il est tombé. Il s'est cogné par terre.

Bobby Hogan s'éclaircit la gorge.

– Brian, a-t-il révélé quelque chose… juste avant la fin ?

– Ses dernières paroles et tout le bazar ? (Beau-Gosse secoua la tête.) Tout ce qu'il a dit, c'est « merci ». Pauvre vieux. Je précise quand même : il a tout raconté par écrit.

– Quoi ?

– À propos de l'aide que je lui apportais. Une sorte d'assurance, au cas où quelqu'un établirait un rapport entre nous. Une lettre qui dit qu'il m'a payé et qu'il m'a supplié de l'aider.

– Où elle est ?

– Dans un coffre. Je pourrai vous la montrer.

Rebus acquiesça et s'étira le dos.

– Vous avez parlé de Villefranche ?

– Un peu, surtout comment les journaux et la télé le pourchassaient, combien c'était difficile quand il voulait… de la compagnie.

– Mais pas du massacre en tant que tel ?

– Non, dit Beau-Gosse. Vous savez quoi ? Même s'il m'en avait parlé, je ne vous dirais rien.

Rebus tapota son stylo contre le bureau. Désormais, l'affaire Lintz était classée, elle ne serait jamais élucidée. Bobby Hogan aussi le savait. Ils avaient résolu le mystère de sa mort. Qu'il avait reçu l'aide de la Ratline, c'était sûr, mais ils ne sauraient jamais si Lintz et Josef Linzstek ne faisaient qu'un. Les preuves indirectes étaient écrasantes, mais pas plus que le harcèlement qui avait poussé Lintz à la mort. Il n'avait passé des nœuds coulissants autour du cou des filles qu'après la publication des accusations dans la presse.

Hogan croisa le regard de Rebus et eut un geste d'impuissance, comme pour dire : qu'est-ce que ça change ? Rebus approuva. Il était tenté de prendre un break, mais d'un autre côté, maintenant que Beau-Gosse était sur les rails, il valait mieux battre le fer tant qu'il était chaud.

– Merci pour ces précisions, monsieur Summers. Nous reviendrons peut-être à M. Lintz si nous avons d'autres questions qui se présentent. Entre-temps, passons aux relations entre Thomas Telford et Jake Tarawicz.

Beau-Gosse changea de position comme pour se mettre à l'aise.

– Ça risque de prendre du temps, dit-il.

– Tant qu'il vous plaira, lui répondit aimablement Rebus.

37

Ils y mirent le temps mais ils eurent la totale.

Beau-Gosse dut se reposer, et ils en firent autant. D'autres équipes arrivèrent, qui travaillaient dans différents secteurs. Les cassettes se remplissaient, étaient écoutées ailleurs, des notes et des décryptages étaient faits. Des questions supplémentaires leur revenaient à la salle d'audition. Telford se taisait toujours. Rebus alla le voir, s'assit en face de lui. Telford ne cligna pas des yeux une fois. Il était raide comme un piquet sur sa chaise, les mains sur les genoux. Et pendant ce temps, les aveux de Beau-Gosse servaient à faire parler les autres membres de la bande… sans laisser échapper qui s'était mis à table.

Les rangs cédèrent, lentement d'abord, puis en un déluge d'accusations, de professions de foi et de démentis. Et au bout du compte, ils eurent toute l'histoire.

Telford et Tarawicz : des prostituées européennes expédiées vers le nord, tandis que les hommes de main et la dope descendaient vers le sud.

Mister Taystee le glacier : il détournait une partie des fonds. Il avait eu ce qu'il méritait.

Les Japonais : ils se servaient de Telford comme marchepied pour se faire un trou en Écosse, qui leur semblait être une bonne base d'opérations.

Sauf que maintenant, Rebus avait tout saboté. Dans la chemise adressée à Shoda, il avait enjoint au gangster de renoncer à Poyntinghame sinon il serait « impliqué dans des enquêtes criminelles en cours ». Les yakuzas n'étaient pas idiots. Il doutait de les voir revenir… au moins pas de sitôt.

Sa dernière expédition nocturne : Rebus descendit dans les cellules, ouvrit une des portes et annonça à Ned Farlowe qu'il était libre. Il n'avait plus rien à craindre, lui dit-il.

Au contraire de l'Albinos. Les yakuzas avaient un compte à régler. Et ça ne traîna guère. On le retrouva dans son broyeur, la ceinture de sécurité soudée sur lui. Ses sbires avaient pris la fuite.

Et certains couraient toujours…

Rebus s'assit dans sa salle de séjour, les yeux braqués sur la porte que Jack Morton avait décapée et vernie. Il pensait aux funérailles, aux représentants de l'église des buveurs d'eau qui seraient là en nombre. Lui en voudraient-ils ? Les gamins de Jack seraient là aussi. Rebus ne les avait jamais vus et il ne brûlait pas de les rencontrer.

Mercredi matin, il était de nouveau à Inverness pour attendre Mme Hetherington qui rentrait de voyage. Son vol avait été retardé en Hollande, où elle avait dû répondre à des questions de la douane. En tendant une souricière, ils avaient cueilli, la main dans le sac, un certain De Gier – un trafiquant notoire – au moment où il fourguait un kilo d'héroïne dans les bagages de la mamie. Il y avait un double-fond dans sa valise, laquelle était un cadeau de son charmant propriétaire. Plusieurs des vieux résidents de Telford faisaient actuellement de courts séjours en Belgique. Ils ne manqueraient pas d'être questionnés par les polices locales.

De retour chez lui, Rebus appela David Levy.

– Lintz s'est suicidé, lui dit-il.

– C'est votre conclusion ?

– C'est la vérité. Aucun complot, pas de lézard.

Un soupir au bout du fil.

– Cela est sans conséquence, inspecteur. Ce qui importe, c'est que nous en ayons perdu un autre.

– Villefranche ne représente rien pour vous, n'est-ce pas ? La Ratline, c'est tout ce qui compte à vos yeux.

– Nous ne pouvons plus rien faire pour Villefranche.

Rebus prit une profonde inspiration.

– Un certain Harris est venu me trouver. Il travaille pour les Renseignements anglais. Ils protègent quelques grands noms, des gens haut placés. Des rescapés de la Ratline, peut-être leurs enfants. Dites à Mayerlink de continuer à creuser.

Il y eut un silence prolongé sur la ligne.

– Je vous remercie, inspecteur, dit enfin son interlocuteur.

Rebus roulait en voiture. C'était la Jaguar de la Fouine. La Fouine était à l'arrière avec lui. Il manquait au chauffeur un gros morceau de l'oreille gauche. La forme le faisait ressembler à un lutin, mais seulement de profil. Et personne ne se serait avisé de le lui dire en face.

– Ce que vous avez fait, c'est bien, le félicitait la Fouine. M. Cafferty est content.

– Depuis combien de temps vous le tenez ?

– Tiens…, fit-il avec un sourire. Rien ne vous échappe, hein, Rebus ?

– Les Rangers m'ont proposé d'être gardien de but dans un match de sélection. Depuis combien de temps vous l'avez ?

– Quelques jours. On devait s'assurer qu'on ne s'était pas planté.

– Et maintenant, vous en êtes sûr ?

– Catégorique.

Rebus regarda défiler par la vitre les boutiques, les piétons et les bus. La voiture se dirigeait vers Newhaven et Granton.

– Vous n'êtes pas allé chercher n'importe quel tocard pour lui faire porter le chapeau ?

– C'est le bon.

– Vous avez peut-être passé ces quelques jours à vous assurer qu'il dirait ce qu'il fallait.

– Comme, par exemple ? demanda la Fouine, l'air réjoui.

– Par exemple, qu'il palpait chez Telford.

– Plutôt que chez M. Cafferty, vous voulez dire ? (Rebus toisa la Fouine, qui se marrait.) À mon avis, vous allez le trouver assez convaincant.

À la façon dont il dit ces mots, Rebus frissonna.

– Il est vivant, au moins ?

– Oh, oui. Pour combien de temps encore, ça dépend de vous.

– Vous croyez que je veux le voir mort ?

– Bien entendu. Vous n'êtes pas allé trouver M. Cafferty pour qu'il passe devant monsieur le juge. Vous êtes allé vers lui pour vous venger.

Rebus considéra la Fouine.
– Vous n'êtes plus le même, on dirait.
– Ah, oui ? Vous voulez dire que j'ai changé de personnage, ce qui est tout à fait différent.
– Et il y en a beaucoup qui connaissent votre vrai visage ?
Les Who : *Can You See the Real Me ?* [1]. De nouveau, la Fouine sourit.
– J'ai pensé que vous l'aviez mérité, après tout le mal que vous vous êtes donné.
– Je n'ai pas alpagué Telford pour les beaux yeux de votre patron.
– Néanmoins… (La Fouine glissa sur le siège pour se rapprocher de Rebus.) Comment va Sammy, au fait ?
– Elle va bien.
– Elle récupère ?
– Oui.
– Ce sont de bonnes nouvelles. M. Cafferty sera content. Il est déçu que vous ne soyez pas venu le voir.
Rebus prit un journal dans sa poche. Il était plié à la page intitulée : « Coups de couteau mortels à la prison. »
– C'est votre patron ? s'enquit-il en tendant le journal.
La Fouine fit preuve d'un intérêt excessif pour l'article.
– Âgé de vingt-six ans, originaire de Govan… poignardé en plein cœur dans sa cellule… pas de témoins, pas d'armes malgré une recherche minutieuse… (Il claqua la langue.) Allons donc, quelle négligence.
– Il avait un contrat sur Cafferty ?
– Ah bon ? demanda la Fouine, la mine étonnée.
– Vous faites chier, marmonna Rebus en se tournant vers la vitre.
– À propos, Rebus, si vous décidez de ne pas faire de procès au chauffard… (Il exhibait un engin, un tournevis bricolé maison, limé en forme de pointe, la poignée emballée de papier collant. Rebus ne put retenir une grimace de dégoût.) J'ai lavé le sang, précisa-t-il.
Puis de nouveau, il rigola. Rebus eut l'impression d'être transporté directement en enfer. Devant lui, il voyait l'étendue grise du Firth of Forth et, par-delà, le Fife. Ils abordaient une zone envahie de docks, d'usines à gaz et d'entrepôts, sacrifiée aux retombées du progrès de

1. « Me vois-tu vraiment tel que je suis ? »

Leith. La ville était en pleine transformation. Les axes de circulation et les voies prioritaires étaient modifiés dans la nuit et les grues n'arrêtaient pas de travailler sur les sites en construction. Quant aux autorités locales, qui se plaignaient sans cesse d'un manque de moyens, elles n'étaient jamais à court de ressources et d'imagination quand il s'agissait de changer la décoration et le cadre des lieux où elles avaient élu domicile.

– On y est presque, remarqua la Fouine.

Rebus se demanda s'il verrait le chemin du retour.

Ils s'arrêtèrent devant le portail d'un ensemble d'entrepôts. Le chauffeur ouvrit le cadenas et retira la chaîne. Les grilles s'écartèrent et ils entrèrent. La Fouine donna l'ordre au chauffeur de se garer par-derrière. Une simple camionnette blanche stationnait, avec plus de rouille que de métal. Les vitres arrière, barbouillées de peinture, permettaient de la transformer au besoin en fourgon mortuaire.

Ils reçurent en pleine figure le vent chargé de sel. La Fouine se traîna vers une porte et frappa énergiquement un seul coup. La porte s'ouvrit de l'intérieur.

Un énorme espace, avec seulement quelques caisses d'emballage, deux ou trois machines recouvertes de toile cirée. Et deux hommes, l'un qui les avait fait entrer, l'autre à l'extrémité du local. Ce dernier se tenait devant une chaise en bois. Sur celle-ci, il y avait une silhouette ficelée, à demi dissimulée par l'homme. La Fouine conduisit la procession. Rebus s'efforça de contrôler son souffle, qui devenait plus court. Son cœur s'emballait, ses nerfs étaient à fleur de peau. Il refoula sa colère, pas très sûr de pouvoir se contenir.

Quand il ne fut plus qu'à trois mètres de la chaise, la Fouine fit un signe de tête et l'homme s'écarta, laissant apparaître la silhouette terrifiée d'un gosse.

Un garçon.

Neuf ou dix ans, guère plus.

Un œil au beurre noir, du sang coagulé sur le nez, les joues meurtries et une écorchure sur le menton. La lèvre éclatée commençait à cicatriser, les pantalons déchirés aux genoux, une seule chaussure.

Et une odeur, comme s'il avait pissé sur lui, peut-être pire.

– Qu'est-ce que c'est que ce bordel ? demanda Rebus.

– Ça, fit la Fouine, c'est le petit enculé qui a piqué la bagnole. C'est le petit enculé qui a flippé au feu rouge et qui s'est barré, pétant de trouille. Et si ce petit enculé a perdu le contrôle des pédales, c'est qu'il arrivait à peine à les toucher. Voilà, conclut la Fouine en posant une main de propriétaire sur l'épaule du gosse, voilà votre coupable.

Rebus considéra les visages qui l'entouraient.

– C'est une blague ou quoi ? Vous trouvez ça marrant ?

– Ce n'est pas une blague, Rebus.

Il regarda le môme. Barbouillé de morve et de larmes séchées. Les yeux injectés de sang à force de pleurer. Les épaules tremblantes. Ils lui avaient attaché les bras dans le dos. Et les chevilles aux pieds de la chaise.

– M… monsieur, je vous en p… prie, bégaya le morveux d'une voix rauque. Je… aidez-moi, je… je vous en supplie.

– Il a fauché la bagnole, débita la Fouine. Puis il a eu un accident, pris la fuite, eu la trouille et planté le véhicule dans son quartier. Sans oublier d'embarquer l'autoradio et les cassettes. Il voulait prendre la voiture pour un rodéo. C'est leur truc, dans les cités, les courses de bagnoles. Cette espèce d'avorton est capable d'allumer un moteur en dix secondes chrono. (Il se frotta les mains.) Alors… voilà, c'est tout.

– Aidez-moi…

Rebus restait sans voix. *Quelqu'un peut m'aider ?* demandait le graffiti sur le mur. La Fouine fit un signe à un de ses hommes, qui présenta un manche de pioche.

– Ou le tournevis, proposa la Fouine aimablement. Ou ce que vous voudrez, en fait. Nous sommes à vos ordres.

Et il esquissa un salut. Rebus avait du mal à retrouver l'usage de la parole.

– Coupez les cordes.

Silence dans l'entrepôt.

– Coupez-moi ces putains de cordes !

La Fouine fit entendre un reniflement réprobateur.

– Tu as entendu le monsieur, Tony.

Clic-clac d'un couteau à cran d'arrêt qu'on ouvre. Les cordes tranchées comme si la lame entrait dans du beurre. Rebus s'approcha à quelques centimètres du gamin.

– Comment tu t'appelles.

– J… Jordan.

– C'est ton prénom ou ton nom de famille ?

– Mon prénom, fit le môme en levant les yeux.

– Ça va, Jordan.

Rebus se pencha en avant. L'enfant tressaillit, mais n'opposa aucune résistance quand Rebus le souleva. Il ne pesait presque rien. Rebus fit demi-tour, son fardeau sur le bras.

– Et maintenant, Rebus ? demanda la Fouine.

Mais Rebus ne prit pas la peine de répondre. Il porta le mioche jusqu'au seuil, ouvrit la porte d'un coup de pied et sortit au soleil.

– Je… je regrette vraiment, articula encore le gosse.

Il dut se protéger les yeux à cause de la lumière et il se mit à chialer.

– Tu sais ce que tu as fait ?

Jordan fit oui énergiquement avec la tête.

– J'ai… depuis ce soir-là. Je sais que j'ai mal fait.

À présent, les larmes coulaient à flots.

– Ils t'ont dit qui je suis ?

– Je vous en prie, ne me tuez pas.

– Je ne vais pas te tuer, Jordan.

Le gamin cligna des yeux, essaya de voir entre ses larmes, cherchant à savoir si on lui mentait.

– Je pense que tu en as assez bavé, mon pote, fit Rebus, avant d'ajouter : Et moi aussi.

Ainsi, au bout du compte, ça se résumait à ça. Bob Dylan : *Simple Twist of Fate* [1]. Suivi de *Is This What You Wanted ?* [2], par Leonard Cohen.

Rebus ne connaissait pas la réponse.

---

1. « Un coup du sort ».
2. « Est-ce là ce que tu voulais ? »

38

Propre et sobre, il se rendit à l'hôpital. Une salle commune, cette fois, avec des heures de visite. Finies les veilles de nuit. Finies les visites de courtoisie de Candice, même si les infirmières parlaient d'appels réguliers de la part d'une femme avec un accent étranger. Impossible de savoir où elle était. Peut-être à la recherche de son fils. Peu importait, pourvu qu'elle fût en sûreté. Tant qu'elle gérait sa vie.

Quand il parvint à l'extrémité de la salle, deux femmes se levèrent pour l'embrasser, Rhona et Patience. Il portait un sac en plastique, avec des revues et des raisins. Sammy était assise, soutenue par trois oreillers, Pa Broon calé contre elle. Ses cheveux étaient lavés et brossés, et elle lui souriait.

– Des magazines féminins, dit-il avec une grimace. On devrait les vendre à côté des revues porno.

– J'ai besoin de fantasmer un peu tant que je suis ici, rétorqua Sammy.

Rebus lui adressa un sourire radieux, dit bonjour, puis se pencha et embrassa sa fille.

Le soleil brillait pendant qu'ils traversaient les Meadows. Un jour exceptionnel pour tous les deux. Ils se tenaient par la main en regardant les gens qui prenaient des bains de soleil et jouaient au football. Il savait que Rhona était tout excitée et il croyait savoir pourquoi. Mais il ne voulait pas tout gâcher en essayant de deviner.

– Si tu avais une fille, comment tu l'appellerais ? lui demanda-t-elle.

– Bof, fit-il. Je n'y ai pas vraiment réfléchi.

– Et un fils ?

– Sam, ça me plaît bien.

– Sam ?

– Quand j'étais gosse, j'avais un ours appelé Sam. Ma maman l'avait tricoté pour moi.

– Sam... (Elle s'exerça à le prononcer.) Ça irait dans les deux sens, non ?

Il s'arrêta et lui passa les bras autour de la taille.

– Qu'est-ce que ça veut dire ?

– Ma foi, ça pourrait être Samuel ou Samantha. Il n'y en a pas tellement... des prénoms qui fonctionnent dans les deux sens.

– Non, j'imagine. Mais, Rhona, ça veut dire que... ?

Elle lui posa un doigt sur les lèvres et puis l'embrassa. Ils reprirent leur route. Ce putain de ciel semblait sans nuage.

Postface

Le village français de Villefranche d'Albarède que j'ai inventé a un modèle, celui de la petite commune d'Oradour-sur-Glane, attaquée par les SS de la 3e compagnie du 4e régiment blindé « Der Führer ».

Dans l'après-midi du samedi 10 juin 1944, la 3e compagnie de la division SS « Das Reich » pénétra dans le village et rassembla tous ses habitants. Les femmes et les enfants furent parqués dans l'église, tandis que les hommes furent divisés en deux groupes et emmenés dans les différentes granges et autres corps de ferme des environs. Puis le massacre commença.

Environ 642 victimes ont été dénombrées, mais on estime qu'un millier de personnes sont probablement mortes ce jour-là. Cinquante-trois corps seulement ont pu être identifiés. Un enfant, réfugié de Lorraine, qui connaissait les atrocités commises par les SS, a réussi à fuir quand les troupes ont envahi le village. Il y eut cinq rescapés du massacre dans la grange Laudy. Blessés légèrement, ils ont réussi à s'échapper de la fournaise au prix de terribles efforts et à se cacher jusqu'au lendemain. Des femmes et des enfants séquestrés dans l'église, une seule femme a survécu. Elle est parvenue à sauter par une fenêtre de l'église en flammes après avoir « fait la morte » à côté du corps de sa fille.

Les soldats allèrent de porte en porte pour chercher dans les maisons les malades ou les vieillards trop faibles pour quitter leur lit. Ces gens furent abattus et les habitations incendiées. Quelques cadavres furent ensuite enfouis dans des fosses communes ou jetés dans des puits. On en retrouva même dans le four du boulanger.

Le général Lammerding était le commandant de cette formation. La veille, le 9 juin, ce général avait fait pendre les quatre-vingt-dix otages de Tulle. Ce fut également lui qui donna l'ordre du massacre d'Oradour. Plus tard, Lammerding fut fait prisonnier par les Anglais, qui refusèrent de l'extrader vers la France. Il fut renvoyé à Düsseldorf, où il dirigea une entreprise prospère jusqu'à sa mort en 1971.

Dans l'euphorie générale du débarquement, la tragédie d'Oradour passa presque inaperçue. Pour finir, le 12 janvier 1953, s'ouvrit devant le tribunal militaire de Bordeaux le procès de soixante-cinq hommes dont la participation au massacre était avérée. Sur les soixante-cinq, vingt et un seulement se trouvaient dans le box, sept Allemands et douze Alsaciens. Tous simples soldats, aucun officier.

Chacun des individus reconnus coupables au procès de Bordeaux a quitté librement le prétoire. Une loi d'amnistie avait été votée dans un souci d'unité nationale[1]. (La population alsacienne était exaspérée à l'idée de voir des Alsaciens sur le banc des accusés.) Entre-temps, leurs co-inculpés allemands étaient censés avoir déjà purgé leurs peines.

En conséquence, Oradour rompit toutes relations avec l'État, rupture qui dura dix-sept ans.

En mai 1983, un homme passa en jugement à Berlin-Est. Il était accusé d'avoir été lieutenant de la division « Das Reich » lors du massacre d'Oradour. Il reconnut tout et fut condamné à la prison à vie.

En juin 1996, on apprit qu'environ douze mille volontaires étrangers de la Waffen SS recevaient encore une pension du gouvernement de l'Allemagne fédérale. Un de ces retraités, un ancien Oberstumbannführer, a participé au massacre d'Oradour…

Aujourd'hui encore, Oradour est un lieu de pèlerinage. Le village est resté exactement tel qu'il était en ce jour de juin 1944.

---

1. Le 20 février, le Parlement a voté une loi d'amnistie au profit des Alsaciens, qui furent ainsi libérés dès le lendemain ; voir Jean-Marc Théolleyre, *Procès d'après-guerre* (La Découverte / Le Monde, 1986).

Thriller
Dans la même collection

Keith ABLOW, *Psycho killer*
Greg ANDERSON, *Tatiana*
Peter BLAUNER, *L'Intrus*
Dick FRANCIS, *Dans l'œil du cyclone*
Craig HOLDEN, *Route pour l'enfer*
Eugene IZZI, *Chicago en flammes*
Eugene IZZI, *Le Criminaliste*
William LASHNER, *Les Prévaricateurs*
William LASHNER, *Veritas*
Paul LINDSAY, *Liberté de tuer*
Steve LOPEZ, *Le Club des Macaronis*
Ed MCBAIN, *Le Paradis des ratés*
Kirk MITCHELL, *La Morsure du lézard*
Bill PRONZINI, *Le Crime de John Faith*
Bill PRONZINI, *Longue est la nuit*
Ian RANKIN, *Le Carnet noir*
Ian RANKIN, *Causes mortelles*
Ian RANKIN, *Ainsi saigne-t-il*
Ian RANKIN, *L'Ombre du tueur*
Dan SIMMONS, *Vengeance*
Dan SIMMONS, *L'Épée de Darwin*

Impression réalisée sur CAMERON
par BRODARD ET TAUPIN
La Flèche
en décembre 2002

Imprimé en France
Dépôt légal : janvier 2003
N° d'impression : 16656